华北抗日根据地及
解放区文艺大系

陈　晋　郑恩兵　主编

河北红色文艺
作品选

小说
第三卷

郑恩兵　王　勇　高露洋　编

河北出版传媒集团
河北教育出版社

图书在版编目（CIP）数据

河北红色文艺作品选．小说．第三卷 / 郑恩兵，王勇，高露洋编．－－石家庄：河北教育出版社，2023.12
（华北抗日根据地及解放区文艺大系 / 陈晋，郑恩兵主编）
ISBN 978-7-5545-7689-2

Ⅰ．①河… Ⅱ．①郑… ②王… ③高… Ⅲ．①中国文学－现代文学－作品综合集②小说集－中国－现代 Ⅳ．① I216.1 ② I246

中国国家版本馆 CIP 数据核字（2023）第 066844 号

书　　名	河北红色文艺作品选·小说·第三卷
	HEBEI HONGSE WENYI ZUOPIN XUAN XIAOSHUO DI-SAN JUAN
编　　者	郑恩兵　王　勇　高露洋
责任编辑	刘　贞
装帧设计	郝　旭
出　　版	河北出版传媒集团
	河北教育出版社　http://www.hbep.com
	（石家庄市联盟路705号，050061）
印　　制	石家庄众旺彩印有限公司
开　　本	787毫米×1092毫米　　1/16
印　　张	24.75
字　　数	310千字
版　　次	2023年12月第1版
印　　次	2023年12月第1次印刷
书　　号	ISBN 978-7-5545-7689-2
定　　价	148.00元

版权所有，侵权必究

丛书编委会

顾　问
陈平原　刘跃进　王长华　李　扬

编委会主任
吕新斌

编委会副主任
彭建强　孟庆凯　刘　月

主　编
陈　晋　郑恩兵

副主编
董素山　向　回　汪雅瑛

编　委（按姓氏笔画排序）
马春香　王少军　田浩军　包来军　吉　喆　刘书芳　刘贵廷
关小彬　杨　程　杨春生　宋少净　张　辉　张川平　赵　华
高露洋　郭义强　阎晓宏　梁晓晓

编纂说明

在中国共产党百年发展历程中,文艺始终是党领导人民开展进步事业的有机组成部分,是党在各个历史时期的中心工作的实时反映和重要推动力量。"华北抗日根据地及解放区文艺大系",是一部全面展示抗日战争和解放战争时期华北地区党的历史创造、奋斗风采和形象建构的大型革命历史文艺文献丛书,对于深入研究华北地区革命文艺史、红色新闻史,弘扬伟大建党精神、梳理中国共产党人精神谱系,是必不可少的第一手资料,是我们在新时代坚定树立文化自信的重要思想资源。

一、编纂缘起

抗日战争及解放战争时期,华北地处各方政治与文化力量激烈博弈的前沿,这种特殊政治、军事、文化、地理环境中产生的革命文艺,具有鲜明的地域性特征,是五四新文化运动以来的革命文艺发展史上的突出标识。

但一直以来,由于史料文献整理不足,对华北抗日根据地及解放区文艺的研究,始终未能深入,其独特的地域性实践价值和蕴含的文化创新意义被严重遮蔽。这些史料文献主要以党报党刊的形式呈现，梳理汇编这些党报党刊中的革命文艺史料，借之以探索华北革命文艺的发展路径、发展方向、创造机制和创新经验，是深入贯彻习近平总书记关于"把红色资源利用好、把红色传统发扬好、把红色基因传承好"，"用好红色资源、赓续红色血脉"等系列重要讲话精神的有力举措，也是新时代文艺研究者不可推卸的责任。

2017年6月左右，我们去中国社科院文学所拜访时任所长刘跃进先生，协商合作研究事宜，寻求中国社科院文学所的帮助。请教过程中，刘先生建议我们结合地方特色，做好地方红色文艺文献的搜集整理与编纂出版工作。经过一段时间筹备，2017年底，我们以"河北红色经典系列丛书"为名，正式申报"2018年度河北省省级宣传文化发展专项资金"项目并成功立项，旨在通过选定刊行河北红色经典作品、梳理汇编河北红色经典研究资料、系统阐述河北红色经典发展历史等基础性工作，打造一个集大成式的河北红色经典文献资料库。

项目最初设计共二十四卷，包括六大板块：《河北红色经典史》一卷、《河北红色文艺作品选》六卷、《河北红色经典作家作品索引》三卷、《河北红色经典研究资料汇编》四卷、《〈晋察冀日报〉副刊文学作品全编》六卷、《晋冀鲁豫抗日根据地文艺作品及〈新华日报〉太行版文艺作品汇编》四卷。但在项目实施过程中，我们充分吸收专家意见，认为网络时代和大数据背景下的科研活动有了很大变化，《河北红色经典作家作品索引》与《河北红色经典研究资料汇编》的编纂工作，在当前学术生态中价值不大，并予以取消。同时，在项目实施过程中我们发现，《晋察冀日报》《人民日报》等党报除刊发大量文艺作品外，还有大量记录边区文艺工作者行迹，反映边区戏剧、音乐、文学、美术、舞蹈、曲艺活动与报刊书籍出版发行等各方面情况的文艺史料，以及体现我党文艺方向、方针变化的政策文件与重要领导讲话，是华北地域党和人民对敌作战的重要宣传武器，更是飘扬在华北地区军民心中一面旗帜。这些史料是华北地域革命文艺发生、发展与壮大的真实记录，对我们正确认识革命文艺的特点与历史地位有重要的决定性作用。

为此，我们精心整理了《〈晋察冀日报〉文艺文献全编》《晋冀鲁豫〈人民日报〉文艺文献全编》《〈晋察冀画报〉文艺文献全编》《晋察冀日报社人物志》（共五十一卷），同时收入全国抗战时期和解放战争时期与河北地域相关且被广大群众所喜爱并广泛传唱的红色文艺作品，结集为《河北红色文艺作品选》（共六卷），至此形成丛书目前的五大板块，而且将名称由"河北红色经典系列丛书"改为"华北抗日根据地及解放区文艺大系"，方便以后在此基础上做进一步拓展。

二、地域范围及文艺特质

华北抗日根据地包括当时山东、河北、山西、察哈尔、绥远、热河全部及豫北、苏北、皖北部分地区，分晋绥、晋察冀、晋冀豫、冀鲁豫、山东五大块。1941年，冀鲁豫合并到晋冀豫，称晋冀鲁豫。其中晋察冀抗日根据地作为开辟最早、地域最大、人口最众的模范抗日根据地，是华北抗日根据地的坚强堡垒，牵制和抗击了三分之一以上的华北日军和二分之一的伪军。

在河北及其邻省周边地区开辟与创建华北抗日根据地，是红军长征到达陕北之后党中央迅速做出的重大战略决策。这些根据地地处对日武装斗争最前线，不仅打开了抗战的新局面，成为华北敌后抗战的主战场，而且进行了新民主主义社会的实践探索，对解放战争的历史进程产生了巨大影响，成为我党开辟东北解放区的前进基地和逐鹿中原的战略后方。随着抗日根据地的开辟，延安文艺工作团、西北战地服务团、东北促进纵队干部队、八路军总政治部前线记者团等大批文艺工作者，随同党政干部一道陆续抵达华北，东北、平津的青年学生也纷纷冒着生命危险来到边区。他们一手拿枪，一手拿笔，深入农村与抗战前线，切身体会工农兵的生活，深刻了解工农兵的需求，从而根本上克服了艺术至上主义思想倾向。所以，华北抗日根据地及解放区文艺，既响应了伟大的民族抗战对文学艺术提出的时代要求，亦充分兼顾到广大人民群众的接受习惯和欣赏水平，真实地反映了华北人民火热的战斗与生产生活。很多作者本身就是农民、战士或基层工作者，他们把自己的经历和熟悉的人和事，通过小说、戏剧、诗歌、报告文学、歌曲、绘画、舞蹈等文艺样式记录下来，语言通俗平实，富有生活气息。由于产生于特定时代、特定区域而又适应特定需要，故而无论是题材、语言还是风格，在体现革命大众文艺共性的同时，又具有强烈的华北地域特性。

华北抗日根据地及解放区文艺的繁荣发展，是专业文艺工作者与工农兵群众共同创造的结果。人民群众不仅是革命文艺运动的主导主体、推进主体、受益主体，还是一切成败得失的评判主体。华北抗日根据地及解放区文艺，归根结底，是"以人民为中心"的文艺。

三、学术价值

今天的河北在抗日战争、解放战争时期是晋察冀、晋冀鲁豫两大根据地的中心区域，有着悠久的革命历史传统和丰厚的红色文化底蕴。据不完全统计，抗日战争和解放战争期间，仅晋察冀边区专区以上就办有报刊四百余种,编印图书五百余万册。如果将这种统计扩大到环绕河北的整个华北抗日根据地及解放区,时间扩展至从中国共产党成立到中华人民共和国成立,数据更为可观。这些红色图书、报刊的出版发行,团结了一大批来自全国各地的著名革命文艺家和专业文艺工作者,其中有大量文艺相关信息,是研究近现代中国革命文艺的重要史料。但因受当时物质条件及复杂局势影响,它们传播范围有限,保存困难,如今已普遍出现老化或损毁现象,面临着消失、断层的危险。

长期以来,由于对抢救、整理和利用红色文艺文献的意义认识不足,现行的科研评价、出版机制亦难以有效刺激科研工作者积极从事老旧报刊等红色文艺文献的系统整理,大量有待整理的红色文艺文献尚未进入学界的视野。特别是华北抗日根据地及解放区的文艺文献,有很多甚至还是学术盲区。如《冀中导报》《救国报》《边政导报》《冀南日报》《团结报》《前进报》《新察哈尔报》《冀热察导报》等各类党报,以及《冀热辽画报》《冀中画报》《北方文化》《五十年代》《新长城》《新群众》《诗建设》《诗战线》等期刊,虽有部分学者对其办报(刊)历程、思想以及传播等方面予以研究,但均无系统的文艺文献整理本。"华北抗日根据地及解放区文艺大系"整理的《晋察冀日报》、晋冀鲁豫《人民日报》、《晋察冀画报》,是当时华北抗日根据地及解放区党报党刊的典型代表,是党的理论和实践同文艺结合的主要媒介和载体,是华北革命文艺重要的传播平台。这些报刊,既客观记录了华北革命文艺的传播与发展,也完整展现了华北革命文艺的特殊使命与风格特征,具有极其重要的史料价值。在此基础上,我们还会将视角延伸到《晋绥日报》《新华日报·太行版》《新华日报·太岳版》等党报,不断地充实这套大型文献史料丛书,以此来系统建构华北抗日根据地及解放区的"文艺史料学"。

四、丛书特色

这套丛书的编纂，主要以抗日战争及解放战争期间华北境内各根据地、解放区出版、发行、制作之图书、期刊、报纸等红色文献中的文艺资料为内容。编纂特色主要包括：

（一）抢救珍贵历史文献，弘扬伟大建党精神。

华北抗日根据地及解放区的红色文献发行于条件艰苦的战争年代，数量少，印制质量粗糙，历经岁月的洗礼，留存下来的品相完好者已经很少，有些到今天已成孤本。这些文献作为特定历史时期和区域的产物，见证了中国共产党领导华北人民争取民族独立和人民解放的伟大历程，反映了华北近代社会的巨大变化，蕴含着珍贵的史料价值和鉴往知来的现实意义，是中国共产党领导的文艺事业、新闻出版事业与意识形态建设发展的历史见证。它们诠释了党的初心和使命，蕴含着坚定的理想信念与崇高的革命精神，到今天仍然具有强大的感染力与说服力，是陶冶情操、磨炼意志，走好新时代长征路的有效精神资源。抢救性搜集、整理与研究这些珍贵历史文献，有利于增强党政干部政治信仰，弘扬伟大建党精神和践行社会主义核心价值观。

（二）文艺与党史密切融合，拓展革命文艺与党史研究的新视野。

革命文艺作品的创作、发表和传播，和党的历史任务和奋斗实践是分不开的。在艰苦卓绝的革命岁月，奋斗前行的中国共产党始终强调，既要拿"枪杆子"，也要拿"笔杆子"。革命的文艺工作者，一手拿枪，一手拿笔，深入农村与抗战前线，以人民大众易于接受和欣赏的形式，宣传党的政策，推行党的方针，为中国共产党顺利完成不同历史阶段的中心任务和伟大使命发挥了独特而重要的作用。本套丛书收入的文献史料,主要是抗日战争与解放战争时期党报党刊中的文艺作品与文艺史料,它们鲜明生动地体现了党的历史,党领导人民争取民族独立、人民解放的奋斗历程和精神面貌,从而为学界从文艺角度研究党史和从党史角度研究文艺提供了有力支撑。

(三)作品汇编与史料梳理并行,还原革命文艺的历史场域。

"华北抗日根据地及解放区文艺大系"的编纂,全面辑录华北抗日根据地及解放区党报党刊上刊登的诗歌、小说、戏剧、报告文学、散文、歌曲、版画等文艺作品,并系统梳理当时文艺发生、发展、传播以及社会各界文艺活动的各类消息和报导,同时选编了大量的河北红色文艺作品作为补充。这种文艺史料与文艺作品的配合整理,还原了革命文艺的历史场域,有利于构建对革命文艺的科学认识。

五、丛书内容

(一)《〈晋察冀日报〉文艺文献全编》共三十八卷:

诗歌三卷

戏剧一卷

小说二卷

文艺评论三卷

文艺史料九卷

外国文艺二卷

散文报告文学十七卷

歌曲版画一卷

(二)《晋冀鲁豫〈人民日报〉文艺文献全编》共十一卷:

诗歌一卷

戏剧、小说、文艺评论一卷

散文报告文学五卷

文艺史料四卷

(三)《〈晋察冀画报〉文艺文献全编》一卷

(四)《晋察冀日报社人物志》一卷

(五)《河北红色文艺作品选》共六卷:

诗歌一卷

戏剧一卷

散文一卷

小说三卷

六、编纂体例

(一) 整套丛书题材丰富、门类众多,在体裁上不做强行统一。

(二) 丛书中所录作品均为当年报刊发表的原文。为确保丛书的文献性、学术性、专业性和资料性,丛书编辑加工的总原则为保持文献原貌,内容上不做改动。

(三) 文字的使用

1. 丛书中文字的使用以2013年教育部、国家语言文字工作委员会公布的《通用规范汉字表》为准。

2. 丛书中的古体字、通假字、俗体字,以及所涉及姓名字号、职官地理等专用字,均予保留。

3. 丛书原文字迹模糊残损,但仍可辨认或可依上下文校正,以字外加方框"□"表示;原文缺字或无法辨识,且无法校补,每字以一个方框"□"表示;如无法统计所缺字数,则以"◻"表示。

4. 丛书中数字的使用,保持原貌。

（四）标点符号及其他符号的使用

1. 丛书在不改变原文意义的情况下，将旧式标点改作现行标点符号。

2. 丛书原文中出现代表文字的符号，如"×""△""○""▲"等，保持原貌。

3. 丛书原文中的着重号、专名号等不再保留。

（五）其他

1. 丛书原文中的注释，保持原貌；编者亦出部分注释，供读者参考。

2. 因为原始文献本身产生于战争年代，保存不易，漫漶不清处较多，丛书疏误之处在所难免，希望专家读者批评指正。

七、鸣谢

本套丛书得以顺利面世，要特别感谢中共河北省委宣传部、河北省社会科学院、河北教育出版社的资金支持，以及北京大学陈平原教授、中国社科院文学所刘跃进研究员、南开大学文学院李扬教授、河北师范大学文学院王长华教授等，为丛书编纂提供了多方面的学术支撑；晋察冀日报社老报人及报史研究会诸位老师，中国社科院文学所现代室、中国丁玲研究会、中国现代文学馆各位专家，也在丛书编纂过程中提出了许多建设性意见；院内外的数十位年轻科研工作者，在原文录入和校对方面付出了艰辛劳动，确保了项目的顺利进行。在此一并致谢。

把艺术交给大众（代序）
——祝贺"华北抗日根据地及解放区文艺大系"结集问世

中国社会科学院　刘跃进

由河北省社会科学院文学研究所编纂、河北教育出版社出版的"华北抗日根据地及解放区文艺大系"结集问世，值得庆贺。

文艺是时代前进的号角。1937年7月7日，卢沟桥事变爆发，全面抗战由此而起。广大的爱国知识分子和青年学生，表现出同仇敌忾的民族气节，走出书斋，走出校园，用知识、用智慧、用不屈的精神力量唤醒民众，用实际行动担负起抗日救亡的历史重任。在此后的岁月里，延安文艺和华北抗日根据地及解放区文艺，是中国共产党领导下的两大主体，双峰并峙，展示着那个时代的风貌，引领了那个时代的风气。

随着抗日根据地的开辟，延安文艺工作团、西北战地服务团、东北促进纵队干部队、八路军总政治部前线记者团等大批文艺工作者，随同党政干部一道陆续抵达华北，东北、平津的青年学生也纷纷冒着生命危险来到边区。他们一方面积极创作大量街头剧、活报剧、街头诗、墙头小说、木刻版画、歌曲、舞蹈等革命文艺，开展抗日救亡宣传运动；一方面也通过开办文艺干训班，开展各行业、各阶层甚至全民的文艺创作与评选活动，吸引工农兵群众加入文艺队伍，掀起了"晋察冀一周""冀中一日"等具有深化性质的群众写作运动，以及"创造模范村剧团""穷人乐"等群众戏剧运动，为晋察冀文艺史添上了浓墨重彩的一笔。

说到这里，我想起 2009 年参加《北平学生移动剧团团体日记》捐赠仪式的一段往事。从 1937 年到 1938 年，在中国抗战史上唯一以大学生组成的"北平学生移动剧团"在长达一年半的时间里，历尽艰难，转辗于国民党第五战区的各个战场，演出话剧，创办报纸，宣传抗日，鼓舞斗志，谱写出响彻云霄的时代赞歌。移动剧团的成员每人一周轮流记述，用日记形式记录了那段不平凡的岁月，《北平学生移动剧团团体日记》就是这部历史的记录。它不是写给个人看的私密记录，也不是为将来面世扬名。作者完全出于一种历史责任，真实客观地记录了那段鲜为人知的历史，体现出强烈的史家意识。日记封面上有这样一段题记，"北平学生移动剧团·愿我永恒·中华民国二十七年二月二十三日始·璧华"。孤立地看这部日记，也许没有什么轰轰烈烈的战斗业绩，也没有什么感人肺腑的情感纠结。客观、平实是它的本色，正是这种本色，为那个历史年代留下一段真实。"北平学生移动剧团"的抗日活动，是文艺工作者投身抗日洪流中的一个历史缩影。

随着抗战的胜利，察哈尔省会张家口解放，晋察冀文协、晋察冀剧协、晋察冀音协、晋察冀美协、晋察冀通讯社、晋察冀边区剧社、晋察冀日报社、晋察冀画报社等文化团体随中共晋察冀中央局和军区领导先后开赴华北根据地，一大批文艺工作者也随之来到华北，开展丰富多彩的文艺活动。他们坚持毛泽东《在延安文艺座谈会上的讲话》中指出的方向，一手拿枪，一手拿笔，深入农村与抗战前线，既为切身体会工农兵的生活，也为深刻了解工农兵的需求，从而在根本上克服了自身相当普遍和严重的艺术至上主义思想倾向，为工农兵而创作，为工农兵所利用，以人民大众易于接受和欣赏的形式，普遍写人民大众的生产战斗故事。譬如左翼作家邵子南，于1938年10月随西战团到晋察冀，主持战地社日常工作，主编《诗建设》；1943年整风运动后，他到阜平任小学教员，在反"扫荡"中与群众、民兵一起转移、战斗，还直接在五丈湾跟随李勇的游击组对日寇展开地雷战；1944年5月随团回延安，在鲁艺任教，后调陕甘宁文协搞专业创作，开始大量创作反映晋察冀边区生活的小说。他以亲身体验为基础创作的短篇小说《李勇大摆地雷阵》（后改为《地雷阵》），运用阜平农民群众的语言，以口语化方式讲述了爆炸英雄李勇的抗日故事，明显吸取了民间说唱文学的优点，特别是在白话叙述中还插入不少快板式的韵白，更适合群众的喜好，因而在当时广为流传，家喻户晓，起到了很大的宣传鼓动作用。其他作品，如《荷花淀》《太阳照在桑干河上》《漳河水》《赶车传》《王九诉苦》《孟祥英翻身》《新儿女英雄传》《白求恩大夫》《我的两家房东》《穷人乐》《李殿冰》《戎冠秀》《没有共产党就没有中国》《团结就是力量》《没有土地的人们》《白毛女》等，都是成功的文艺典范，在现代中国文学史上占据比较重要的位置。

在华北抗日根据地及解放区的文艺创作成果中，还有数以万计的文艺作品和极具研究价值的文艺史料刊发在根据地及解放区所办的报刊上。很多作者，本身就是农民、战士或基层工作者。他们把自己的经历和熟悉的人和事，通过小说、戏剧、诗歌、报告文学、歌曲、绘画、舞蹈等文艺样式记录下来，语言通俗，富有生活气息。人民既是历史的创造者，也是历史的见证者；既是历史的"剧中人"，也是历史的"剧作者"。让故事中的人物自己编词、自己表演的创作方式，很好地反映出人民的心声，并让人民群众从生动活泼的艺术作品中得到教育，这确实是一个成功的尝试。

配合党的中心工作，"把艺术交给大众"，通过文艺唤醒大众，这已成为华北文艺工作者的自觉意识。他们积极响应伟大的民族抗战对文学艺术提出的时代要求，充分兼顾到广大人民群众的接受习惯和欣赏水平，创作了大量的作品，真实地反映了燕赵儿女火热的战斗与生产生活，起到了良好的宣传教育与鼓动激励效果。刘萧无编排新闻报道剧《李殿冰》，编剧与演员一起住到李殿冰家里，以便于熟悉主人公的生活，搜集真实生动的群众语言，还模仿他们的动作，理解他们的心理，甚至还让主人公李殿冰等直接参与剧本的修改和编排。描写群众的生活，邀请群众参与创作，这是当时文艺工作者走群众路线的生动体现。该剧演出后获得当地老百姓的极大赞赏，鲁中实验剧团还专门学习该剧的创作方法，创编了三幕五场话剧《过关》。艾思奇《前方文艺运动的新范例》更是誉其开创了前方文艺的新范例。抗敌剧社的《王老三减租小唱》、冀中火线剧社的话剧《我们的母亲》，也都具有这种特色。

这些文艺作品，可能略显仓促，有的甚至急就于战火中，所以在素材提炼、人物形象塑造以及语言的使用、细节的刻画等方面还有很多不足。但是，这不是一般意义上的创作，而是燕赵大地为争取民族独立、人民解放的集体记忆和行动号角，是中国革命事业的重要组成部分。华北抗日根据地及解放区的文艺，有很多这样未经沉淀的纪实作品，不管其艺术性如何，但在发动群众、组织群众、铸就抗击日寇和国民党反动派铜墙铁壁方面，发挥了无可替代的作用。20世纪五六十年代，河北地区涌现出大量的红色经典，便是华北抗日根据地及解放区文艺的传承和发展。

2017年6月，河北省社科院文学所郑恩兵所长来京与我们协商合作研究事宜。我根据所了解的信息，建议他们结合地方特色，做好地方红色文艺文献的搜集整理与编纂出版工作。"华北抗日根据地及解放区文艺大系"就是那次商讨的成果。全书由五个部分组成：第一部分为《晋察冀日报》文艺文献全编，第二部分为晋冀鲁豫《人民日报》文艺文献全编，第三部分为《晋察冀画报》文艺文献全编，第四部分为晋察冀日报社人物志，第五部分为河北红色文艺作品选。全书收录各种文体的作品六千余种，包括小说、诗歌、文艺评论、戏剧、报告文学、散文、文艺通讯、美术、书法和音乐、文艺史料，还有文艺信息、文艺广告，基本涵盖了华北抗日根据地及解放区的文艺创作情况，具有很高的研究价值。

时值中华人民共和国成立七十五周年之际，我们有机会阅读这部皇皇五十余册的"华北抗日根据地及解放区文艺大系"，更加深切地感受到新中国的建立真是来之不易，她是无数条战线的可歌可泣的人们不懈奋斗的结果。在这样一个特殊的日子里，我们感念当年那些有名无名的作者，感谢参与整理工作的学者，当然，更要感激我们这个伟大的时代。

目录

王南
- 枪 …………………………………………………… 2
- 小柱子 ……………………………………………… 12

魏巍
- 晋察冀,英雄多 …………………………………… 26
- 燕嘎子 ……………………………………………… 29

吴伯箫
- 孔家庄纪事 ………………………………………… 39

萧也牧
- "我是区长!" ……………………………………… 52

徐光耀
- 弟弟 ………………………………………………… 57
- 周玉章 ……………………………………………… 72
- 刘敬礼 ……………………………………………… 75
- 齐又昌 ……………………………………………… 82
- 望日莲 ……………………………………………… 96

杨沫
- 我的医生 …………………………………………… 116
- 汇报 ………………………………………………… 132

杨朔
- 大旗 ………………………………………………… 160
- 麦子黄时 …………………………………………… 183
- 霜夜 ………………………………………………… 192

俞林
　　郭三元和康米贵 …………………………………………… 201
　　家和日子旺 ………………………………………………… 225
张峻
　　大山歌 ……………………………………………………… 240
张朴
　　山岗白杨 …………………………………………………… 274
张庆田
　　"老坚决"外传 ……………………………………………… 294
　　唐小澍 ……………………………………………………… 312
张志民
　　大娘家 ……………………………………………………… 319
　　再等等 ……………………………………………………… 322
周而复
　　八月的白洋淀 ……………………………………………… 332
　　围村 ………………………………………………………… 348
曾克
　　女射击手 …………………………………………………… 353
　　织布机的响声 ……………………………………………… 364

王南

枪

一

"老乡，借你家扁担用用！"

新战士李来双接连叫了几声，没人答应。太阳斜照在东房的屋脊上，院子中央躺着两堆蒿苣，等候着人来收拾，大概房东一家人都上地里剜菜去了。

只有西屋的房门敞开着，里面住的队伍，也都到田地里帮助老乡们生产去了，留下炕上睡着的一个病人。

一看那个病人，李来双骇了一跳，不由得顿时头发一竖。病倒了的正是自己的仇人张锦田。为啥在欢迎新战士的大会上没遇见他呢？难道那时候他已经在害病？幸而两人虽是同在一个连，驻扎一个村，可是不在一个排。

这时候，本来可以悄悄走出院去的，但是有一种可怕的、痛苦的，然而又是看不见的"磁力"，吸引李来双呆呆地站在院里。

在李来双的村里，张李两大姓是太不和了，张锦田家和李来双家，更是结了好几辈子的仇。小时候，李来双赶着牛都不打张锦田家住的那条街走，甘心绕着远路赶回来，后来连两家的牛都习惯了不从仇家门口的路上过。

两家几辈子的男人，永没有到一起吃过一顿饭，哪怕是到别人家里宴会，摆筵席的主人也知道把张李两姓的人不分配坐在一张桌上……几辈子了，两家的女人也没有交换过一句话，尽管每天都得到村边上一条水渠里去淘菜，如果远远望见你家的人先到了，我便扭身回来，或者就绕到水渠上流去淘菜；而你家淘菜的人看见被我淘菜变了色的水，流到自己的眼前了，便向渠边缘唾一口涎水，骂一句粗野的话，把没有淘完的菜顶在头上的筐子里，拿回去用缸里的水再淘。

两家的人，轻易不动嘴不动手，都怕一打起来要出人命案。

村里的农救会、妇救会，甚至区上的干部们，为这事都给解劝过，可是都没有效。当着大家面，彼此都说没啥嫌隙，转过脸，平日该怎的还是怎的，一切照旧。

这时候，李来双朝四外望一下，太阳光已经从东屋的房脊上溜走了，东屋门上和北屋门上都挂着一把锁，西屋炕上的病人紧闭着嘴，皱着眉毛的脸，使他觉到憎恶，却又掺杂着说不出的快活。他周身打个冷战，喊了声：

"张锦田！"

没有答应。

"张——锦田！"

声音有些发颤，然而照旧没有得到回应。

他，突然三步变作一步地窜上炕，摘下挂在张锦田铺位的墙壁上的枪，轻轻跳下炕就出来了。虽是新战士，但是已经学会背枪，把皮带往右肩膀上一挎，出了大门，转身向屋后一大片玉茭（玉蜀黍）地走去。

西房和院里都没一点响动。蒿苣菜静静地在这黄昏里显出暗绿色来。

二

夜晚，开军人大会。起先，大家站成横队。

连长、政治指导员陪着营的政治教导员走过来。

连长在队前向大家宣布：三排七班长张锦田同志丢了枪，应当受到严重的处罚！李来双站在本排的最后边，听见这话，忍住心里的笑把头低下了。连长接着讲:"张锦田同志,原来准备明天送他去住医院,现在发生了这样的事情,到底该怎么办,我们听候上级的指示。现在先让他向大家报告丢枪的经过,接着大家对这件事情发表意见,最后由教导员同志作结论。"

有人搬来一把靠椅让张锦田坐下。他手里拄根竹棍子,在黑下来的天光里,包在头上的毛巾越发显得苍白。

"首长们,同志们,我犯罪了!违犯了我们革命军队的纪律!我丢了枪!"他用喑哑的声音说,"这要是在别的队伍里,只有枪毙,我的大哥就是这样死的……可是,现在上级还允许替我考查,班上的同志都替我着急,我,我……"他忽然感动得说不出话来,向大家行了个举手礼,虽然他并没戴军帽,"我,我在这里向首长们、同志们敬礼!"

除了政治教导员,谁也没有答礼,但大家都很感动的。接着他述说自己起先怎样睡不着,后来房东家里人去地里剜菜,临走托他照看门子,他看见枪还好好地在。房东家里人往回送蒿苣菜,自己就不知道,大概这时候才睡着的。等醒来一看,枪已经不见了。

关于丢枪的情形,他不能再多说出什么来。连长吩咐一个同志把他搀扶回去。

李来双心里感到轻松。但是,看见政治教导员、连长、政治指导员和大家对张锦田的同情和爱护,又使自己有些说不出来的害怕。

接着连长叫大家解散,围成圆圈坐在地上,进行讨论。

发言的人很多:有的讲到为什么我们劳动人民的队伍应该特别爱护武器,好好地保管它;有的述说从前自己丢失武器的经验教训,一点不隐瞒当时自己的粗心大意和受到怎样的批评处罚……这使李来双很惊讶:人又不傻,为啥把自己这类事也拿来当着大家讲呢?可是看看他身边的人,谁也没有露出惊讶的神气——这使得他更加惊奇了。

后来有个人讲，这件事若不是汉奸特务分子干的，就是和张班长有仇的人干的——他想利用革命队伍的法律，来要张班长的脑袋——其实这种人，为了私仇，偷革命军队的武器，陷害抗日军人，不管他怎么说，"客观上"已经和汉奸特务分子一个样！抓着这流人，要重重地办！

李来双大吃一惊，可是，这时候他身边一个战士，一动就站起来发言。月亮已经上来了，这个人又瘦又长的影子，在人圈里一晃一晃的。他说："我和张班长不团结，这事是有的，但是我不是汉奸特务分子，我不要杀张班长的脑袋，为啥一说仇人，大家就把眼睛望着我？不错，我犯过严重的错误，偷着把张班长新买的洋瓷碗用石头砸坏啦，把他刚打好了的一只草鞋偷偷丢在河里，让水给漂走了……可是，这些事我都承认过了，受了'教育'，并且那时我参加队伍不久，'政治不开展'，狭隘意识，现在，我是这样吗？"他气愤地摘下军帽来，两只胳臂在月光里一甩一甩的，"我是不够进步，可是说我能干出汉奸特务分子那流事，我不服！那我也不配当一个八路军！"他很庄严地一屁股就坐下来，而且怒气冲冲地把眼光向四周围射扫一圈，当他的眼光碰到李来双脸上的时候，李来双连忙把头低下来。

政治指导员发言了，讲了许多，最后他说："今晚发言很普遍，现在希望本连新来的同志们发言，我想大家一定很喜欢听听你们的意见。"

果然大家鼓掌欢迎。

于是新战士们挨次地讲话，有的已经学会说"我补充一点意见"和"希望大家给我一些批评"。

李来双挺着急，本连新战士，只有七个人，再隔过两个人就轮到自己，心像水磨上的箩一样，在胸膛里撞得"扑通！扑通！"地响。盼望别人讲时间长些，偏偏都讲得不长，而且好像越是后几名，讲得越短越快……脸烧得发痛，汗湿淋淋地顺着脊梁沟朝下淌。第五个第六个人，不知什么时候讲完的，只听见政治指导员大声说：

"现在只有李来双同志还没有发言，大家欢迎！"

一阵掌声，夹杂着嘻嘻的笑声，不知道是谁还喊了一句"不要羞羞答答的"！他知道，只要自己一站起来，大家会立刻静肃下去，可是两条腿软得在裤子里发抖，急得没法，先把帽子摘下来，于是觉得脑袋像一个热馒头。

他站了半天，想等心跳得缓和一些再张嘴，可是却跳得越来越厉害，像是只要等自己一张开嘴，这颗心就会从嘴里跳到这月亮地里来。大家又一遍鼓掌欢迎，三百来只眼睛全望着自己，那笑嘻嘻的神气，在李来双看去，好像表示说："好，谁叫你偷他的枪，看你怎么说！"

政治指导员制止了大家的叫嚷，于是四周静寂寂，过了一两分钟，李来双才说话：

"报告指导员，我，我真没有偷七班长的枪……"声音细得像从牙齿缝里挤出来的，然而大家都听清了，而且惹起一阵笑声。有人在生气地喊："笑什么！听他讲下去！"可是政治指导员却微笑着把手掌向李来双这方面按一按，表示让他坐下，说："好，我知道你，你不用再讲下去了！"

别的新战士坐下时，附近的人都向他多多地鼓掌，称赞讲得好。可是李来双坐下的时候，附近的人是什么样子，他不知道，只觉得月亮光照得他眼睛有些发花。

政治教导员的结论，他一句也没听见。

这夜，他梦见自己"开小差"又被人捉回来。梦，胡缠着，一直没睡好。

三

张锦田去住医院快够一个月了,丢枪的案子,始终没查出来。没有人会疑心到李来双,可是大家为这件事着急的情形,他是清楚知道的。每次上课,讲到革命队伍比起反革命队伍更应该特别爱护武器的时候,他便觉得自己做了"从来没有这样错过"的错事。

同志们时常拿他那晚讨论会上的窘态来开玩笑,模仿他那不正确的立正姿势说:"报告指导员,我,我真没有偷七班长的枪!……"接着对方总好问:"李来双同志,你真没有偷七班长的枪吗?我们就不相信,还是坦白些……"话没说完,大家又无意地闲笑起来。

这样的情境,使他很不好应付。当晚,比平常要迟睡着些,躺在铺上,盘算怎样来了结"这件事情"。现在,不是怎样陷害张锦田来"报仇"的问题,反而是怎样来替自己"解围"的问题了。

他在村里,可以抓住"漏空"就狠狠地给仇人一个打击,可是在这里,张锦田似乎变"大"了,或者说是什么看不见的"大"东西里边的一个,因此,不容许自己抓"漏空"给张锦田一下。这个"大"东西是什么呢,他只能感觉到却说不出它的名字。

有次,一位同志又开玩笑,说:

"李来双,讲老实话,你真没偷枪?坦白地说!"

"就算我偷了,你们说,我该怎么个坦白法?"他故作正经地反问,而且等候回答,可是大家说着"对不起你,我们不该老拿这话来和你开玩笑",都腼腆地走开了。

这道歉,证明也像那晚政治指导员所说"我知道你"一样,别人并不知道自己干的坏事。这在现在,不但不使李来双暗地欢喜,反而难受起来。

张锦田从医院回到连上了。当天吃晚饭的时候,李来双碰见他,本打算扭过脸去，装作没看见，可是张锦田却笑嘻嘻地跑过来和李来双握手。

"住在医院才听见你的名字，仔细一打听，才知道真就是你……现在咱俩是同志了，以前有啥对不起你的地方，请你饶了我！"紧紧地握着手，笑眯眯地点着头。

"你，你，你的病好啦？"李来双把肚肠都搜得翻转过来啦，才寻到这么一句话。

"病是好啦，只是害病的时候真倒霉，把枪丢了！"随着自怨自责的声气，脸上一层不愉快的阴云，遮蔽了刚才的嬉笑。

第二天的傍晚，张锦田带着一个纸包到班上找李来双，一面关心地打听李来双参军以后的生活，一面打开纸包，将里边的一条新毛巾和一块"新华"肥皂取出，向他身前一推说："李来双同志，这是住医院时候，别人慰劳我的，我已经有了，这份送给你用吧！"

谈了半天，总是张锦田在讲话，李来双很少作声，有也只简单的一两句。张锦田并不疑心李来双冷淡自己，反而热心地向他讲解这，讲解那，时常掺杂几句四川口音骂人的粗野话。这种热心使李来双惶惑地站在张锦田面前，呆呆地看着对方的脸，对方却以为李来双在用心地听，更加热心起来。

李来双把张锦田送走以后，一个人坐在铺位上，皱着眉毛，把那条毛巾和那块肥皂摆弄了半天，他想到这是张李两家头一次送礼物，是收下呢还是退回去……他想到很多，连这些东西该值多少钱，他都估计了，最后还是用原来的那张纸把东西包好，收进新领来的布褂包里。

从这天起，张锦田常来找李来双一起去河里洗衣裳，谈天，游耍，帮助他学习功课。有时偶然也谈到两家斗气的事情，这时候张锦田总是摆出一副鄙笑的神气。

有天他手里拿着封信跑来对李来双说：

"好了，他们也该团结进步啦！"

"他们？谁？"

"咱们两家那一伙人。"

"咱们两家怎么啦？"李来双有点惊惶。

"我老三来信，说村上干部们又在给咱们两家'说和'，咱们俩也写封信回去劝劝吧，我看这回也许能成事，老三信里就没啥顽固劲！"他笑了笑，接着把家信上面的话，念了五六句给李来双听。

李来双惶惑地盘算往不往家里写这样的信。

"这没有什么！"张锦田已经猜破李来双的难心，"咱俩团结了，难道还能瞪着眼睛让咱们俩的家不团结？这信我先写，批评我的家；你的信，你就说是我求你写的，你看这样好不好？"

"好是好，我只怕人家笑话我。"李来双沉吟地说着，脑里浮现出村里那群好斗气的人们的姿态。

水碗被碰倒了，水在桌面上流着。张锦田就用家信擦着水，随即将湿信纸搓成个团，甩进炕洞里。

李来双惊异地看着他的这些动作。

这天晚晌，张锦田拿来两封信，一封长的为给家里，一封短的写给村上的干部们。

第二天清早，连同李来双请文书同志代写的家信，一起交给政治指导员寄出去了。

"我吆呼你总是同志，为啥你总不拿同志吆呼我？"有次，张锦田像发现了新鲜趣事样地问李来双。

"有点叫不惯……"李来双脸红了。

"可是为啥能吆呼别人呢？"

"你是从前的熟人，熟人怪不好意思。"

"哪儿？那二连的金保则同志不也是咱们村的吗，可是你叫他同志，叫得怪自然的呢。"李来双默默地低了头，半天才说："说老实话，老张，我还不配给你当一个同志呢！"说完，头又低下去了。两只苍蝇在他头顶上飞扰着。

张锦田看见李来双像有什么心事难受，邀他到河边上去散散心。在路上，李来双突然问："老张，你丢枪那回事怎么办啦？"

"上级看我住医院刚回来，还没找我谈话，处分是应该受的……"看见李来双奇异的表情，张锦田改换柔软的语调继续说："同志，别为我担心，我是这样一个人——自己做错了事，别的同志不知道，不批评，我心里反倒难受。"

这天晚响，李来双又没有睡好觉。

张锦田在他从医院回来恰好够两个星期了的那一天，跑来找李来双。他背后跟着一个手里拿着封信、肩上背着条枪的战士。他一见李来双，就紧紧握住李来双的手，说：

"李来双同志，再见再见！上级送我到团部去受处分。"脸上浮出一个不自然的笑容。

"你忘啦？我害病的时候丢了枪。"看见李来双惊慌的神情，他又解释着。

"村上'看青'还得有些规章，咱们这样大的队伍，没有纪律还行……好，再见啦！你好好学习！"说完又用力地握一次手，就松开手转身和那个战士同志一起走了。

李来双的心，从来没有这样难受过。他躺在铺上没有去吃午饭。许多同志来劝他，故意对上级要给张锦田的处分，做了各种乐观的估计，然而并不能减轻李来双的难受。

就在这天的晚间，连长宣布命令：明天上午十点钟，本连全部出村，有战斗任务。这个村子，以后由另一个部队来驻扎。

大家忙着准备出发和作战的工作。新战士除了参加一般的动员会议以外，还接受特殊教育。接到正式通知以后，村民自动筹备欢送。第二天一清早，村干部们就找了连长和政治指导员三四趟。

快吹开早饭号了，李来双突然跑来找政治指导员。他全身打抖擞，一把拉住政治指导员就往三排七班住的那幢房子后面的玉茭地走去。

"李来双同志，你有话讲啰，何必这么样子！"政治指导员发急而又担心地向他说。

"我，我，我不能再瞒住咱们大家啦……"已经走到玉茭地边，他才松开手，讲完这句话就钻进茂密的玉茭地当间。政治指导员也只好迷惘地跟着他钻进去。

李来双突然跪下像狗一样用两只手拼命刨着土，碎土块飞溅着。不久，手里抓住一根皮带，再用劲一扯，从土里跳出一支步枪来。于是他从地面爬起来，把满是泥土的枪挂在右肩上，低着头站在政治指导员的面前。

政治指导员瞪大着眼珠子，一时没说出话来。风吹动玉茭长阔肥厚的绿叶子，沙沙地响着。

一九四三年七月二十五日

小　柱　子

一

王毅同志逗着小柱子玩，他说："你说你同我好，可是，要是我病了你咋办？"

"我来看看你，我让娘给你熬米汤，我到前村去给你请'先生'……可是，王同志，你就病不了！"

"为啥病不了？"

"因为我一和你好，你就病不了了。"这种幼稚的无理由的自信心，使得王同志微笑了。

"要是我走了呢？"

"你不走！"小柱子拉过王同志的右手，紧紧攥住大拇指，好像这样一来王同志就可以不走。

"要是我真得走，你留也留不住，那你咋办？"

"那我让大家留你，全村老百姓都来留你，把你衣裳、草帽、草鞋、褂包……把你的东西统统留起来，你就走不了了。"

他说着，一面指点壁上挂的、床下放的衣裳、草鞋等东西，并且，笑嘻嘻地把王同志的手指攥得更紧一些。

这种天真纯洁的亲爱和信赖使得王同志感到快慰。但这也只是一刹那间的感觉，随即有另外的事情又淹没了这种心情：近来敌人"蚕食"很凶恶，本村工作也许不得不转入秘密状态，某些公开的组织要暂时退出……

王同志要伸出被机关枪弹咬掉了一小节小指头的左手，来摸抚一下小柱子晒黑了的脸。可是，他想到，此刻，就在此刻，同志们正和敌人拼死地斗争着，这种心情，使得他把左手缩回来了，只是心不在焉地让小柱子攥着那只右手。

"小柱子，我再问你一句，要是我死了呢？"

一双水汪汪的小黑眼珠，瞅着王同志，像清水里静止着的一堆小蝌蚪，从眼珠里放出疑惑的光。

"王同志，你为啥说这话？"

王同志笑了。

"王同志，为啥今天净说不好听的？"小柱子问。

"小柱子，你可懂得我们是在革命呀，革命的斗争里不免要流血牺牲的……这话你懂不？"

"懂，你说吧！"

王同志觉得，无论是谁说的话，小柱子从来没有说过"不懂"，实在他也真懂得不少，比起自己在这样年龄的时候，他简直是懂得太多太多了。这也正是他特别逗人欢喜的原因。

"你说呀，王同志！"小柱子催促着。可是他看见王同志的嘴唇严肃地闭成了一条缝，眼睛注视着一处，他就知趣地不再催促，顺着王同志的视线，眼光也停到墙上一幅彩色的列宁画像上。

一会儿，王同志的视线转到小孩子脸上，小孩子的视线却还沉浸在那幅列宁像里，而侧着脸的列宁的眼睛，却正凝视着王同志。这三个人的视线，构成一个三角形。从窗外绿荫里透射来的阳光，正从这个三角形中间穿过，投在床铺上，把新浆洗的白布床单染上了一块淡绿色。

"王同志，你再把列宁的事情讲给我听听！"

"你就忘啦？小柱子！"

"没有忘！列宁他是全世界老百姓的好朋友，也是中国老百姓最好的朋友，他顶喜欢小孩，对不对？"为了证明"没有忘"，他复述王同志对小孩讲列宁故事时候常用的"结论"。

"对！咱们小柱子还能有啥不对的时候！"

两个人都笑了。

"可惜列宁他死了，要不叫资产阶级的女特务打'挂彩'，一定还活着，那该多么好！"这个小孩在悼念一个他所喜爱的伟人。

"列宁要是还活着，你要求他干些什么？"王同志知道对儿童们可以这样提出问题。

"列宁要还活着的话，他一定会自己到中国来，同咱们一块打日本。你说他会不会来？"小孩子又回过头去望一望列宁像，好像征求列宁本人的意见。

王同志费了许多口舌，给他讲解为什么列宁不会来，列宁也会要先打败希特勒，而打败希特勒怎样就是帮咱们打败日本……他虽不亲自来，也会像现在的斯大林一样，尽力地援助中国抗战。说到这里，王同志把准备今晚在妇救会讲话的一段材料，试用了一下，觉得收效还不坏。

"你说斯大林是列宁最好的学生，列宁教他念啥书？"

这问题使得王同志笑了，而这笑使得小柱子有些迷惘。

"王同志，我同你说真话，列宁教给斯大林念的书，我能不能也跟着他念？"

王同志没有空放过儿童这一善良而又崇高的动机，于是他说：

"列宁教给斯大林念怎样给全世界老百姓做事情的书，那书上讲怎样才能叫大家有饭吃，你看，"王同志从桌上搬起一本《列宁选集》，"这就是他作的一本书，斯大林就念过这本书。"

于是一双惊喜的小孩眼睛和一双对革命后代发出喜悦之光的大人眼睛，都停在这本书的封面上。

小孩拿过这本书来翻着，皱着小眉尖，检阅书上他所不认识的许

多生字,检阅到书尾"注释"的部分,他用小食指亲爱地点着两个铅印字,说:

"这是列宁吧?"

"对了,这是列宁两个字。"

"这,也是列宁吧?"又指着另一行中的两个铅印字。

"对了,这也是列宁两个字。"

"还有,这也是列宁吧?"

"对啦,你一点也不会认错了,写大些,写小些,你都认得。"

小孩嘻嘻地笑了。

"我什么时候都认识列宁,他走到咱们村来,我就是睡在炕上,把被子蒙上眼睛,我也能知道是他来啦!"

王同志哈哈笑了。"小柱子,你说得好!可是,你怎么知道是列宁来了呢?"

"我一定知道!我在炕上蒙着被子,娘走过来了,我知道是娘;爹走过来了,我知道是爹;大姐走过来了,我知道是大姐;为啥列宁走过来了,我就会不知道是列宁呢?"

这天真的儿童的"逻辑",使学了几年"唯物辩证法"的王同志都不能反驳了。不是无法反驳,而是不愿意用冷冰冰的反驳,去刺伤生长在一个儿童心里的对于列宁的挚爱。

"小柱子,你觉得列宁这个人挺好呀,是不是?"于是王同志也像儿童样称赞起列宁来。

"就是!列宁真好!王同志,你当一个列宁吧!"小柱子攀住王同志残废了的左手。

"谢谢你,我一定要做一个列宁的好学生,你呢?你长大了呢?"

"我,我长大了也当一个列宁的好学生!似乎因为害羞自己的"吹牛皮",小柱子扭捏地向王同志怀里扑去,不当心把王同志军衣上的第二个黑纽扣掉落下来了。小柱子从地上拾起绷裂了穿线孔的纽扣，脸上现出了惶惑。

"小柱子，不要紧，丢了吧。"

王同志脱下衣裳，正要取下插在壁上的一根带着长线的针，来补钉上另外的一个纽扣，小柱子却吃吃笑着把衣裳抢走了，跑到窗口，提起脚跟来向窗里喊道：

"你等等呀，我让我娘给你钉好。"

扯起衣裳，像扯起一面旗子，向院门外跑去。王同志知道孩子的"拗劲"，就任着他把衣裳拿走了。

一会儿，小柱子把衣裳拿回来了。两颊红红的，气喘吁吁地说：

"娘要我问你，看纽扣颜色合不合适？"小手指着新钉上去的纽扣——比较其余四个新一点，纽面有种少见的花纹。

"行！行！"王同志满意地点着头，小孩也满意地笑了。

于是小柱子又照例满屋乱看乱翻起来。

"噫，列宁呢？"

"小柱子，我看你怪喜欢列宁的，就让他和你在一起吧。"把已经从壁上取下的画像，递给了小柱子。

"怎么？你说啥？你说把列宁给我？"

"是的，送给你，让他搬一搬家，和你去住在一起。"

小孩喜欢得吃吃地笑。

到夜间，王同志从妇救会讲完话回来，路过小柱子家门口，进去坐坐，看见在炕角上离炕面三尺高的墙上，贴着列宁的半身像，在像的下面，睡着了的小柱子，恬静地打着鼾。

二

敌人的"蚕食"和我们的"反蚕食"，是极复杂残酷的斗争。敌我都运用了各种斗争武器——军事的、政治的、经济的，运用了各种斗争方式——公开的、合法的，一直到完全秘密的。

可是情况已经使我们某些公开的组织不能不从这村子暂时退出了！随着这村子的"沦陷"，许多人退出村了。另外的一种"人"填补进来。无耻和残暴就暂时统治了这个村。

小柱子家里的长长短短的木材，都给鬼子和伪军抢走了。小柱子爹也整天不得闲，和村里人一起，被逼着在村外给敌人盖"炮楼子"。不过，他爹是木匠，比起那些抬土搬砖的人，活儿多少要轻点，也少挨些打。

没有木材的人家，就拆了现成房屋，把取出的木材去"交公"。隔几天，敌人就按户清查，时常半夜突然跑进人家来捉"土匪"（敌伪污蔑我八路军的称呼）。"土匪"从来没有见捉住过一个，可是每来一次总要抢走许多东西。

小柱子东隔壁的赵老实家，叫敌人五天捉了三次"土匪"：头一次，拿走他儿媳妇的银手镯、银耳坠，是掀开炕面上的土坯"起"走的；第二回，拿走他老伴陪嫁时候的两身水红绸子衣裳，那是她舍不得穿，留着给她女儿出嫁用的；第三回，连赵老实藏在干草垛里的半口袋麦子，也当作"土匪"给捉住了。

最苦的是刘福绅家，从他家翻出一本《论持久战》，一张毛主席的像，还有几张宣传单，就把他儿子刘进（这是他自己改的名字，原来叫作刘进财）捆去了，不久就从县城里抬回了死尸。因为刘进到死也没承认自己是共产党员，村里大家又联名保过他，所以他家的田产总算没有"充公"，只是"很破了一笔财"完了事。

另外，刘绍贵家、赵魁家……总共有五六家，都因为从家里翻出中国共产党领袖们的画像，哪怕是一张半张，都给敌人抓去，罚了款，坐了牢。

因此，小柱子的爹娘，每天搜索着王同志送给他的列宁像，可是不知道被他藏到哪里去了。娘为这事向他哭，哀求他把像交出来，甚至哄他说，等打走了日本，让王同志带他到列宁的家里去住几天……可是小柱子不交出来。他爹只好横下心来打自己的孩子。

起先，小柱子净哭净号，却不说话，以后痛得太忍不住了，说："爹呀，你……你打死我吧，我死……死也不把他交给你呀……"

这夜，小柱子病了，发烧，有时还说胡话。

等到病好起炕，小柱子瘦得真像一根小柱子了。他娘劝他："你想想，你爹多会儿像这样打过你，你太不听话了，现时下，鬼子……"她恐怖地向四下望一眼，"占住咱村，翻出列宁像来，会叫你像进财哥一样丢脑袋！还是偷偷交给我，我替你存起来，等打走了鬼子，再还给你……"

起先，小柱子低头听着不说什么，后来把头一扭，朝大门外走去，愤愤地说："你们好！把我差点打死啦，我挨完打啦还交给你？"

三

两个多月过去了。村里早收罢麦子，可是谁家也没有收进家里几斤，都给敌人刮光了。有一天夜里，小柱子醒来，听着黑暗里叽叽喳喳的，有人坐在凳上和炕沿边上说话。他没有动，假装睡着地听下去。后来听见他娘说：

"咱们别在这儿净说啦，这些日子，小柱子的觉轻，一有动静他就醒，让他知道王同志死啦，又得闹一场……"

小柱子打了个冷战。

"不单你家的小柱子，谁家的孩子们也不能让知道……"仿佛是隔壁刘大嫂的声音。她的话没说完，就给赵大嫂抢过去了：

"别说小孩们闹啦，连我家那个人（指她丈夫），当我面都哭过两回！（声音变得更低了）听说一伙三个人，剥光了衣裳，往身上泼开水，就这样啥也没问出来……"

"哼，问出来还得了！他嘴巴一松，咱村就得出十几个孤儿寡妇！"听不清楚是谁插嘴。

小柱子"忘记"流眼泪，只觉得自己像光着身子躺在雪地里一样冷得发抖，于是他用牙齿紧紧咬着夹被的里子。

"好容易！总算埋了。"说话的人，随着叹息了一声，仿佛又是刘大嫂。

"埋在哪儿？"

"周围都是鬼子，哪能往远处搬，听说就在……"

小柱子没有听清楚这个地名，因为说得太低了。可是他很惊奇，怎么是青娥的口音。青娥十九岁，平日很少到小柱子家来的。

"咱们还是到你家去开会吧，春花，你是咱们组长，跟前又没孩子们。"小柱子娘提议。

"好！"

接着听见黑暗里，有手摸扶炕沿和脚腿碰着凳子发出的响声，大家一伙往外走。娘临走吆唤两声："小柱子！小柱子！"没有答应，她以为小柱子还是睡着的，打了个唉声，随着这伙妇人摸出去了。

第二天清早，天刚一蒙蒙亮，小柱子就在炕上摇唤醒他的爹娘，苍黄着脸，小眼珠红红的，问：

"你们得一定告给我，王同志啥时候死了的？"

这使他的爹娘都惊呆了。"谁又这么胡说八道，他多会儿死了的！"他爹说，眼睛瞪着他娘，又转过脸来，向着小柱子，"你听谁说的？"

他怕讲出真话，爹要生娘的气，因此撒谎说：

"我夜来做梦，梦见王同志来啦，他说他叫日本鬼子脱光衣裳，用开水浇死啦！"随即倒在被子上呜呜地哭起来。

这一天，刘大嫂、赵大嫂几个人，都悄悄跑来问他做的梦。这，使得小柱子又诌出许多谎话来。

小柱子在村里溜了一个圈，许多抗日儿童团的团员——他的好朋友们，都知道王同志牺牲了。这在大人们之间掀起很大的不安——村外村里都有敌人，谁知道这帮小家伙会说出什么话来，干出什么事来呢！看见三五个孩子在一起"咬耳朵"说"体己话"，或是在应该看见自己孩子的时候忽然不见了，大人就感到一阵惶恐。

第三天，快黑天的时候，小柱子他爹领着他到村口的小庙去，庙前青石台阶上坐着两个割草的老百姓，身边放着两大篓青草，都自在地在抽着旱烟。

"这就是我那孩子——小柱子。"他爹把他介绍给这两个割草的人。

这两个人问了小柱子许多话。其中有一个人，北方话说得不太好，时常露出南边口音。另外那个人口音是本地的。

"你也别发动你们那些小同志去找王同志的坟，不久，打走鬼子，咱们大家一伙去。现在落到鬼子手里的同志，不止一个英勇牺牲，叫鬼子杀死了的，也不止王同志一人。"带南边口音的同志，慢吞吞地一字一顿地说。说到这里，停住嘴望着小柱子，好像在观察小柱子是不是接受他的意见。接着又说："你说你能认识他的衣裳，我们设法给你拿来。我们也只听到个'恍信'，你能认准也好。"又亲热地望了小柱子一眼，"小同志，你还有什么意见吗？"小柱子摇了摇头。

夜里，送来一件带着血迹的军衣。小柱子一看就知道正是他给王同志钉过纽扣的那件，抱着军衣，打着滚在炕上哭。他娘给他擦眼泪，可是娘也不住地掉泪。他爹在炕前的地上走来走去，右手攥成个拳头，像是攥着一把别人看不见的斧头。

这夜，小柱子又发烧，又说胡话，时常从睡梦里伸出拳头来，踢起脚来打人。夜深的时候，小柱子家门口有个"神婆"在念咒语和烧"表"，请"亡魂"不要缠着一个可怜的小孩。这个"神婆"是小柱子的外祖母请来的。

两个扛着枪的伪军，说笑着走过来，看见火，站住了脚，粗气地问：

"报告过了吗？"

"报告过了。"

"怎么啦？"

"这家的小娃子，吓掉了魂。"

他们走开了，其中一个伪军嘲弄着他的伙伴说：

"这几天，八路真盯得紧，我看你这小子也该让这老家伙给叫叫魂……"

后半夜，小柱子清爽多了，因为他忽然想起来：王同志衣上第二个纽扣上有那样特别的花纹，可是这件衣上恰巧失落第二个纽扣，这也许不是王同志的……

天亮的时候，村外又响了两三枪，小柱子也没有给惊醒。

四

这是两天以后的事情。

仗，打了大半夜，天亮以后，枪炮又狠狠地响了好几阵。到平常快吃早饭的时候，鬼子败走了。那些跟着鬼子一起来的"人"，也跟着一起滚了。虽说有几处刚救熄火的房子还在冒烟，敌人杀了村里两个人，抢走了好多东西，"伙"走了十几个人，不知道他们还能不能再回村来，可是，大家心里都觉得："现在，一切又都好起来了！"

看看村外边的谷子地,就像每棵谷子都长高了好多,也绿了好多。

这一夜,人、小车、驴、骡子、牛载着驮着粮食、蔬菜、肉、被子、衣裳等等东西,断断续续地往这村来,慰问打败鬼子的军队,慰问烈士家属和被难的老百姓。连夜,一批人忙着拆掉鬼子丢下的"炮楼子";就在这座"炮楼子"的前面,用拆出的材料,搭了个准备明天开会庆祝胜利、追悼烈士的大台子。

好多拆炮楼搭台子的人,认出了自己家的木料、石基……"臭娘的!这不是我正房那根大梁""这是我北屋那台阶石,你砸碎了,我也认识!"这里那里,时时发出这样的话。小柱子和一群抗日儿童团的孩子们,杂在搬材料的人们中,一起来来去去地搬砖头。快到鸡叫两遍了,人们才回家去。

小柱子睡在炕上,盘算他明天在大会上要讲的话(因为他要代表儿童团讲话的),想了好一会儿,他才睡着了。

第二天他一睁眼,披上衣裳就往外跑。

小柱子赶过集,看过戏,开过不少回群众大会,可是没有见过今天大会这样多的人。有多少人讲过了话,每个人的话里都有这一层意思,就是都说到日本鬼子总要失败,最后胜利一定是我们的,都说到一定要替牺牲的同胞们同志们报仇……讲话的人每一提到牺牲了的王毅同志,小柱子的心就像叫人狠狠地拧了一把。轮到他代表儿童团上台讲话的时候,完全顾不上照着原先的准备一句一句地来讲,他站到台口就张嘴了,他说:"王毅同志给我说过,他老家在南边,是毛主席叫他到咱村来,他跟咱村的老百姓,共一个井打水喝,过一样的日子,领着咱村的人一道打日本。他死在咱村,埋在咱村,别说你们大人,就是咱们小孩,咱们儿童团,谁不知道他是一个多么好的同志呀!"

台下爆发一阵口号,一阵掌声。小柱子接着说:

"王毅同志死了,咱们得替他报仇。我代表咱们儿童团,保证加紧配合大人站岗放哨,查路条,叫狗日的汉奸一个也跑不了;保证加紧学习,没事不误学,在学里不淘气;保证加紧生产,打柴、割草、拾粪,帮着爹干地里活,帮着娘干家里活,听村政府的话帮抗属干活,每早捉懒汉……"

大会上的人,又排队到烈士坟上去献花圈。王毅同志和另外两个同志的坟,都在西山洼里几棵大松树的下面。王毅同志坟的后面,竖着块短粗的石碑,碑上没有刻字,只用黑锅底烟子涂一个"苏州码"的,像是买石碑的人打上去的号码,其实是村里人埋他们的时候,用来标记他们是三个"八路军"军人的。

在大会上,好多人掉下了眼泪,小柱子没有掉泪。可是当大家依着口令,一齐向王毅同志坟墓"一鞠躬,再鞠躬,三鞠躬"的时候,他憋不住偷偷哭了,眼泪刚用小手擦掉,又涌了出来。

散会后,各家搬回了自己的砖石木料。

后半夜又青又亮的月光,照进小柱子家敞开着的窗户,屋里静到连他爹娘小声打鼾都听得清,可是小柱子并没有睡。在炕角上离炕面三尺多高的墙上,贴着彩色的列宁半身像。这像因为在土壤埋藏得太久了,受了潮湿,纸面变得凸凹不平,颜色也有几处变了。可是,列宁的眼睛还是和从前一样凝视着人。小柱子坐在列宁像前,他正趁着月亮,利用一片破碗碴的角尖,在列宁像右边的墙上,雕刻着用粉笔写上去的一行字"王毅同志精神不死!"——这是他从白天大会上学来的。

他雕刻的动作,是这样的机警和小心,怕把他爹娘惊醒,又是这样的专心和用力,想把每个字的每一笔画都刻得深深的,只有小胳臂累酸了的时候,才歇手停一会儿,可是眼睛却总是定定地看着列宁和这一行字,一会儿也不离开。他的黑红色的脸,在月光里似乎显得比白天要大些，脸上的神气，是非常严肃和非常庄重的。

在这个儿童的心里，该有多么伟大的东西在生长着啊！

一九四三年七月十二日在王堡

魏

巍

晋察冀，英雄多

在狼牙山西方约三十里，有一座与狼牙山对峙着的庄严的高峰。这就是大东寨。反"扫荡"的11月23日，一千二百余个法西斯寇兵，包围了这块山地。

早晨，三团四连侦察组长郭文华和侦察员杨明河、崔昌儿两个同志，受命到大东寨上监视敌人。当他们由南面登上大东寨的山尖时，才发现敌人已经由东北西三个方向蜂拥上来。三面距他们都不过五十米远。他们马上卧倒，相互间连一句话也不及说，就分头射击，投到险恶的战斗里。

他们同三面第一线的敌人（约二百名）坚持了半个钟头之久，每人很少的十几粒子弹和每人的两颗手榴弹已经打光了，打死了六七个法西斯。但是这包围圈距他们只有二三十米，四五挺机枪响成了一个声音，他们已经被枪子击起的尘雾、岩石飞溅的碎末所完全盖住。这时那二十六岁的涞源人，那个黑大个子的涞源人——杨明河，谁也没注意他什么时候上刺刀，就愤激地向着压逼上来的敌人堆里猛烈地扑去，他和两三个法西斯拼起了刺刀。终于，我们的民族勇士，刺死一个法西斯后自己也牺牲了。崔昌儿也已经被打穿了左胛，扶不住枪。三面的敌人已经快逼到身边，并且喊着："捉活的！"这时，这时呵，共产党员郭文华，这个矮个子，就从腰里抽出刺刀，扯开棉衣，喊了一句什么，悲壮地把刺刀插到肚子里，崔昌儿也抱着枪支滚下三四丈深的悬崖……

郭文华和崔昌儿都才二十二岁。

在大东寨的另一个地方，游击小组组员许玉信，子弹打完了，而且负了重伤。他就把枪压在身下。

敌人走过来问：

"谁的枪？"

"我的枪。"他答。

"你是干什么的？"

"我是打日本的。"

"为什么打日本？"

"为什么？为中国人报仇！"

敌寇逼着他走，许玉信同志挣扎着站起来。对着敌人伸出了大拇指，咬着牙说："我是中国的这个，死也要死在边区……"

难忍的疼痛使他倒下，沾满血迹的身体也顺着草坡滚下去。

还有我们的小学教员梁鸿业，敌人在洞口围住了他。他是一个残疾军人，共产党员。在部队里服务时，曾任指导员。1941年秋季反"扫荡"时，在残酷的臭水坑战斗里，日本法西斯的毒瓦斯，几乎使他双目失明。从那时起，眼前时时蒙着雾，走路离不开一支拐杖。

他是个模范小学教师。夏天河涨，他背着学生渡河回家；夜间，因为怕狼咬学生，他护送学生到家，然后说："你们的××回来了。"他和全体学生的生产进行得很好，全村都用他们编的锅盖。他用少吃一顿饭的办法，节省下钱来做棉衣，节省村里的开支。他到深山里采药，采来柴胡、知母、防风、半夏、黄芪，卖了钱，给学生买纸买笔，解决困难，保证了百分之八十的学龄儿童入学。帮助村里工作，就更不必说了。

他在洞里藏着。一个日本法西斯军官攀着悬崖，把脑袋伸到洞口来捉他。他举起枣木棍，照着敌人的钢盔、头部狠命地狙击，那日本军官用手枪连击他三枪都未响，他却把敌人打得满脸是血。又上来一个拿步枪的法西斯,才把他左肩打伤,可是更引起他的激愤,用枣木棍拼命地还击,直到第二枪响起,我们的英雄才最后躺下。

还有我们的牛进喜,赤手空拳被敌捉住时,在法西斯军官的面前,他挺着胸脯说道:"我是八路军,我是抗大的伙夫!其他的我什么也不会告诉你们的。"

敌人把各式各样的刑罚都用过了,最后,把他剥光衣服吊起来,用一盘子弹尖用劲划他的肋骨缝子,全都划裂了,他还是那句话。我们的烈士为国家民族尽了忠,使法西斯军官们也不得不敬佩地说:"这是一个共产党员!"

这就是大东寨上的英雄业绩。

这就是和狼牙山五大勇士的事迹一样英勇的事迹。

延安《解放日报》,一九四四年六月十二日

燕　嘎　子

燕秀峰，二十二岁，冀中任邱县人，外号叫"燕嘎子"。他十四岁参加了八路军，十六岁加入了共产党。当过勤务员、通讯员，革命抚养他长大成人。十九岁那年，调他到区小队手枪组，正赶上冀中地区变质，点碉林立。任邱五区不过四十几个村子，就蹲着三个据点，十一处炮楼。敌伪武装数量，超过他们十五六倍。他不管环境如何艰苦，在党的领导下，坚持战斗，两年多来获得了很大成绩。这期间，经他活捉的伪军特务不计其数，单说那人民最痛恨的特务，被他亲手斩杀的就有一百余名。经他参加奇袭攻克了的炮楼有八座，缴获了十二支步枪，八支盒子。伪军特务们都怕他，临出门时还互相警惕："别叫燕嘎子打你的主意啊！"有一批反正伪军，知道他是嘎子，就指指点点地围上了他。问某次拿炮楼是不是有他，问某某是不是他打死的，他都微笑点头。反正伪军说："哎呀，过去可叫你把我们给吓草鸡了！"

地下生活，度日如年

冀中地区变质后，同志们失去了白日。地下生活，度日如年。有一次，他和一个伙伴，在王约村遭五百多个敌人快速部队合围。他俩钻了"堡垒"，敌人就掘洞抓他，挖一截，他俩在地下退一截。挖了差不多一天，眼看就挖到头，他俩无处可退。敌人打着电棒吆喝着："出来吧！"那位伙伴，呼哧呼哧地出着粗气。嘎子想，今天非死不可啦。正在没门儿，他忽然摸着一把小铲，看看旁边像有一个填死的洞口，急忙刨开，恰恰盛下两个人，就钻了进去，用土又堵上了。敌人走后，他们才从土里钻出来。在这种环境里，同志们的脸黄了，眼红了，仇恨烧坏了人。

伏击"白脖"

开初，他和同志们常用的是"挑帘战术"，后来转变了战术思想，化装出来活动，打伏击变成嘎子主要的战斗方式。而且他以那种可惊得大胆与突然性执行着战斗任务。一九四三年秋天，八房据点的"白脖"可把老百姓糟蹋坏了。老百姓咒着一个歌谣："不怕神，不怕鬼（儿），就怕碰见蒋顶水（儿）。"这天，蒋顶水等十三个"白脖"，一色盒子，骑着十三辆车子，溜溜溜溜地向鄚州（任邱北敌据点）飞奔。当两个尖兵驰过李庄子的时候，突然，一个人跳在这十三辆车子的正中。乓、乓、乓，打得车子站不住，走不了，滚成一团。一个被嘎子抓住又放回的伪军，这时候口吃地说："咱，咱们缴枪吧！这，这是燕嘎子啊！"

初打梁召集

政委接到指示，派嘎子等六人到梁召集上，去打死当地炮楼上的大队长。他们到了集上，买了些葱、筷子，乱七八糟地插到口袋里。先看见了好几个带枪的伪军，嘎子心里怪痒痒的，浓眉动着，眼巴巴眨眨瞅着。同伴止住他，专等那伪大队长。左等右等，不见影子，他就闷了起来。走着走着，面前突然出现了伪大队长和四个护兵。正要躲闪，大个子护兵一把将他抓住，问："你来干吆？""我是赶集的。"嘎子回答，腰往下就着掏枪。大个子伪军打了他两个耳光。伪大队长和别的伪军齐说："捆起他吧！这就是嘎子。"嘎子腰往下就着，大声央告着："老爷！谁是嘎子啊，我给你们磕头，我嫌怕，在村里，我就怕你们，这回我赶集，妈还嘱咐我，说不要碰上你们……"说着，连自己也不明白怎么这么快，掏出盒子，砰的一枪，大个子护兵仰背跌倒了下去。又砰砰打完一梭子，那几个哇地趴在地上。近处炮楼上也响起枪，打起手榴弹。燕嘎子安然脱险。事后，才知道有汉奸报告。

"我试试你的胆量！"

郑州的敌人，强迫老百姓去开会。嘎子等四个人化了化装，天刚黑也赶到郑州去了。一个老乡知道了他是八路，又知道了他是燕嘎子，高兴得很，说："正开会哩！我领你们去吧！"嘎子把老乡详细地盘问一遍就答应了。朦胧月色下，老乡领着他们。走着，走着，看见一个站岗的"白脖"正在门前走来走去。嘎子紧走几步，想活捉他，谁知被发觉了。那家伙大声地问："谁？"嘎子答道："自家人！"说着，就扣了火。只听大机头乓的一声——子弹臭了。伪军马上端起枪对着他，大声骂道："自己人为什么扣枪机？"嘎子笑嘻嘻地说："我试试你的胆量，跟你闹着玩呢！"伪军一愣，他随即又顶上了子弹，砰的一家伙，回头就跑。第二天，老百姓纷纷说："八路军打枪真有准儿，那家伙一嘴狗牙全给打掉了！"

虎口救人民

老百姓给政委说："你们快把郑州那三个收税的打死吧，我们快不能活了！"老百姓买卖东西，都得经过他，缴出重税，不然就把你打得哭爹叫娘。嘎子等三个同志奉命奔到集上。说也凑巧，那三个收税的，一个胖的，一个瘦的，正分坐在桌子两边数钱。那个不胖不瘦的，正打骂老百姓，轰着老百姓好几十头牲口。老百姓忍气吞声地低垂着头，气黄了脸。嘎子的眼像着了火，"叭"的一枪，正打中那个打骂老百姓的家伙。嘎子的伙伴，也连发两枪，胖子和瘦子登时倒在桌子两边，不动了。

这时老百姓嚷成一片："打得好哇！八路打得好哇！"

斥退无耻诱降

嘎子染了一场大病，政委叫他回家休养。坏家伙就对他说："抗日抗出个什么劲，还不如做个小活哩！"还说："你上鄄州待待去，准吃香！在楼上先待着，以后反正也是一样！"嘎子瞪着眼骂他们："投降敌人是王八蛋、软骨头干的，我燕嘎子是敲起来当当响的抗日战士，你把我当成什么人啦？"他为了预防不测，就转到了外村，敌人来捉他也没有捉住。

区里决定捉他投降的舅父。这时他已病愈归队。政委问："谁去？"他马上说："我路熟，我去！"他就领着区长、政委，头一个爬过了房，连声叫道："奉林舅！"他舅一出来，嘎子就把他生擒了。

深夜偷袭清河口

政委计划好拿清河口炮楼。

队伍在外面布置好，政委就让嘎子先进去，收拾两个最手黑的家伙。嘎子和一个向导，在混漾漾的夜色下，爬过了外壕。这是夏天的午夜，壕沟里蚊子嗡嗡地叫着。向导用手一指，他就爬上了房。往院子里一看，那两个家伙正盖着被单打着呼噜睡呢，可是枪都在怀里搂着，他就轻轻地下了房，走到一个家伙身边，轻轻地扯开被单，然后弯着腰，一只手用盒子对着那家伙的脑袋，一只手扒拉那枪。一扒拉一扒拉，就扒拉出来一支。对另一个家伙的枪，他干脆一抽，那家伙也没有醒。他把那支枪交给政委，政委说："上！"同志们就一拥而上。然后，嘎子跑到伪班长的门外大声喊："光剩下你了，快缴枪！"不大一会儿，伪班长就哆哆嗦嗦地把枪从窗口扔了出来。嘎子说："还有你那支撸子呢！"伪班长无可奈何地又扔出来那支撸子。

这次，总共缴了十八支枪，活捉了二十多名伪军。

白日戏袭大于村

大于村炮楼上有个伪军贾班长,群众说:"这种六亲不认的坏蛋,抓住他,你们不打死,我们也得打死!"给他去信,他来信骂。这天,嘎子出外送信,恰巧碰见这个炮楼上也出来一辆车子送信。嘎子一堵他,吓得那个小伪军崽子直啼哭。嘎子卡了他的车子,又夺了他仅带着的几盘子弹,就扶着车把说:"我累了,先借着骑骑。你回去给贾班长说,如果还要呢,就来信!"说过,头也不回,一溜烟走了。嘎子回来,政委就接到伪班长的来信,信上说:"走着瞧!"政委就派嘎子等五个人去打死他。

拂晓前,他们就化好了装。嘎子先派三个伙伴到村公所附近埋伏。然后自己拿了镰刀,背着筐,走到炮楼底下割草。伪军们起床、说话,他全听得清清楚楚。一会儿,就见两个伪军走了出来,边走边说到王约村索要菜金的事。嘎子就背起半筐草,悄悄跟在后面。看看离炮楼远了,他把盒子猛地一伸:"动!打死你!走,跟我到房子里待待!"他把这两个家伙送给同伴,就又到原地铡草。隔一会儿,又出来了两个八房炮楼的"来客",也被擒住,还卡了一支盒子。不久,八房炮楼派出一辆车子来找那两个"客人",也被嘎子的伙伴卡住。这样,陆陆续续活捉了七个,都关在那间小房子里。

这时候,嘎子又改了装,到原地割草。可是伪军已经发觉,就在炮楼上指着他说:"打!他准是个八路!"嘎子很快转移到比较隐蔽的地方,看见炮楼上的伪军还在伸着脑瓜看他。他把盒子一举,那些小脑瓜就像老鼠般地缩进去。待会儿,就又伸了出来。嘎子看着有趣,就换了一个地方,顺手拎起一支木棍向炮楼上瞄准。一瞄小脑瓜一缩,一瞄一缩,煞像一台小傀儡戏,把伪军弄得十分疲倦。

可是贾班长还没弄到手,怎么能算完成任务呢,嘎子心里不免着急。他浓眉一皱,心里暗想:"你要真敢打我,我就跳到沟里和你推磨。"决心一定,就大模大样挺着胸脯,走到落吊桥处,仰面望着炮楼大声喊道:"谁在楼上?"炮楼上问:"你是哪个?"他嗓音洪亮地说:"我是燕嘎子,贾班长在楼上吗?"炮楼上一个人答道:"在。"嘎子说:"好,贾班长!今天我们的队伍全来了,如果你不下来跟我谈谈话,我非把你这个炮楼戳倒不可!"这个伪班长虽坏,胆子却不大,嘀咕了一阵,就同一班伪军空着手走下炮楼,落下吊桥,站在吊桥上满脸赔笑地说:"到楼上喝点水吧!"嘎子上前一把抓住他,吓得他像长虫喝了烟袋油似的抖个不住。嘎子不禁笑了起来,说:"你哆嗦什么哩,走,跟我到屋子里待一会儿!"这样就把他生俘了。

化装袭击石桥、石五集

一九四二年冬,高阳、任邱的日寇,正强迫老百姓进行"反共誓约"。

在任邱、文新的两交界有个石桥村,嘎子过去在这里活动较少,敌伪对他们不很熟悉。

这天拂晓,嘎子和其他四个同志,化装成"宪兵队"。政委叫他们走在前面,自己和十几个同志化装成"鬼子兵"跟在后面。燕嘎子今天穿得可阔啦,还戴着眼镜,一路包围村庄,三八枪叮叮当当地乱打,把老百姓吓得乱跑。他们走到石桥大乡公所,往那里一坐,个个板着脸孔,烧水也不喝,说要打锣开会。折腾了好一阵子,估计炮楼上知道了,才叫伪乡公所的人领着去炮楼上接头。

到了炮楼边,燕嘎子凶里凶气地喊:"队长在不在?我们是任邱宪兵队来接头的,快下来!"伪军们一听说是宪兵队,就吓得不知东西南北,连忙扑通扑通都下了楼,站在吊桥上,"兵"地打了一个立正,还赔着笑说:"辛苦啦!你们来得真早啊!"嘎子点了点头说:

"可不是，腰里还掖着饼哩！"接着，伪队长也迎了出来。嘎子和他的三个伙伴一路往里走，伪军一个个都打了敬礼，就像阅兵似的进了房子。

嘎子说："队长，请你给顶上的岗说，叫他特别注意，八路近来活动得很厉害。"说着，把头扭过来对伙伴李志华说："李志华，你也到顶上帮助站站岗。"李志华应声走了，他就和队长开始了个别谈话。先问："举行反共誓约，你知道不知道？"又问："老百姓都跑到近处了，你知道不知道？"伪队长都忙说："知道！知道！"接着嘎子又客气起来："这不是任邱地界，我们本不愿来，日本子一定要来。后面，宪兵队长也马上就到！"

"宪兵队长、日本子还来？"伪军队长惊恐地说。

"嗯，这几天他的脾气可坏着哩！"

"我去接接他吧！"

伪军队长连忙带了几个人出去了。燕嘎子就在屋里翻起来。东翻西翻，没有枪。后来，在一个套间里找着十支枪，他一下就背了六支。剩下的背不了啦，就嘎声嘎气地喊：

"拿烟来！"

另外两个伙伴进来，背上所有的枪。他又伸着头冲着炮楼顶叫："李志华，下来吧！"

他们走到院里，楼顶上的李志华也把放哨的枪拿了下来。伪军们一个个全愣了。嘎子掏出枪说："你知道我们是谁？我们是八路！"这时，我们的"宪兵队长"（政委）也到了，那位出去迎接的客气的主人（伪军队长）也傻眼了。政委把手一挥说："别愣了，跟我们走吧。"这次共缴获了十一支枪，捉了二十多个俘虏，一把火烧了炮楼，作了对"反共誓约"的回答。

押着这些个俘虏走出炮楼的时候，炮楼外站满了群众。政委笑着问:"你们是来干吗的呀?"群众说:"不是宪兵队打锣,叫我们到这里来开会吗?"同志们都笑了。

化装袭击石五集炮楼,更来得迅速。他们四个"伪军",四支盒子,四辆车子,像刮风一样,一直卷到炮楼的近处,冲上吊桥,把十几个伪军都堵在饭桌上。一个被燕嘎子抓过而又放回的伪军,看见他突然出现,惊愕地说:

"你来了!"

"可不是吗,你们的枪呢?"

"在楼上。"

这个伪军还想拉关系,走过去嘻嘻哈哈地拉他。

他把浓眉一扬,大声说:

"劲,我打死你!赶快收拾收拾你们的东西去吧。"

这次共缴获枪四支,捉俘虏十多名,烧了炮楼。

拿炮楼是那么容易的吗?不!这是因为群众是我们的,我们的英雄有千百万的耳目,闪电般的突然以及惊人的勇敢和机智;而敌人则像浮萍一样,漂浮在人民的海里。

燕嘎子用类似的手段,和他的伙伴一起,又拿下过大苟村公安局、八房、赵北口等处的炮楼。随着"向敌后之敌后前进"的战略思想的深入,和各地英雄们奇迹似的战斗,炮楼的丛林逐渐消失了。人民又恢复了以前自由的生活。

人民最疼爱的孩子

敌伪把燕嘎子当成"活阎王",当成神奇的人物。可是人民却把他看作最可爱最朴实的孩子。这一带人民是多么疼爱他呀!只要晚上他叫门——"谁呀?""嘎子。"那门便呀的一声开了。一次嘎子病了,转移到他不常活动的地区去休养。村长听说是他,惊讶地说:

"哟！你就是那个燕嘎子吗？"就把他藏在一个最秘密的地方。怕他冷，给他屋子里生上火，把自己舍不得吃的给他吃，还对一切人封锁了消息。后来，不知怎么被几个老大娘知道了，悄悄地问："听说嘎子来这儿养病哩？""没有！""唉，好村长，让我们看看他吧！"几个老大娘不住地求告着。他们觉得照顾他，照顾这个好样儿的八路军，是自己最大的光荣。在某村，一个年岁很大的老奶奶，听说他是燕嘎子，连忙擦擦老花眼，说："好小子，过来让我瞅瞅你！"嗬！竟把我们的嘎子看臊了，后来，拿下了那个村的炮楼，有几百个老百姓围住他，看他。小孩子扳住他的脖子，管他叫嘎子哥。

又一次，区小队和别的队伍住在一个村子里。因为疏忽，被优势的敌人包围了。仗打得很激烈，我们受了一些损失。敌人走了，几个老大娘哭着去找嘎子的尸首，猛然看见他从一个门洞里出来了，高兴得叫起来，拉着他的衣服说："俺们的好孩子，为了保佑你们，俺们已经烧了好几炷香！"

一九四四年冬写于阜平晋察冀边区第二届群英会上

吴伯箫

孔家庄纪事

一

让我记下这页历史吧——孔家庄老百姓翻身的故事。

孔家庄是明朝永乐年间建立的。若老年人的传说和记忆不错，一代生，一代谢，到现在该有五百多年了。孔家庄是平绥铁路的一个车站。车房的门脸上还存有宣统二年秋季詹天佑的娟秀（的确不苍老也不遒劲）题额。车来车往，浓重的白烟，轰隆的声响，尖锐嘹亮的汽笛，迷漫波荡在这一带也有三十几年了。孔家庄以南七里是洋河，水深水浅，河宽河窄，滋润着土壤，哺育着居民，谁知又有几千万年呢？但根据有史以来的记载，老百姓从奴隶的地位站起来当家做主人，这无论如何是第一次，是翻天覆地的事啊！是美事、韵事。

论说，自从中国有了共产党，老百姓翻身就有了希望。自从共产党领导人民建立了革命根据地，从敌人手里解放了广大区域，老百姓翻身的花朵就开得灿烂遍地了。这部史诗是空前伟大的，这里姑且算采摘新蕊一枝，凑近些，请一看照眼的颜色，一嗅馥郁的芳香而已。

二

一九三五年秋，八路军解放了张家口，离张家口两小站火车路的孔家庄驻屯的敌人也就狼狈逃窜了。八路军到了孔家庄。但是到孔家庄的八路军，不是带枪的队伍，是三个徒手的和善老百姓。穿老百姓的衣裳，说老百姓的话，一切和老百姓一模一样。他们是替老百姓办事的。

八路军要来的消息，孔家庄的旧甲长和地主早就从旁晓得了。他们事先布置得很周到，几乎一进堡子门，就有人迎接。恭敬，又客气，喜滋滋地把三个人拥进了"村公所"（管一个大乡，十三个村子），左右前后一圈都是笑脸。泡茶，递烟，那才是殷勤呢。喝一碗倒一碗，吸一支点一支。不到饭时，酒饭就已经预备好了。公家招待不算，还有私人请客。"今回到我家去吧""我家里也便宜哩"，都像多年的老亲故友。

也不是不谈话，不过所谈的总不过寒暄些天气，或道几句辛苦。若问：

"今年年景怎么样？"

"行唡，大家打的粮食都够吃哩。"

"这村里有佃户雇农吗？"

"没啥佃户雇农。一家七十亩、八十亩的地，都自己种啦。"

八路军工作人员急于了解的是村里老百姓真实的生活情况，但对面争着来的，却是些不痛不痒的回答。

怪啦，三百多户人家的这样一个村庄，光是"闻香下马"的缸坊（蒸酒的酒店）就有四座。看外表也分明有瓦房、泥房，有砖墙、土墙，有宽阔的车门通着几进的深宅大院，出进是三套两套的骡马大车，也有爬爬小屋门户直冲着街面，蹲在门口晒太阳的是黑漆皂光的破羊皮里裹着瘦骨嶙峋的老汉、老婆。怎么会没有佃户呢？怎么会没有雇农呢？"到街上转转去。"像罩在雾里蒙在鼓里的工作人员，不得不另打主意了。

三个人走在街上，甲长和地主团团地陪着，佃农和雇工远远地望见就搭讪着走开了。妇女不照面，偶尔碰到，扭脸就走，再一会儿，嘭的声连门也关了。旧政权伪政权统治底下，老百姓谁敢进村公所的门，谁敢和保甲长讲话呢！脚还没踏上台阶，"干什么？出去，出去！"里边呵斥的声音已经劈头盖脸下来了。那是两种很不同的人哟：一边被压在底下，一边高踞在上面。旧政权正是后者压迫老百姓的工具哩，仿佛是一堵厚墙，现在旧政权也正好把解放老百姓的人和老百姓隔开了。

找不到佃农和雇工，接近不了基本群众，工作从哪里开始呢？三位工作人员微微地苦恼起来了。另一方面，老百姓也是苦恼的，小门小户里透露出了疑虑和牢骚：

"人家行，有茶有烟，有酒有肉。咱们黑手，泥指甲，算得个什么！"

"八路军为老百姓办事嘛，这三位，怎么老和甲长地主一道打圈子……"

三

有着急于余水救人的那种心情的人，绊脚的石块，是挡不住他前进的。三位工作人员从一个村公所扫地的年轻小伙子那里找出一堆乱麻的头绪了。

"小同志，这村里佃户多吗？"

"多哩，六十来家。"

"打长活的伙计呢？"

"别庄上雇来的不算，光咱村总有三十多人。"

"你给咱找几个佃户雇工来谈谈可好？吃了晚饭，大家没事的时候，就到村公所来。"

"都找穷人？"那小伙子有些迟疑，心里可是热起来了。

这样，晚上就开了一个会。佃农、雇工到了二三十个，甲长地主们也都来了。黑压压坐满一屋子。但屋里很沉静，那么多人竟没有一声咳嗽言语。佃农、雇工呢，到村公所开会，和地主们一搭里起坐，在生人跟前露面，一切都是新鲜事儿，满肚子委屈不知怎么开口；地主们呢，早就预备好了的话，被在场的那么多底下人和替老百姓做主的工作人员，给完全吓回去了。会开得非常沉闷。三个同志几乎是唱了独角戏，报告了日本无条件投降，抗战获得了最后胜利之后，把减租减息、增加工资的政策也详细解释了，但在座的人没有一个提出意见，或者产生疑问，大家你看着我，我看着你，都一声不响。

等一说散会，人们轰地就走散了。

会议仿佛是失败的。

作为酝酿，会议其实是成功了。

酿雪天气虽是闷沉沉的，但又有"山雨欲来风满楼"啊。会议以后，街头巷尾，锅台边，炕头上，家家户户一伙一堆地都开始议论起来了。减租减息！增加工资！小广播，比无线电还快。这里边有回忆，有比较，有疑虑：

地是这样些地，人是这样些人，为什么富的愈富，穷的愈穷？有的人手不扶犁，肩不挑担，袖着手坐在家里，就可以吃香的、喝辣的，山珍海味，享不尽的清福；有的人却睡半夜起五更，泥一把汗一把辛苦一年，年底算账不够给东家，剩下的，除了两手茧子，就只有猪狗样的吃食，牛马样的生活。

同样是孩子，同样是父母，奶妈瘦削的婴儿吃着面糊糊在膝边啼哭，而东家又白又胖的孩子却抱在奶妈的怀里吸吮血肉酿成的乳汁。

土地就比镣铐，有的拿它锁住了人，有的被它锁住了。

那天夜里，睡觉的人该不多吧？即便心宽睡得着，而乱梦纷纭，怕也各有酸甜苦乐不同。嘴里不说，心里有数。精神上、情绪上，像风吹水面一样，不太平静的生活，翻滚着细浪了。

四

"啥叫二五减租？"

在另一次农民大会上（前晚还只二三十人，今晚一开头就是七八十，慢慢聚到百来十，屋里盛不下，院子里也站满了），锈着的嘴打开了，埋藏在心里的问题提出了。

"譬如说一亩四斗租，二五减，交三斗就成了。"

"那有啥用？咱这里差不多的地，好年景石把粮食，今年雨水来得晚，均扯匀拉也不过三成年景。一亩交三斗，不正好白操心！再说水旱地一样，也不公平。水地打一石拿三斗，还剩七斗；旱地打三斗可就光了……这些咱政府都有办法吗？"

"办法？还是咱们大家想。"工作人员立刻回答了。

政府的办法，是从大家的办法来的。

"我看，"站在后边的陈殿贵，那个五十来岁的老佃户，刚从地里回来就赶来开会的，晚饭还没来得及吃哩。田地出产一类事情，他摸得最清楚。听了别人的意见，他就提高了嗓音说话了。他来得简单也干脆："三成年景，咱就按三成开称。二五减，交三斗。三成开，三三见九，咱就一亩地交他九升。水旱不均，也有办法。好地折一吹，坏地折一吹就得了。反正凭良心，咱们也不亏人。"

这样群众提出问题，群众就解决了。

因为差事（公费摊派）不合理，穷人借钱出差事，富人却放账生息，大家决定"干脆今年不拿利钱"！因为当长工养活不了老娘，把老婆卖了四百元"蒙疆"（伪币），那个看来傻乎乎的杜芬，四百元，现在说，还换不了一条好手巾哩！说着动气了，提议非增加工资不可。

问题一个挨着一个。多少辈子的事，要一次解决；多少年的话，要一气说完啊！忽然一个老太婆的声音把人群里一些嘈杂的声音压下去了。那是田富荣的母亲，她尖着嗓子激动地说："你们减租的减租，增工的增工，"她微微有些慌张，"我是分收（半种地），收割的时候人家地主就收去了,那还怎么减?"

"一样减!地主收了去,再和他要回来;不但要粮食,还得要秸秆呢。八路军说啦,副产物是不交租的,有章程。"人群有人自告奋勇就替她答复了。

"说说倒是挺容易,我这样一个臭老婆子这还是第一次在人前讲话哩,我敢向人家要哇?"

田老婆一提到困难,热烘烘的讨论顿时寂静下来。"可不是,今天咱说减租减息,增加工资,过去少交一粒粮食、少拿一文利钱都不行哩。若是减了,他们不让你种地又怎么办?"

这时候,人群里站起了赵怀玉。这个四十岁上下的老实人,从十岁就帮助父亲种地,佃户当了三十年,到现在房没一间,地没一垄。一家就是他和六十岁的老娘两个。他最懂得穷人的苦楚和难为。他本微微有些口吃,今天说话却比较流利。而语调又热情,又肯定:"事情有咱们大家哩嘛,还有咱政府做主。怕啥呢?单凭一个人,漫说田妈妈不敢向人家开口,就是龙王也不顶!俗话说:'众人是圣人。'只要咱大家伙一心,天塌了也扛得起来……何况我们不光减租减息,并且还保证交租交息呢?"

一席话,群众又活跃起来了。

于是划分小组,推选组长,自然形成了组织。

"谁来带头呢?"

可是谁来带头呢?工作人员这样一句话,像在流水里投了一块石头,细浪上激起了新波,立刻各小组叽叽喳喳便开起小会来了。这里说"赵怀玉带头",那里说"陈殿贵"。等征求大家意见的时候,一片喊声是"同意,同意"。表决当中,有人高举起双手,吆喊着"双喜进门"。这就是农会的主干:主任,赵怀玉;组织,陈殿贵。

会开到这里,鸡已经叫了,但谁也不想去睡。

他们愿意一直等到大天亮的时候。

五

"减租，增资，大家都同意了。也想出了一些很好的办法，但是也得教全村老少爷们都知道一下。这不是强迫，咱们是讲道理……"散会以后三个工作人员和几个积极分子：赵怀玉、陈殿贵等又继续谈起来。

"是啊，怎么想法教大家知道知道呢？"

"开个全村的群众大会吧，大会上大家都说说。"

隔了一天，大会就在戏台前面举行了，这是件大事，全村男的、女的、老的、少的，能到的都到了。往常看戏也没这样人多。这台戏热闹哩，多少年才演这样一出啊！是老百姓登台主演今后历史的日子。

会开得好。虽然老百姓初次上台讲话，胆子还比较小，三言五语就下去了："我们要二五减租，三成开……"语气里还只强调政府法令。但那怎么能怪他们呢？千百年的压迫，头低惯了，声音细惯了，一下抬起头来大声说话，气力自然不会过于饱满。虽然地主也有的当场表示："减租好，首先减我。"似乎很勉强，事实上也的确在计划明减暗不减。但那也是解释得通的，被祖祖辈辈的因袭与迷信所锢蔽，你怎么能希望他们一下就脑筋换过，心眼转弯呢？——无论如何，大会是有很大收获的：地主们都给佃户当场开了条子。租种多少地，原租多少，几成减，几成开，应缴多少，都盖了手戳，打了手印，最后还换了准租五年的新契约。

更大的收获，是在这个大会上，选举了民政、财政、教育、实业、粮秣五个委员，组织了新的村政权，公推了老百姓自己的村长。是旧政权下台的时候了。从此村公所主持，农会（他们会员是九十六名)、工会带头,有着男女一千六百多人的这样一个大村庄的事情,都办得顺顺当当。

六

天下的事会是那样容易吗?

急行的人要留心岔路,顺流的船更要提防暗礁。

孔家庄突然有一晚从一家小小的土烟馆里殷殷响雷了:"哼,穷小子们这还了得,减租减息,增加工资,走着瞧吧,等×××来了,我拿五十亩地换他们几个脑袋……"这是旧甲长过足了大烟瘾敲着烟盘子说的话,好毒辣、好厉害呀!但是他记性太坏,他忘记了他给敌人做事的时候他那三十万元的贪污,他忘记了强奸人家妇女他所犯的罪恶,他更没有注意他违犯全村老少的公意,竟不减租、不增资所留给人们的愤恨。

于是被暗雷惊觉,孔家庄展开了清算斗争。

更随来了反敌伪、反恶霸、反土豪的狂风暴雨。

在清算斗争大会上,旧甲长被带到台上了。

"不是你霸占田老汉的女儿不遂,串通鬼子把田老汉捆走,和蓝蓝他们四个一块掀在地窖里给鬼子枪崩了吗?不是你给老郭一块钱,叫他去车站看你的煤栈,被鬼子捉住,叫他直挺挺地跪着,用切菜刀切下了脑袋吗?不是……现在你要拿五十亩地换我们的脑袋!哼,现在可不是你的世界了!"

几千只手指着他,几千双眼睛瞪着他:"谁赖你欺负谁!鬼子征工,有钱的你一个也不用,没钱的却非去不可,你简直和日本一气相通!"

"捆起来!"

"送他县上去!"

若说一个月前,群众还是软弱的,为了一个不生即死的问题他们坚强起来了。若说开始的时候,老百姓还胆小,爱情面,满足于眼前胜利,为了更长远更广大的人们的幸福,他们已经抓破了脸,要干敢于干到底了。枝枝节节的小恩小惠已不能满足任何人,共同一致的奋斗目标是两个字——翻身!

减租不够,要退租。理由是光明正大的,二五减租,增加工资,早在抗战初期抗日政府就明令颁布了。敌人统治的时候,富豪有钱,或剥削了穷人的钱,可以拿来资敌,难道老百姓辛苦流汗应得的本分钱不应该收回一些吗?

大多数人的公意就是公理。

于是小孩子结起队来在前边喊着:"退租啦,谁要不退谁就是坏蛋!"佃农、雇工拿了算盘走在中间,后边跟的是大车、牲口、升、斗、麻袋。退租增资,就轰轰烈烈地开始了。

痛快的富户,没什么迟疑,照应退数目装上粮食,众人就走了。狡猾的地主,"我这个好办,你们说怎么算就怎么算,不过我的账不在家,你们先回去,我找回账来再说",要人哩。群众知道:"种多少地,种几年,谁还不记得!口里说着就算啦。尿,等啥哩。"扭不过,闹嚷一阵,仓房的钥匙也就拿出来了。

一天,两天,三天,孔家庄滚了锅。一车车的粮食,从这家拉出,向那家拉入,扰扰攘攘,像秋收打场,像粮食集市,真热闹。退租的粮食,各种都有:谷子、红粮、荞麦、绿豆、草麦、莜面、山药……粮食不够,就折成钱,折成地,折成宅院,甚至折成猪、羊等牲口计算起来,粮食的出入是七百二十石上下,地八百二十五亩,钱边币两千,房一座。

七

孔家庄也有孤寡老弱,也有瘸子、拐子、瞎子,他们生活是苦的。但他们既不能租种人家的地，也不能扛活当长工，减租增资没他们的份，是不是他们就永远穷苦下去呢？村里的人在大家都要求翻身的时候，并没有忘记他们。办法是募集公粮，扶弱济贫。农会主任赵怀玉退租得了三十二石粮食，自己和一个老娘吃不了，自动拿出了十石优抗，十石济贫，说："不是八路军和政府帮助，兄弟爷们大家齐心，咱们穷庄户哪谈得上翻身？现在只要为了贫苦老百姓，死也死得了，几石粮食还算得什么！"在这样影响和号召底下，集的济贫粮是四百石。穷户的每人四斗，分了百石左右，余下三百来石，就接收了地主要收拾的缸坊，办农民酒业合作社，搞生产，预备给贫户按季分红接济。缸坊工人，地主说："不要收拾，咱们合作吧；你粮食不多，算你入股。"地主也高兴。一样蒸酒，多出了三层意义，因此两家这样的合作社出的酒又多、又醇。

　　贫富悬殊是没法一刀切齐的。他们查出来的千多亩官地和黑地，就专预备补助和调剂。这里边连鸦片鬼、懒婆、懒汉都被计划在内，只要他们能改邪归正，在新社会里做个好人。

　　真是皆大欢喜啊！

　　眼看孔家庄，家家有了地种，家家有了粮吃。曾经是愁吃愁穿着的人，有的屋矮灶小愁粮食没处放了。六十二岁的史成才，十三岁开始给人家当长工，一辈子光棍，辛辛苦苦四五十年，都是吃稀的，穿烂的，到老来没积下一间房，一粒米，敌人在时，连配给都不给他，说"年老无用了"。这次大翻身，从清算中买了二十亩地。人家问他："你这样大年纪，还能种得了吗？"他极有信心地回答说："好你说的，过去给人家种一辈子都种啦，我自己的地怎么还种不了？"年根下，家家筹备过年的时候，他已黎明拾粪准备春耕了。老赵的母亲年年冬天犯痨病，今年偏偏没犯。老赵说："运气来了，老人家也不生病了。"这还不是什么运气，心里愉快，吃饱穿暖，自然病就少生。

孔家庄，已算塞北，年年冬天，狂风大雪，今年却格外暖和。人们说："八路军来了，连天气也变了。"那倒是凑巧的事情。

为了自卫，村里组织区小队，要二十个人，"好，我们去！"主动报名的是四十二人。最初在村公所扫地的那个虎头虎脑的青年李进打了冲锋，皮大衣，皮帽子，高筒皮靴，背了三八式步枪，嘚咚嘚咚，你看得出他在街上走着时那种得意的神情。有一天要拨二十个人参加万全县保安大队。问他们有啥意见，他们连迟疑都没有，"好，没啥意见"，兴致勃勃地就出发了。就凭八路军，人民的武装，这一带土匪绝迹了。地主也高兴，往年怕抢，不敢住在家里，现在都舒舒服服过一个安稳年。劳军，有的送一口整猪，实心实意地说："咱们弟兄来了，日子就太平了。"

村里的事都是自己的事。帮助工作，个个都积极。区长说："一针见血，开门见山。"十八岁的娃娃桑云龙，被派到小屯堡去帮助搞减租减息，说罢就起身，他虽然从小没离开过家，但是没一点犹疑和留恋。他五十七岁的老爸爸送他出门，特别给他腰里揣上二百元边币（晋察冀票），嘱咐说："咱们翻身了，也要帮人家翻身呀。出去，要好好工作！在外边花费一点不要紧。"

阳历年，全村庆贺翻身，热闹哄哄唱了一台大戏。

为了纪念，有一天全村约定吃顿好的，白面葱花脂油饼，起名叫"翻身饼"。

春节到了，家家米、面、肉、柴、炭全有了。又是扫房子，扫院落；又是蒸年糕，炸点心；办黑板报，写标语："男勤女也勤，黄土变成金""多施肥，多锄草，精耕细作收成好"，贴对子："欢迎共产党人与财旺，拥护毛主席国泰民安"。那种兴奋、忙碌、快乐的气象，简直像熊熊燃烧的一团烈火。

那个四十多岁的杜芬，正计划春天来时娶老婆呢。

戏台前的广场上排演着五六十个人的社火、大秧歌。

现在正锣鼓喧天。

　　　　　一九四六年二月一日，旧历除夕

　　　　　　　选自吴伯箫《黑红点》，一九四七年四月

萧也牧

"我是区长！"

"坎垃坪"是个小山庄，全村都是佃户，只有一家是地主。自从来了共产党，实行了减租减息，日本人三六九的来"扫荡"，可是人们抗日越抗越坚决，从没"拉了稀"。

这天后晌，正下大雪，区长到了"坎垃坪"。不小心走漏了消息，给日本兵知道了，就把"坎垃坪"包围了个滴水不通。挨家挨户把全村的人统逮住了，一个也没剩，区长也没跑掉。幸好这区长穿的、戴的、说话、走路……和老百姓一模一样，混在人群里，就连熟人也难看出来。

人们冒着风雪，被日本兵围到一个场里，四围早架好了机枪，三步一岗四步一哨，布置得严严实实。

日本队长满脸杀气地瞎吼了一阵，翻译官按着他的样子，指手画脚地吹了一通。意思是说：要是不交出区长来，就得把"坎垃坪"的人统统杀光！连一个种也不留！只限五分钟的时间，不说，马上动手。

可是全场的人谁也没哼声。

日本队长一看手表，早过了两个五分钟了！可是人们还是不哼声。

冷不防，日本队长冲到人群里，一把就拖出个青年来，问他："区长你的说！"那青年只回答了三个字："不知道！"日本队长抽出马刀，在他脸前一晃："不说？"那青年还是说："不知道！"日本队长举起马刀对准他的脖子要砍："你的说不说？"那青年还是说："不知……"他这句话还没说完，脑袋就被砍下来了！

这时候，风卷着干雪，呼呼地直向人们的脸上扑来，全场的人像那一棵一棵的大树，栽在那里一动也不动……日本队长一手提着那人头，一手提着马刀，倒竖着眉毛，鼓着一对三角眼，逼视着人们的眼睛，看看谁害怕了。当他的眼光正射到一个矮胖子的脸上，忽然他扔下人头，猛一下窜到人群里，一把就把那矮胖子拖了出来。

正好比在一洼静水里投了颗石头子儿，人群里微微波动了！原来被拖出去的那人，不是别人，正是"坎垃坪"的地主张景祥！要是旁人，谁也相信他绝不会对日本人说实话的，可恰好是这位"老兄"，倒是有点不保险了……

那矮胖子被拖到场当间，就地乱滚，亲爹亲娘的嚷得好热闹。日本队长狠狠地踢了他几脚，他才爬起来捣蒜似的磕起头来，满脸的肥肉乱颤！

日本队长说："哪个的区长？说！说！不说？死啦死啦的！"

那矮胖子定了定神，看了看日本队长的马刀，又看了看全场的人，只见全场千百双眼睛闪着锐利的光，直射着他的眼！逼得他低下头来，微微地颤动着嘴唇，说不出话来。

日本队长才又举起马刀，就吓得他缩着脖子连声"说、说、说"。

翻译官凑着日本队长的耳朵嘀咕了几句，就对矮胖子说："我们知道你是良民，说了担保没事！要是不说……嘿！脑袋可是自己个儿的呵！"

矮胖子细声细气地说："说了他们不依我！"说着，缩着胳膊指了指场里的人们。

翻译官说："我给你做主！谁敢用手指头通你一下，就要他的命！"说着就把矮胖子拉到一半边，咬了一阵耳朵。

不大一会儿，矮胖子就领着翻译官和日本队长直向人群里走来。

人们一看，势头不对，心里难免着慌。当矮胖子一步比一步接近区长的跟前，人们的心也一阵比一阵紧缩了。

当矮胖子领着日本队长和翻译官,到了区长面前的时候,突然,从人群里窜出一个人来,手里紧捏着一块三尖石,直向矮胖子扑来,手起石落,就把那矮胖子砸倒在地。后脑瓜勺被砸了个稀烂,再也不会说话了!

人们正像在梦中惊醒一般,定神一看,砸死矮胖子的是本村的一个羊倌;这时候,已经被日本人擒住了!

翻译官问他:"你为什么砸死他?"

他说:"我不让他说话,我不让他告诉你们谁是区长!"

日本人二话没说,就把他按倒在地。有一个日本人,双手举起一块西瓜大的石头,对准他的头砸了下去!"卡"的一声,溅了日本人一身一脸的血浆……

日本队长气得嘴唇发紫,疯了似的又从人群里拖出一个小孩来!那小孩看样子才十三四岁,上身穿着一件大人的棉袄,直齐到膝盖,下身穿着一条破单裤。脖子又细又长,黄瘦的脸上嵌着一对又黑又亮的圆眼睛。说也怪,这孩子也不害怕,学着大人的样子,抿着嘴唇,交叉着手,挺着腰板……

日本队长又气又好笑,就问那孩子:"你的也不怕死?"

那孩子说:"不怕死!"嗓子又尖又响,连四围的山谷也发出了回响:

"不怕死!"

"不怕死!"

"不怕死!"

…………

这一下,可把日本队长惹火了:"你的也不说?说不说?"他说着举起马刀又要砍呵!那孩子回过头来,看了看那雪亮的马刀,就回过头去,抿着嘴唇,紧闭着眼睛,等着挨刀砍……全场的人静悄悄的，都低下了头……

正在这时候，人群里忽然有人大声喝道：

"狗强盗！给我放下这孩子！我是区长！看你们怎么着我！"话音还没落地，只见从人群里走出一个人来。大家一看：正是区长！

人群马上骚动了！忽然又有人喊道：

"他不是——我是区长！"

紧接着又有好几个人几乎是同时喊起来：

"我是区长！"

"我是区长！"

"我是区长！"

…………

喊声响成一片，仿佛四围的山也都震动了。

日本队长不知不觉地往后退了一步，悄悄地把马刀插到刀鞘里了……

徐光耀

弟　弟

志深轻步走进房来，划火柴点上灯，欠身坐在桌前。她，还在微笑，兴奋而愉快。一霎间，她重又翻开手里的信，从头看起来，一字字，一行行，如数珍宝，连信尾的日期都看了好几遍呢。

"多快呀，三个月以前，还是鬼子的天下呢，满世界都是据点、岗楼、汽车道，说个动手，'七咪咔嚓'几下子，就把这一面子据点扫平了。哼，杜斜眼个老顽固，看你还说八路不行呗……"

她对谁说话？屋里没有一个人呀。她"噗"地笑了，把灯捻向上拨拨，灯头就发亮地突突跳起来，照着她满是红光的脸。她又把眼光落在信上，但却想到家里去了：

"昝岗据点这一拿，爹和妹子一定比我还欢气，近一步是一步的，那起子'白脖'整天横得没法儿，离得又近，一跷腿就到。丢东西、打饥荒倒是小事儿，担惊受怕的罪，可真够人饿的，那都是怎么熬过来的哟……"

想着想着，她禁不住把桌子一拍，大声道："好啦！抗日总算抗出头来啦！敌人光剩县城和大清河上两三个岗楼子，怎也掉不了蛋了。八路军同志们可痛快痛快吧！"声音突然闸住，一想起八路军，她便要想起弟弟，一想起弟弟，便想到从前——

弟弟名叫玉振，生的大眼溜睛，活泼伶俐。只是有点怪性子，你要喝他碗里一口水，他就把水一泼，叫你赔他。有一年发了大水，大人们愁得抬不起头，他却每天跳到水里去洗澡。因怕他掉进苇坑淹死，成天提心吊胆，说又不听。有一次，气急了，从水里叫上来，打了俩耳刮子，拽回家去。可又忍不住暗暗流下泪来。谁知一转眼，他又不见了。再找,仍是在水里答应着,就再也叫不上岸,还说:"上去也是叫你打我呀!"

一家人勒紧裤带,让弟弟九岁上进了初小。功课很不错,字眼儿有长进,眼见一天天出息起来了。志深用裁衣裳剪子,给他剪了个时兴的小分头,拢得亮光光的。每逢放学回来,端饭给他,看着他很像母亲的小脸,明亮的眼睛,偶尔冒出一句的"文才",她便要心花怒放,充满了对未来的希望……

志深是个旧式妇女,从小便缠起了双脚。十四岁,死了母亲,穷家只剩下父亲、一生日的妹子和这个六岁的弟弟。于是,一家的穿衣吃饭,洗涮缝连,大小杂务,全落在了她身上。她也正当天真活泼、贪图玩耍的年龄,从此便怀里揽着妹子,身后缱着弟弟,锅台磨道,盆边缸沿,日日忙个黑明不到头。

熬到二十岁,父亲一图饭口有门,二图"进门就当家",信着媒婆的撮弄,把她嫁给了邻村一个男人。临过门,她搂着妹子弟弟两个孩子,凄惨惨哭了半夜。第二天被花轿抬走的时候,她只有一个想法:一辈子完了!妇道就是妇道。人们常说,"草鸡不能打鸣,骡马不能上阵,女人干不了大事,这是天经地义!"唉,有什么心高妄想,下世再托生了……

出嫁的当年七月间,"七七"事变的炮声从卢沟桥直响过来。"国军"夹着尾巴,在细雨烂泥里朝南跑了。乡亲们惊慌地望着天,小学校散了伙,一个恐怖混乱的世界来了。

正惶惶不可终日的时候,八路军来了。她回来住娘家,恰碰上一班八路军就住在家里。起初,她意外而害怕,想躲到邻家去。然而,弟弟却跟八路军混得烂熟,他追着"兵"们学歌忘了吃饭,出来进去直劲唱"大刀向鬼子们的头上砍去",还常常跟"兵"们蹲在一个圆圈里做游戏,简直成了个"兵迷"。冷眼再瞧,八路军不打,不骂，不抢，不夺，自己挑水做饭，还偷空帮父亲铡草，放牲口。说个话，斯文柔和，老是笑。天下头一回，出了这样的军队！

料不到的事竟发生了，弟弟居然向父亲要求参加八路军——他要当兵！孩子那么小，才十三岁，又那么可爱，可又没有妈。父亲想也不想，就拒绝了。他哭着去找姐姐：

"八路军那么好，我跟他们抗日去……"

她想啊想啊，从天黑想到天明，一阵一阵的泪下如雨，最后咬了牙，做出了不是当时女人能做的决断："我去跟爹说，净在家窝囊着，还不如到外边去闯荡闯荡。我是废了的人了，不能都废了！何况八路军是出息人的……"

弟弟一连哭了七天，吃着饭，泪也顺着碗边流。父亲烦死了。姐姐再一劝，终于横一横心，准许去当兵。

那天，弟弟穿着青裤白褂，哭黄的脸一下子变得通红。姐姐给了他三十个大铜子，与父亲含泪送他到村头，去眢岗，参加了一二〇师特务营。又偏是这般紧急，参加的第二天，队伍便开拔，在雄县上了船，一直奔向西南……

她和父亲，一连三四夜睡不着觉，屋里、院子里、街上、野外，到处空空落落，心，给飞走了一大半……

雨后的庄稼随风长，八路军在大清河越发展越多。各村部成立了救国会，建立起抗日民主政权。志深在婆家也入了妇救会，常开会，听讲话，做做军衣……起先，很不习惯，"一个年轻女人，疯疯癫癫跟人瞎跑，多叫人笑话！"然而，从工作人员那儿听来的道理，又公道，又义气，"国家有难，不应该救？八路军前方打仗，不该做做衣裳？"特别是妇女解放那一篇道理，乍听真有点胆小，越琢磨就觉着越对：凭什么妇道就不能出头办事？凭什么女的天生就得听男的？凭什么"嫁鸡随鸡，嫁狗随狗"？这些老理儿真是混账！于是她一天比一天积极起来，特别一想起八路军、一想起弟弟，工作就更有劲，生命更蓬勃。她终于当选了村妇救会主任，后来还兼了妇女自卫队长。

工作越上劲，家庭的苦恼就越显得突出。丈夫是个二流子，好吃懒做，每天上赌局耍钱，输了就家来卖粮食。她虽然早就看不过，但"三从四德""男人当家"的道理压着她，偶尔劝说两句，又不顶事，只好不管。近日，他反而要限制她的活动了："一天价瞎闹腾什么？八路军根本就待不长……"她起初还解释解释，终至三天两头吵嘴，气恨起来，她几次咬破自己的手指。尽管疼痛钻心，可根本不想离婚。那时的风俗是一个女人要自动提出跟男人"散了"，是最下贱的，走在街上没人理，脊梁骨得叫人戳烂了。她宁可在臭水里把尸骨沤烂，也想不到离婚上去。

环境眼看着紧张、恶化起来：周遭几个县城都占上了鬼子，常出来"扫荡"。妇女自卫队不断地参加战斗勤务，进行军事训练，还常常扛着铁锹半夜里去破路、扒电线。为着行动方便，她把缠着的脚放开了，再不做那尖尖的三寸小鞋了。第一次穿着宽头鞋出门，还有点脸红呢。可也幸亏把脚放了，有一次半夜破路，被敌人打了袭击，枪子儿"啪啪"地绕腿乱飞，钢盔一颠一颠地追上来了。她"踢通踢通"一路急跑，半道上还把个栽倒的姑娘拽起，拉着跑了一大截子。也不觉有什么高低坑洼，都平平妥妥跑回来了。

她越来越觉着提高文化的需要：不能看区里的来信，不能看文件、传单，刺激最深的是给弟弟的信也不能写。托人写吧，有话说不出，写出来总不大随自己的意，老是这么冷枯枯的一小条：

吾弟大鉴：

　　离家日久，甚为悬念。望注意饮食，珍重身体。别不多嘱。

姊白

她下定决心，一定要认字。先狠着心卖了二斗粮食，买了支钢笔。给自己规定每天学三个生字。天天晚上一练几个钟头，灯油熬干了，鸡叫头遍了，还没有睡觉。

一九四一年冬天，一场急风暴雨就晴不开天了。鬼子连续"扫荡"了两三个月，安的遍地是岗楼据点，公路也横七竖八织成了网。八路军主力暂时撤走了，工作人员转入隐蔽活动。村政权有的被摧毁，有的不再出头，有的只暗中活动，地面上逞凶发狂的只剩了鬼子汉奸，简直变了天了。

志深像一下跌进了万丈深渊，又像被大炮弹震昏了，她茫然地呆望着天。天，昏暗而阴冷，乌云翻滚，不见阳光。而苦难专门欺负苦人，一层又一层向她扑来。

弟弟两年多杳无消息，不光无从打听着落，现在连八路军也看不见了。村中首富杜斜眼，得住理了似的在街上嚷："我说八路军待不长吧，就应了我的话啦！不是正宗正派，到底不行！"莫非八路军真不行了？

从娘家传过信儿来：老爹想儿子快想疯了，整天唉声叹气，出来进去乱转，别人劝也不听，吃着饭，豆粒大的泪珠子"啪嗒啪嗒"打在粥碗里；锄着地，忽听儿子叫爹哩，扔下锄就往家跑……

丈夫，一天天更变坏了。四一年秋后就没有做过活，一直蹲在赌局要钱。八路军一走他可气粗了，劝一回就吵一回。终于有一天输钱太多，把家一扔，逃到北平去了。

弟弟，最重要的是弟弟！这不单是因为从小养大，还因为他当了八路军。八路军给人民带来过光明，带来过解放，压在阴山背后的妇道，是八路军来了以后才出头的……然而，弟弟始终杳无音信。有几次，在梦中看见弟弟来了——不是头上裹着伤，就是血淋淋地躺在担架上，瘦瘦的，面色蜡黄，还是入伍时那么高，那么大。醒过来就疑神疑鬼，更加悲凄，用被子蒙上头，一哭哭到天亮。

"不！天地良心！像八路军这样仁义的军队，是不会被消灭的！总有一天翻过手来！不然，还有什么天理！"痛到极点时，她就更加抓紧学认字，用认字顶住精神的重压。黄昏学到半夜，半夜学到黎明，学得眼肿，学得失眠。可她不悲观，不丧气，横心横到底，终于学会写信了。

在一个神秘的夜晚，闪进来一个女同志，跟自己年纪相仿，要求"借宿儿"。一盘问，原来是区抗联的，名叫张居吟。哎呀，她带来很多共产党八路军的消息，原来共产党就在跟前，活动着，战斗着。两个人一下子就成了朋友——不，亲人！她们说起话来就是一夜，可总也没有说完的时候。张居吟借她的房子偷偷开会，联络了很多人，又讲了很多新道理。志深越听心里越亮堂。不久，就在居吟介绍下，加入了共产党。迷途的孤儿找到了娘啊，地狱也照进了阳光。她陡然间觉得浑身都饱藏着气力，精神上又得到了解放，工作起来就像在飞，像长了翅膀在天上高高地飞！

一天，忽地听见一片枪声，"嘎嘎嘎，咕咕咕"邻村在打仗！是八路军在打仗！八路军又露头了！他们就在我身边活动着哩！我们的靠山没有倒呀！此后，不断听见打小胜仗的消息。大清河，一天天又苏醒过来。虽然不见大部队，鬼子的势力却在削弱，他们的气焰下降了。

在张居吟帮助下，她一心一意组织和发动着全村妇女，把抗日工作双手往前推。区里来信表扬她，说她工作有成绩。她更加心血沸腾……

一九四四年开春，八路军沿大清河展开了攻势，先后攻克了开口、板家窝等据点，活捉了好多"白脖"，吓跑了不少岗楼。汽车道，封锁沟，大部分填的填了，平的平了。敌人被挤到县城去，八路军转入了公开活动。就在这时候的一个下午,她接到张居吟这封信,告诉说沓岗据点拿下来了。沓岗,离娘家只有二里地哟……

灯油快熬干了,火焰渐暗下去,邻家传来一阵驴叫,天,半夜了。志深打个呵欠,一边拉开被子,一边想:"打走了日本,弟弟回不回来呢?我们还能见上面吗?他不会——"有多少次,每一想到这里便急忙打住,她不愿想那个"死"字,她不知道那是一种什么情景,即使能想出来,她也不敢去想。她吹了灯,和衣倒在炕上。弟弟仍在脑子里盘旋:光亮的分头,母亲一样的脸型,明眉大眼,青裤白袄,小口袋里掖着三十个大铜子,迈着细瘦的双腿,一闯一闯走了,参加八路军去了……窗外月光很明,窗棂上印着一条一条阴影。她眼睁睁看着那阴影,好久好久,还是那么宽。"唉,日子过得多慢呐,半天了,还不见月亮动一动,什么时候才盼到弟弟回来啊?"

似乎有人叫了一声,她一骨碌坐起来。再听,却又听不见了。耳朵里余音还在响,似乎就是"姐姐"。"敢莫是弟弟吧?"正自猜疑,又叫了一声。她赶忙起身下炕,小跑着去开门。门开了,却是张居吟。

"还没有睡呀?"

"睡不着,光想你那封信了。"她理一理头发,进屋点上灯。

"兴奋地失眠了吧?嗯,还有更欢气的事儿呢。"居吟解开小布包,抽出一封信来给她。她拆开一看,鲜红的印章下盖着"命令"两个字,下面写道:"调徐志深同志赴县临时干部训练班学习……"她的眼光一下子凝住,呆呆地许久不能动。

"怎么样!看把你惊的,哈哈哈……"居吟大笑起来。

她猛地扑到居吟身上,紧攥住她的手腕,激动得牙齿也在互相敲打:"张同志,我这才真叫解放了吧?"

第二天清早,她很快地做熟饭,给公公端了去。她虽在极力镇定,心仍是突突乱跳,终于使了使劲,开口了:"爹,区里来了命令,让我到县里去受训……"

"什么?"老公公身上一抖,刚夹上筷子的菜又抖掉了。

"到县里受训去。"

"还回来不?"

"许是脱产了,可也短不了家来看看……"

"那怎么办呢?"

"什么怎么办?"

其实老公公明白,这是阻拦不住的,儿子又不在家,共产党虽隐蔽着,势力却无所不在。他只酸着鼻子"哼"了一声。志深又给他做一番解释,也做了必要的家务交代。

早饭一眨眼便吃完了,她和居吟夹起小布包,一路飞跑,便赶到了娘家。跟爹说她就去受训,受完训就工作,就成八路军了。还特别补充,在外边,打听弟弟的信儿更容易。父亲满口应承:"只要离了那个糊涂婆家,自己高兴,我怎么都乐意。"父亲对自己做主给闺女订婚的事,一直怀有内疚。

妹子却羡慕地向张居吟道:"我什么时候也出去呢?"然而,她看见姐姐瞅了瞅父亲,正悄悄拿眼瞪她。

第三天黄昏,由张居吟领着,绕过雄县据点,蹚着水,进了白洋淀。啊,打从此时此刻,她迈进另一世界来了。

训练班的生活,是那样的新奇、生动、朝气蓬勃,有着丰富的兴趣,含溶着甜甜的滋味。讲的、学的、说的道理,都像是自己的心里话。她每天都像一蓬火,泼死忘生地学习着。一个半月之后,经过测验,被评为优秀学员而结束了学业。县里分配她到四区抗联做妇女工作。

她怀着一颗猛烈跳动的心,生手乍脚闯入四乡。一接触工作,便忙个不可开交。每天都开几个会，一张口便要把嘴讲干。常常一个会天黑才散，忙又迈开疲乏的双脚，跑十几里去赴另一个会。工作成堆成垛地涌来，天天要处理几场"官司"，两口子打架啦，婆婆虐待儿媳啦，妯娌不和啦，加上分家格业，地亩纠纷，家务琐事，都找了她来。起初，她也分不清轻重缓急，凡觉不公的，跟抗日有关系的，对多数老百姓有好处的，她都管。早饭总错到响午才吃，晚饭就推到半夜去了。夜夜睡不够四个钟头，可从来觉不出困。她自己也奇怪，身上好像开了一道闸，力气水涌泉喷地流出来，老流老有，永也使不完。有人劝她休息，她说：

"我一点不觉累，越忙越痛快，再苦再累也比在婆家受窝囊好受！"唯一觉得不安的，是"能力太小，顶不了多大用"。可是，终于一天比一天熟练了，眼见得工作越做越见成效。她以前一点也没想到：敢情世界上有这么多事情要办，办起来又这么必须，这么有意思。自己竟过起这样儿日子来了，这不是做梦吗？不久，四区老乡都知道有个志深，"办事又急又快，断官司顶公平，对老百姓最热心"。

环境的变化也很迅速。八路军的攻势一个接一个，工作的开展也像水上的波纹，一圈一圈地越漫越大，敌占区更缩小了，敌人的气势眼瞅着往下消。工作更是堆堆垛垛地涌来……

形势好，喜事多。四四年秋后的一个黄昏，志深正蹲在当地，就着凳子给区委写汇报，交通员小刘进来了：

"徐同志，别写啦。"

"怎么了？"

"大伯叫我捎个信儿，让你赶快回趟家，你弟弟来信啦！"

"是吗？"她不相信，她怕，怕是个残酷的玩笑。

"我什么时候说过瞎话？还捎来相片了呢！"

小刘的确不跟人开玩笑。她,木住了,只觉眼前冒了一派金光。随即猛醒似的,将信纸把钢笔一卷,掖进小布包,往起一站就要走,险些把凳子带倒。

"看,慌成什么样子了。"小刘微笑着说。

"可也是呀!"她猛地停住,羞个满脸通红,心想:"可了不得,怎这么慌呢!这要反映到上级耳朵里去,该说我多大的家庭观念呀!"于是,她强压住激烈的心跳,稳一稳气,重新打开小布包,取出那半截汇报来。

"小刘,略等一会儿,这就完。"笔尖在纸上"刷刷"响,一袋烟工夫,又写两三页,急急封了,递给小刘:

"请跟张(居吟)主任说一下,我今儿告一宿假,明早就回来。"

天色渐黑,她迈开如飞的两腿,一口气不喘就赶到了家。父亲和妹子仿佛都变成孩子了,满脸是笑:

"六年呐,才来了这么个信。这横是知道还有这个人哪!"父亲掀开桌上的红漆匣子,珍重地把个报纸糊的信封递到她手里。

厚厚的三张蓝格子纸,工工整整写满蓝色钢笔字,一趟一趟,都是一般大小。这在她心目中,比任什么印的还好看多少倍。那上面写着,他(弟弟)现在六分区政治部工作,身体健壮,很有进步。还谈到,这些年去过不少地方,到过冀西、太行,打"摩擦专家"朱怀冰的时候,还去了河南北部。爬过很多高山,渡过许多大河,见识了很多新鲜东西。最后谈到形势上,说"希特勒就要完蛋了,日本鬼子也长不了。请全家安心抗日,胜利就在前头"。最有意思的是,末后还提了一点要求,要求家里不要给他订婚,他要自由自主哩。信末恭肃地写着:"儿玉振上,七月三日。"

"哎呀,可真不像孩子说的话啦,这不是成套的理论了吗?这个'文化'可是进步多多了。"她情感跳荡,神采飞扬,洋溢着满足和骄傲。

"本来就不是孩子了嘛。出去这些年，学问上能没点长进?!"父亲搓着手，与其说是反驳，不如说是夸耀。

她又把相片拿在手里，稀世珍宝一样地凝视着。这是张二寸半身像：瘦瘦的长圆脸，嘴抿得很紧，眯缝着眼，似笑非笑。穿着便衣，相当野气地蒙块粗布手巾，显出一股天不怕地不怕的神气，大不是先前那个样子了。

"长多高了呢？比我不矬了吧？"她甜蜜地端详着，猜测着，觉得身体云彩似的往上直飘。

"今年十九了，当然不比你矬啦。"父亲不知早看过多少遍了，却又把老花镜戴上了。

"他出去那年，还没我高呢!"妹子也插嘴说。

这工夫，她，已经没有自己了，完全溶化了。她，也不知道自己在笑，只觉一阵阵的喜悦，打心里往外流，往外漾，往外涌。眼里一直有泪花在转，转了不知多少时候，才叹一口气说："还是八路军呐！这信，念书时教他的先生，也写不出来。"她忽然又解开小布包，拿出信纸："得给他写个回信，告诉他我现在……"她的泪"哗"的就下来了。

她伏在炕桌上，把油灯往前挪挪，就"哧哧"地写起来。有多少话要说啊！写了一张又一张，可写了半天，又没有说着最重要的。猛地"呲"的一响，赶紧把头一偏，用手去摸，果然把额前的头发燎去一大绺。扭头一看，父亲早已贴墙睡熟。窗户已经发亮。啊，写了多长了？五张！一面从头看，一面小声念着：

玉振弟弟：

自分别以后，六年多了。你在外坚决抗战，受尽辛苦，一心一意保国尽忠，这是最光荣的。我一生一世，有你这样一个弟弟,就死了,也心满意足了,父亲见了你的信,特别喜欢,说比给他几顷地都乐……现在,我也脱产工作了,在十分区二联县四区抗联……希望你在共产党领导下,坚决抗日,革命到底!家里用不着惦记。老人很健康,妹子也长大了,很进步,也不封建……最后,希望多来家信。

这封信就这样寄走了。很奇怪,千言万语,汹涌澎湃地倾泻到信里去的,独独没有提到一个合乎情理的要求:让弟弟有空回趟家,父子姐弟们作一次短暂的团圆。她根本没有想到这一点吗?还是以为这是个过分的奢望?多少年后,再想到这一点,她也不免惊奇的吧。

转眼已是一九四五年八月,一个永世难忘举国欢腾的日子。

盛大的"庆祝日本无条件投降大会"就要开幕。志深坐在主席台下的土坯上,后面是机关团体工作人员,左边是肩上靠着枪的武装部队,右边一片喧腾的群众组织。人人喜气洋洋,兴高采烈。她呢,几天来一直兴奋得直想跳,睡觉总也不安定,心里活像装着盛不满放不下的事情,茫茫然跟做梦一样。日本投降,消息来得太快了,精神还没有做好准备……现在,她呆呆坐在那里,望着"日本无条件投降"几个大字,出神地想:"八路军马上出动,去缴鬼子和'白脖'的枪。然后修上铁道和汽车道,国家就太平,交通就方便了。啊,和弟弟见面的日子也不远了……现在,弟弟在干什么?也在开庆祝大会吧?还是开出去缴日本人的枪去了?"

"喂,徐同志!"

她一回头,见群众队伍中一个人向她招手,原来是婆家村中的老村副。他凑过来说:"听见日本投降,乐得不知怎么好,特地赶来开大会和看戏的。"沉一下,却低下声音说:"给你捎来个信儿:黑子回来了。看样子还是那么落后,日本都投降了,他还说八路军是杂牌,占不长,日本投降也不会投降八路……对你出来工作,他很生气呢，说，简直是疯了，等回去了才跟你算账。我看，你还是想法教育教育他吧。"

她早已气得嘴唇发抖，面色铁青：

"你看还能教育过来吗？"

"要说教育过来，可不容易。不过，总得试一试呀。"

会不知什么时候开了，地方和部队的首长都讲了话，海涛一样的口号声此起彼伏。天暗下来的时候，汽灯亮了，台上开始演戏。可是，她再也沉不下心，独自回了自己的住处。

有大半宿工夫，她辗转翻腾，怎也合不住眼睛。

第二天一早，她请了一天假，回到了那个"家"。丈夫见她来了，第一眼，很窘迫，张一张嘴，却没有说出话来。她，却开口了：

"困难年头，你把钱输光，塌下一大堆窟窿，把家一扔走了。如今胜利了，太平了，年头好过了，你又回来了。这个，我都不怪你，就问你一句话，以后进步不进步？"

"进什么步啊？"

"进抗日的步，进革命的步！"

"算啦！"他横起眼睛，"我死听不惯你这一套！什么抗日革命，一个娘们儿家，不说安分守己过日子，一天价瞎撞瞎跑，不嫌个害臊！"

"你——不听我的话？"

"女人，"他继续说，"自古以来就讲大门不出，二门不迈，守贞节，知礼数……"

"好！那你同意不同意离婚？"她几乎是拼尽气力，才说出这句话。

"离婚！吓唬谁？谁怕那个！走着瞧！"他威胁地一甩袖子，奔出门去。

她往回走的工夫，喉咙几乎堵塞，气愤填满胸膛："什么'下贱'，什么'无耻'，全是封建！全是骗人！全是压迫妇女的胡说八道！我以前是叫旧社会弄糊涂了！再也别想叫我忍着了！"她脚下越走越快，一回到机关驻地，立即伏上桌子写离婚报告。脑子里的话流水一样涌在纸上，她不需辩护，不必讲理，只是控诉。一个钟头便写成了。马上寄上县去。

隔了三天，县里来了信，她怀着一颗激烈跳动的心，赶到大莹镇，迈进县政府办公室。司法科张科长已经坐在桌子后面，他右边坐着垂着眼的黑子。她就坐在靠墙的一张凳子上。

张科长温和地对黑子说：

"徐志深向你提出了离婚，理由是夫妻感情不和，各人的思想政治立场不同，在困难年头，你把钱输光，扔下家逃到敌区去，没有尽到做丈夫的责任与义务。"他唯恐黑子不忿，又详详细细解释了一遍。然后说："现在三头对案，谁有什么话，尽量地说。"

黑子两眼看着地，脸上红一块，紫一块，一言不出。

"到底有意见没有？"张科长又追问一句。

"反正是我不对啦，实在对不住人家，我也……离就离吧。"黑子好像很疲倦，淡淡地说。

于是，张科长宣布：准许二人离婚，永远脱离夫妻关系。

她禁不住要跳起来，扬一扬手说："给办手续吧，我还有要紧的事呢。"

张科长还问到财产要求。她只说了一句："我不要他一根草刺儿，我图的就是自由。"

下午，她一回到区，便领着妇女自卫队，抬起二十副担架，参加了对雄县城的围攻，参加了对拒不缴枪的敌人的扫荡。

胜利跟着胜利，雄县城终于解放了。县直机关马上搬进城里。由于在大反攻中表现出来的能力、经验和成绩，她又被调到县武委会任自卫大队副。她活得更充实、更热烈、更有力量了,她居然能伸出手去打击武装到牙齿的敌人,这对一个"废人"来说,不就是真正的天翻地覆吗?所以她常常激动地想:"是共产党把我从坟里刨出来了!革命,是妇女的出路,我活着,就得跟党走!"

一九四六年的旧历年节,喜气冲冲地来到眼前。大家在兴奋愉快中沉浸着,品尝着自七七事变以来第一个胜利年的甘甜滋味。

初五的后半晌,她擦完手枪,想要给弟弟写封信,好告诉他过年的美好光景。她旋开钢笔,一抬头,见院子里走进一个八路军,草黄军装,外罩一件粗布大氅,肋下挂一架盒子炮,把一匹红马拴在南屋的廊柱上,就转身向自己的房间走来。隔着玻璃看,高高的个子,红胀胀的长圆脸,明眉大眼,围嘴一圈青虚虚的胡子茬儿,但是很年轻。

"谁呢?怎么朝我这儿来了?"于是她喊:"办公室在西院呢!"

然而,那人竟似乎没有听见,一挑帘子撞进屋来了。她惊诧地问:

"你找谁呀?"

"找谁?你说呢?"那军人水汪汪两只眼,直直地亮亮地盯着她,在急切地辨认。

她猛地想起相片,想起那副天不怕地不怕的神气,"哎哟"一声,扑上去抓住了他的双手:

"你!"

"姐姐!"

"你怎么来的呀?"

"请了十五天假。"

四行泪挂在两张脸上,心里都热辣辣的像万马奔腾……

1946 年 7 月 24 日于胡合营

1979 年 2 月 15 日改于保定

周 玉 章

战士周玉章,有个拧古脾气,他要说什么事情不好,你就说出大天来也说不服他。平常跟人聊天,也是三句不对劲就抬上了。所以全连人都管他叫"牛将筋"。

一天,指导员在队前讲话,谈要开展练兵运动,号召大家都掏劲练技术,好打胜仗。周玉章把嘴一撇,咬着书全的耳朵说:"又是这一套,打仗就打仗算啦,大冷的天,练的什么兵。吃了饭没事干怕被窝住食了?"书全把脑袋闪到一边去,没有理他。

到操场上一看,果然跟玉章想的差不多,又是投投木棒棒(手榴弹),刺刺枪,瞄瞄准,再就是立正、稍息、开步走,"一二一、一二一"。他想:"真败兴,这不是活摆治人?"就干什么也没有劲。投手榴弹,晃晃悠悠不出十米远,扑哧就落在地上。刺枪吧,口令一下,别人的枪嚓的一声,一齐刺了出去,整整齐齐排列成一条线。他的枪才慢慢伸出去,露着个摇摆的小尾巴;走步子也一样,总是懒胳膊慢腿,"一二一"怎么也落不到腿上。别人都满头大汗地回去洗脸时,他老是插着手,缩着脖,落在人家屁股后面。

他越来越看不惯书全:还没有吹起床号,就跑到院里嚓嚓地刺起枪来;别人都吃饭了,他还在投手榴弹,站着岗也短不了找目标练习瞄准。玉章暗自骂道:"天生的贱骨头,有工夫躺会儿莫非不舒坦?"

一天,天还不亮,玉章一睁眼,又听见院里嚓嚓地响,就粗声粗气地喊道:"你模范上村外模范去!别在这里揽伙人家睡觉,你不要命了,还有要命的哩!"外面没有答言,只听见脚步走远了。

下午,班长与他谈起来,慢慢地扯到练兵的事情上,班长问他对练兵有什么意见,玉章摇摇脑袋说:"没有……"接着却低声补了一句:"就是觉得累点。"班长说:"大伙都是一样,你的身子骨也不比谁弱嘛。"后来,就谈到了书全,班长说:"一个月的练兵,书全进步可真不小,人家才来三个月的新兵,现在什么科目都不落后,昨天他还背地里嘟囔着说要跟你挑战竞赛呢!"玉章把眼睛一瞪,道:"呸死他啦!你跟他说吧,他不配跟我赛!"班长吃惊地问道:"为什么?""为什么?你还不知道,我这快两年的兵啦,好歹一踢打也比他强,他真是骄傲得不知天多高地多厚啦!"班长说:"赛不赛在你,兵还是应该好好练。"玉章把脖子一拧,扭给班长个脊梁:"反正打仗落不了后就行了唉。"

过旧历年的时候,全连每人都订了个立功计划,书全的计划是照着玉章订的,两个人的计划一字不差。从此,书全更练得上劲了,黑下白日、大空小空都练了兵。玉章还是满不在乎,心想:"我两年的工夫啦,怎么还不如你三个月的。"

那天,刚吃过早饭,发生了情况,队伍很快地拉出去了,玉章这个班恰好布置在正面,对面一百米远就是敌人。书全托着枪,瞄着准,噼啪三枪,打死了两个敌人,战士们都拍着巴掌喝彩:"打得好!"玉章看着生了气,叮叮当当一气打了两排子弹,也不见一个敌人倒下。后来,敌人渐渐架不住。我们的冲锋号响了,队伍冲上去,把敌人赶得五零二落。玉章和书全各自追着一个顽军拼命地赶。书全发了一枪,把顽军的腿打伤了,顽军躺在地上,书全上去缴了枪把俘虏捞回来。玉章追了三四里地,打了四五枪,把敌人追到一个村里,忽然不见了。这时正好吹起集合号,玉章只好垂头丧气地喘着气回来。

队伍往回走的时候,大家都高高兴兴,唱唱喝喝。只有玉章低着头一句话也不说,真是越渴越吃盐,后面不知是谁,断断续续在编顺口溜,还说要投到墙报上:

"周玉章，真是沾，听说练兵着了烦，吊儿郎当不带劲，拉屎尿泡数他欢，觉着自个资格老，打起仗来二五眼……"

玉章听了，一张脸直红到脖子里。

休息了一会，时候还早，班长抓紧时间开战斗检讨会，查查人数，只缺了周玉章，各房子里找遍了也没有找到，到村外一看，原来正自个在场上练刺枪呢，已经累得通身大汗。班长笑着把他叫回来，会就开起来了。第一项就是算算功劳和消耗，书全打了四粒子弹，打死两个敌人，俘虏一个敌人，缴获大枪一支。别人也有打死敌人的，也有打伤敌人的，也有交枪捉俘虏的。班长说："都给记上功劳簿。"独有玉章消耗了三排子弹，什么也没捞到。第二项检讨优缺点，大家都说，这次书全的功劳是平时苦练得到的，全班都应该向他学习。检讨到玉章，班长发言说："战斗上冲锋精神还不错，就是平时太骄傲了，不好好练兵，结果落了后……"

刚一散会，玉章又提起枪来往外走，班长笑着道："休息休息再去吧。"玉章说："一仗就把我给教育过来了，练兵练不好，打仗就打不好。"

《冀中导报》副刊第六十二期，一九四七年四月

刘 敬 礼
——朝鲜战场散记之一

很久以来我就怀念着一个人。自从一九四五年解放藁城战役之后，我就不再见过他了。每逢想到他，我奋发鼓舞，同时也带着一点儿悲痛，我常常想，他也许早已不在人世了！

大约是他在参军时年纪还太小了吧，人们都叫他的乳名——狗子。他在我的记忆中，也总是一个十四五岁的"小鬼"。黑黑的，长圆脸，鼓眼泡，一笑满口整齐的牙齿。用冀中话说，是挺愣挺倔的一个小家伙，却又是那么纯洁和天真。记得四一年春天，在皖南事变不久的一次反"扫荡"行军中，他忽然拽住指导员的后衣襟打着坠咕噜儿说："指导员，指导员，怎么说国民党又打起新四军来啦？不是商量好了中国人不打中国人吗？"

当时他就是这样的一个孩子。以后随着战斗次数的增多，"狗子"这个名字愈来愈响亮了。四四年初春，他杂在十几个战士中间，装着给日寇送棉花，混进了据点文郎口。他们出其不意地动了手，几分钟便消灭了一个伪军中队。四五年夏天，他和另一个小鬼，拎着两颗手榴弹，爬进了东汪据点两丈高的寨墙，一直钻进伪军中队的住室，逼着敌人投了降。在大陆村①战斗，他以二十二发子弹打碎了二十一个敌人的脑壳，成了全分区闻名的特等射手。不久，他被选为分区战斗模范。就在群英大会上，他还那么跳跳闹闹，一团孩子气呢。

然而，他给我印象最深的却是系井战斗。也是在对日大反攻的年

---

① 以上藁城、文郎口、东汪、大陆村等地，及后面提到的系井都在河北省石德路一带，抗日战争时期属冀中军区十一分区。

月，一伙子地主还乡团给我们围住了，显然已经无路可逃。可是，他们却拒绝一切劝告，凭仗着石头垒的岗楼，一面大声叫骂，一面继续顽抗。那时候，我们还没有大炮可以把它轰垮，靠硬攻硬上，就可能遭受大批伤亡。狗子在一旁早叫敌人的辱骂气火了，他撩开衣裳，一闪跳了出来，喊了声"用火烧他"，便带起战士们，在纷飞的弹片里，往岗楼门下堆起木柴来。

这时候我们看见的狗子，是勇敢的、愤怒的，他在烟火里跑来跑去，把犁、耙、桌、凳、扁担、木桶……凡是看得见能起火的，都给扛来了，甚至连附近的门子窗户，也给他摘下来扛上去了。谁也没有他那样紧张、匆忙！

一霎间，大火就烧了起来，扑向了岗楼的大门；一霎间，火冲开了大门，烧进里面去了；一霎间，浓烟烈焰，越烧越烈，由岗楼的底层一步步往上卷着。狗子却还在把门子窗户投进大火去。

还乡团们烧得吃不住，由底层逃上了中层，大火就追上了中层，他们又逃到了上层，大火又追到上层。到他们逃上楼顶哀告投降的时候，呼呼的大火已快把岗楼上下烧穿，根本近前不得了。

大火蒸腾着的还乡团们，有的"塌"进火里去了，有的烧着了衣裳。于是，开始有一个人跳下来，只听"噗"的一响，便摔死在岗楼下。又有第二个跳下来，也摔死了。站在周围看热闹的老百姓，多少年的怨仇一下发泄，不禁人心大快，"哗哗"地鼓掌叫好。而岗楼上却还在有人往下跳，一个一个摔死了。

突然，狗子扑到了政治主任的怀里，紧紧抓住他的手叫道："主任，主任！下命令救救他们吧！他们已经投降啦！"他还没听到回答，就猛地跑上去朝岗楼上大叫起来："你们别往下跳啦！都摔死啦！等等吧！我们马上救你们！"

人们抬来了一架梯子，可惜岗楼修得太高，够不到顶上。狗子便冒着烈焰的灼热，爬了上去，他扔上去一团绳子，让上面的人拽住它滑到梯子上，他又一个个把他们扶下来……这时候，狗子也是勇敢的，却也是仁慈的。这一次，有很多人为他落了泪。

四五年对日大反攻的时候，在攻打藁城的战役中，他冒着伪军释放的雾一样浓的毒气，第一个登上城头；而在最后围攻中心岗楼时，他腹部中弹，第四次负伤。我眼见他在昏迷中被人背下去，浑身是血，脸也苍白了……此后，由于战争的紧张，我忽南忽北地辗转在战场上，便一直没有再看见他。

★★★★★★

漫长的七年的岁月过去了。就在我以为他已经不在人世，在我每逢思念着他，那哀痛的感觉越来越强烈的时候，突然间，在朝鲜战场上，在志愿军某部的功臣代表大会上，我又在"功臣席"中发现了他！我立即向他举起手来，我向他扑过去，他也迎着向我扑来。我们几乎把一旁的人挤倒了，我们的手一下子便抓紧了……

他已经完全长大了。壮壮的黑黑的一个小伙子。还是长圆脸，鼓眼泡，一笑满口整齐的牙齿。小鬼时候那股天真和愣劲，已成长为单纯、明朗和剽悍。

"你是什么功？"我开头就问。

"我……没有什么……"他笑着摇摇头，不愿回答我，只兴奋地把手握得更紧。

我抓过"大会专刊"来查，在"一等功臣名单"中把他查到了："×××团×连连长，刘敬礼"。

啊！我是多么高兴呵！几年不见，他活着，长大了，还立了一等功，而且当了指挥员！使我尤其高兴的，是我重新记起了他的"大名"——刘敬礼！因我早就不喜欢再叫他"狗子"了，虽则这名字已叫得这么熟，这么亲！

我们谈起了他入朝鲜以来的斗争经历。

可是，要想在一篇短文中，把刘敬礼在朝鲜的战斗活动全部写出来是办不到的。因为他参加的是一场大规模的恶战，是有名的粉碎范佛里特"秋季攻势"作战的一角。刘敬礼率领他的一个连，在四里宽的阵地上，在几乎没有工事的情况下，与数倍于己的美国鬼子鏖战了四天四夜。

当时，属于刘敬礼连的火器，最重的不过是重机枪、迫击炮而已。而他的敌手所拥有的却是坦克、大炮和飞机。那下雨一样飞来的炮弹、重磅炸弹和凝固汽油弹，几乎把他们连的阵地炸平了、烧红了，浓烟像大雾一样吞没了山头。刘敬礼曾参加过抗日战争和解放战争，但没有遇见过这样残酷的战斗。可是，他经住了这个考验。他指挥他的一个连，在友邻的强力配合下，打退了敌人一百多次冲锋，歼灭敌人七百五十名，出色地完成了任务！

下面是刘敬礼在这次战斗中的两个插曲：

在防御战的第二天，敌人发起的冲锋，一次一次都被打下去了。敌人恼羞成怒，施展了他们最野蛮残忍的手段：大批凝固汽油弹从空中丢下来，企图用大火把这块阵地消灭。顿时，遍山都烧起来了，那黄色的浆液，到处流着，流到哪里大火就冲到哪里，连那干枯的石块都燃烧着碎裂了。浓烟一直扑进防空洞去，扑进交通壕去，扑向战士身上去！几个班、排长跑来刘敬礼跟前，火急地问："怎么办？大家要烧得吃不住劲了！"

刘敬礼面临着胜败存亡的紧急关头。

刘敬礼看着烟火腾腾的阵地，心也烧起来了。他想："这么大火，要叫战士去扑，不烧死吗？"再一想："那么，撤下去？"当然，"撤下去"是一般人所想的唯一方法。可是，更不行！撤下去就等于把阵地让给敌人！他又想："要叫我亲自去扑火呢？我就让火烧死吗？不，我得想办法！"他忽然跳起来了："同志们，不许退呀！要和火作斗争！披上雨衣，拿铁锹，拿树枝子，扑火！他妈的日本鬼子都没有使我们屈服，火还怎么样？"于是战士们披上雨衣（这样可以烧不着），舞起铁锹、树枝，投身在大火里滚起来，用土，用石块，终于把火扑灭了。当敌人以为这已是无人阵地，大摇大摆爬上来要占领它时，却又遭到我们战士发出的"急风暴雨"，狼狈地滚下了山。

另一次，已是战斗的第四天了。刘敬礼被穿甲弹埋在土里刚刚钻出来，敌人又发起了第十八次冲锋。这时，刘敬礼掌握着的力量仅仅有：人员——炊事员、理发员通统算上，只有二十几个；弹药——手榴弹是一颗也没有了，冲锋枪弹只剩下一二百发，刘敬礼攥着的那颗反坦克手雷，要算唯一厉害的火器了。但，刘敬礼想也没有想"怎么办"，他仍照往常一样迎接了战斗。他命令他的全部人员："大家在交通沟里伏好，我不说话，谁也不许动，说打一块打！"

一阵炮轰过后，成群的敌人爬上来了。看得清清楚楚，那大身量的美国鬼子，先是乌压压散了一山坡，渐渐爬上了山腰，又渐渐爬近了山顶，渐渐接近了前沿，最后有几个竟爬入了我们的交通沟，可是刘敬礼还没有说打。敌人就顺交通沟摸上来，还差六七步了，忽然"嗖"地飞来一颗手榴弹，在刘敬礼一米远的身旁"哐"一声炸响了。说时迟那时快，刘敬礼随着那团烟尘，一纵跳起来，手一甩摔出了那颗反坦克手雷，"轰"一声，不偏不歪，恰恰打在那个美国鬼子的脑袋上。同时，几支冲锋枪也"哗哗"响了。这意外的猛烈的一击，使敌人猝不及防，像遭了埋伏一样连翻带滚呼隆隆逃下山去——

这次冲锋打退之后，敌人竟好半天没有再上来。

事后，战士们讲起这次战斗来，竟把它演绎成了一个神话般的传说。他们说，那次敌人的冲锋根本不是打下去的，而是在敌人的手榴弹响了之后，烟花中蓦然升起一个雄伟的钢铁英雄，把敌人吓跑了！最前头那个美国鬼子就是因为离得太近吓死了的……

就是在这场战斗中，刘敬礼右腿又负了伤（这是他第五次负伤了）。他躺在地下，血染红了山上的石头。别人要搀他下去，他不让，就躺着坚持指挥，直到友军上来接替了他们的阵地为止。

★★★★★★

这次功臣代表大会上，刘敬礼被选为"二级战斗英雄"。我为他祝贺过后，匆匆间便又和他分别了。不久，听说他回到了本团，并已提升为营参谋长。每天生活在朝鲜东线的丛山峰顶之上，和他那亲爱的战士们一起，专心致志地打击着敌人。

我对他的怀念，却一天天更加强烈起来，对他的爱慕和敬佩也一天天增加着。我以为他是最勇敢的战士，也有着最仁慈的心。我认识他，和他做朋友，这是我的骄傲。我以为这样的人，应该是我们这一代青年学习的榜样，应该是我们引以自豪的花朵。因此，我想亲近他，想更深地了解他。可是，我至今还没有好好儿跟他深谈过。

好了，由于一位同志的帮助，我终于获得了刘敬礼在一九五一年十二月十八日写给他在祖国的朋友的一封长信。现在，就让我把他自己的一段表白，抄在下面吧：

> 上级把任务交给我们之后，师和团的首长就每天到我们连来了解力量，进行考查。问我们有什么顾虑没有。我说，现在我心中没有任何顾虑。后来又问我，对家里有什么顾虑没有。我说我家只有父亲和一个弟弟，我对他们都没有任何顾虑。我想，我出

来干革命快十四年了,身上已经负过五次伤,为的是活着,而不是为的死。但我知道革命是曲折的,是要流血的,就是我牺牲了,祖国人民也会知道我的名字。我曾向党委这样地宣誓:在战斗中,敌人的炮火无论打得多么猛烈,我绝不胆怯;负了伤,也坚决指挥到底;被敌人包围,也绝不投降!在我心中没有恐怖,没有动摇!"热血在燃烧着,这是我致命的斗争!——我去了!"①

这就是我们英雄的气概和他的内心面貌。对这样的人们,谁不愿意献出对他最高的崇敬呢?

一九五三年二月二十七日于北京

---

① 这是苏联短篇《生与死》(作者名字不详)上的几句话,刘敬礼把它放在自己的誓词中。

齐 又 昌

一个人活了三四十岁，总经历过大大小小很多事件，这些事件印在记忆中，恰似满天繁星，闪发着一个个的光点。事件本身越有意义，代表它的那个光点也就越明亮。有时候，还会蓦然发出异彩，给你鼓舞，使你奋发，激扬你勇敢向上。在我的记忆的长河中，就有着这样一颗明星，那就是——齐又昌。

是残酷的一九四二年，日寇对冀中抗日根据地展开五一大"扫荡"的时候。在近敌区的一个村子里，爆发了一场激烈的战斗。半夜，我们的部队突围了。我腹部受重伤，跟部队失掉了联系。在焦黄的麦垄里，爬了两天两夜。第三天拂晓，由于失血和饥饿，我昏迷了过去。当我醒来的时候，觉得身子在摇晃。原来有人正背了我飞快地走着。

天色还暗，辨不清背我的是谁，从轮廓上看，他戴着军帽，穿着军装，是正规部队中的同志。这人肩膀很宽厚，个头却不高，年纪跟我相仿，顶多也就是十六七岁。我乏得没一点力气，懒得说话，便任他背着随便往哪里跑。

天亮上来得很快，他背了我急急走进一座小村，挤过一道秫秸夹成的破寨篱，来到一个小院落。这时他已累得呼呼喘气，背上的汗水透过两层衣裳，使我的胸脯都水津津的了。

小院里只有三间西屋，矮小而破败，门窗都紧闭着。那人背了我上前推门，推不动，就轻轻地叫："老乡，老乡！"没有人应。他又背了我走近窗户，敲着窗棂子低唤："老乡，老乡！"还是没有人应。他于是对着窗口解释："老乡，不要害怕，我们是八路军，只在这里躲过白天就走……"话音浑厚，不大流利。我听着有几分耳熟，竟一时想不起是谁。但不管这人是谁，使我感动的是，他尽管累地喘着大气，汗下如流，却不肯放下我，硬是把腰弯得低低的，一直驮着，跟屋里人柔声和气地搭话。

近敌区的老乡是既怕"白脖"又怕土匪的，更何况敌寇如云的大"扫荡"时期。然而，背我的人用他的精诚感动了房东，屋子里吱吱呀呀一阵响，门开了，出来一位四十多岁的大叔。

可是，他一露面就说：这地方可实在待不得，鬼子"白脖"跟发了水一样，天天来杀人烧房。况且，东边隔壁就是保公所，这小院就在鬼子眼皮底下。但背我的人只说一声"没关系"，就驮我钻进门去。于是，先倒退着让我的腿摸着炕沿，放我坐下，随即翻回身，轻轻扶我顺躺在炕上。

就在这时，我真是又惊又喜了：朦胧中，我看见一张颧骨高大的方脸，厚厚的大的嘴唇，深陷的眼窝里滚着一对稚气的浑黑的大眼睛……

"啊！你……又昌！"

"哈呀，怎么是你？"他也认出来了，一下抓住我的手，厚嘴唇颤了几颤，想笑，可是却突然滚落下来两行大滴的眼泪，"啊，真没有想到！"

原来他是跟我在同一场战斗里，因掩护机关突围而与部队失掉联络的。现在，他身上只剩一颗手榴弹了。正胸上，还印着碗大一片殷红的迹。他说，这是抱一个伤员上担架时留下的。

房东大叔又说了一些关乎"危险"的话，但见我们"住"意已定，且又沉浸在友情的欢乐里，便叹口气，住了嘴，去催老婆孩子赶紧离开这里，仿佛这屋子就要变成一个战场了。

"大叔！"又昌上前拦住了房东，恳求地说，"有干粮吗？我们这位同志是个彩号……"

大叔为难地望他一眼，拿过一个小口袋，撑开了。里头是高粱帽子和谷糠轧成的面粉，至多二斤，红糁糁的轻得一吹就会飞起来。

"没剩一点熟的吗？"

"没有啊，真没有啦！"

又昌看我一眼，皱着眉咽一口气，又问：

"你们村有治红伤的医生吗？"

房东又摇着头，低低地说："也没有。"

"那么，"又昌断然下了决心，"大叔，麻烦你，隔一会儿把办公的找一个来，我们有点事。"

房东大叔抱歉地点一下头，也走了。

现在，屋子里就剩我们两个人了。时间是早晨，敌人随时会来。我们凭着信念相信房东决不会出卖我们。然而，敌人也可能自己撞了来的，何况隔壁就是保公所！

但又昌仿佛没有敌情观念。先是，他要看看我的伤口，我因伤口上缠裹着很长的绷带，怕一旦敌人来了，收拾不及，便劝止了他。他望一望我的脸色，就又满屋子张望起来：一时扒着吊在屋顶上的篮子看看，一时打开破橱子瞧瞧，甚至把一个木头匣子也搜寻了一番，最后，颓然回到我的身边，摸着我的手道："再忍一会儿吧。这房东实在可怜，什么全没有，不光没吃的，连点刀伤药牙粉什么的也找不着。只能等办公的来了……"

"我不饿，"我说，"你快歇一会儿，注意外边一点。"我心里想又昌一定饿极了，我知道，他的饭量一向是很大的。就又劝他说："再忍一会儿吧，以前，咱们挨饿还不是平常事……"

我突然缩住了话头，忙朝又昌脸上看去，果然，他那厚厚的嘴唇动一动，笑了一下，连连点头应道："对，对。"我心里一阵发热，脸上也辣了起来。咳，我说了多蠢的话啊！

两年前，我在分区警卫连当小通信员。部队驻在滏阳河畔一个村子里。中秋节那天，连部会过餐，人们都聚在院子里等候月亮出来。这时，突然来了一个小老乡：敦敦实实的个子，宽阔稚气的方脸，光着脊梁，却穿着一条夹裤，两只手抱着双肩不住的打战。他在院子里呆呆地站了一会，就绕过几个大同志，直奔了我来，愣头巴脑地问道：

"嗳，你多大了？"

"十四岁，怎么？"我说。

"唔，我也是十四。"他似乎有些喜，接着又问："谁是连长？"

"你要干什么？"

"我也要当兵。"

一听说要当兵，连部的几个人都围了过来，乱哄哄地问他什么村的，多大了，叫什么名字。文书老陈还拿出填《军人登记表》的架子问他的"参军动机"："你为什么要当兵啊？"

小老乡想了一想，直着大眼道："为……找碗饭吃。"

我们都轰地笑了起来。我忙自作聪明地提醒他说："莫非不为抗日？"可是，他已经被笑得很忸怩，只点了一下头，没有作声。再问他吃饭了没有，也只是摇摇头。文书老陈又想跟他开玩笑：

"你来的不凑巧，伙房里全吃光了，饿一顿吧！"

可是，小老乡抬起头来，睁圆那对浑黑的眼睛答道："能叫当兵就行，饿一顿算什么！挨饿还不是平常事？"

老陈马上觉得玩笑开得不对头，大家也没有再笑出来。

这就是齐又昌。当时连长把他拨给了通信班，和我住在一起。大约同是小鬼的缘故吧，那天晚上，我们面对面睡在两块门扇上，谈了很久很久。从谈话中知道，打他逃出来时算起，家里就只剩下半升高梁了。而家中还有一个老爹，一个十来岁的小妹妹。小妹妹仿佛很使他挂牵，一晚的谈话竟有很多次谈到她。他说，她叫"穿白"，名字有点怪，这是因为她一生下来，妈就死了。这名字是给妈戴孝的……

又昌很快便获得了大家的喜爱。他勤快、坚忍，事事跑在头里，但说话很少，也不会掉花，可是很有劲，一口咬得断钉子。他的饭量很大，但每次打了饭来，总是先尽我们吃饱，而后有多有少由他一扫而光。我曾几次问他："不饿吗？"他总是摇摇头，而且老是那一句："不。以前，挨饿还不是平常事！"

可惜，我们在一块只相处了四五个月。之后，我便调分区剧社了。这分别，一晃儿就过了两年。我们俩也同时蹿高了半个头。

死寂的街上忽地传来踢踢踏踏的脚步声，夹杂着汪汪的狗叫。随即，东院里人声嘈杂，呼喝不止。远远近近不断响起战马的长啸。又昌把腿一弹，横越过我的身子，蹿到炕里的窗台跟前，从破窗眼里往外张望着。是的，敌人来了！

一霎间，屋里好像连空气也铸了起来，静得能听见自己的心跳。为了避免搅扰又昌应敌的专心，我仍旧躺着不动。可眼睛却透过破窗眼，望着东院大椿树下的房顶。一刻，在那枝叶森森的背景上，突然有两个圆滚滚的东西冒出来，是两顶钢盔。隐约间还有两把刺刀，在钢盔一旁寒光闪闪地翘着。

我扫一眼又昌。啊，他是地地道道铸在窗户跟前了。他蹲着，脸对着一个破窗洞，钢筋似的双手扣在腰里的手榴弹上。那牢固坚定的姿态，像是已蹲了几百年似的。我的心一下子稳住了。我怕什么呢？我是在一个铁的守卫之中！他就是我的大门，我的城墙，我的千军万马啊！

但是，我听到了一阵沉重的"拖、拖"声，猛然吃了一惊。这是钉着钉子的厚底皮靴声——这是鬼子的声音！"拖、拖、拖、拖"越响越近了，从寨篱门那里响过来了，响到窗户跟前来了。突然，从窗洞里闪过两个圆滚滚的东西。我扫一眼又昌，依然是那个铁的姿势。"拖、拖、拖、拖"从窗前响过去，响到我们的屋门口了！我再扫一眼又昌，巍然耸然，还是那个铁的姿势，只是头部转向了屋门，手榴弹的导火索紧套在手指上。接着，是门响，豁啷豁啷，鬼子在摘门。一会儿，摘下来了，嘟噜了两声，竟然"拖、拖"地扛起门扇走了。我吐一口气，再看又昌时，天呐！依然是那个永恒的铁的姿势。

又昌这个凝固着的姿势，又保持了很久，后来，我无意中出了一口长气，才把它破坏了。

又昌回过头来，一双浑黑而稚气的大眼把我注视了好久，忽地叹一口气，愤然道："我就不信这村里没有一个医生！这房东胆子太小了！"

我懂得他的气愤是起源于对我的体贴。我很后悔刚才的长出气，便安慰他道："这种环境还找的什么医生，能安安定定地躺一会儿，就求之不得了。其实我现在挺好，全身都舒舒服服的。"

"可是，你的脸——太黄了！"他说完，便把脸又转向窗外，仿佛对他自己也生起气来。

终于，街上响起了一阵人喊马嘶，不久，又复归寂静。东房上圆滚滚的东西不见了，却有一只老母鸡飞上去，在那里安闲地漫步。显然，敌人已经走了。

又昌马上想要上街去看看，搞点吃的或找个医生来。我因他穿着军装，印着血迹，生恐敌人不曾走净，便说不如等办公的来了再说。他见我态度很坚决，也就打消了那个念头。于是回过身来，笑吟吟地陪我坐着。不料，我肚子里"咕噜噜"一阵鸣响，又使他苦起脸来。

我忙着想起一些话，好把他的注意力引开：

"又昌，你的妹妹穿白怎样？她好吗？"

"好吧？谁知道呢？"

我的话显然又说笨了。目前到处是刀光血影，相隔几百里，谁能知道她好不好呢？这不徒然更挑起他的挂牵来吗？于是，又沉默了。

"喂，你们剧社的小兰呢？她好吗？"又昌突然开口了，而且提起了小兰。

"好啊！突围的时候，她跟在我们组长后头，跑得欢着呢！"

"那么，她不会……"

"那当然，一定跟部队冲出去了。"

"噢，噢！"他点着头，眉目间突有一股欣喜之色在飞动。

这很使我诧异。小兰是我们剧社的一个小女同志，只有十二三岁，长得很瘦小，为人又特别腼腆，除了有时演戏在台上露露面之外，平素与外界是很少接触的。可又昌怎么会如此关切地问起她来了呢？

"听说，"他又开口了，"她很封建哩，连洗脚，都背着男同志们，是真的吗？"

"这些你怎么知道？你认识她？"我更加惊奇了。

"不认识，以前听人这么说过。"眉目间那股欣喜之色仍然飞动着。然而，他的眼神说明，他的思想倏忽间飘然远逸，好像到很远的地方捕捉了什么。接着又很感慨地加一句道："她又小，又弱，也参加了打仗。人，就是要锻炼啊……"

院里一阵脚步响传来，打断了我们的谈话。

房东大叔领着一个人进来了。这人穿一身半新洋布裤褂，耳尖上夹着半截烟卷，满脸灰气，微弓着身子，好像随时都想打躬作揖似的。但他一见我们,却把肚子腆了两腆,惊乍乍地喊道:"哎呀呀!同志你们可真命大,洋人成天价踢破门限子,你们生生地没出事!哎呀呀,我刚一听说你们在这儿,就吓了一身冷汗……"接着,就问我们从哪一面出村,说他好派人送。他肯定洋人马上要回来,一来就要挨门查户口。

这种借夸大敌情,想三言两语把我们吓跑的做法,一眼就给我们看破了。一种由于年纪小而被欺生的感觉,激怒了我们。又昌立起眼来问他是干什么的,贵姓。那人大咧咧回答,姓邢,本村的保长。

"邢保长,"又昌说,"先去给我们做点吃的。我们这个同志两三天没吃东西了。"

"嘻嘻,洋人来了怎么办呢?"

"吃多少粮食,我们给你打条子,你可以找抗日政府去报账……"

"可是,洋人马上要来了……"

"最好找点儿白面,做点儿面汤。我们这个同志是个彩号……"

"洋人一来,可要查户口……"

又昌忽地眼睛一瞪,两道寒光凛凛然直逼保长面门,手往腰里一拍道:"查户口怕什么?这有手榴弹顶着!你先给我找饭来!"

邢保长的脸唰地变白了,腰也马上躬了两躬,乱霎了一阵眼,忙才堆下笑容,说了些"行行,好好"的话。随就往后撤腿,灰溜溜地想退出去。可是,又昌又把他叫住了,为了缓和一下僵局,他又说了几句抗日救国人人有责的道理。随后问他村子里有没有治红伤的医生。

"这,这……可实在没有。"保长又把腰躬了两躬。

"能不能给这个同志找点什么药呢?"又昌指着我又问。

"药,咳咳……"保长把他那对老鼠眼滴溜溜一转,油滑地说,

"倒是有两瓶补药，可就怕咱同志吃不起啊，一瓶，老头票①就得七十多块！咳咳，要呢，我就给咱拿去。"

又昌把头低下来了。我于是朝保长摆摆手。保长躬一躬腰，带着房东拔腿走了。

"记着赶快弄饭来！"又昌追一句说。

"是，是……"

不一刻，房东端来了两个大黑碗，一人一个，放在我们面前。

我挣扎着坐起来。三天不吃饭了，这时候才觉得真是饿极了。可是，碗里是黑乎乎似粥似汤的东西，翻一筷子，净是些菜梗树叶，只有一星半点白糁糁的小颗粒。闻一闻，酸不必说了，另有一种甜腥腥的邪味。我看一眼房东，房东扭脸向门外，凝视着墙角。转看又昌，他却已经把大半碗扒拉完了。我也忙吃了一口，觉得嘴里又苦又涩，不敢嚼，连忙下咽，又吃第二口……又吃第三口……到第四口时，胃里便觉得满了，仿佛还要往上涌。

又昌已经把他那一碗吃完了，便轻轻劝我道："硬吃点吧，总比空肚子强啊——可也是，这饭太不像话了……"

我不禁冲口而出："这不是饭，是猪食！"

又昌不由得一怔。我马上觉得不好，我是没有理由向他发脾气的。但已觉不好解释，便探问地转看着房东。

"大叔！"又昌叫了一声，房东这才吸一下鼻子，回过脸来。不知怎的，他眼里有些湿，嘴紧紧闭着，好像一张开便会涌出什么似的。又昌请他再去找保长来一趟。然而房东似乎再也忍不住他的难过和委屈了，他大声说："同志，我恨不能把心给你们炒着吃了，可再去找他，就是找着，他也不来……"

又昌圆睁着眼，一阵，把炕一捶道：

---

① "老头票"指伪币。

"我去找！"说了便跳起来，要亲自上街。房东和我都慌了，赶忙拦住说，那么一来，可能招致更大祸害，说不定连房东都会受连累。要找，也得等到天黑！又昌嘴里仍在愤愤道："这太欺负人了！这太欺负人了！"直到我问"是不是对我生了气"时，他才安静下来，又对着我的脸凄然道："别的，怎么也好说，只是你——太黄了。"

随即，他猛地想起了补药的话，问房东道："大叔，那两瓶补药到底是什么东西？"

"咳，"房东大叔叹口气说，"他们，是指着这两瓶东西讹人哩！听说，是一个'白脖'官儿丢在保公所的，叫什么'人造自来血'，说能补人的气血不足……"

"眼下东西在谁手里？"

"大半他们账房先生们攥着。"

又昌那浑黑的大眼里一波一波地放起光来，张着的手猛地往前一抓说："既是'白脖'官儿的，咱去把它赊了吃！"

"同志，"房东大叔赶忙说，"保公所咱可千万去不得，进进出出都是鬼子派儿的，那班人一个比一个难斗！"

我也觉得又昌说的太天真了，便笑着劝他说："算了吧，跟他们还能讨出好儿来。离天黑还早呢，我看咱们还是先歇歇再说吧。"

又昌见我有些累了，便把房东大叔打发走，扶我重新躺下。我阖上眼，不久，便迷迷糊糊地睡着了。

睡梦中，忽觉有人拉我的胳膊，张开眼，见是又昌，笑嘻嘻地把握着拳的左手伸到我的眼前，突然，手一张，沙拉的一声，三十个红艳艳的扁圆豆儿，满炕席上滚着、跳着，像一个个很精致的小纽扣，红而且亮，显得那么鲜艳，简直可以说是娇滴滴的。又昌从兜里又掏出一个茶色的小瓶，里头盛的也是这样的小东西。我迷惑地把眼望着他，疑心自己依然是在梦中。

"吃吧。"又昌兴高采烈地点着豆儿说。

"这是什么？"

"人造自来血呀。"

"嚯！怎么弄来的？"

"这……喏，房东大叔给赊来的。"

我还想再问些什么，可又昌急不可耐地把那豆儿往我脸前一推，催着说："吃，吃，吃了再说！"我只好欠起身子，捏一粒放在嘴里。一面也抓了几个给他："你也几天不吃饭了，一块补一补吧。"他却退着身子摇头道："我壮着呢，吃了怕上火。"我急了，抓起一把向他一扬道："你不吃我也不吃了！"他见我红了脸，才捏起一颗放在嘴里，却像吃糖球儿似的在牙齿间含着，好半天都不下咽。

这些扁圆的红得很可爱的小药丸，有些甜，还有一股炒豆面似的香味，想来该是现在我们常见的维生素一类的玩意儿。当时我主要是解饿，就一口气把那散着的二三十粒吃个精光，却也不显有什么感觉。只记得在我吃完时，又昌脸上那两只眼睛流露着怎样的喜悦和欢乐，那是怎样的明亮啊！简直是两苗火，两朵花，两颗秋夜晴空中的星星！

"你觉得好些吗？身上是不是有点劲儿了？"他眯着稚气的大眼，笑着问。

一阵脚步响，把我俩吓了一跳。急看时，却是房东大叔。他风风火火地闯进来，满脸是眉飞色舞的兴奋，眼里闪着明朗的火花，早晨那副慌慌乱乱急于扔下家溜走的样子，连一点影子也没有了。他大踏步直奔了又昌去，一把抓住他的胳膊，大声嚷道：

"好家伙！你可真敢玩儿命啊！"接着转向我："同志，你怎么也不拦住他?"随后又昂起头,自语似的赞叹道:"嗨!我只说关二爷单刀赴会那是唱戏哩,敢情天下真有这样的人!"

我被他这一路嚷弄迷糊了。又昌却忽地有些畏缩,连连递眼色给房东,怪他在那里多嘴。

房东大叔还是把故事告诉了我:就在我睡熟的时候,东院保公所灶上的刀勺响了起来,是几个过路的伪军在那里打尖儿。他们吃过之后便走了,保长和两个账房先生便围起桌子,大嚼那剩菜残羹。房东大叔其时正被抓住灶上担水。突然,他看见一个穿了军装、扎了皮带的八路,胸前染着牡丹花似的一片血迹,迈着堂堂大步,撞进了保公所——正是又昌。

他进得正房,堵着门口一站,响当当地说:"保长,那两瓶补药呢?给我看看。"保长万想不到他一个人会明出大卖地跑到保公所来,一时吓得呆了。不待保长发话,有个账房先生赶忙拉开抽斗,取出两个茶色的扁瓶儿来。又昌拿在手里,刚要拧开盖子,突然从大门口又撞来两个"白脖",他们扛着大枪,披着子弹,扬风乍毛地直抢了上来。保长吓得一缩身,筷子都扔了。眼看无处可躲的又昌,立地身子一旋,闪在了门背后。那两个瞎眼的"白脖"竟懵里懵懂撞进屋门,什么也未曾发觉,倒抢近饭桌,抄起筷子就去捞菜。其中一个拿起那茶色的小瓶对保长道:"二叔,这是治什么的药?"这时,他才猛然发现保长两眼木直,死僵僵盯着他的身后。他一回头,"呱啦"一声,瓶子掉在一个汤碗里,打个粉碎。那娇红的豆儿就叮叮咚咚地撒了一桌一地。原来他背后的门已经关上,一个莽墩墩的小黑汉子,左手拉着弦,右手把个手榴弹直直地插到他们眼前来。

"不许动!"

五个人,两个"白脖"、两个账房、一个保长,十只眼睛,都直勾勾盯在那悬在当头的手榴弹上,五个人化作了五段木头。

"把枪给我!"又是雷震似的一吼。

这个毛发直竖、两眼冒火的小黑汉子,仿佛霍然变做一团光焰四射的刚烈之气,逼使得两个"白脖"颤抖抖话也未能哼一声,就乖乖地把枪递了过去。

"怕死不当八路军!"又昌把两支枪搂在怀里,展一展那副浓黑的大眼,大声说:"我本不想找麻烦,是你们自己碰来啦!对不住,你们得听听我的辖治!"接着,他紧忙问"白脖"们打哪儿来,干什么去,叫什么名字,什么地方人……这一问,竟意外地发现其中一个家伙原来就是本村人,他的妻儿老小就住在丁字街小庙的对门,今儿来此只是想捡洋落儿赶嘴吃的。

又昌皱起眉想了一想,便高喝一声,对"白脖"们讲起一番中国人不该糟害老百姓的道理来。最后,把手一挥,断然道:"得啦!八路军有宽大政策,我还等着走道儿呢,放了你们啦!"说着,把两棵枪的枪栓卸下,将撞针在阶石上撞弯,扔给"白脖"说:"你们可老实点,我记着你就是丁字街小庙对门儿的!去吧!"两个家伙这才拾了烂枪,退一步一鞠躬地跑了。

又昌动手去捡那桌上地下的小红豆儿,可惜有一大半泼了菜汤还沾了泥,捡了半天,只落得一握,便和那一整瓶一起拿着,向保长道:"明明是鬼子们丢下的东西,你怎么敢要七十块钱?"保长自"白脖"进来就一直瘫在椅子上未能动弹,如今才挪一挪尿湿了的屁股,捣蒜似的点着头说:"拿去吃吧,拿去吃吧……"

他就是这样把补药"赊"了来的。

听完故事,我激动得望着又昌,一时竟完全忘记了说话。好一阵,我才一把攥住他的手,想骂他。可是,还未开口,泪水就夺眶而出了……

转眼之间,这事过去已近二十年了。至今想来,那一切仍在眼前。记得就在当天,我们碰到了一支自己的部队,我马上被安置去休养,于是,就那么匆促地与又昌分了手。临分别,还记得他问过我一句话:"喂,你看,穿白也能当兵吧?她比小兰要壮得多呢。"这句话,曾在我耳边响了很久。至于那个盛"人造自来血"的瓶子,我一直把它随身带了三年多,拿它盛纽扣和针线,也盛过盐粒和墨汁。抗日战争快结束时,不料在一次偶然的比较紧急的情况下弄丢了,使我难过了好多时候。

以后,再没有能和又昌见过面。解放战争后期,有消息说他在海南岛,五二年,又听说在朝鲜,但一直未能接上头。我曾到他的老家去探望过,老人仍健在,如今在生产队里任着饲养员。至于妹妹穿白,早已是一位妇联干部了。

又昌啊,你在哪里呢?与又昌不见已近二十年了。然而他仍然时时像一颗明星一样降临到我的回忆中来,推动我前进,激励我奋发,督促我向上!

1961年11月27日改于保定

望 日 莲

——从一篇回忆录套来的故事①

到底摆脱了"卧底特务"的追踪,在黎明时分,我们安然到达了钱村。

全仗着老赵的经验丰富,他领着我一连兜了三个圈子,才把特务们甩在了十几里开外的路上。若不然,这一夜真不知要怎样了结呢!

好了,我们摸近钱村的后身,在夜色朦胧中,从一个猪圈的顶上攀上墙,跳进院子来。马上就有位老大娘接待了我们。可老赵呢,在一闪之间,好像只跟大娘打了个眼招儿,便走了——回去了。

老大娘 边小声嘱咐我:"轻点,小心脚底下……"一边引着我通过前院,钻过一棚豆架,进到后跨院来。

后跨院只有三间敞棚,敞棚下乱放着些杂八农具,堆着一垛麦根儿,垛旁墩着一个柳罐模样浑圆的大瓦壶。老大娘让我在麦根上坐下,就简简单单放下两句话:"别抽烟,也别睡着。渴了,壶里有水。有事儿我来叫你。"说完,就挪动她的小脚,一点声息也没有地回前院去了。

我带枪杆子打日本五六年了,大小战斗总打过百十场,可像今夜这般奥秘的经历,还是头一回。所接触的人全像是幽灵,轻轻地来了,又轻轻地去了,仿佛流星在天上划一道线,一闪就消失了,消失得那么鸦静,那么的了无踪迹,简直像个遥远的梦……

传来了一声嘹亮的公鸡的啼叫。接着,远远近近此起彼伏地都有公鸡叫起来。这叫声,在夏末的晴空中组成一组高昂的乐曲,不但给

---

① 庞大川同志写的题名《小女》的回忆录,发表在1963年保定市文联编的《文艺作品选》上。这篇故事就从那里面套来。

人以黎明的警醒，也使人感到世界的深广辽阔。我的心更快地跳开了：啊！脚下已是平原，我就要回到冀中了！

据说，自五一"扫荡"起，冀中抗日根据地已然变了质。可我从来不相信这是真的。尽管主力兵团已经撤出，地方政权受到摧残，敌人还在残酷地清剿，可这有什么关系呢？正像动身时一位领导同志向我说的："在冀中，虽没有崇山峻岭做依托，却有千千万万堡垒似的村庄，有紧紧和我们站在一起的人民，这就是我们的依靠！"是啊，那里的人都活着、斗争着！我行将去工作的那支游击队，也正在组织一场新样式的战斗。我，就是要赶去参加这个新战斗的。

老实说，我很急。新战斗是个大胆的创造，成功的话，对今后的武装斗争将有深远的意义。它预定在八月六日打响，我必须在五号之前赶到分区司令部，时间只有三天了。可我的行程还有二百余里，还必须通过敌人层层封锁的平汉铁路。而我的唯一的指靠，是这些交通站上的同志们……

公鸡的啼叫像是一声号令：天上浓重的湛蓝逐渐变淡，星星也一个个溜闪、消失，东天一片白光展开在云彩下，黎明振起翅膀飞来了。忽然，"呜——"的一声，"气登亢登"地传来一阵轰响，啊，火车就在三里之内经过，我已经住在从习惯上叫做"敌区"的地方了。

我不由得竖起耳朵静听，垣墙里外都是静静的，只有微风过处，庄稼叶子窸窸窣窣地擦响。这陡地使我升起一个愿望：我要看看大平原的青纱帐，那个浩瀚的绿色的海洋！这个海，曾掩护过我们多少子弟兵，给我们多少打击敌人的有利时机啊！我真想说，它就是我们的森林，我们的堡垒，我们的千千万万的人民！

于是，我站起来，从那五尺高的垣上探出头去。然而，在野外迎接我的视线的，却是横一排竖一排的高大的向日葵。它们都张开果盘大小的花轮,像正在"向右看齐"的战士,把自己的金脸挺然朝东张望着。原来这后跨院临着野外的三面,都是给这样的战士护卫着的,我简直是处在这个金色的方阵之中。

只在这时,我才注意到,就在我的面前,在敞篷的檐下,也立着两株向日葵,它们昂着火轮似的大花,舒着蒲扇般的大叶,尤其显得坚强长大,真像一对雄壮的哨兵!

我正对了向日葵呆呆地遐想,身后响起轻轻的脚步声。我猜想是老大娘来了,就回过身子。然而不,是一个年轻轻的姑娘。只见她穿一件肥肥大大的掩襟褂子,毛蓝裤散着裤腿儿,蓬着一头短发,乍一看,给人一股很老气的印象。但她面色是嫩的,长圆脸,细细的眼,细细的眉,细细的身条,站在那里,大方,恬静,看年纪,也就是二十岁——该是老大娘的闺女或者儿媳吧。

"干吆老看它,没见过这个?"她指着向日葵,贸然地问。

我觉得很唐突,却又一时说不出自己的感情,就含糊地回答:"我——喜欢这个。"

"我也喜欢,这就是我种的。"她接着问:"你们那儿管这个叫什么?"

是啊,我的老家叫它什么来呢?我现在习惯叫它向日葵,可我的家乡是叫——望日莲。我告诉了她。

"噢,那你离这儿不远,我们也叫望日莲。山里头管它叫什么呢?"

"山里嘛,大概叫葵花儿吧?"我不大肯定地说。

但她两眼一闪,两颗眸子忽地凝定在我脸上,一下子陷入沉思去了。好一刻,才如有所悟地微微一笑,把眼更眯细了。于是又问:"在山里待了程子,也想家吧?"

"想啊!"我慨然承认,"还是家乡好啊,哪儿也比不了冀中。"

她笑了笑，似乎很高兴。接着就轻声给我介绍情况：这钱村是个"模范爱护村"，但群众条件很好。眼下没什么情况，只附近两个据点的鬼子向西去了，听说在搜查十几里外的几个村子。随后她嘱咐我，现在可以睡了，要好好休息，不要满院子乱窜，更不要隔着墙往外瞧。最后，睁大她那细细的眼睛，突然严肃地宣告：

"首长，到了这儿，就得听我指挥。听指挥是条纪律，谁都一样！"

我不禁吃了一惊。这么个孩子气的姑娘，竟在眨眼之间教训起人来了。便也睁大眼睛问道："同志，你负什么责任？"

"我的责任是保护你的安全，然后送你过路。"

"什么？送我过路？你——？"

她不回答，只把眼睛更紧地盯住我。我一下子惭愧起来。我觉得，也把人家唐突了。

她看出我不好意思，就笑一笑，很随便地往麦根垛上一指说："首长，你休息吧。闷得慌了，就看看望日莲，让它给你就伴儿。"说着，就转过身去，要走。

"同志，"我急忙叫住她，说了我必须在五号之前赶抵目的地的理由，并请求她尽力办到。她听了，轻松地点个头说："行啊。还有别的事儿吗？"

"没有了。"

"好，一会儿我叫大娘给你送饭来。"说着，又转过身去。

"那么，你不是大娘的女儿？"我又问。

但她根本不回答，只略略回过身子，两只晶亮的眼一闪，给了我个十分调皮的微笑。随即摆起散着的裤腿儿，飘然钻过那棚豆架，回前院去了。

我心中猛然一动，对，我见过这个姑娘！那晶亮的眼睛，那调皮的微笑，都很眼熟。可是，在哪儿见过呢？我连忙打开回忆的窗子，一件一件寻思着：我在这一带打过不少仗，也做过不少群众工作，"百团大战"那时候，一度把这儿的铁路全部拆毁了……可是，我翻遍了所有的记忆，还是捉不到这个调皮微笑的第一次印象。唉，还不到五十的年纪，脑子就这么坏了！

我轻轻地踱回敞棚，坐在麦根上。由于想到今夜送我过路的将是一个年轻姑娘，心中总有些不安。自从冈村宁次①施行"火网蛛网的新交通政策"之后，尤其自五一"扫荡"以来，铁路沿线的封锁很给加紧了，不但铁路两侧挖有深宽各一丈有余的大沟，每隔二三里还修了岗楼。沟与沟、火力与火力之间，都能交叉应援。敌人还常常派出小股武装在夜间巡逻。而尤其严重的是，赵村的卧底特务虽已被甩掉，但我的行踪去向，敌人总是知道了的。这当然会增加路上的危险性。

可是，送我过路的却是个孩子气的姑娘！而今天是八月三号，距我的目的地还有二百几十里，我还能赶上将在六号打响的战斗吗？

是的，我还能赶上吗……

不知几时睡去的。当我醒来的时候，天空已变做一片浑黄，那两株向日葵也已经向西天望着了。空气里热烘烘的，很觉发闷。老大娘送来了晚饭，把个仨耳朵的瓷罐放在我的脚前。我坐起来，擦一擦额上的汗，问："大娘，有什么情况吗？"

"没有。西去的鬼子都回了据点，安生着呢。"

"听说抓了什么人没有？"

"没有。"

我放下一层心了：送我的老赵已然回了赵村。

"那我今天晚上能过路吧？"

---

① 即当时日寇华北派遣军司令官。

"过吧。小心点儿，没事儿！"

我唿噜唿噜一阵把半罐子稠饭喝完，天色就发黑了。大娘收拾了碗罐，仍回前院去。我于是紧紧鞋带儿，蹓一蹓腿，打点精神，准备好再奔走一个长途；一面怀着一点"豁出去"的心情，预备欢迎我那位还不知姓名的护送者。

正等着，她来了。在影影绰绰的夜色中，她又使我吃了一惊：她变了，变成另外一个人了。头上罩一块蓝地白花的粗布头巾，用两个斜角把头发兜住往后一拢，紧紧地扎在脑后，那两个斜角便在耳后硬挺挺地横乍着，活像两支犄角。上身仍是那件掩襟大褂，然而腰里束了一条粗大的至少缠了两遭的"褡包"，使得她胸部挺起，连衣服也绷紧起来。下面，宽裤腿已经挽到膝盖，裸露的双腿像两根坚实的圆柱，脚下是一双沿了白边的"紫花"① 鞋，鞋带儿打成蝴蝶扣，扎在脚面上。她右肋下插一把盒子枪，左腰间别两颗手榴弹，若不是早上见过，我必会把她认作男游击队员的，而且是怎样一个英俊威武的游击队员啊！

她也把我打量着：看了我的衣着，看了我的鞋带儿，看了我小小的手枪，最后——我感到——又看了看我的神色。她那细细的眼睛，即使在黑暗中也闪闪发光。

"首长，歇好了没有？"她微笑着问。

"歇好了。我走道儿是有锻炼的。"

她点点头。"可是，首长，"她语气里忽然加进了安慰成分，"今儿晚上，过路、爬沟、跑步都不算，也许还得打仗，得准备受点儿累呀！"

"不要吓唬我！"我开玩笑说，"我是打惯了仗的人，什么都不怕。"

---

① "紫花"土黄色。

"真的！不跟你闹着玩儿，"她严肃地凑前一步，"下午，有俩生人进了村，在各街串游了好半天。傍黑子，才往据点方向去了……"

啊！我一下子又想到了卧底特务。

"发觉我们了吗？"

"那倒没有。可他们既然来了，就可能知道点影子。"

"唔……"

"……我们本来想留你住两天，可你有急事儿，还是任务要紧，是吗？那就还是送！可——首长恐怕得辛苦点儿。"

"没关系！"我几乎喊起来，生怕被留住，"什么时候出发？"

她抬头看看天，天上星光点点，浓重的湛蓝又重新统治了一切。而西北上，有一团墨黑的乌云在涌起。但她把手一举，坚定地说："赶早儿，立马行动！"说着，拔起腿来，带我就走。

我们离了后跨院，开了前门，由猪圈后头拐出村子，从两排向日葵中间钻进了青纱帐。

我们在高粱地中间的田埂上往东北走，走出约莫半里远，就看见一座柏树坟。在距柏树坟三十步的地方，姑娘忽儿停住脚，悄声说："首长，你在这儿等等，我去一下就来。"说完，便唰啦唰啦地拨开高粱叶子，钻往柏树坟去了。不一刻，就听见她在与谁说话，而且似乎不止一个人。哈，交通站的工作，处处都带着神秘的色彩。

隔了大约十分钟，姑娘又拨着高粱叶子回来了。"走吧。"她说。

可是，突然稀里哗啦一阵响，又钻过一个人来，一下子就闯到我的跟前。我定睛一瞧，也是一块头巾，一条"褡包"，腰间插着手枪。虽然尖细的嗓子叫了一声"姐"，但她的眼睛却圆睁睁地一味对了我瞧，仿佛我是个什么稀罕之物。

"你要干什么？"细眼的姑娘厉声地问。

"姐，"才来的姑娘嘻嘻一笑，"我想——跟你换换枪，我觉着你那个好使……"

"死丫头!"这位"姐"忽然动火了,"还不快去!你就没一点儿正经的!"

才来的姑娘又嘻嘻两声,似乎还做了个鬼脸,就稀里哗啦地又钻着跑了。

"回来再说,瞧我饶得了你!"这个"姐"还在追着呵斥她。

"干吗这么骂她,不就是想换换枪吗?"我劝解说。

"听她!什么换枪!她听说你……你是个大首长,特为跑来看你的!哼,调皮鬼!"

"她是你亲妹妹吗?"

"首长,你老是问!我们这儿不许乱问。"

于是,她领着我,顺着一块谷地往正东扎下去,钻出一里多地后,才上了一条野草很深的荒道。沿荒道又走多半里,遇见一长排黑绿森森的蓖麻,贴着蓖麻地蜿蜒曲折地拐了许多弯,陡地一转,横下里又插向了正南。我正自思摸这是为了什么,就见前面巍然耸起一件东西,黑兀兀地遮住了半边天——原来是一座土窑。然而,姑娘又并不直奔土窑,几步之后,又引我顺入一截道沟,轻轻妙妙绕个半圆,向正东折下去,把个土窑闪开了。

我一面步步踩着她的脚印前进,一面惊异着她对这一带地形的精熟;情绪虽不免有些紧张,心情是很兴奋的。我也在敌人的点线之间出没过,但行军方式已进化到如此的离奇变幻,我以前还根本不曾想到呢。

陡地起了一阵风,沙沙地从西北刮来,颇感一些凉意。我们同时回头望望,不好,黑漫漫一片大疙瘩云滚上来了。遍地的草虫都肃然停止鸣唱,独有蛤蟆时而"呱"地叫上一声,看样子将有一场雨。我们不由得加快了脚步,能在下雨之前赶过铁路去才好啊。

又拐过几个弯，姑娘就舍弃道路，领着我钻入一大片玉米地来。这时，姑娘的脚下变得轻极了，她不让自己发出一点声响，而且支棱起耳朵，四下里谛听着，仿佛是在用耳朵摸着走路。在钻到玉米地东面边沿的时候，她忽儿慢慢伏下身子，静静地蹲在一丛豆棵儿里。我也就跟了蹲下去，同时凝起神来向前察看着。可是，眼前只有一片开阔的红薯地，薯秧在黑暗中发出宁静的紫色。再往前看，黑森森的，大地似乎在逐渐升高。而在右前方——东北方向的高空中，却有一盏灯在亮着，一闪一闪的，像一颗鬼眯眼的星星。此外，便只有一股嗡嗡声，绵长而悠远，显然是风吹得电线响。啊，我们已来到铁路之下了。

"同志，"我小声地叫，想问问她，那鬼眯眼星星是不是一个岗楼。不料，左肋下给她愣愣地一杵，硬把我堵住了。

我们就这样在豆棵里蹲着，一动也不动。一分钟，两分钟，十分钟……一气就蹲了二十多分钟。

我看看她，她总是那个样子：探着颈子，两眼凝神向前，倘不是还偶尔有时朝南看看，真会叫人疑心她化成一座石像了。

背后已经传来了雷声，风势也渐渐增强，玉米叶子飒飒地拧着麻花飞舞。星光好像受了惊吓，悄悄地隐藏了，夜色愈发浓重起来。我再看看姑娘，啊，她还在那样地蹲着呢！

我硬是猜不透她要干什么！据我在战争中滚出来的经验，在接近敌人封锁线的时候，小心地侦察搜索一下，是必要的。然而，窥伺了这么半天，依然是个毫无异常的宁静，干什么还老是蹲下去呢——背后的大雨就要追来了啊！

忽然，在远远的北方有一道灯光射来，接着听见一阵隆隆的声音，火车来了。那巨眼似的灯光渐明、渐大，隆隆声也终于变作"吭嚓嚓、吭嚓嚓"的震响，最后"哞——"地一吼，就从一百多米的眼前横驰过去了。留给天地之间的，又是铁一样闷人的寂静。

这回该走了吧？可是，一分钟，两分钟……又蹲了十五分钟！唉！真是女同志的小心眼儿！五六里地的路程生生耽搁了！

就在我快要暴躁起来的时候，突然，"啪！啪！"响了两枪，方向就在南边约二里远的铁路西侧。这个姑娘猛一耸身子，整个神情都倾向了枪声。接着，是一片人声呐喊，跟着又是两枪，还"轰"地响了一颗手榴弹。于是，"哗哗哗哗"一阵叫，轻机枪也参加了战斗……

我正聚精会神地注意着战场，右臂猛地给抓住了，一回头，只见姑娘直愣愣朝前望着，啊！我立刻吃了一惊，就在大地似乎高起来的地方，十几条人影正自躬身前进，就像才出洞的狐狸，他们狡猾地取着半露半隐的袭击姿态，迅速向南包抄下去，我用牙咬住嘴唇，手心里冒出冷汗来。

一切都明白了：南边的枪声只是姑娘布置的"调虎计"，目的在把敌人的埋伏调开。嘿！一个怎样的计划啊！亏她——

我的手突然又被抓住。南边的枪声还在急响，前面的黑影刚刚消失，姑娘就毅然站起，拉着我，朝前冲去。我们跨过红薯地，爬上一道大堤——就是刚才看着高起来的地方，它原来是封锁沟的外墙。现在，我们脚下，就是那一丈多深的大沟的外沿。

姑娘站在堤顶上，唰啦啦抖开腰间的"褡包"，她自己攥紧一头，另一头递给我，让我脚蹬斜坡，从沟壁上往下滑。她呢，用"褡包"吊住我，"李三娘打水"，顺顺溜溜地把我缒下了大沟。说时迟，那时快，我还没有站直身子，她已经"嗤"的一声，擦滑梯一样落在了沟底。

又怎么上去呢？姑娘让我背靠大沟的东壁，把十指交叉，放在腹部。她，头一步蹬住我的手，二一步蹬住我的肩，略略一纵身，就翻上沟沿去了。随后放下"褡包",又一个"李三娘打水",把我吊出大沟。

这时,南边那场战斗已经戛然停止。我们急忙踏着乱石,爬上路基,越过了那两条冰冷的铁轨。正当此时,"唰"的一道立闪,"咔嚓嚓"一个暴雷当顶劈下来。姑娘赶忙把我扶住,就在噼噼啪啪的大雨点中,我们又疾速抢到了第二道封锁沟。

依然是缒下、滑下、人梯、吊上,我仿佛受着钢铁机械的操纵,准确无误地完成了一切过路程序。眼下,我的脚已踏上冀中边界,千里平原已展开在面前,我只要迈开大步放心走去,分区司令部就要到达了……我不由得紧追几步,直想对姑娘说几句什么……

可惜,我未及开口,南边,猝然间又爆发了一场战斗,砰砰啪啪,枪声一开始就又乱又急,"嘶——嘶"的流弹,不时从我们头上掠过。听方向,战斗是在路东发生,这又是怎么一回事呢?

而更其震动我的是我们的姑娘,有一刻,她竟木然呆住了。新的战斗似乎使她受了重重地一击。她就地一缩身,重又蹲在了地下的谷垄中。

凭我多年的军事经验,我断定发生了严重的事情。如果说,过路以前的一切,都是按计划实现的;那么,新爆发的战斗,必是个意外情况,而战场上出现的任何意外,就对一个熟练的指挥员来说,也是十分棘手的事情。我不能测知姑娘的全部部署,可是我知道,一个重大考验临到她的头上了……

姑娘终于"激森"地一动,站了起来。她先伸过颈子朝我一望,而后举起小手,轻轻地向前一挥,意思说:来!我注意到,姑娘的意志不仅复活了,而且坚定地控制着我们的行动。于是,我们拔脚往前走,但不是向正东,而是拐了个九十度大弯,抹头朝向正北。就是说,与铁路、与封锁沟平行着,直朝那个一闪一闪的鬼眨眼星星摸了过去。

仿佛枪声招来了同伙,空中闪电一亮,又炸了两个暴雷,瓢泼大雨哗哗地直浇下来。天黑的像扣了一口锅,一切都罩进了黑暗。我们往前摸着、钻着,用耳朵搜索着。前面高空中的鬼睒眼,也就在乱箭似的暴雨中,向我们一步步逼近。

突然,脚下的谷垄消失了,眼前出现了一带光滑松软的土坡。姑娘随即站住了脚。我从雨丝中张眼再看,哪里还有什么鬼睒眼,那不就是一层顶盖底下的灯盏吗?姑娘啊,你这是把我领到哪儿来了?正自惊疑,"哗"的又一道闪电,腾起一片极亮的白光,在白光中,一座三层大岗楼就在眼前矗立着;它的吊桥也平平地横放在沟上。而我们,只差几步就站到岗楼的外壕上去了。

"谁?"岗楼上大吼了一声。

像是一声口令,我们猛一个退身步,倒卷回谷垄,立即扑卧在地上。

但岗楼上没有响枪,却用一种疑惑的调子继续问:"谁呀?不许开玩笑!……口令!"

"喊什么?——我!"非常奇怪,就在我后边不远,也是在谷地里,呼啦呼啦一阵响,撞过一队人马来,而与岗楼上答话的,正是领头的那个人。

"啊,刘队长回来啦!"岗楼上的声音显然软下来,"怎么样?逮住个子没有?"

"逮住?哼!"谷地里新起来的人气哼哼说,"咱这一段儿上反正是白闹了一身泥,谁知道南边呢……"接着,听见"咚咚"地踩得吊桥响,这一溜儿约二十个人的队伍,踢踢踏踏进入岗楼去了。

我们的姑娘只一挺,就昂然地站了起来。她没有拉我的胳膊,也没有挥手,而是用几乎连岗楼上也听得见的声音说:"走吧!"说着,就甩开大步，坦然地，像是接受检阅似的向前走了。她甚至不屑于再钻庄稼地，就从岗楼外壕的土坡上一拐，一下子找到了向东去的大道……

这时，南边那场战斗已经停止，雨呢，好像互通声气似的也同时止住了……

在我们一口气走出十多里地的时候，天又渐渐打开了。亮晶晶的星星重新在头上闪烁，风儿已经不吹，精力充沛的庄稼，舒展着各自的绿叶，发出沁人心脾的清香。偶尔，草棵儿里有两声蛐蛐叫，叫得很小心，似乎还有点战后的余惊，这很容易使人想起"逮蝈蝈"的童年生活来。

我轻快地大步走着，心中的感情在不断膨胀……是啊，一夜的经历，证明冀中的斗争确是复杂而残酷的。但，正唯其复杂残酷，人们才受到了锻炼，千百倍地提高了，以至变得如此坚强！谁说冀中会"变质"呢？冀中有她自己的崇山峻岭啊！

然而，且慢兴奋，这一夜的磨难还没有过去呢。首先是，这位姑娘从神情上变得忧郁了，我几次和她说话，她都用一种凄冷的语调回答我，而且十分生硬。起初，我相当惊异，但我也想起了那第二次爆发的战斗，同时联想起在柏树坟下一度出现的"妹妹"，我的心也沉重起来。

若只是这一点情绪上的变化，那是不足道的。就在距我们的目的地只有五里路的地方，在我们两个都快要筋疲力尽的时候，在一座黑沉沉的敌寇据点的旁边，又一道新的考验横在了我们面前：我们的姑娘从一派格外明亮的灯光上，察觉了据点情况的异常。她领我连忙抢上一个沙岗子，登高一望，可不，一长列全副武装的日本鬼子，已经出发了，而方向正是我们要去的交通站——孙村。这时，时间大约在早晨三点钟，是对我们最不利的时刻。

姑娘举起拳头把自己的额角捶了两捶……

她的第一个决定是：拼着我们全副脚力，和敌人来个赛跑，以便超在他们前，给可能在睡梦中被包围的同志们报个信儿……于是，我们在敌人旁侧的小路上，向前疾跑猛追……

可是，已然太晚了。当前边响起枪来的时候，我们还在孙村的二里之外呢。而根据枪声判断，战斗是在村子中心打响。可能的情形是：我们的同志被袭击，抵抗是在仓促中进行。

姑娘没有因战斗已经打响而迟疑下来，她敏捷地迎着嗤嗤乱飞的子弹，拨开庄稼，急急前进。忽然，前头出现了树，树下有井，有水车，姑娘略停一停，机警地像是四下嗅了嗅，便转身钻进一块芝麻地去。我弯了腰，紧紧跟上。

又钻了五十步光景，咦，突然有那么眼熟的两株向日葵，亭亭然挺立在芝麻地边上，它们昂着盘子似的花轮，舒着蒲扇似的大叶，那落落大方的风姿，就在枪炮连天的黑夜，也是多么的壮丽啊！

猛地，姑娘一把把我拉住，原来脚下有一眼土井，我刚刚没有掉下去。就在我定神的工夫，姑娘俯下身子，对了井口倾听起来。果然，井里有些窸窣的声音。姑娘于是压低嗓子叫："老张。"但，声音立刻停止了。她再叫："老张。"

"哎！"井里答应了一声，即刻听到木板响，跟着冒出一颗蒙着白毛巾的头来。"你回来啦？"那颗头惊喜地说，一面朝我张了两眼。

"我刚到，"姑娘急急回答，"站上的人都出来没有？"

"站上的人倒没事儿，武工队叫敌人围住了，刘家大院不通地道，他们正在房上跟敌人'招虎'呢！"老张说着，就从井里一蹿，跳上地来。在他后面，噌噌噌又蹿出三个小伙子，他们有的持枪，有的挎手榴弹，还有的用网兜子提着地雷。姑娘和他们一个个打过招呼，就急切地说：

"得想法让武工队快冲出去,天要明了!"

"我们就为这个来的。你说话吧,看是怎么行动?"老张挺着宽宽的胸脯子,充满信赖地说。

姑娘用眼把四条汉子扫一扫,突然把手一举,断然说:"这样:去四个人,由南口进村,冲着十字街打它个冲锋,冲开个口子,接应武工队突围,行不行?"

"行!"

"那么,小陈!你保护着这位首长下井休息。其余的——跟我来!"

"是!"众人应声说。

"慢着,"我伸手拦住她:"我也去!我一点也不累。"为了表示决心,我还郑重其事地亮出了手枪。

"你可去不得,"姑娘说,"这儿你不熟。再说,我们也没有那么傻,敢拿首长去打仗!"

"这有什么关系?我去了有好处,我有作战经验。"

"这我知道,你还能指挥一个团哩!可是,你是客人,枪子儿是不管客人不客人的。"姑娘的语调仍很坚决。

但我不让步:"同志啊,客人为什么不能打仗?武工队被包围着,谁都有责任去解救啊……"我还要往下争辩,可是,我的话被严厉地打断了:

"同志!你是怎么的?在这儿你得听我指挥!——小陈,带他下井!"

我愣然了,我愣愣地盯着她。好一阵,在小陈上来搀我的胳膊的时候,我才一转身,请求着说:"同志,井里不就是地道吗?我自己下去得了,何必又占住小陈呢?"

小陈在一边也说:"是啊,把首长扶下去,我也一块儿去得了。"

姑娘什么也没有说，只冷冷地点了个头。

于是，小陈指着井口告诉我：井里贴水皮的地方，横搭着一条木板。从木板往右摸，便是洞口。进洞口不远，靠右手有一间"小屋"，铺着滑秸哩，可躺下休息。说完，就挟住我的胳膊，扶我下井。我用两臂撑着井沿，先把脚探下去，慢慢往下落。带落的土块，就"丁崩丁崩"地敲得井水乱响。在落到多半人深的地方，果然踩着一条木板。……当我摸着洞口的时候，上面的人便动身走了。

在这么空旷的野洼里，在这眼孤井里，就剩我一个人了。瞅脚下，是其深莫测的井水；往上看，是碗口大小的一点天空，枪声带着水音从那儿落下来，忽然间变得很遥远了。听着这枪声，想象着那一小支人马行将打起来的战斗，我的心不禁又吊起来，而且总是不甘心地想：唉，究竟有什么理由非把我"禁闭"在这儿不可呢？这姑娘真是死硬得很啊！

"轰隆！轰隆！"传来了两声巨响，像是成排的手榴弹。我猛地往起一站，把头探出井口来倾听。随着又是一排密集的枪声，掀起了一片人数不多然而异常激壮的喊杀声。我的心一阵猛跳，多么动人心魄的搏战之声啊！姑娘的影子突然又在我眼前浮现：她扎着蓝地白花的头巾，摆动着横乍在脑后的两个"犄角"，在黑暗中伏腰前进，摔着手榴弹，喊着"杀！"……

喊杀声猛然扩大了，从村南蔓延到村子中心，组成一片山呼海啸般的大发作。显然，武工队已从内部响应，突围发起了……啊，喊杀声变成一团烈烘烘的大火球。带着山崩之势从村子往南滚，它渐滚渐远，终于隐隐然在东南方向逝去了。

"漂亮！突围成功了！"我独个儿叫着，不由得四下回头。这时，我又瞧见了那两株向日葵，这朴实、壮丽、一心向往光明的花儿，静静地站在夜空中，多么像守卫着这土井的忠心耿耿的哨兵啊！

天色渐渐变白了。我缩下身子,爬入地道,怀着一腔热烈的感情,摸着了那个铺滑秸的"小屋",并且舒适地躺了下去……

……我不知躺了多久,好像只有一小会儿,便听见地道深处有人说话,语音在嗡嗡的回响中带着些喜气,仿佛在互相道贺。随后,有灯光一闪,一个人举着个灯盏,躬身向我爬来,是一张年轻的有点熟的面孔。

"小陈!"我冒叫了一声。

"有!"小陈用灯盏把我照一照,笑了,"首长,等急了吧?"

"哪里!你们都好吧?伤着人没有?"

"不光没伤着人,还炸死了三个鬼子,得了两件胜利品呢。"

"什么胜利品?"

"两盒罐头,哈哈!"

"啊!你们——那个女同志呢?"

"在办公室,她叫我请你过去。"

"好。"我一跃爬起来,小陈端着灯在前引路,我们就在那个扁圆的立筒中左弯右转,一时过"桥",一时钻"卡",通过了很多支叉和"十字路口",来到一个像是大匣子的地方;急切中只见有一人多高,宽长约莫两方丈,四壁绷着苇席,地下铺着干草,挤坐着七八个人。大半这就是"办公室"了。我急忙拿眼一寻,就见那位姑娘正靠着一个灯盏,把罐头底儿当镜子照着,在拢自己那蓬蓬的短发。她微眯着细眼,一下一下平静地梳着,像是早晨才醒来的样子。那镀得很亮的罐头盒,把灯光反映在她脸上,给她罩了一圈金灿灿的光轮,使我立刻又想起那些向日葵来。

"报告,首长请到!"小陈开玩笑地大声说。

姑娘一抬头,看见了我,马上把腿一跪站起来,竟出人意外地叫了我一声"大伯!"

"大伯，你歇好了吗?"她羞涩地笑一笑，接着说，"大伯，刚才我说话不好听了，我是个孩子，你不怪罪吧?"

"哪里哪里!你是做得对的。"我不无慌乱地说。

"大伯，这一宿可真够你戗!碰着那么多危险!虽说没有出事儿，到底不是闹着玩儿的。在道儿上那工夫，我这心那个跳哇!都快跳出嗓子眼儿来了!"

"别客气了，"我郑重地说，"这一宿，你使我获得了很多东西，简直是一次学习!你不但使我这个新回冀中的人更坚定了战斗信心，而且——你先别打岔——而且，你的许多做法，对我这个部队指挥员，也给了很多启发，你对敌情的判断和处置，是大胆的，也是绝妙的……"

"别说了大伯，"姑娘居然撇起嘴来，"我们这点办法，全是从部队上学的!你倒还拿它来逗我们!大伯，你是打仗的行家，老前辈，应该对我们多教育，有错儿指给我们改正，怎么倒乱夸起我们来了?"

这叫我还有什么可说呢?我只能承认，进山学习还不到一年的时间，我反而落了后了。

"哎，我还没有告诉你，我妹妹她们回来了。"姑娘兴奋地说。

"在哪儿?"

"那不。"

在角落里，有个更年轻的姑娘忽儿把头扎了下去。她刚才还挺有兴趣地盯住我看呢，现在害羞了。她瘦瘦的，梳两条大辫子，身上的衣服还湿着，正拿了一把盒子枪在擦。

"她们过路以后，又碰上了敌人的第二道卡子。"细眼的姑娘补充说，"幸亏这场大雨，把藏在庄稼棵里的敌人浇得站起来，让她们发觉了，就噼里啪啦地瞎打了一阵子算拉倒。"接着，她转过脸去对瘦瘦的姑娘申斥说："不是这场雨，你们还不得叫敌人抓两个子去!

哼！亏了你整天价'打游击打游击'地瞎吹，在敌人眼皮底下串游，就不知道多长个心眼儿，阖着眼珠子才往敌人身上撞哩！这回该知道听话了吧？死丫头！"

那姑娘服服帖帖地低着头，嘴角上挂着一丝愧悔，一语不吭。

"也多亏她们那阵子瞎打，"细眼姑娘又转向了我，"才提醒咱这么一大堆。大伯不见笑吧？好了，外边早大亮了呢，大伯该休息了，睡到天黑，我还要送你到李村。"

说着，她把我引出"办公室"，又摸到一间"小屋"，把那盒罐头塞在我身边，就又钻走了。……

在这以后的战争年月里，我常常看到望日莲——平原上，有很多很多这样的望日莲——每当我看到它们的时候，便想起这一夜的遭遇来，心中便勃然有一种充实和鼓舞之感。这感觉，一直持续着，直到彻底地战胜了日本法西斯！

          1963 年 8 月至 10 月初稿
          1965 年 6 月修改于保定

杨沫

我 的 医 生

在冀中文安县正开着会,我病了。县、区干部把我送到了一个滨水的村庄——五董村去养病。我发着高烧,时时昏迷。

一九三九年春天,日寇侵占武汉后,回师北窜,冀中抗日根据地的形势紧张起来,各县城先后失守,敌人向冀中区开始了规模空前的大"扫荡"。

正在这紧张时刻,我病了。也许为了使我养病的条件好一点,村干部把我安置在一个富农家里。

我到五董村是夜里。第二天午后,那位领我来房东家的村干部请来一位医生给我看病。这医生留着花白胡子,背着粪筐,一手提着一个大烟袋荷包,一手拿着粪叉子。一身破烂粗布棉衣,满脸核桃样的皱纹,更奇怪的是,稀疏的几根白发还在脑后挽着一条十分稀罕的小辫子。进屋后医生轻轻放下粪筐、粪叉,直着腰站在炕沿,不等村干部介绍就向我深深施了一礼说:

"大姑娘,你好?我来给你治病来啦!"

不叫同志而叫大姑娘,脑后的小辫子和那深深的谦卑的一躬,使我觉得这哪里是什么医生,明明是一个贫苦落后的庄稼老头。

村干部是个三十多岁的大个汉子,黑黑粗粗的憨厚样子,像个长工。他也许看出了我对医生的不信任,笑着对我说:

"这位老先生针法可高哩。咱这周围几十里地庄户人家有了病,都请他老人家给扎针——一扎就好。"

我不想叫他扎针也不行。医生听罢村干部的话,冲我微微一笑,立刻从怀里掏出了针包包。

昏迷中,我眼前站着的不是什么拿着粪叉的庄稼老头,而是一位白净面皮，穿着雪白的工作服，手拿听诊器的医生。但当我清醒地睁开眼睛时，拿听诊器的医生不见了，眼前站着的仍是那个满脸核桃纹的小老头。他手里拿着几根大针，躬身望着我，露出亲热的笑容：

"大姑娘，松快点了吧？贵人天相，我给你一扎针，你就要好起来。"

他用粗糙的干瘪的手一会儿按按我的脉，一会儿又摸摸我的额头，尽管对我很关切，尽管我身上果真松快些了，但我心里却有一种说不出的不愉快。说真的，我不喜欢医生的那双手——也许，因为它们脏了一点？

午后的阳光照得窗影斑斑驳驳，在墙上贴着的几张烟草公司印的美人图前，围着八仙桌，村干部、医生和那位四十多岁的男房东在谈话。

村干部说：

"二先生多费心，这位同志是来咱县里帮助工作的，又是外乡人，要是有什么情况，您一定要想办法早点叫她转移，或者……"

不等村干部说完，房东二先生拍着胸脯说：

"哎呀，说哪儿的话！主任，你就放心吧，咱这一带，鬼子兵从来没来过，要是万一真有个情况，有我一家人，就有咱这位同志！"

"好！好！"村干部诚恳地笑着点头。医生不哼声，却翻着两只小眼睛笑吟吟地看着他的旱烟袋，那神色有点叫人捉摸不透。

村干部走了，医生还不走。他仍是一会儿按按我的脉，一会儿摸摸我的头，还不时地把一杯杯的温开水送给我喝。出了一身透汗，身上舒服多了，我不觉蒙眬睡去。

忽然一阵凉凉的细雨把我淋醒了。睁开眼，只见医生正俯身在我的头前，两眼直直地盯着我的脸，身子一动不动，那双小小的总含着微笑的眼睛，忽然变得那么沉郁，那么悲伤，不知不觉从里面滚流着大粒泪珠。

我惊奇地说："大伯，您怎么啦？"

医生惊醒来，不好意思地转过脸去低声说："大姑娘，你醒来啦，没什么，刚才叫沙子迷了眼啦。"

见他不肯说，我也不便多问，只轻轻地说：

"大伯，谢谢您，我觉得身上好受多啦。扎针真是管事啊！"

医生摇摇头，甩着脑后的小辫子："可比不了医院的大夫。我这几根针，只能治个头痛脑热的。"

医生老人的谦虚和热情悄悄打动了我，我又问他：

"大伯，您家里都有什么人？"

见我能讲话了，仿佛根本没有刚才的悲伤，医生老人高兴地坐到炕上，扳着指头数着说：

"你问我家里人吗？一个、二个、三个、四个……"

"人很多吗？"

"是呵。一个破门坎、一个小灶火、半截水瓮、一条土炕，还有半张破席……"

"大伯，您真有意思——那么说，您是一个人？"

老人轻轻叹了口气："早先亲人倒有，现在就剩下光身一人啦！"说到这里，他站起身看看窗外："天快黑啦，大姑娘，我该走啦。"他背起粪筐，拿起粪叉，已经走出屋门外，又闪身走回屋里，在我耳边神秘地低声说："要是有了情况，我一准赶来找你——带你跑。咱那家离五董村只有个十来里地。"

我笑笑点了点头，并没有把这话放在心上。

老人刚走，房东女主人立刻进来看我。这是个白胖胖的、精明利落的中年妇人，头发梳得油亮，手指上总带着两枚银戒指。她冲着医生的背影呸了一口吐沫说：

"这还是个大夫呵？我家那个扛长活的也比他那德行强！……同志，你饿吗？我去给你做碗面条，多打鸡蛋，多放香油，保你吃了还想吃。"

这一家对我很殷勤，烧水、做饭、熬药，照顾得十分周到。我也很感谢这家人。

又过了一天，我的烧虽退了，但虚弱得很，躺在炕上还不能动。清早，那个十分殷勤的女房东，忽然气急败坏地闯到屋里来，向我拍打着手掌，喊道：

"快走！鬼子奔这村来了！"

说罢，她头也不回地跑走了。

我急忙挣扎着穿上衣服，下了炕。等我走到院里一看：

房东一家大小，跑得连个人影儿都没有了。我顾不得生气，只是想：怎么办？这一所宽敞的四合院只我一个人，不行！我必须离开这里。

我挟着一个小文件包，颤巍巍的，脚下好像踩着棉花团，好容易走出房东家的大门口，街上已经冷清清的不见一个人。村里人都跑出了村外，房东家挨着村口，我只好也向村外走去。

春天的原野，迎面吹来的风是寒冽冽的，脚下的土地是湿漉漉的。并不见敌人，只有逃难的人群黑压压的这一堆，那一伙。离村不远就是一条大河，许多老乡已经上了船准备逃走。我一个人落在后面，举目四顾，一边是白茫茫的大水，一边是惊惶乱跑的人群，而在这些人群中我却找不见一个认识的人。敌情怎么样？到哪里去好？我正彷徨着。几声大炮响起，接着机关枪也吼叫起来，大队敌人突然从三面包围过来了。漫洼里顿时一片混乱。敌人向远处密集的人群开了枪，向船上打得更凶。霎时间，小船乱晃，水花四溅，哭喊声、惊叫声，一个个的在血泊中的老人、妇女和孩子……我衰弱地站在一棵小树下，竟然看呆了。到敌后参加抗战，这是第一次遭遇上敌人，也是生平第一次看见帝国主义的兽行。当时，我忽然有一种梦寐似的感觉："人间真会有这样的惨景吗？"

敌人的马队包围上来，骑在马上的汉奸高声喊道：

"回村去！回村不杀！"

敌人的包围圈越来越小，人群无处可逃，一个个无精打采地开始向村里走去。

枪声停止下来，五童村的野外，一群群提着包袱、携儿带女的农民群众，被敌人用机枪和刺刀轰赶着，低着头，步履艰难地向村里走着。

我怎么办？站在一棵透着新绿的柳树下，我迟疑了一下。但是不容我多想，敌人端着刺刀也轰起起我来了。我不能不随着人群也向村里走去。我一边走，一边睁大眼睛向人群里寻找——多么希望找到一个认识的人，他或者可以掩护我一下，免得我一个外乡人突出地暴露在敌人面前。但是，我来五童村的时间太短了，群众谁也不认识我。这时猛然间，在我的身边出现了房东老老少少的一家人。我心里一动，是不是可以跟着他们一家混进村里去呢？想着，一扭头，我和男房东面对面地四目相视了，他穿着灰长袍，戴着黑帽盔，那双灰败的失神的小眼睛，向我只一瞬，骇得像被蝎子蜇了一口，立刻惊慌失措地推着他那一家人向前飞奔而逃。我激怒地向这个人的背影望了一下，狠狠地吐了口唾沫：好一个"有我们一家人，就有咱这位同志"，再不能指望什么人帮助了。

我只好一个人又慢慢地向前走去。

我的两条腿像两根木棒，沉重地走在潮湿的土地上，一步三指，喘喘吁吁，那近在眼前的村庄却像永远走不完似的。出村时，我落在后面；回村时，我又落在后面。这时一队队举着太阳旗、端着刺刀全副武装的日本兵不断地从我身边走过去。忽然，我想起了我手中的文件包，这里面有党的文件，它是我的"身份证"，它和敌人挨得这样近——近在咫尺间，只要敌人稍一注意，检查一下，那么……我的心突然激烈地跳了起来，觉得事情的不妙，假如文件落入敌人手中，我自己牺牲了不算，那给党和抗战造成的损失是无可估量的……想到这里，我着急，悔恨，眼泪直在眼眶里打转。正在这时，一个日本兵从我身边走过时，忽然扭头看起我来。心里一急、一恨，一刹间我反倒镇静了——只有大胆和镇静才能战胜敌人。于是日本兵看我，我也看他，甚至脸上还带出微微的笑容。这么一来，我平安地闯过了这一关。

挨近村子了，我想也许能够顺利地混进村子，然后找个地方藏起来。谁知当我向村口一望时，心里又突地堵上了冰块——村口上，黄呢军衣、高筒皮的日本兵和绿衣绿帽的伪军、汉奸，正杀气腾腾地搜查着每个走进村里的老百姓。

我立刻停步不动了，看着手里的小件包，心又突突地跳起来。我虽然穿着一身毛蓝布的短袄长裤，头上包着白羊肚手巾，和本地青年妇女的打扮差不多，可是，我不是本地人，敌人一盘问口音不对，再一打开我手中的小包包……不行！不能进村！然而敌人正从三面包围过来．老百姓都在向村里走，我一个人孤零零地站在村外也不行呀！我心里十分为难，痛苦得仿佛是一个就要掉入万丈深渊的绝命者。我踮起脚尖在漫野里四处瞭望，表面上，我似乎在寻找自己的什么人，实际上，我是想用这个办法多挨磨一会儿时间。

"进村！回村里去！"日本人和伪军不容我站着，他们高声呼喊着，挥舞着刺刀，命令我向村里走。

我无可奈何地慢慢走着，我怀抱着的那个小小的文件包，竟变成了千斤巨石，沉重地压在我的心上，我想吞掉它，但它有那么多，而且敌人就近在身边；我想找个地方藏起它，但空旷的原野，潮湿的土地上一片光秃秃，我想要能出现个奇迹——地下忽然裂开一道缝，我和我的文件一起掉了下去该多好！然而什么办法也没有，我只有咬紧牙关慢慢向前挨去。眼看要挨到村口上大群敌人的跟前了，忽然，一只粗糙的大手一下子抢过了我的小包包。我惊愕地回过头去——啊，老人，我的医生，在这千钧一发的时刻，他赶到了！他背着粪筐拿着粪叉，跑得满头大汗，呼呼喘气。他一边扶着我那几乎站立不稳的身体，一边大声埋怨道：

"你这死丫头，叫你老爹好找！你——你一个有病的人，还跑个什么劲呀？"

说着，他已经悄悄地把我的文件包放到粪筐里，顺手用里面的牲口粪和柴草盖上了它。我好高兴呀！一下子倒在老人身上，像婴儿偎在母亲的怀里，快活得眼泪几乎流了下来。我们慢慢走到敌人面前，一个汉奸凶狠地拦住我们，大声喊道：

"干什么的？检查！"

老人不慌不忙地脱下破毡帽，向这群鬼子汉奸深深鞠了一躬，说：

"我们是好老百姓，这是我闺女，她有病。"

鬼子和汉奸看看我，看看老人，又看看老人身上的粪筐，刚要盘问什么，站在敌人旁边的一个黑黑的中年汉子对敌人说：

"是这村的好老百姓，叫他们进去吧。"

我惊奇地看了这汉子一眼——竟是领我来富农房东家的那个村干部。怎么回事？他怎么会替敌人做起事来？我正惊疑着，敌人听了村干部的话，立时放我和老人进了村。顾不得想别的，一边走，一边和老人商量，到什么地方去好。依着我，不愿再回房东家去。老人却笑着说：

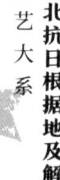

"还是回这家人家去吧。保准，鬼子不走，他们都把房子给咱们空着呢！"

"他们对我不负责，我不想去。"我噘着嘴说。

老人甩着小辫子，眯缝着小眼睛看着我，像哄小孩似的："闺女，去吧！鬼子不注意这号人家，咱们住着更安全。有我这个老保镖的，你就放宽心吧。"

到房东家一看，果然还是没有一个人影。我不禁暗暗佩服老人的智慧和见地。不等我说，老人把我扶上厢房的炕上后，立刻就把文件包替我藏在炕洞里，然后又帮我盖严被子，最后他才站在炕沿边，抱歉地说：

"大姑娘，别见怪，我一听说有情况，就往这儿跑。不巧，半道上叫鬼子截住了，来迟一步，差点没出错儿。这如今，你就安安生生地睡大觉吧！鬼子来了，有我老头挡着呢。"

我用惊奇钦慕的眼光上下打量着老人，好像他身上有了什么奇怪的东西。终于，我忍耐不住地问道：

"大伯，真奇怪！您怎么知道我那个小包包重要，先抢过它，又先藏好它呢？"

老人一边忙着向地上摆尿盆、药锅和一些乱七八糟的东西，一边扭头说：

"那还用问啊，干你们这个的，"他大拇指和二拇指摆出一个"八"字（表示八路军），"手中的包包准定没有银子没有钱，除了公文还是公事，我当然要先救下它！大姑娘，先不说这个，快蒙上头睡吧，说不定鬼子就要进来呢。"

好聪明的老人！他怎么会有一双这么犀利的眼睛呢？……

屋外的炮声还在轰隆响，机关枪又哒哒地吼叫起来。我已经疲惫得没有一丝力气，只好依从老人蒙上了头。

不知过了多久，我被一阵喊叫声惊醒。轻轻掀开被子一看，我又惊呆了。只见老人像尊菩萨直直地站在屋门口，围在他旁边的是两个端着刺刀的日本兵和一个汉奸。老人已被打得鼻青脸肿，口角淌着鲜血，可是他仍然镇静地不慌不忙地冲着敌人说：

"我们都是好老百姓，这儿可没有八路军。我这闺女有病，我守着她——你们别嚷嚷，她是伤寒病……"说着，他走到炕边把我的被子掀开一点点，叫敌人刚刚看出是个女人头，立刻又用被子把我盖严。

我的热泪顺着脸颊悄悄滴在枕头上。老人，我的医生！我曾经瞧不起你，瞧不起你们这些土头土脑的庄稼人……虽然，我会背诵一些马列主义的词句，会说劳动人民是伟大的话。我到农村来参加抗战工作，是带着一股年轻人的革命幻想，来拯救你们于水火的。但是，在残酷的斗争面前，不是我拯救了你们，而是你——一个外表极其平凡的庄稼老头拯救了我。你不但拯救了我的性命，也拯救了我的灵魂。……我激动地胡乱想着，老人的鲜血默默地冲洗着我心灵上的污秽。于是我忍不住偷偷掀开被角，暗中注视着老人和敌人的这场搏斗。心里打定主意——情况如果更紧急，为了老人，我应该挺身而出……

然而，鬼子兵看了看满地的垃圾．还有那尿盆、药锅，忽然掩鼻而逃了。敌人一走，我高兴地打开被子刚要说什么，老人一下子又把我的头盖上，并且又像哄小孩似的在我耳边小声说：

"大姑娘，还是睡吧。鬼子说不定还要进来呢。再来，咱们还用这门八卦阵把他们打回去！"老人毫不理会满脸的血迹，一双小眼忽闪着，看着那一地垃圾，得意地笑了。

聪明的老人呵，第一次碰到敌人，你就能想出这些办法来对付，真是了不起！听他的话，我真的又睡去了。

当我醒来时，天色已近黄昏，糊着窗纸的小屋一片寂静。忽然，我又看见了一个奇异的景象：我那聪明的、总带着微笑的医生不见了，伏身站在我面前的又是一个悲伤的两眼含泪的痴痴呆呆的老人。他直直地盯着我的脸，目不转睛。我醒来后，也直直地看着他，他也不觉得。

我心里为老人难过，渴望知道老人的痛苦。于是，我轻轻推了老人一下说：

"大伯，鬼子走了吗？您怎么啦？"

老人被惊醒过来，又不好意思地扭过脸去。等一下才转过身来说：

"万幸，鬼子已经离开这个村啦。那房东一家子也回来啦。大姑娘，你身子骨歇过来了吗？"

我笑着说：

"大伯，谢谢您，我已经好多啦。怎么回事？您又叫沙子迷了眼啦？"

"没有，没有，没有！"老人连连说着，却扯起衣襟去擦眼泪。

什么沉重的创伤在折磨老人？我忽然下意识的感觉这痛苦似乎还与我有关，这就更增加了我要弄明白的焦急心情。于是，我扯住老人的衣角，孩子气地撒娇说：

"大伯，您刚才不是一直把我当成您的闺女吗？我就真是您的闺女啦。您有什么难过的事，告诉我吧，一定告诉我！"

"闺女！"老人噢地站起来，用力攥着我的手，那眼泪又像串珠一般流下来。"闺女，我真有个闺女像你一样——她叫秋月……"

在昏暗的小屋里，老人向我叙述了他女儿的故事。

老人早死了老伴，只有一个闺女叫秋月。聪明、刚强、长得俊，心眼也好。她十七岁那年，本村有个地主豪绅的儿子看上她了。一个夏天的晚上，那少爷乘着老人出去串门的工夫，跑到秋月屋里要行无礼的事。秋月急了，抄起作活的剪子给了那少爷一下子。少爷吓跑了，可是祸也惹下了。没过两天，秋月就叫县衙门抓了去，说她偷窃行凶，要杀死少爷。官司打到天津，老人跟到天津。秋月被打得浑身是伤，想叫她屈打成招。可是，她咬着牙什么也不承认。老人呢，没有人情没有钱，后来连小店也住不起了，就在码头上当小工，有时连小工也找不上，就乞讨着混个没有饿死。他一心要等着女儿放出来，父女俩好一同回到家乡去。谁知等了一年多，秋月不但没有被放出来，反而把她和政治犯关到一起去。老人去看她，她虽然又苍白又消瘦，却反而更精神了。有一回，她乘着看守不在眼前，隔着铁栏杆递给老人一个小纸条，悄悄说："爹，你帮个忙，把这条条送到南市××胡同，门牌×号，交给一个叫×××的，要有回信，你带回来，偷偷交给我。千万不要叫人看见。"

老人很吃惊。一个乡下女孩儿，下到大狱里怎么还认识了外边的人？说不管吧，又于心不忍。就这么着，老人变成地下交通员，常替女儿给外面通信。女儿还叫他留起小辫子，装得越落后越好。通着通着，女儿忽然被钉上了大镣，和死刑犯人监在一起去了。这一来，老人更难受了。在一次接见里，老人气呼呼地问女儿是怎么回事。那秋月甩着大镣笑着说："爹，别难受，应当替女儿高兴！我从普通犯升到了政治犯，又升到了死刑犯，这是光荣……"老人气得打断女儿的话："钉上大镣你还光荣？眼看要了你的小命，你还高兴？"

秋月的脸雪白，可那双大眼睛呵，真像秋天的月亮一样明净、光洁，别提多精神、多好看！她睁大眼睛，一字一板地对父亲说："爹，你一辈子扛活受了多少苦、多少罪，谁拿你当个人呵？那些苦害咱一家人的少爷、老爷，难道你不恨他们？爹，咱穷人要想过好日子，非得有一天共产党得了势，革命成功了才能行！为了这个日子，为了共产主义的胜利,我死了算什么?爹,你就回家去等着吧!有一天共产党会到咱那儿去的。你见了他们就跟见了我一样……"老人说到这里,抬起头用一种异常庄严的神色望着我,半响,吧嗒着烟袋,又低声说:"这几年,我等啊又等,果真把共产党等来了。大姑娘,一见你们这些革命的人,我打心眼儿里就爱得不行。别说减租减息还改善了咱穷人的生活,就是什么也不给,我老头豁出老命也干!"

"大伯,那您干吗看着我掉泪呢?"我忍不住追问了一句。

"大姑娘,别见怪,一见你,我就好像见了我那秋月。因为你们都闹革命,都信服毛泽东……"

说到这里,老人核桃样的皱脸舒展开来了,一种打心眼里流露出来的幸福微笑,使他突然变得年轻了许多。我也笑了。被人看做像秋月那样视死如归的革命勇士,我感到骄傲;但霎忽间,我又觉得害羞了。我哪里比得上这质朴、刚强,为了真理、为了苦难的人民而奋不顾身的姑娘呢?在斗争中我不是还时常患得患失,不是还涌现过不少个人的想法吗?想到这里,我讷讷地对老人说:

"不,我可比不上您的秋月——她可真是个有志气的好姑娘……"

不等我说完,老人打断我的话,用一种真挚的深信不疑的口气对我说:"大姑娘,你是跟她一模一样的人!革命人都是一样的!再说,你们姐俩年纪相仿,长得也像——秋月她也有双又黑又亮的大眼睛呵。"

老人简单纯朴的信念,又使我深深感动。它还使我深深体会到,工农的感情和知识分子的竟是那么不一样!

"大伯,秋月姐后来怎么样啦?"虽然,我已经知道了她的命运,但还是忍不住又问老人。

老人猛地一仰脖子气呼呼地说:

"还用问，他妈的叫国民党枪毙了呗！她死得可勇敢哩！大声喊着共产党万岁！劳动人民解放万岁！……最后见我，连个泪珠都没掉，反而笑嘻嘻地大声说'爹，回家去吧，咱那亲人就快打日本来啦！'"

随着老人的话，我看见了一双美丽的、倔强的、像月光一样明净的大眼睛。这双眼睛威严而又热烈地凝视着我，它们的光亮一直照射到我的心上，使我的心激荡、沸腾。我呆呆地望着老人，眼里盈满了泪水。

我和老人都陷入沉思中，小屋里一片黑暗。

忽然，灯光一亮，房东女人举着油灯一脚迈进门来。她放下灯，就冲着我拍着巴掌说：

"哎呀！同志，可把俺们一家子急死啦！我刚说把孩子们送出村去就回来接你，谁知日本鬼子来得那么快，村子回不来，找你又找不见，可真是急煞了人！"

我看着这女人，没有出声。老人磕打完烟袋，摸着胡子，甩着小辫子，又恢复了他那有点滑稽的神态，望着房东女人说：

"我说，有钱的大奶奶，您不用操心啦！雨过送伞可顶个什么用？八路军要都等着你们这号人来帮忙，中国就该亡国啦——万幸，你们没有向鬼子报告，还得谢谢你们呢。"

女人尴尬地站着，还要说什么，那个站在街口帮日本人检查老百姓的村干部走进屋来了。他一见房东女人就怒冲冲地说：

"好啊，托付半天，你们就这样对待八路同志啊！"

房东女人又用上面对我解释的话解释起来，村部不耐烦地打断她的话：

"因为你们，同志冒了多大的危险，我还当了一阵假汉奸……"

房东女人摆弄着手上的银戒指，似笑非地说：

"你这人吃得开——八路、日本,两边都占着……"

"你胡说!"村干部火了,他的黑脸涨得绯紫,瞪了房东女人一眼,冲着我说:"同志,对不起你,区里把你托靠给我,我把你托靠给这家子。可是,发生情况后,等我料理好村里的工作,到房东家一看,没有你了。我还当是这家子带你一起跑出村去了呢。等到在村外碰见他们——见他们并没带你跑,我就急了。野地里没找见你,我就回村来找。这工夫碰上了日本兵,他们抓住我,问我是不是维持会的,要我替他们分辨八路和老百姓。我一想,这倒是个掩护你的好机会,就豁出来了。我跟鬼子们一起站在村口,一心只等着你……"说到这里,他跑过来,紧紧拉住老人的手,黑脸上露出兴奋的笑容:"幸亏老大伯,您真是我们学习的榜样,抗日的模范!"

老人也用力拉着村干部的手,摇着头说:"我算什么,要不是你忠心报国豁出自己来,鬼子村口检查这一关,也许过不了呢。"

村干部羞愧地用拳头擂着自己的胸口说:"当了半辈子长工,没文化,脑子简单。看他家生活好,就说叫同志住在他家,谁知……"刚说到这里,一个衣衫破烂的小女孩跑进屋来,拉着村干部的衣裳啼哭着说:

"奶奶叫鬼子打死了,抬回家来你就不管啦。娘叫你回家去借钱买棺材……"

屋子里突然静下来,我的心忍不住一阵激跳。

村干部的脸色沉郁,他看看小女孩,走到我的炕前,沙哑着嗓子说:

"同志,我回家去看看。我那苦了一辈子的老娘,今儿个也叫鬼子的机枪打死了……你休息一会儿吧。刚才区里捎来信,叫把你转移到水淀里去。晚上我来送你。"

我望着村干部的背影,心里久久不能平静。

约莫晚间十点钟，一副担架把我抬出了富农房东的家门。村干部非把我送到目的地不可，他也抬着担架。老人一直陪伴我，这时他提着大烟袋荷包、背着粪筐跟在担架旁。

出了村，只见天上缀满了淡淡的星星，微风挟着温馨潮湿的泥土香气轻轻拂过人面。我躺在担架上，走过白天被敌人践踏、留着斑斑血迹的土地上。仿佛做梦般，我环顾蒙在雾气中的周围景象：只见蓝色的天穹下，一个瘦小的老人，一声不哼地紧跟在担架旁，月光照着他的脸，使他显得那么衰弱和老态龙钟。我呢，怕老人一下子消失似的，不断伸出手臂去寻找老人那双长满老茧的粗糙的手。老人却不断把手缩回，把我的手臂用被子盖好，然后俯下身在我耳边说：

"闺女，小心别着凉。你身子骨弱，还抗不住夜里的寒气呐。"

一股热流通过全身，在这春寒的夜晚，我不觉冷。人间还有什么比这真挚的阶级感情更温暖的呢？

看看来到河边，担架停下来。将要上船的时候，老人突然俯身向我，昏蒙的月光下，我看到他的花白胡子在哆嗦。但他在极力控制自己，含着微笑对我说：

"闺女，好好保重吧！多打胜仗，坚决革命、抗日！有一天，再转到咱这文安洼里来，咱爷俩兴许还能再见面。"

我把双手伸到被子外，紧紧地、用尽全身的力气握住老人的双手。多少话梗塞在喉间，这时却一句也说不出来。半天我才轻轻咕哝道："大伯，好好保重身体，不久，我会回来看您的……"

船开了，离岸边越来越远了，我躺在铺着稻草和棉褥的小船上，目不转睛地望着岸边。在黑夜闪光的波浪中，在朦胧的月光下，我看见一个矮小的人影久久不动地站在岸上。随着哗哗的流水声和轻轻的摇橹声，这人影在我面前越来越高大，越来越鲜明，最后仿佛和天上的星星混在一起。渐渐，在那高大、明亮的星星上，我又看见了一双明亮的、像秋月一样的大眼睛。这眼睛那么严肃、那么火热,多少年来,它们都像纤尘不染的明镜,悬挂在我的心上。

在烽火连天的战斗环境中,我再没有机会到文安县去。多少年过去了,也再没有机会得知老人的消息。但我却不能忘掉他。每当遇到困难、挫折、危险时,老人、他的女儿秋月,和那个村干部,以及以后在战斗中不断遇到的多少纯朴而又伟大的劳动群众的形象,总不断来到我心上盘旋。他们给我以勇气和力量,也给我鞭策和鼓励。正是他们,逐渐逐渐改变了我的思想和感情。但是,我也犯了一桩永不能宽恕的错误:是病中糊涂?是岁月悠久?还是漫不经心?除了记住秋月的名字外,我竟没有记下我的医生老人的姓名、村名,村干部的姓名也不记得。我多么盼望,他们今天还活着,在社会主义的新中国正在过着美好幸福的日子,并且能看到我这篇记述。那么也许我们还能有重逢的一天。到那一天啊,关于胜利,我们将要有多少话来互相倾诉啊!

一九六四年

汇 报

傍晚,从新城县的米家庄出发,走到坝县东部的大苇塘附近时,已经是后半夜了。几十个人的队伍——其中也有我们几个地方干部,在一个村子旁边休息下来。夏夜的微风虽然又潮又凉,可,我的嗓子却像着了火般又干又渴。一夜的急行军,穿过好些个敌人的炮楼和据点,我的身体不大好,这时不仅疲劳,而且渴得更难受。我坐在潮湿的土地上,对刚和我分配在一起工作的干部贾岚说:

"好渴,怎么能有口水喝才好?"

贾岚系紧布鞋带,把袖子撸上去,又把裤腿高高地勒到膝盖以上,然后才一仰脖子冲着我说:

"李英,瞧你,半夜三更的哪儿去弄水?"

村野里,月亮虽然快落了,但星星却格外明亮,就着星月的光辉,看见贾岚一脸正经神色,我就不再说话。可是,这时一个粗而沙哑的嗓门却传过话来:

"同志,你要喝水吗?我去给你找!"

一扭脖,一个敦敦实实的、穿着一身灰色便服、腰里挎着盒子枪的男同志站在我身边。看不清他的面容,只见他似乎露着憨憨微笑,一转身便不见了。

工夫不大,我们又整队出发了。我跟在贾岚身后,她轻捷地甩开大步走着,我却被干渴折磨着,艰难地迈着疲惫的步子。

走着走着,队伍刚刚走过一个大村庄,忽然,一个又粗又低的嗓门从后面喊过来:

"刚才有位同志要水喝——水来啦!"

没有人答言,队伍依旧在黎明前的旷野里疾速地行进着。

"刚才，那位要喝水的同志在哪儿？水来啦！"

随着这喊声，我看见那个敦敦实实的、挎着盒子枪的男同志，手里提着一个农民用来提水的大瓦罐，正从后面急步地向前跑着。一边低声地喊着，一边用眼睛向队伍里面搜寻。我的心猛地一动，原来，他是在喊我呀！……但是我没吭声。队伍正在行军，而且我和他素不相识……不，我不能去喝水。

那敦敦实实的身影渐渐远去了，"水来啦"的喊声也渐渐消失了，但我的心却不平静起来。我的嗓子不干了，仿佛真的喝足了清凉的泉水一般，一股甜滋滋、热乎乎的感觉，使我的脚步突然变得轻快起来。

天蒙蒙亮了。队伍在大苇塘外的一个村庄停下来，做着进入大苇塘的准备。我坐在十字路口的墙角下休息，远远看见一个人提着一个大水罐正和我们的队长边走边谈。啊！那厚墩墩的身个、那腰间挎着盒子枪的不正是夜里给我找水的同志吗？我再也忍不住了，跳起身来抢步向前跑去。但当我跑到他的面前时，我又有些不好意思了，我低声讷讷地说：

"同志，真谢谢你……你看，这么大的水罐，多重啊，你还一直拿着它！"

这位挎盒子枪的同志也认出我来了，满脸是笑，什么也没说，就用粗大的双手捧起水罐，高高地举到我的嘴边，然后朗朗地说：

"同志，你一定渴坏了！快喝吧，喝吧！"

我的眼睛忽然潮湿了。我双手接过水罐，轻轻地放在地上，我擦了擦眼睛，然后抬起头来对这陌生的同志说：

"同志，你是哪一部分的？你叫什么？真太谢谢你啦。"

这位同志憨厚地笑着，看看我们的队长，又看看我，笑道：

"我姓张，是这个区小队上的。你们老远地来到咱区，咱应当照顾点。以后短不了见面，你一打听小队上的老张，就知道。"

见他很忙，我点点头就又回到墙角下去休息了。

我们进入大苇塘里，开始了紧张战斗中的学习生活。大苇塘，这是一片方圆几十里、水港交错从来是渺无人烟的芦苇世界。现在，为了坚持平原游击战争，在苇塘深处，我们砍倒苇子，用芦席搭了许多各式各样的房子。地委、分区司令部和专署，就在这里开设各种训练班、休整部队、训练干部。

学习生活的空隙，我常常想起那个提着大水罐追我送水的同志。那憨厚的笑容，那真挚的关切……使我非常遗憾的是我没有问清这位战士的名字。只知道他姓张，张王李赵的姓多得很哩，怎么能够再碰见他呢……

两周以后，已经是阳历七月初了。学习完毕，我和贾岚一起被派到大苇塘二区帮助搞上层统战工作。一九四四年，我们冀中十分区的形势虽然稍微好了点，但仍然是三里一个岗楼，五里一个点，封锁沟和公路纵横交错，好像蜘蛛网一样。总之，表面上还是敌人的天下。这地方士绅很多，他们中的大多数都和敌伪有联系，把他们争取到抗日政府的周围，这对当时的形势还是有利的。因此分区领导指示我们来搞些上层统战工作。

走出大苇塘，我和贾岚一同去找大苇塘区的区委书记。贾岚是刚从北平出来不久的地下党员，年纪二十二三岁，高高的身材，白净的面庞，说话动作麻利干脆，不过还带着一股知识分子味道。听说，她是北平清华大学的学生，没等毕业，组织上就调她到敌后游击区来参加抗战工作了。

这个地区白天是不能活动的，夜很深，我们才找到了区委书记所在的小茅屋。

一进屋，看见有两个人正坐在小炕上谈话，我们便悄悄地站在门后黑影里等候着。

这两个人是这样的不协调,立刻引起了我们的注意:只见一个人,约莫三十岁,穿着一身土布衣服,头上蒙着一块半旧的羊肚毛巾,腰里的皮带上却掖着一把明晃晃的盒子枪。这是地道的本地干部的打扮。另一个呢,可就大大不同了,这是个五十岁上下的黑胖子,穿着一身明光光的白绸子裤褂,头上呢,戴着一顶黑缎子帽盔,看样子是地主豪绅。

只听那位地方干部安详地说道:

"王先生,日本鬼子一心要灭亡咱中国,你一定看见了,他们在咱这地面上烧杀抢掠无恶不作,凡是有一点血气的中国人谁能忍受得下去呀?所以我们把王先生请来,就为的商量共同抗敌的办法。你不用担心,我们共产党八路军的政策,是尽可能团结一切可能团结的人共同对敌,除非那些死心塌地的汉奸卖国贼,我们才坚决地铲除……"

男同志还没有说完,那黑胖子抖地一惊,慌张地跳下炕来,冲着炕上的男同志,张开双手,急急表白道:

"政委①,您、您讲得太对啦!您、您往后看吧!我王继禄也是真心保国……"胖子喘着气说不下去了,掏出手绢抹起额上的汗珠。

男同志也跳下炕来,严肃而又和蔼地说:

"王先生,你知道'身在曹营心在汉'这句古话吧?你虽然是伪大乡长,一样可以为抗日救国出力啊!过去,你们跟八路军作对,不联合抗战,我们既往不咎了。往后,希望王先生不要忘掉自己还是个中国人,坚决走抗日的道路,怎么样?"

那胖子又起身来,两只小眼睛惊慌地瞟着男同志腰里的盒子枪,好像它会随时跳出一颗子弹将他打死。同时不住抹着汗珠对男同志点

---

① 区委书记当时都兼区小队的政委。

头哈腰,喘着粗气说:

"政委宽大!政委宽大!请政委往后瞧吧,我王某人一定坚决抗日,随时听从政委的吩咐。"

男同志笑道:

"那很好。王先生,咱们一言为定。"接着冲着门外喊道:

"通讯员,把王先生送回去。路上要好好保护。"

胖子临走,又把帽盔摘下来,企图拉男同志的手,却又不敢,只把帽盔举在手上,身子后退着,瞅着送他的男同志,露出一种令人肉麻的谄笑。

胖子走后,男同志揉揉眼睛,疲惫地打了个哈欠,这才发现站在黑影里的我们。他立刻大步向前,用沙哑的嗓子问道:

"同志,你们找谁?"

"我们要找区委书记张永江同志。"贾岚说。

"我就是,"男同志露出了笑容,"有什么事坐下谈吧。"

刚才严肃精干的神态不见了,站在我们面前的是一个朴实的、露着憨憨笑容的农民模样的人。我这才认出来,这位张永江同志,原来正是提着瓦罐追我送水的同志。好像他乡遇故知,我心里一阵欢喜。呵,终于又碰上他了!和这样的人一起工作是多么好呀……但他并没看出我来,接着,我们就围坐在炕桌旁谈起工作。

我们说明来意,并掏出介绍信,他就着油灯看完信,刚才的笑容不见了,一双小而亮的眼睛里,又露出严肃精明的神态来。他沉思有顷,掏出旱烟袋,打着火镰吸着烟慢慢说道:

"这个地区确实很需要人帮助做统战工作。这里地主士绅、伪政权人物很多,都需要我们去争取、改造……所以地委派你们二位来帮助,我们很高兴。不过……"他又笑了,每当一笑,他的额头便显出深深的皱纹,"不过,和那些人打交道,可不简单呵,像刚才那位王继禄，真是条泥鳅，可是不大好斗呀。"

这时，从炕角站起一位老太太，她走到张永江跟前，仰脸看着他，像对自己孩子般柔声说道："天都半夜过了，你忙的还没吃后晌饭，我把饼子给你温在锅里呢，这会儿吃了它吧。"说着，老太太掀开锅盖拿出两个大玉米饼子，又倒了一大碗白水，一同递给张永江。

"唉，瞎忙……大娘，你总是这么结记我。"张永江接过饼子咬了一口，扭头对着我和贾岚说，"你们也饿了吧？吃点？"说着就把饼子递向贾岚面前，贾岚不吃。又递向我的时候，他忽地一怔，看着我笑道："跟你挺面熟，咱们在哪儿见过？"

"忘了？你提着大水罐子给谁送过水呀？"没等我开口，贾岚先说了。

于是，那憨憨的笑容又浮现在黑黑的脸上。他没说别的，却像我永远都要口渴似的，把他手里的大水碗，急忙又送到我的嘴唇边，"渴了吧？喝这碗水。"

我的心里又是一热！

在我面前的这个干练、精明、朝气蓬勃的区委书记，竟和那个捧着水罐、浑身散发着泥土气味的庄稼汉是一个人，我不禁有点眼花缭乱了……

张永江一边啃着干饼子，一边对老太太说：

"大娘，你发动的那些群众怎么样了？"

"倒是有了十几个积极分子。可是还有的人胆小，害怕鬼子汉奸，尤其是那些好过点的中农。"老太太说话很干脆，是个聪明能干的人。

"不要紧，"张永江说，"咱们一实行减租减息、合理负担，贫雇农还有那些胆小的中农都会积极起来的。"

贾岚冲口问道：

"那，实行减租减息、合理负担，不会影响对上层的争取吗？"

"这就需要对他们进行教育嘛。党中央有指示，统一战线有团结也要有斗争。不发动贫下中农积极参加抗战工作，光靠几个上层分子怎么建立根据地呢？"

贾岚不出声了，张永江抹抹嘴角笑道：

"二位同志，今晚我就领你们到一个上层家去住。你们这就叫走马上任啦。"临出门，他又回头对老太太说："大娘，你这就去通知那些积极分子——要找那些受苦深的、对咱八路军共产党真心拥护的——我回头就来给他们开个会。"

老太太看着张永江愣了愣，心疼地说：

"夜都这么深了，你还不歇会子？明儿个再开吧。"

"不行，一会儿就开。还在大娘家。"说着张永江就领着我们奔向村里的另一条街，走到一个红漆门楼前。

这是个地主兼士绅的家庭。主人高文成是个退了职的小官僚，有个儿子还参加了八路军。张永江领我们敲开他的大门，这位五十多岁、瘦骨嶙峋的高先生，热情欢迎我们的到来，还要把正房让给我们住，并且向张永江点头哈腰地笑着说：

"日本人眼看日落西山，气数已尽。凡是中国人，哪能没有爱国之心？我一定尽绵薄之力协力抗战到底……"

他这个表示使得我和贾岚都很高兴。原来，地主士绅的工作并不像我们所想的那么难做、可怕。

这个夜晚，我们睡在高文成的家里。我和贾岚都兴奋得许久不能入睡。我们说到张永江时，贾岚说他土里土气婆婆妈妈，没什么英雄气概，我说他虽然平凡，却有许多不平凡的地方，有许多知识分子所没有的那种劳动人民的优秀品质。贾岚不同意，争了几句，因为疲乏，我们没有争下去就睡着了。

我和贾岚开始在这一带上层中开展了统战工作。分区部队不断地开到苇塘内外，敌伪据点都吓得不敢动弹，这就给我们的工作带来了更加便利的条件。我们每到一所雕梁画栋的大宅院时，那些地主士绅们都是毕恭毕敬地笑脸相迎，表示坚决抗战，一定要为打败日本出一分力。我们甚至到过军阀韩复榘的家里，见到他的本家韩七爷。后来，也到过张永江找来说过话的王继禄——王六爷家里，他是一个设有据点的大镇子——苏镇的伪大乡长，过去对敌人忠实，八路军和抗日政府几次找他，他都避而不见，既不送公粮，更不送情报。这次，张永江同志派了两个同志化装成伪军，突然从他家里把他掏了出来，经过教育后又把他放了回去。于是他改变了态度，一见到我们，分外殷勤，表示要改过自新、重新做人。而且不说空话，他真的不断给抗日部队送粮、送款、送情报了。我们在他家住了两天，又到其他地方工作了十几天，苇塘区的较有名望的士绅上层，我们几乎都联络到了。于是在一个夜晚，我们带着胜利的喜悦去找张永江，因为我们给上级写了一份汇报，需要取得当地区委的同意。

他见到我们很高兴，详细地询问了我们的工作情况和各个地主士绅的表现。但是，当他看完了我们的汇报稿，却皱着眉头沉思起来，许久不出声。贾岚不耐烦地看着他，我的心里开始不安，预感到会发生什么不愉快的事，我也紧盯着他那黑粗粗的脸，心里七上八下的。

他终于说话了，他指着炕桌上那张粗糙的纸片，摆着大手说：

"同志，我看你们是爱上了这个工作，这很好。但是不能这么说——苇塘区的形势因为上层统一战线工作的开展而大大好转起来；也不能这么说——它给这个区今后开展抗战工作打下了有力的基础……决不能这么说！"温厚的笑容不见了，站在我们面前的竟是一个非常严峻的人！只见他的两只眼睛炯炯地盯在我，以后又盯在贾岚的脸上，那锐利的目光似乎在窥探我们是怎么想的，为什么这么想。

我心里不高兴起来，但没有出声。心高气傲、火气又盛的贾岚却忍不住了，她习惯地把两只袖筒向上一撸，短发一甩，歪着脑袋向张永江问道：

"同志，我们爱这个工作，不是你鼓励的吗？这一带地区不是上层人物占领导地位吗？在这到处是岗楼据点的敌占区，不依靠这些上层，我们能站得住脚吗？他们现在都和我们有了联系，而且表示要坚决抗日，有了这样的有利条件，我们的各种抗日工作难道还不可以大大地发展吗？……请你指教，我们的汇报到底错在哪里？"

贾岚的连珠炮，冲着张永江噼噼啪啪放了起来。张永江不动声色地听着，脸上显出专注而又沉思的神色。等贾岚说完，他把挂在腰里的盒子枪向后一甩，站起身走了两步，当他返回身站在贾岚面前时，他的声音变和缓了，脸上又浮现了憨厚的笑容：

"贾岚同志，有这样一个问题咱们必须弄清楚。建立根据地，是主要依靠和上层的联系、依靠他们的帮助呢，还是主要发动群众，依靠基本群众来完成抗日工作？要是照你们汇报的说法，咱们只要联系了这些上层，一切工作就够了，可是，我认为还不行……"

贾岚不耐烦地打断张永江的话，朗朗地说：

"我认为依靠基本群众，要看条件，这里还是敌占区，就不能主要去依靠基本群众！"

"同志，这是个阶级路线问题呀！"张永江的声色又严厉了，这时再也见不到他那婆婆妈妈的"农民味"，俨然是个十分干练的政治工作者的风姿。"目前分区部队开过来，那些上层许多是因为怕我们，这才显得积极。以后，一旦部队开走了，形势变坏了，这些上层还能这么积极吗？我可有点怀疑。所以，我认为要想真正给咱区的工作打下基础，要想真正造成好的形势，咱们光出入那些高门大院是不行的，你们最好也到那些茅草房里去转转，去做些深入发动群众的工作——尤其是那些受压迫最深的贫雇农……"

"够啦!"贾岚突然打断张永江的话,猛地从炕上跳下地来。好像什么事严重地伤害了她,她的白脸一霎变得紫红:"同志,你以为我们就不懂阶级路线吗?我读过多少本马克思、列宁的著作,会不懂阶级路线?可阶级路线要看时间、地点和条件呀!如今民族矛盾上升,超过了阶级矛盾,你还一口一个阶级路线,好像只有你才懂得马克思主义的真理……资产阶级、地主、士绅如今也有抗日的一面,这是中央和毛主席的理论,你这个区委书记怎么不学习学习这个呢?"

贾岚自负的姿态和有些尖刻的话语,使得我有点吃惊。但那时,我对她的看法还是同意的,于是就接着补充道:

"我们知道应当发动基本群众。可是,条件不允许呀,因为目前最需要的并不是这个。再说我们也没有这个任务。"

这真是一个奇怪的人,我们越激动,张永江反而越沉着。他厚墩墩的身子靠在土墙上,掏出小烟袋锅,打着火镰吸起旱烟来了。淡淡的白烟,使他的脸仿佛蒙上一层云雾。一直到听完贾岚的话他都没有哼一声。可是,当我的话一完,他却把烟袋在鞋底上磕打几下——把烟灰磕打干净以后,扭过脸冲我开起火来:

"同志,咱党员要是什么都靠上级党掰着手儿安排好了再工作,要都等一切条件都充足具备了再工作,那样,革命要哪一辈子才能成功呀?咱党员的主动性、机动灵活性是干革命、干抗日很重要的一点呵!再说,"他把脸扭向贾岚,声音又和缓了,"再说,贾同志,你总说资产阶级、地主、士绅也有抗日的一面,可是,他们还有不抗日的一面哪。咱毛主席说过,在抗日统一战线时期中,斗争是团结的手段,团结是斗争的目的。就是说对这些上层咱们不能和他们一味地光讲团结。因此,地委、县委就指示过咱这区除了做上层工作,同时,还要做好下层群众工作。我希望你们别把眼光全放在那些六爷、七爷身上，别把上层工作看得太神圣，太了不起了。我们区委商量过，希望你们二位除了做上层工作，捎带，也做下层工作。这个工作实在也很重要呀。"

想不到张永江对毛主席的指示比我们还熟悉。不过，我们都不是容易说服的人，正要争辩，有人把张永江喊了出去。临出门，他指指那张放在桌子上的"汇报"轻轻地摇了摇头，意思是说"这个不行，重新写"！

贾岚一把抢过汇报稿，拉着我走出屋门口。望着前面那厚墩墩的张永江的背影，她一字一板，似乎自言自语、又似乎故意说给张永江听：

"小小的区委书记——狭隘的农民意识……"

张永江走出不远，他好像听见了，猛地站住脚回过头来。我的心一动！

但是，只听见两声干咳，那昏暗中的厚墩墩的身影，立刻又扭过去向前大步走了，消失了。

从此以后，我们还是出入我们的高门大院。有时，我们也想去接近一些劳动群众，但是，又怕影响和上层的团结。因为这些上层是很不愿意我们接近他们的长工，甚至村里的普通农民的。因此，我们的工作就限制在上层和一部分小学教员中。

已经进入八月份，分区在大苇塘里的活跃情形惊动了敌人。附近各县的据点突然有消息增兵"扫荡"。

这一天，我一个人住在高文成家里，就是张永江最初介绍我们去走马上任的那一家。早晨，我刚起床，这位五十多岁瘦骨嶙峋的高先生，急匆匆走进屋来，结结巴巴地说：

"有、有情况！新镇的鬼子向、向这边出发了……您，您怎么办？"

说罢，他就转身出去了。我急跑到大门外，想去了解一下情况。只见街上老百姓乱跑，看样子是有敌情。我心想，就和房东家一起跑吧，他们地形熟，不论跑到哪块庄稼地一钻，就没事了。谁知走回高家一看，这家里里外外连个人影都不见了。我急忙收拾好东西，正要走，这时，从后院蹒跚地扭出一个老太婆来。一看是姓高的老母亲。她一见我就扑通跪了下来，接着双手合十，连连向我哀告道：

"同志！同志！行行好，快走吧！俺家这房子、家业，鬼子一见你，那、那都要完啦……"

我又好笑又生气，没搭理这老婆子就走出大门。刚出门，忽见胡同里又有个老婆子也向我急急走来，她手里挎着个大篮子，一见我就说：

"同志，我正要找你——走，我带你去找老张。"

"什么老张？"我惊奇地说，"您要带我去找谁？"

老太太一把拉住我，边走边说："张政委——张永江呀！他知道你住在咱这村，夜里嘱咐我，要有了情况，就带你去找他。"

自从上次争吵后，我们还没有再见过张永江。我和贾岚都有意躲避他，即使知道他住在同一个村子，也没有去找他。现在，听老太太这么一说，就跟着老太太拐弯抹角走出村子，接着钻进了一块茂密的高粱地。

在敌强我弱的情况下，区小队白天多半都隐蔽在青纱帐里，只有在夜间，才出来执行任务——捉汉奸、特务，打击小股敌人，运送公粮，护送干部……所以，白天要找区小队，就要钻进高粱地里。

老太太领我走进高粱地的深处，这儿出现了奇异的景象：两排高粱叶弯过来密密地连结在一起，变成一座座高粱秆和叶搭成的翠绿的小屋。屋下面的地上铺着黄色的席子。这就是小队战士休息的地方。在一个高粱屋里，我找到了张永江，他拿着个本本正在上面写着什么。一见我，他高兴地站起来说：

"老李，你来得正好！那个横征暴敛的'敛'字怎么写？……呵，大娘，你送老李来啦？好！"他招呼了我，又招呼大娘。

自从认识张永江以来，这还是第一次白天见到他。这时，我才看清他的面容：黑黑的圆脸上，两道浓眉带出一股英武粗犷的气质，宽额头上粗粗的皱纹，却又表示了他的忧患和智慧。他的眼睛小而细长，好像总在眯缝着。这时，我们在高粱地里相遇后，竟像完全没有过去的嫌隙，他的脸上带着关切的微笑，让我坐在席铺上，问我刚才的遭遇。听到高文成一家对待我的情况，他稍稍恼怒地抿紧厚嘴唇，手中来来回回地抚摸着他片刻都不离身的盒子枪。但是，一会儿工夫他又笑起来，他指着坐在我身边、送我来高粱地的老太太问道：

"你还认识这位大娘吗？"

我迟疑地说："好像见过……"

没容张永江说话，老太太拉着我的手笑道：

"同志，你忘了掏来王继禄老家伙那后晌，你在咱那小爬爬屋待了半宿呀？……难怪，黑灯瞎火，你看不清咱那老胳臂老脸呵。往后可记住大娘吧！我姓吴，你就叫我吴大娘。"

我的脸霎地红了。这轻轻的批评，却有力地打在我的心上。吴大娘，她对抗战工作的积极热情，她对待张永江那像慈母一般的关怀，刚才当我遇到困难时，她又挺身出来把我引到高粱地来的勇敢高尚的品质，都是多么感人！可是，我却把这样的老人家给忘掉了。想到这里，我不好意思地望着大娘，不知用什么话来表示我复杂的心境……忽然，高粱叶子"哗哗"响动了，钻进一个、又钻进一个，一共三个挑着担子提着瓦罐的农民满头大汗地钻进高粱屋里来。他们都光着脊梁，用看不清颜色的破小褂子擦着身上和头上的汗水。其中一个四十多岁的中年汉子笑盈盈地对张永江说：

"老张呀,好一座铜墙铁壁的八卦阵呀!俺仨进到这里来,一道道的卡子,同志们的警惕可是真高呀!走着走着,忽地一支大枪从高粱叶子后头伸了出来——真有意思!"

另一个留着胡子的老大爷说:

"老张呀,叫我们好找!知道咱小队在这块地里,就是找不见。没别的,咱同志们从昨后晌到这工夫还没吃什么,我们几个凑上几斤面,烙上几张饼,还弄上两罐子水……"说着,他扭过脸冲着茫茫一片的高粱地,高声喊道:"同志们都回来吧!这儿有水有饼吃,来吧!"

"老大爷小声点!"张永江连忙摆手道,"等打跑了日本鬼子,咱们还用无线电大声广播哩。"

"哈哈……"老乡们都笑了。

高粱地里一片欢腾。我身边的吴大娘,这时像才想起什么,双手一拍,把挎进来的篮子向张永江面前一放:

"好忘性!给你们蒸了几个馍馍,净顾说话,也忘了给你们啦。"

"谢谢乡亲们,我们已经准备了干粮……"张永江没有多用言语,而是用他淳厚热情的目光感谢了老乡们的支援。

我坐在席地上,默默地看着这一切,心情渐渐更加沉重起来。"这地区不能发动群众吗?统一战线就不能贯彻阶级路线吗?"我茫乱地思索着,却见张永江已经把三个贫苦农民和吴大娘召集在一起开起会来了。他们研究向高文成提出减租减息的事。看样子,群众已经发动起来,高文成也答应了二五减租,当然他心眼里并不高兴。这时,张永江扭头对我笑道:

"老李呵,你又该出马做点工作啦。"

"什么工作?"

"好好劝劝高文成,提高提高他的认识,叫他以抗日为重。穷佃户们饿着肚子怎么能打日本呵？没有广大群众参加抗战，他几个地主士绅能顶什么事？"

我摇摇头说：

"那家人这么自私，鬼子还没来，就吓得没了魂。我不想再理这样人。"

想不到张永江"扑哧"笑了，连那几个老乡也笑了。

"这就是他们的阶级本性呵！你要想找那赤胆忠心为祖国不怕牺牲一切的人，那就算走错了门槛。这些人要拉着他们抗日才行嘛……"张永江像兄长般，耐心说服着我，我点头承认他说得对，但心里却更加纷乱。一种隐隐的不安，不知为什么，总在我心里翻扰着。

这天敌人并没有"大扫荡"，只是小股敌人出来要粮、要钱。午后，二位农民和吴大娘都回去了，战士们除了放哨的以外，也都回来倒在席铺上睡觉了。张永江在他的屋旁，亲自给我搭了一个小绿屋，铺上一张席子叫我休息。因为心情不好，我刚一朦胧又醒了。午后的阳光透过浓密的高粱叶子，仿佛万道霞光闪烁在绿色的海洋上，那景象是美的。但闷热、潮湿，大个蚊子白天就不停地咬人，我翻来覆去难受得睡不着。后来，隔壁张永江的席铺上传来了低低的谈话声，我探头一看，一个非常年轻的农民，戴着一顶破草帽，手里拿着一把镰刀，正坐在张永江身边轻声对他说：

"新镇、霸县、胜芳、苏桥、高阳、安新、任邱……昨夜都增了兵，共有上万兵力。王继禄连夜叫我们把他家的财宝搬的搬、埋的埋。他说，鬼子就要'大扫荡'，天下又要大变，不管怎么变，财主家都得加小心。"

沉了沉，张永江沙哑着嗓子，说：

"你报告的这些消息很重要，我立刻通知县大队。你妈上午送一个女同志到这儿来过了，你不家去看看她？"

"不啦，我得赶紧赶回去，不能叫王继禄多心。"说罢，那农民站起身来。

原来，这个年轻人是吴大娘的儿子。我不由得仰起身来，透过高粱叶子的空隙注视着他。这是个二十岁上下、浓眉大眼、脸上黑中透亮的小伙子，宽肩细腰，虽然破衣裳露着肉，但有一股朴实而又英俊的气概。他说要走，却又站着不动，"嘿嘿"笑了两声，红着脸对张永江说：

"张政委，我想要个物件，您给我吧！"

"要什么呀？"张永江拍着小伙子的肩膀笑着问。

"我想要个手榴弹，您给我吧。"

张永江向腰里一摸，掏出一个手榴弹递给小伙子。"春来子，给你。我教给你怎么扔——那时可别忘了掀保险盖、拉线呀！也别叫王继禄那老家伙看见。"

看，小伙子露出怎样一种欢喜的神情呵！只有小孩子得到最心爱的玩具时，才可能有那种天真的喜悦。小伙子没有看见我，我却看见他满脸是笑，带着幸福和得意的神情走出席屋，一转眼钻过没有道路的高粱地。

我忽然明白我感到苦闷的原因了。我和贾岚都以为这个刚开辟不久的敌占区，不能深入发动群众，群众工作在这里是不重要的。但是事实雄辩地证明，我们错了。张永江能把工作做到据点里王继禄的长工身上，能使贫苦的农民，冒着危险主动给小队送饭送水，我看出来，那些饱受敌人和地主压榨的农民是多么热爱共产党、八路军，多么盼望我们来给他们撑腰呀！然而，我和贾岚的眼睛却只看见了那些六爷、七爷。

傍晚，张永江送我走出高粱地，临分手时，他站在村边的一棵大柳树下，用沙哑的嗓门轻声对我说：

"老李，你们最近的行动怎么样？打算到谁家去？"

我说："贾岚来信，叫我和她一同到王继禄那儿去。当然我得找高文成谈过了再去。"

"噢，到王继禄那里……"张永江眯缝着眼睛思考起来，"现在情况紧张了，到他那里合适吗？"

"贾岚认为王继禄那个村子据点大，住到他那里，可以督促他及时给我们供应情报，运送给养。"

"贾同志的意思很好。不过，我觉得那个姓王的不大可靠……"

我笑着插话道：

"这些上层有多少可靠的呀？难道情况一紧，咱们就不做他们的工作啦？"

张永江似乎被我的话堵住了嘴，满脸又露出憨憨的笑容来："那好吧，反正小队会做你们的后盾。咱们有枪杆子在手，就不怕那些妖魔鬼怪。"说完，他伸出手来，就要和我握手道别。

但是，心里一阵激动，我却站在那里不动。这是一个多么值得尊敬的同志呵！虽然正在和他一起斗争，时常见面，但关于他的身世经历，我却知道得很少。于是，在绚丽的斜晖中，我仰脸望着他，忍不住问道：

"老张同志，把你过去的经历告诉我一点好吗？"

我这突如其来的发问，使他有点不好意思起来。他敲着脑门，想了想，笑道：

"唉，简单得很。爹叫王继禄逼死了，我打九岁上就给他家扛小活顶债，整整一十三年呀。是咱党来了，我这才逃出来参了军。是党把我从苦海里救出来，还把我培养成干部。"

"那么说，你是他那个村的人？"

"不是，离着不远。"

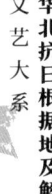

"可是，看样子，你好像并不恨王继禄呵。"

我这句话，仿佛一下子戳疼了他的伤疤，他的脸霎地涨红了，眼睛里流露出我从没见过的愤怒的火焰。但这仅仅是一刹间的事，当他用力长出了一口气，脸色立即又平缓下来。向寂静的田野望了望，他用沙嗓、沉重的嗓门，低声对我说道：

"恨，哪能不恨！"说着，他把袖子向上一撸，坚实的胳臂上，立刻露出一块块怕人的伤疤，"这是十五岁那年，王继禄用烙铁烫的……不过，现在咱是党员，该听党的话，按党的政策办事。个人的仇恨，当然不在话下。"说完，他安详地又向我伸出手来。我们正要分别的时候，他像才想起来，又补充道："忘了告诉你，王继禄有个长工，名叫吴春来，就是早上领你找我的吴大娘的儿子。万一有什么情况，你可以找他。这是个很好的青年。我们小队也会随时和你取得联系。"

这时，压在我心头的话蓦然又冒上来，我又站住不动了。仰头望着那张憨厚的黑脸，我激动地冒失地说：

"张政委，我明白了！哪里有群众，哪里就有群众工作！哪里就可以做群众工作呀！我以后也要做点这方面的工作了。"

这个老实人，一下子竟变得"狡猾"起来，他拍着脑门子笑道：

"可是，这不是你们的任务啊。"

我脸红了，用力握住那双粗大的手许久不愿放下："张政委，我要向你学习……我走了，有事咱们随时联系吧。"

我大步走了。但是，那只伤痕累累的胳臂，像魔影般，许久许久都在我脑海里缭绕晃动着。

我和贾岚一同到王继禄家去了。情况虽然日渐紧张，上万敌人已经包围了大苇塘，成天用大炮向塘里面乱轰，但王继禄对我们仍然殷勤备至，并且嘴里总是说：

"我有罪,我要给咱抗日政府效劳赎罪。两位同志来到我这里,是赏脸,我太高兴啦。"

贾岚很喜欢他这种谦恭态度,悄悄对我说:

"张永江总是说什么必须发动群众,依靠下层群众。其实,王继禄这样人同样可以坚决抗日,同样也可以依靠。"

我说:"对这样人得加小心。他的阶级决定了他对咱们决不会忠实。张永江的意见是对的。咱们是应当做点下层工作。这王家有个长工吴春来,咱们该和他联系联系,通过他也可做些群众工作。你说怎么样?"

"是那一罐子水把你给灌迷了吧?"贾岚说话常有些尖刻,此时,她很不满地又努起了嘴巴。下层工作虽然重要,可是因为一个吴春来,破坏了日前供应情报的重要工作,这你负责呀?"

我也忍不住了,激动地说:

"不是一罐子水灌迷了我,是这雪白的屋子、红绫缎被迷住了你——你不愿和穷苦的农民弟兄们接近,这是立场问题……"

"你不要扣大帽子吓人!"贾岚打断我的话,激怒地把脚一跺,"原来,你和那位政委同志站到一起去啦!"

第一次,我和贾岚争执起来。我们各执一词,谁也说服不了谁。最后,因为怕王继禄一家听见,这才忍气罢兵了。

知道一下说服不了贾岚,从此,我就一个人悄悄留神寻找起吴春来。但当时正在秋忙季节,长工们大清早就上工,中午饭送到地里去吃,晚上收工回来很晚,更无法接近他们了。凑巧,有一天下起雨来了,雨越下越大,长工们无法去地里干活了。中午时分,王继禄一家人都睡了午觉。贾岚也在雨声中睡着了。我睡不着,忽然灵机一动,悄悄地从床上爬起来,溜到后跨院的磨棚里,这里正有人赶着牲口推着磨。我一看,那筛箩的长工,正是吴春来。心里一喜,我赶紧走到他身边，低声和他搭话：

"下雨，也不叫闲着。王继禄可真会使唤人哪！"

这小伙子头也不抬，冷淡地说：

"您这位贵客，怎么大雨天儿的——跑到这个脏地方来啦？"

我有点恼丧，但又耐着性子说：

"跟你打听个人——你们长工里有个叫吴春来的吗？"

小伙子猛地抬起头来，黑黑的脸上两只稚气的大眼睛透着惊喜的神色。他停止了筛箩的动作，张大嘴巴笑道：

"您怎么知道我？——我就是春来子。"

"张政委叫我找你的呀。"我高兴地看着他，好像遇见亲人般，心里热乎乎的。

我们亲切地谈起话来。我帮他筛着面，他赶着牲口，说起他妈妈吴大娘，说起他打十岁死了父亲就来王继禄家当小作活的，今年十九岁了，要不是张政委来教训过王继禄，他和妈连饭都吃不饱，多少年也没穿过棉衣裳。我说，共产党八路军的政策，就是依靠咱工农群众打倒日本帝国主义，然后一步步推翻剥削穷人的地主、官僚、资本家，最后叫受压迫的劳苦群众彻底翻身解放……

吴春来听着，满脸是幸福和欢喜，他歪着脑袋看着我，连连点着头："听说过，张政委都对我说过……我知道日本鬼子和王继禄都是——兔子尾巴长不了。你看，"他忽然从破烂的上衣里掏出那颗手榴弹，真像小孩子拿着自己心爱的玩具，举着它笑眯眯地说，"有了这玩意儿，见了日本鬼子就给他一下子！"

那纯朴、稚气、热烈、认真的神气，久久地在我的心上盘旋。可惜，情况更加紧张，一连三天我们竟没有机会再碰面。

上力的敌人包围了大苇塘，分区部队和党政机关为了保存力量，出乎敌人的意料，竟暗暗地全部转移到根据地里去了。敌人毫无所获,就在苇塘附近各村搜索、"扫荡"起来。苇塘区的情况更加紧张、残酷。张永江带领着区小队仍在这个地区坚持,并且牵制着敌人。我和贾岚的工作逐渐变得艰难起来,那些上层多数都吓得不敢和我们见面,更不用说住在他们家了。这时,王继禄却仍然表现得很热情。我们在几个村子碰了壁,只好仍回到王家来。

这位黑胖的主人,九月天气还穿着一身绸子裤褂,摇着大芭蕉扇。他慷慨地拍着胸脯说:

"两位同志放心!外边鬼子"扫荡"这么紧,你们哪儿也别去啦,有我王继禄就有你们二位的安全。"

贾岚高兴地向我眨眨大眼睛;我呢,却想起张永江的话:这个人不可靠。但是,又觉得人是可以改造的,谅他未必敢怎么样我们。只不过我偷偷写了个小条,交给春来子,叫他设法去送给张永江,好叫他知道我们的去向。

就在我找吴春来送信的第三天夜里,已是半夜时分,王继禄突然在我们的窗下使劲地敲着,喊道:

"二位同志,不好!鬼子、'白脖'都冲我家来了。快!我领着你们走!"

我和贾岚一骨碌爬起来,顾不得问什么,提上鞋拿起小包就跟着王继禄走向他家的后门。当我们走过春来子的长工房,我灵机一动高声说道:

"怎么回事呀?怎么鬼子、'白脖'会向大乡长家里来搜索呢?"

我刚说完,吴春来一个箭步从长工房里奔了出来。他矫健的身子一下拦住王继禄说:

"六爷,鬼子奔这儿来啦?你把二位同志往哪儿领?你跑不快,我来送她们吧。"

王继禄两只小圆眼滴溜溜转了几转,略一思索,悄声说道:

"贾同志,听说区小队就在这村附近,叫春来子领你们去找小队吧。"

贾岚摇摇头,春来子接口道:

"小队怎么会在咱这边!六爷你说,我领同志往哪儿跑吧?"

王继禄又想了想,把脚一跺说:

"好吧,春来子,你领着二位往村西头跑,跑出村钻了高粱地更好,跑不出去,就到咱村头那个场房里躲一躲,我来应酬鬼子们……"

前院,似乎已经有了紧急的敲门声,春来子使劲勒了一下腰里的麻绳,话也不搭,拉起我和贾岚就向后门跑。我们出了后门,还听到王继禄的喊声:"东边有鬼子,向西跑!"

但是,春来子并没听从主人的话,他一出门就领着我们向村南跑去。黑夜,小胡同里静悄悄的,并不见敌人的踪影,春来子边跑边说:

"别听那老狐狸的!咱们到村南去找小队。"

"啊!小队在村南?"我和贾岚同时惊喜地把头探向春来子。却见春来子忽然不跑了,他把身子紧贴在墙边,向紧跟在他后面的我们摆了摆手。我们随着他的手势望去,原来在村西那边,隐隐约约有端着大枪的人向我们这边追来。

"不行,咱们向东跑!"春来子说罢,一招手,我和贾岚跟着他钻进一条小胡同,改向东跑。正跑着,突然有人大喊道:

"干什么的?站住!"

没管敌人的喊声,我们跟着春来子依旧穿过小胡同向东急跑。但当正要跑出胡同冲过十字路口的时候,在我们前边,在黑蒙蒙的夜里,又冲出一群恶狠狠的敌人来。他们一色端着大枪,横在路口,冲着我们大喊道:

"站住！八路的干活，你们跑不了啦！"

情况是这样紧急，我和贾岚已经跑得上气不接下气，心跳得就要炸裂似的。稍一喘息，我们只好又准备向回跑。但是春来子这时却不动了，微明的夜色，照出他年轻的脸那么庄严，那么镇静，好像是个久经战斗的战士，只有从两只大眼睛里才闪露出一种孩子般的稚气激动的光辉。他把手向怀里一摸，掏出手榴弹，举着它对我们说：

"二位同志，咱们不能一起跑了！你们快冲过这个路口，进小胡同向南，有个缺口跳出去就是村外——小队就在那边高粱地里。现在，我掩护你们跟敌人拼啦！"

"不行！……"我和贾岚慌忙去拉春来子，但是，像只勇猛的小虎，他甩开我们，猛地向十字路口一窜，接着手榴弹一声巨响，一阵火光和硝烟在夜空中腾起——敌人有的倒下了，有的惊慌乱窜，也有的向飞奔着的春来子追下去。这时，我和贾岚利用迷漫的硝烟冲过路口，照着来子的话向南跑去。当我们刚刚跑到缺口边，忽然一阵枪声，朦胧的月光下，只见南面的高粱地里跳出许多战士来，他们一面放着排子枪，一面高声呐喊道：

"一连向东——二连向西——包围岗楼……"

接着，村东炮楼方向果真响起激烈的枪声。

贾岚高兴得紧抱住我，喘着气说：

"好啦，咱们大部队打过来啦！"

我在这个地区工作得比较久，知道我们打游击战，有时实，有时虚。此刻我紧拉住贾岚的手，喘吁吁地说："不是大部队，恐怕是小队在虚张声势。我真惦记着春来子，他现在不知怎么样啦……"

也许我的声音过于激动，贾岚的眼睛忽然闪出泪光。平日那种过于自信的语调没有了，她轻轻地说：

"还是受压迫的人可靠啊！啊，快走！咱们去找部队来接应他。"

我们俩伏下身观察了一阵,然后才跳出缺口。想不到刚刚站起身来,一支大枪猛地逼住了我们。一个男人厉声喊道:

"干什么的?"说着,这人看了我们一下,却惊喜地笑了,"二位女同志啊,政委正在找你们。"原来这是自己的战士。

"哪里的政委?"贾岚问。

"小队上张政委呗,听说你们被包围,政委带着小队来接应你们了——这会儿,大部分敌人都逃进了岗楼,小队长担任狙击,政委正在消灭一股被包围的'白脖',我和另几个人负责找你们。走,我领你们到安全地方去!"

贾岚不理会战士的话,拉起我就向枪声响得最密的地方跑。战士拦住我们:

"哪儿去?那边开着火哪。"

"我们正要到开火的地方去!"贾岚说罢,拉着我就跑。她那苗条、矫健的身影,像个小战士似的猛窜着。我也正想去,我想着春来子,如能找到他,我们能替他和其他负伤的战士包扎一下也是好的。

那战士无可奈何地充当了我们的警卫和领路人,把我们领到村边一个小庙附近的墙角下。小庙里,有十来个伪军被追逼到里面,小队正集中力量在消灭他们。我们隐蔽在黑暗的墙角下,一阵枪声响过,只见小庙的屋顶上,有一个熟悉的沙哑的嗓门威严地喊道:

"伪军弟兄们,缴枪吧!缴枪不杀!中国人不要再替日本鬼子卖命啦!"

没有回声,静了一下,手榴弹又"轰隆轰隆"地爆炸了,火光起处,一个厚墩墩的身影,仿佛一尊威武的雕像正巍然屹立在高高的夜空中。屋顶上虽然还有其他的战士,但是,我却清清楚楚望见了张永江,望见他手里握住一只大枪,正在向庙里的敌人瞄准射击……忽然间,我的心像熊熊的火焰,像汹涌的激流,被这壮丽雄伟的画面，感动得燃烧、激荡起来了……多么优秀高贵、又是多么机智勇敢的人呵！短短的一个月，他使我看见了自己以及许多知识分子的虚弱，同时也看见了工农群众动人的高大形象。他使我羞惭、感慨，也受到了深刻的教育……我回头望望贾岚，见她红涨着的面孔，燃烧着的眼睛，似乎和我一样，也被这美好的人物和景象深深感动着。于是，当屋顶上又喊起一片"缴枪不杀"的口号时，我和她再也忍不住了，我们高亢的喊声，汇和着那雄伟粗壮的吼声，一齐回响在秋夜的战火中。

庙里的敌人在我们强烈的攻势下，不一会儿就缴枪投降了。我们终于又和张永江会见了。但情况紧张，我们没顾得说话，他就带着部队立刻押着俘虏、抬着负了重伤的吴春来转移到别处去。

路上，我们傍着春来子的担架走着。他伤势很重，已不能说话，我和贾岚都把外衣脱下来盖在他身上。当看到他胸口上的鲜血虽然经过包扎，不一会儿又湿透了衣服时，我和贾岚都悄悄地擦着眼泪。多么可爱的青年呵，假如可能，我们真愿把我们身上的血液都输到他的身体里来救活他！

不久，张永江也来到春来子的担架旁。他仍然扛着大枪，和战士们一样大踏步地走着。贾岚急忙走到他身边，低声问道：

"张政委，今夜里倒是怎么一回事？"

张永江扭过脸，看看贾岚，又看看我，低声回答道：

"王继禄——王六爷搞的呗。"

"呵？什么！"贾岚大吃一惊，脸色陡变。我的心也"突突"地跳了起来，紧接着问：

"张政委，你说什么？"

"王继禄勾结敌人要消灭小队，要把你们二位给日本人送礼。"张永江的声音虽然沙哑却是平静的，接着他简单地叙述了这个夜晚的经过。

王继禄原来是个反动透顶、不可争取的汉奸分子。他看分区部队已经开走，梦想仍然恢复他的天下。碍于区小队还在这一带活动，于是，他就勾结敌人，想消灭小队。当然，更想拔掉那个反叛的长工——张永江这个钉子。他想，万一不成，还可以捉住李英和贾岚这两个女同志给日本人送礼。可是，没有料到，区小队早已开到了他这个据点附近，他们早已周密地准备好了：等春来子的手榴弹一响，他们立刻冲进村来，把敌人各个消灭。这次战斗不单我们两个女同志安然无恙，而且，还活捉了八个"白脖"，缴获不少枪支弹药。王继禄这老汉奸被张永江当场打死了。只是春来子受了重伤……

贾岚听了张永江的叙述，脸色变得煞白，嘴角不住地抖。她用力握住我的手，使我感到一阵剧烈的疼痛。从她这一握，我才深深体会到她内心的疚痛。

拂晓，我们踏着湿透了鞋子的露珠，在十五里以外的一片高粱地里停了下来。战士们动手把长在田垄上的高粱叶子，结拢在一起，搭成一个绿色的小屋，把春来子的担架放在中间，我、贾岚、张永江还有区小队长都围在担架旁。春来子红红的脸变得焦黄，他闭着眼，静静地躺着。我和贾岚目不转睛地望着他的脸。忽然春来子睁开眼来，他环顾四周，似乎在找什么人。当他发现我和贾岚都站在他身旁时，他微笑了。他嘴角蠕动着，半天，才对着张永江继续地费力地说出：

"政……政委，二……二位……女……同志，都回……回来……了……"他含着微笑又闭了眼。

人们都围在春来子身边，陷在焦灼和悲痛中。这时，贾岚慢慢地从小包里拿出一张字，低着头递给张永江，轻轻地说：

"张政委，给你这个！"

"这是什么？"张永江惊奇地问。

"给地委的汇报,"贾岚红着两只泪眼,沉重地说,"张政委,不过一个多月,你、吴春来同志,还有那些六爷、七爷……叫我明白了许多事,叫我明白了作任何工作都不能忘掉阶级路线,不能忘掉现在的中国还是有阶级存在……这些教训我要终生记取!终生不忘!上次,我们给地委的汇报还没交上去,现在,我决定按照你的建议,重新另写!"说罢,她拉住张永江的大手,眼泪从她洁白的脸上淌了下来。

张永江听着贾岚的话,大手上夹着那张汇报纸,半天才说:"贾同志,这从血的教训中得出的道理是最深刻的……让我们永远记住吧!"

高粱叶子搭成的屋子里,灿烂的阳光,用它黄金般的光彩照射到翠绿欲滴的叶片上。这是一个美好的秋天的早晨,在湿润的发着迷人香气的高粱屋里,张政委、小队长还有我和贾岚,我们一起坐在铺着席子的地上,大家重新计划起消灭敌人、展开工作的办法。

一九六四年

杨朔

大　　旗

　　这是一九三八年冀东人民抗日斗争的一个侧影。斗争从七月八号起,到十月间才稍稍平息。全冀东二十二县,除了昌平、临榆,没有一处不曾卷起暴动。参加的人数约计十几万。当时的领袖是李运昌,后来他在抗日期间一直是坚持冀东游击战的司令员。

　　一九三八年四月,清明节前后。

　　北宁路上,一列客车从天津开来,离滦县不远时,停在一个小站里上水。站台十分冷清,只见一个商人模样的旅客,从三等车走下来,右肩扛着个被卷,左手提着个蓝布包袱,蹒蹒跚跚地朝站外走去。他是个矮胖子,黝黑的圆脸泛着油光,两只小眼闪射着针尖似的光芒。

　　路警拦住他问:"包里什么东西?打开来看看!"

　　旅客赶紧放下行李,撩起青线呢长袍,蹲下身,急忙解开包袱,满脸赔着笑说:

　　"看吧,看吧,不过是些不值钱的湖笔,刚从天津贩来。打算到这一带小学堂做做生意。"

　　路警弯下腰,伸手把一封一封的笔翻了翻,又吩咐旅客打开行李卷,草草地看过一遍,这才把手一挥,昂着头走去。笔贩子耐着心性,重新把行李收拾停当,斜瞟了路警一眼,迎着一阵风沙走出车站。

　　风从东南吹来,漫野浮荡着青草的气味,还夹杂着肥料的气息。几天前落过一场好雨,泥土又松又软,正是耩谷子的时候。粪早送过了,一簇一簇地堆在田里,可是奇怪,到处竟不见一个犁地的农民。庄稼人向来最怕误了节气,于今放着地不种,却集合一起,拖成长长的一条线，离车站约莫半里路，忙忙碌碌地闹什么呢？笔贩子一边寻思，一边顺着道路朝前走去，近了，才看清楚大群的农民正在修筑一条公路。他们的气色都很阴沉，不大作声，只是机械地忙着铲土，把路基垫高。公路贯穿过肥沃的田野，占去大片的麦地。麦苗已经长到七八寸高，颜色变成碧绿，每一铁锨铲下去，便被翻掘起来，连泥带土抛上路基。

笔贩子走拢近一堆人，觉得累了，把行李搁到地头上，坐到被卷上去，想要歇歇脚。离他不远，一个庄稼人坐着抽烟，臀底下垫着自己的鞋，身旁插着一张锨。这个人，看上去将近四十岁，前额横刻着几道很深的皱纹，眼眉和胡须又粗又黑，像把刷子，鼻孔的黑毛特别长，笔尖似的伸到外边。他用两手抱着膝盖，嘴里含着烟袋，眼睛直瞪瞪地望着地面，神色十分呆滞，仿佛和谁怄气。

一个塌鼻子的汉子掘着掘着土就停下手，对他劝道："快来做活吧，殷老大，别尽自发呆，叫监工看见，又是一顿打骂！"

殷老大叹了口怨气，却不动弹，也不说话。笔贩子从旁边瞅得明白，便从腰里掏出一支香烟，凑到殷老大身前，躬着腰说："借光，老乡，让我点个火。"

那笔贩子把纸烟对到庄稼人的烟袋锅上，吸着了，撩起大襟蹲在旁边，拉起话来：

"今年的年景不坏吧，旧年冬天缺雪，这一春雨水不断，麦子长的还满旺盛。不过这是谁家的地，糟蹋这样子，叫人看见都心痛！"

殷老大的声音带点抖颤，不觉接嘴叹道：

"眼前这三亩地都是我的，祖上辛辛苦苦，留下几亩命根子，日本人说声修路，就不管三七二十一，硬给占去，口头虽说给地价，还不是骗人的话！麦子算完蛋了。再有几亩谷子，到如今还没耩下种子，你看这日子怎么过？"

笔贩子很快地眨了几眨眼说:"哎呀,谷雨都快过了,再不耩地,不就晚啦?"

殷老大耸起两道眉毛,恨恨地答道:"谁说不是晚啦!眼前这些人,哪个心里不急得像一团火?日本人可不管那一套,只顾修路,凡是村里能动的人都赶出来,从早到黑,累得要死,一个大钱也不给……"

他蓦然停住嘴,不安地干咳几声,敲净烟锅的灰,把烟袋插到脖子后,又忙着从臀下抽出鞋来,往脚上穿。笔贩子一抬眼,望见远处走来一个监工的日本人,脚上穿着马靴,两手反背在身后,横拿着一根木棍。一个庄稼人做得稍微慢点,监工便跨上前去,大声地吆喝,又举起短棍,做出要打的手势。殷老大穿上鞋,急忙站起身,拿着铁锹走入修路的人群中,动手挖起泥来。沿着这条未完成的公路,随着无数铁锹铲的挥动,多少庄稼破坏成烂泥,多少田地改变了原来的形态——这是一片被蹂躏的土地。

生活在这片土地上的殷老大,一颗心蹂躏得遍是创伤,差不多碎了。从他记事那一天起,向来就没度过好日子。他是个很守本分的庄稼人,父亲死得早,母亲把他拉扯大,十四岁那年就给他讨了个将近二十岁的女人,指望家里添人口,添份力气,可以支撑庄稼营生。女人结实得像头驴子,过不几年,替他生了个孩子,名字叫犁头。这时殷老大长成个强壮的小伙子,一年到头,埋着头做活,只想在家守业,把庄稼日子扶植起来。可是直奉战争爆发了。他的家离铁路二三里路,兵荒马乱的,卷进漩涡当中。他领着母亲和家小,跟随村里人逃荒,不幸半路上遇到大队的败兵,一家冲散了。他背着犁头,好不容易才寻到母亲,女人却失落得不见踪影。有人说看见她叫败兵掳去,又有人说看见她披散着头发,朝一个方向跑去。总之,以后根本听不到她的消息,多半死了。殷老大变得十分阴沉,整天紧闭着嘴,有时喝点酒，醉了，便指着天骂道：

"老天爷不睁眼，怎么专和穷人做死对头！"

他的心情是连阴的天气，多年以来，总不见开朗的日子。犁头渐渐长大，殷老大把希望全寄托在儿子身上，盼望赚几个钱，给儿子娶房媳妇，可以传宗接代，将来自己死了，也可以有儿孙替他祭扫坟墓。他母亲有时劝他再讨个女人，他却一口回绝道：

"讨个老婆就得花几百，咱哪来的钱？再说，犁头这么大了，我不愿意给他弄个后娘，叫他抱怨我一辈子。"

殷老大的愿望却不容易实现。一天，村里传说日本人占领东三省了。殷老大以为东三省在山海关外，距他家很远，不碍他的事，所以漠不关心。又一天，传说长城边爆发战事了他才有些慌张，心里记起旧日的创伤，生怕战事再蔓延到滦县。

战事不久便停止，他似乎用不着慌张了。可是，一件梦想不到的事突然发生了。村长走来对他说道：

"老大，世界变了，你知道吗？听说中国和日本定了什么协定，把咱们冀东划成停战区，不准驻兵；又有个叫殷汝耕的人出面成立自治政府，愣逼着每村出枪练自卫军，办联庄会，还得先派两个人到城里保安队受训，以后好回来教本村人。犁头正年轻力壮，正好算一个，村里打算派他到城里去受训。"

殷老大的前额仿佛挨了一棒，脑壳似乎炸裂，失去思想的能力。他只有犁头一个儿子，夺去犁头，就等于夺去他的命根子。他百般哀求，但是没用。村长在村里便是小皇帝，谁敢违拗他的话？殷老大的生活陷入更深的泥坑，他眼前的世界也的确变了。捐税越发加重，压得他直不起腰，骨髓差不多都被压榨出来。日本浪人如同蠹虫，带着白面和鸦片，到村里开设起"洋行"，把朴素的农村弄糜烂了。这以后，情势转变得更快：冀察政委会仿佛昨天才成立，永定河上又起了战事，冀东便像一张荷叶饼，囫囫囵囵地吞进日本刽子手的嘴里。殷老大感到绝望，寻思再没有翻身的日子，只好等死。

犁头的行事更加使他忧愁。最初，殷老大以为儿子当了保安队，早晚必定叫枪子打死，不会活着回家。但经过一个时期的训练，犁头居然回来了，不过不再是原来的犁头，却沾染一身坏习气。他的头上留起头发，学会抽纸烟，还常斜着斗眼，含着香烟，对女人调调情。犁头本来就愣头愣脑的，带点傻气，于今简直变成流氓。这还不要紧，最叫殷老大痛心的是，儿子竟受了日本浪人的勾引，常往白面馆跑，没钱抽时，便从家里偷东西变卖。联庄会看犁头太不务正，把他开除，他却瞪着一对斗眼，脸红脖子粗地骂道：

"不用和老子为难，等我告诉日本人，叫你们知道个厉害。"

殷老大气得抓起一条长板凳，赶上去骂：

"小兔崽子，老殷家缺了几辈子德，养出你这个东西！你张口日本人，闭口日本人，都是日本人把你毒害坏了，到死也不知道反悔，等我打死你再讲！"

犁头却扮了个鬼脸，撒开腿朝白面馆跑去。

就在殷老大遇见笔贩子那天，雀迷眼的时候，修路的农民才散工。殷老大怀着一颗沉重的心，走向家去，天色已经苍黑。犁头的奶奶张着两手，嘴里喊着"噢——哑，噢——哑"，在正院里赶一群鸡进窠。一只小公鸡很调皮，怎么也不肯听话，几次来到窠口，侧着小头望望老奶奶，拍拍翅膀又跑到一边去，累得老奶奶转来转去地赶，嘴里嘟嘟囔囔抱怨道：

"小死物件，我看你往哪跑，我看你往哪跑……唉，唉，我六十多岁的人啦，看也看不见，听也听不见，老天爷不睁眼，叫我怎么过！"

她的声音像哭，又像叹息。每逢她遇到一点不如意事，便会伤起心来，自言自语地抱怨天，抱怨人，抱怨自己的命运苦。殷老大把锹倚在墙上，沉着脸走到灶边，揭开锅盖，锅里冒起一阵热腾腾的蒸气。他盛了一大碗熬得稀烂的白薯稀饭坐到门槛上，左手托着碗，右手便用筷子往嘴里唿噜唿噜地扒饭，眼睛望着碗，一声也不响。

犁头的奶奶关好鸡窠，重新结了结包头的手巾，又摇摆着两手走到牲口栏旁，解开缰绳，牵出那头白眼圈白鼻子的小黑驴。小毛驴蹙起鼻头，在地上闻了一阵，然后跪下前腿，后身随着也卧下，快活地打起滚来。什么地方有驴叫，小黑驴陡然爬起身子，舒长脖子，声音一伸一缩地大叫起来。老太婆使劲地扯了几下缰绳抱怨道：

"叫什么？说你也不肯听，说你也不肯听！唉，唉，谁都惹我生气！几时我两眼一闭，心里才干净。"

月色很好，阴历是十二三。全村笼着一层苍苍茫茫的烟雾，春天的黄昏显得又深沉、又寂静。殷老大触动心事，抬起脸问：

"犁头呢？"

奶奶用叹息的声音说：

"先你一脚就回来啦，又躺在炕头上怄气……唉，这些孽种！"

殷老大把头转向屋子，高声说道：

"起来，吃完饭跟我到地里去！大月亮地，正好耩谷子。"又对自己说："白天得修路，地又不能荒了，眼睁睁等着饿死！只好卖命，带着月亮做吧，活一天是一天！"

里屋炕头上传出几句恼人的话：

"我病啦，不能动。"

殷老大的脸色立刻变得通红，伸长脖子骂道：

"你装的什么病，成天价不干人事，临到做活就装病，装死也不行！"

只有奶奶心里明白，犁头不是装病，确实是闹不自在。今天傍晚散工回家，犁头浑身打着冷战，好像发疟子，一进门便问奶奶要钱，不给立刻噘起嘴，乱摔东西，还四处乱翻，想寻点值钱的物件变卖。可是奶奶陪嫁时的一点铜首饰早被盗光，箱笼里只剩些破破烂烂的补丁衣裳，散发着霉气。奶奶用哭似的声音咒骂，犁头却横着眉毛，全不理睬。只在爹爹眼前，他才略略有些惧怕。奶奶从小抚养他，宠着他，于今长大，他把奶奶气得掉泪，恨他不叫雷打死。但在殷老大前，奶奶又常常替他遮掩，怕殷老大教训他。她常对邻家的婆婆奶奶们说，自己的孙子原来很憨厚，都怪日本人心毒，故意开些白面馆、花会局，年轻人不懂事，把持不定，怎么会不上钩，不被拖下陷阱呢！

老太婆牵着毛驴饮过水，重新把它拴在牲口栏里，嘴里念念叨叨地走进屋子，点亮一盏小煤油灯。她害着很重的沙眼，乍一见亮光，急忙把手搭上眼眉，又红又烂的眼睛眯成细缝，又自怨自艾起来：

"唉，唉，老不死的罪过，吃也吃不动，做也做不得，眼痛得也不行！"

犁头本来脸朝外躺着，一赌气转向里边，全身仍然不停地抖，还连连地打着喷嚏。老太婆不耐烦地悄声说：

"起来吧，不知哪世的冤家，你爸不是叫你？他这些天正没好气，看他揍你！"

犁头倒发起脾气，抖颤着嗓音喊：

"揍就揍，我偏不动！"

只听见殷老大把饭碗往锅台上使力一蹾，骂着从外间闯进来，粗黑的头发直竖地站着，像是猪鬃：

"小杂种，你害的什么病？明明是犯了白面瘾，还来骗我！要死给我滚出去，别死在家里，费我一张芦席！"

一边就握住犁头的脚脖子，像拉小鸡似的把儿子扯下炕来。

犁头的脸色铁青，不自主地打着喷嚏，眼泪鼻涕全流出来，两手哆嗦抱住头，朝外便跑，可是后脊梁上早挨了一拳。犁头的两条腿绞扭着，跌跌撞撞地奔到院外，嘶哑着声音恨恨地叫：

"等着吧，不用逼我，早晚有你们反悔的日子！"

殷老大把儿子追出大门，饭也不想再吃，气呼呼地坐到炕沿上，神色显得十分沮丧：寻思自己活了大半辈子，整天像是栏里的那头黑驴，劳累得腰酸背痛，过的可是苦日子，还得受官家的勒索，军队的糟蹋，于今更落到日本人手里，弄得家业破落，儿子又不成器……想到这，他的脖子似乎被人捏住，心头闷得要死，透不过半口气来。

但一转念，殷老大想到那几亩荒芜的谷子地，再听到犁头的奶奶在灶下哭似的抱怨老天，便蹙起眉头，无可奈何地喘了口粗气，带上种子，牵出驴，把缰绳盘到脖子上，然后扛起犁，吆喝一声，赶着牲口往地里去了。

春天夜短，月光早移到向西一带人家的墙头上，冷清清的像是落着满地的霜。庄户人家吃完夜饭，这该是睡觉的时候。如今可不同了。沿街可以看见许多农妇忙着推磨，筛箩的声音、吆喝驴子的声音，朦朦胧胧的好像睡梦里传来的动静。

快到五月端午，麦子长得齐到人的大腿深，从根到梢变成黄色，不久收割了。一春雨水很厚，农民们只苦的是劳役太繁，不能及时上粪锄草。人手缺的就根本照顾不到庄稼，地里的青草一尺多高，庄稼反倒像害肺痨的孩子，又瘦又矮，长不起来。殷老大的麦子就更无望了。大路已经修好，拦腰斩断他的田地，所剩的边边角角，最多能打一升半斗粮食。幸喜谷子很肥，还有点指望。那些天，殷老大白天修路，早晚抽空到地里做活，几亩谷子才算没荒。他一家人的性命全寄托到这几亩地上，但愿鬼子别再占去，便不愁饿死。殷老大最有个硬劲，外表不声不响，似乎蛮容易欺负，心里可有主意，向来不肯叫饶。熟悉他的人说他是绵里针,其实,他这根针不刺人,只刺自己。不管生活怎样绝望,针尖大的事也能激起他模模糊糊的希望,从绝望中拖他出来。这些年,他不断地遇到挫折,不断地挣扎,心里常常叨念那两句俗语:"熬得苦中苦,方为人上人!"

犁头却是个败家子,地里活不做,总避着不见爸爸的面,四处鬼混,奇怪的是他居然很有神通,手边尽管穷,随时可有白面抽。

端午的头一天,殷老大收拾一口袋年前自种的黄烟叶子,赶着毛驴到附近一个镇店去赶集。他刚在街旁摆出货色,一个警防队便来刁难他,骂他不该把驴子拴到集市中心。殷老大陪着苦笑,送给警防队七八片烟叶,才打发那家伙走开,免得搅扰生意。傍响,他卖完烟,买了三个黄米粽子,预备点缀点缀明天的节气。天怪热的,尘土又大,赶到家时,他的小褂差不多叫汗湿透,浑身都是风尘的颜色。虽然赶着驴,殷老大却舍不得骑,怕压累了它;又怕费鞋,一路都用手提着鞋后跟,赤着脚走回来,这也给他一种舒服滋味。

殷老大把粽子挂到门闩上,脱光膀子,露出一身紫红色的肉,才又走出房来,看见小毛驴在大毒日头底下,跷起一只后蹄,垂着头,眯着眼,静静地在打瞌睡。他走上去,随意吆喝一声,替它解开盘绳,卸下驮鞍。驴背上满是汗毛,都鬈了,殷老大就用两手很响地拍着驴背,防备它受风。这当儿,门外有人高声问:

"犁头在家吗?"

随着走进一个又白又胖的汉子,光脑袋,高颧骨,戴着一副墨镜,满脸都是横肉,身上穿着一件长衫。这人看起来像个屠户,殷老大却认识他叫赵海楼,是当地的流氓,帮助一个日本浪人在本村开"洋行"。他来做什么呢?殷老大不明白,心里预感到一种祸事,不觉愣在那儿。赵海楼看见殷老大,劈头就说:

"你是犁头他爹吧?到节下了,欠的钱怎么还不给送去?还得叫我冒着汗跑来要。"

殷老大惶惑地问：

"谁欠你的钱？"

赵海楼有点不耐烦，冷冰冰地绷着脸说：

"除了犁头还有谁？这些天，要不是我们供他白面抽，你儿子早瘾死了！"

殷老大听见这事，知道儿子给他惹下了麻烦，气得冒火，又有些害怕，一时变得没有主张，支支吾吾地道：

"家里坐吧，家里坐吧……"

殷老大把来人让进屋子，脸色冷落落的，十分不安仿佛要哭的样子，又忙着叫犁头的奶奶给客人剥粽子，烧开水。老太婆先前坐在堂屋的门槛上，卷起裤脚，在小腿上搓麻绳，嘴里不知嘟嘟囔囔埋怨什么，于今不响了，胆怯地走出走进，时时从烂眼角旁偷看来人的气色。

赵海楼的肥脸显得又圆滑，又刁横。他用左手撩开长衫的大襟，拿扇子朝着胸口唿嗒唿嗒地扇着风，紧逼着殷老大问：

"犁头的债，你到底打不打算还？"

殷老大垂头丧气地反问道：

"他到底欠你们多少钱？"

赵海楼张开左手，屈起大拇指头说：

"扣去零数，整整四百块。"

这个数目，在殷老大听来，确实吓人。他一时闷住声，半晌才说：

"先生，你看我家这份穷日子，穷得都快穿不起裤子了，哪来的钱还这笔账？"

赵海楼却冷笑一声说：

"你没有钱还没有地?人家洋人不是傻瓜,不会白拿着钱往水里扔。犁头早把你家那几亩谷地押给洋行了,还不起钱,地就归我们。"

殷老大对耳边仿佛响了一个焦雷,震得他的眼睛冒出金星,耳朵"嗡嗡"地乱叫,脚下的地好像也摇晃起来,就要塌陷下去。那几亩地是他的命根子,人家还要抢去!他的眼皮耷拉下来,刷子似的胡须轻轻地发颤,一时变老了,嘴里讷讷地说:

"要我的命行,地可不能给!"

赵海楼把扇子往桌子上使力一拍,叫道:

"我们要的就是地,谁稀罕你那条狗命!"

"地里还有庄稼呢,求你秋收以后再讲吧!"

"不行,一时一刻不能挨延。于今地价稀贱,连上庄稼,也顶不了账,你那头驴也押给洋行了,今天就得牵走。"

赵海楼一边说,一边横着肩膀朝外走去。院里已挤满了许多人,探头探脑地窥看,有的冷笑,有的交头接耳地谈论这事,还有人气得咬牙切齿地小声咒骂,看见赵海楼出来,大家闪开一条路,眼睛都盯在他身上,一直送他到毛驴前边。毛驴看见生人,掉开头,颤动着眼毛,胆怯地斜着大眼。赵海楼把扇子插到脖子后,抓住毛驴的白鼻子,又抓住它的下唇,硬扒开它的嘴,瞅了瞅牙。牙渠很深,正是强壮的时候。赵海楼却故意摇摇头,哼了一声,瘪了瘪嘴说:

"老口了,卖不了几个钱。"

说着就动手解缰绳。犁头的奶奶颤巍巍地赶过来,用身子遮着小驴,红眼里淌着泪,大声哀求道:

"可怜可怜我这快死的人,饶我们几条命吧!明天我刻个长生牌位供着你,一生一世也忘不了你的恩典!"

这不但不能感动赵海楼,反倒惹起他的火来。他抓着老太婆的前胸,把她扯开,使劲一推,老太婆便倒退几步,扑通坐到地上,一声

天一声地地哭起来。赵海楼横着眉毛,毛虎虎地解开缰绳。回头对殷老大叫道:

"限你天黑以前把地契送过来,换回押单!不送也随便,反正地是我们的了。"

赵海楼一边用手挥开眼前的农民,牵着驴往外便走。在场的人都不作声,只用仇恨的眼睛紧盯着他。老太婆知道她的命运已经无可挽救,哭得越发凄惨。殷老大却像泥人似的站在人前,垂着两手,身子微微向前俯着,动也不动。他的脸色乌黑,前额的几道皱纹更深,两眼却像两团火,射出逼人的光芒。蓦然间,殷老大把牙一咬,几步抢到赵海楼身后,右手抓住缰绳,左手把对方的膀子一掀,就势夺下毛驴,赵海楼打了个跟跄,撞进一个农民的怀里,那农民又把他一掀,赵海楼便像皮球似的重新滚回来,墨镜从鼻梁滑下来,跌碎了。他的肥脸涨得赤红,俯身拾起眼镜,跺着脚叫道:

"打吧,打吧,不要命的只管打!我看你们谁敢动手⋯⋯"

赵海楼的话没说完,早有人骂了一声,飕地抛过去一块碎瓦片。他平日仗着日本人的势力,在村里横行霸道,背后谁都骂他。今天的事更激起大家的不平,于是人们吼叫一声,碎泥块像雨点似的从四面八方朝他投去。他用两只胳膊护着脸,大声地叫骂,转身就跑,那身长衫上打满斑斑的泥点。农民们高声哄笑,有人还故意紧跺着脚,好像从后边追上去,吓得赵海楼跑得更快。这更逗起农民的哗笑。他们骂他可恶,不知犁头欠他几个钱,便赖上了,硬说是四百;嘲笑他是城隍庙的小鬼,模样儿可怕,可是泥塑的。唯独几个上年纪的人怪这些农民不知分寸,以为定准闹出祸事来了。殷老大不骂,也不笑,满脸带着杀气,牵着驴往栏里送,翻了翻白眼说:

"管他娘的,横竖是死,死也得死的像个人!"

祸事当天就来了:日头平西的时候,赵海楼撺掇白福馆的日本浪人从镇上派来五六个警防队,到村里捉人。殷老大得到消息,先一步逃出门,躲到野地里去。警防队堵住他家的门,里里外外地搜索,不见主犯,却从柴火垛底下拖出犁头,满头满身沾着茅草。这小子知道己的事败了,不敢见人,藏藏掩掩地溜进家,躺在柴火垛下,正没有主张。他看见赵海楼和日本浪人,以为彼此交情厚,遇到救星,拼命挣脱抓着他的手,急急忙忙扑过去,紧眨着那双斗眼说:

"老赵,老刘,你对他们讲,都是我爹闹的乱子,不关我事!"

迎头却挨了浪人一巴掌,立时被警防队捆起。浪人亲手牵走殷老大的驴,劫去殷老大的地契,又派人捉住另外几个农民。临走,他更支使赵海楼放了把火,点着殷老大的柴火垛。春天风高,火趁着风势,呼呼地燃烧起来,一眨眼的光景,柴火垛就变成一个大火球……

殷老大转回家时,警防队走了,东邻西舍的农民已经把火扑灭,可是柴火早化成一堆湿灰。屋子万幸还算无恙。屋里屋外翻成乱糟糟的一片,到处扔着破鞋烂衣,随地是打碎的缸盆瓦罐。犁头的奶奶披散着一头白发,就地坐在院心,老脸挂满泪,指手画脚地对人哭诉着事情的经过,说到痛心的地方,便放开长声叫起天来。

当殷老大一脚跨进街门,望了望他多年经营的家,不觉傻子似的铸在那儿,两眼像是熄灭的灯笼,骤然失去光辉。他歪歪斜斜地向前挪了几步,身子仿佛有几千斤重,一下子坐到磨盘上,弯下腰,两手抱着头,闭着眼喃喃地自语道:

"活不下去啦……活不下去啦……"

许多人走近他,七嘴八舌地劝他,但他一个字也听不见。他想到许多事,但又似乎什么也没想,只感到脑子里混乱成一团,四肢没有一点力气。那个曾经和他一道修路的塌鼻子扒开众人,从人缝挤进来,粗鲁地拍拍他的肩膀说:"宽宽心吧!好死不及赖活着,怎会活不下去呢?就拿我来讲,一份家业还不是叫鬼子糟蹋得七零八落?我就不听那一套，偏硬着头皮活下去！起来，我指你一条活路！"

这天黑夜，塌鼻子偷偷地把殷老大引到村里小学堂去。小学堂占着天齐庙，坐落在村边，十分僻静。于今是麦收时间，正放春假，只剩教员刘先生一个人。刘先生到村里还不上半年，可是人缘挺好，每逢遇见人，老远就咧开嘴，笑着点头。他很沉默，从来不大声说话、大声笑，走路做事，总是轻轻的，像个影子。

刘先生打开庙门，放殷老大和塌鼻子进去，又轻轻地插上门，悄没声地领他们走进屋子。格扇窗大敞开着，小白蛉迎着灯光，扑进窗口，成球地绕着洋灯打转。刘先生垂着眼皮，朝上拧一拧灯捻，才抬起那张有点苍白的脸，望着殷老大苦笑，表露出他的同情。

这时，一个人从殷老大不注意的角落走到近前，眯缝着笑眼问："你还认识我吗？"

殷老大抬起眼，漠然地望了望那个人。这是个矮矮的黑胖子，圆脸，两眼闪烁着不定的光芒，好像摇晃在水皮上的太阳光。殷老大觉得面熟，可又记不起是谁。那人提醒他说：

"你忘了吗？那天你修路，我从车站上来，跟你借火——我是那个笔贩子。"

殷老大噢噢地应了几声，斜坐到炕边上，把烟袋插进腰间挂的荷包里，用手按着荷包，往烟锅里装烟，可是许久许久也不拔出烟袋，眼睛只是直瞪瞪地望着地面。

笔贩子挨着他坐下，很关切地说：

"你的事，我都知道了。振作振作吧！愁有什么用？遇到像你这类事的人，全冀东不知有多少，数也数不过来。"

殷老大叹口气道：

"我不是看不开，不过以后叫我靠什么过呢？"

笔贩子说：

"照这样下去，自然活不成，不过只要有这口气在，总有办法。你的耳目太窄不像我做小生意，听见的多。告诉你吧，于今河北、山西，游击队到处起来了。别看日本人神气活现，可是瘦驴拉硬屎——硬撑架子。"

殷老大拿着烟袋，正要朝嘴里送，听见这话，便让烟袋半路停在嘴唇边上，加重语气说：

"要是这里也有游击队，我一定干，出出这口闷气！"笔贩子闪电似的瞟了刘先生一眼，用手一指塌鼻子，突然对殷老大说：

"游击队到处都是——不瞒你说，他就是一个。"

殷老大确实吃了一惊，一会儿苦笑道："别开玩笑啦！"

笔贩子的黑脸闪着油光，变得非常认真地说：

"谁开玩笑，不信你问问他。"

塌子鼻赶紧点点头，兴奋地插嘴说：

"真的，我就是一个。你想，老大，谁也不是儿孙子，哪能叫人骑到脖子上，还不回手？咱们村也不止我一个，便衣队早就有十来个啦。"

殷老大听得呆了。这消息太奇突，他觉得像是梦又像是个故事。他急切地想报仇，事到临头，却又有点迟疑。他记得去年冬天，有个叫王平陆的铁路工人，组织游击队，带着人打"倒流水"海关，没打下来，本人倒不幸死了，于是垂下眼皮说：

"能不能干得好呢？"

笔贩子忽地站起身，脸差不多俯到殷老大的头上道：

"这回准有把握。告诉你说，不光滦县，全冀东的便衣队都组织起来——你听说李运昌这个人吗？"

这人是黄埔军官学校的学生，带过队，后来一直在冀东秘密地做革命工作。殷老大隐隐约约也听说过，心想必然是个要紧人物，正待询问，笔贩子早接着说：

"于今他是全冀东便衣队的司令，正在暗地里搞军队，你要有决心，这就是好机会。"

殷老大并不回答，只用眼睛紧望着笔贩子的脸，好半天，才疑疑思思地问：

"那么说来你是什么人呢？"

笔贩子爽朗地笑道：

"我叫盛光斗，还不是像你一样，一个受欺压的中国人。"

当天晚上，殷老大便加入村里的便衣队。他是犯过事的人，不能露头，家里更不能站脚，所以暂时就躲在庙里避避风头。他不大明白盛光斗和刘先生的来历，久了，却看出刘先生不过是利用小学教员这个方便地位，专门在百姓当中组织便衣队。至于盛光斗，准是天津一个什么革命组织派来的人，化装成笔贩子，到处活动，也在做同样的事。开头殷老大以为便衣队是个险事，参加的人一定不多。谁知农民对敌人怀恨死了，背后摩拳擦掌的，早就想动手。过不几天，人数就增到三十多。不过盛光斗等人特别小心，只拉可靠的农民加入，防备混进敌人的眼线，反倒坏事。冀东的枪本来多，一九三七年事变后，庄稼人怕惹事，多半埋了。于今便衣队员们又从土里掘出家伙，藏在不显眼的地方。差不多天天黑夜，他们偷偷地集合在天齐庙小学堂里，关严庙门，听刘先生替他们低声念报，说些旁的地方游击队的消息。除了刮风下雨的晚上，刘先生还要从炕洞里拿出一架无线电，架起来，偷听延安电台的新闻。这架机器很小，只能由一个人把耳机套在头上听。农民都抢着要听。可是一会儿就又摘下耳机，焦急自己听不懂。末了，大家公推刘先生来收新闻，一边记下来，再转告大家，直到夜深，他们才散开，一个个溜出庙门，悄悄地摸回家去。

一到白日，殷老大的心情就不宁贴。他不敢露面，整天躲在庙里，闷得要死，闷急了，便站到庙墙后，探出头去了望。地里遍是麦子，熟透了，庄稼人忙着收割。黄笼笼的麦梢上，到处闪着庄稼人紫黑色的脊梁。路上飞扬着尘土，不断有孩子赶着大车，往家里运麦子。遍地是车辘辘轧的印子，弯弯转转的互相错综着。殷老大禁不住想起自己的庄稼，感到心痛。夜来三更多天，他曾经溜回家去。犁头的奶奶一见他，便一把鼻涕一把泪地哭起来，告诉他白面馆把他那点残缺不全的麦子地也没收去，正雇人收成；赵海楼来过几次，追问他的踪迹；犁头叫人绑走后，一直没有音信，不知押到哪里去了。她用袄袖擦着又红又烂的沙眼，最后数落道：

"唉！唉！咱殷家算是叫人剿家灭门了！我前世造了什么孽，于今活受罪！"

殷老大忍不住，对她泄露点便衣队的事，老婆子却哭得更厉害说：

"好，好，但愿老天爷睁开眼，叫咱们穷人也翻翻身！"

盛光斗不常到村，依旧装扮成笔贩子，在临近一带活动。旧历五月底，他又来了。他把全村的便衣队员召集到一起，十分郑重地宣布了这样一桩事：

全冀东的便衣队发展到三万多人了。八路军准备开辟冀东，从山里派来一个支队，已经在半路上了。到的时候，各地的便衣队要同时起义，接应军队。

这桩事激起队员们很大的波动。多少天以来，他们便盼望着这个大翻身的日子。这日子终于到来，他们不再能安心做工，几个人一遇到，立刻就把脸挤到一起，小声地谈论这事。夜间的集合更频繁了，大家决定斗争的步骤是剿白面馆，包围镇上的警防队，然后再挖汽车路，破铁道……

起义的日期规定是阳历七月十二号，但这是个军事秘密，便衣员不知道，这就不免引起他们的烦躁。

这天是阳历七月八号。已经入了中伏，一清早晨，树叶就纹丝儿不动，知了干燥燥地乱叫着，定准是个大热天，田里的高粱棵子已经长起来，不十分茂，可是影住村子，正是青纱帐起的时候。现今麦学已经放完，小学堂开了课，眼目太多，殷老大藏到塌鼻子的家里。这天塌鼻子起早便赶着牲口到镇上籴新麦子去了，因为嫌麦子吃起来费，想要粜出去，籴进一些粗粮吃。

早晨饭后，殷老大搬一条板凳，坐到一棵山串柳下，背着人偷偷摸摸地擦枪。他脱光膀子，裤腿挽到膝盖以上，两腿夹着枪，拿一根枪探子插进枪筒里，使力地一抽一拉；脑子里想的可远，幻想暴动起来，他首先抓住赵海楼和日本浪人，吓得他们颤颤哆嗦地告饶，他可决不饶他们……随后他想：要是年景太平，犁头肯务正，小日子过得舒舒服服的多好！而今闹得家破人亡，走投无路，真是死逼上梁山！

四处都是知了叫，噪得要命。忽然间，什么地方隐约地响起一下松散的沙音，透过知了的噪叫。殷老大没留意，可是紧接着又是一下。这回惊得他一跳，立刻停住手，侧着头，留神地细听。街上起了乱纷纷的脚步声，有人大声地问："什么地方枪响？"话还没完，枪就连着响起来了。

殷老大有点心慌，以为或许今天就是起义的日子。他慌忙站起身，披上小褂，提着枪往外就走。街门迎着他砰地撞开，一头驴驮着个口袋跑进来，塌鼻子跟着出现，还用棍子紧打着驴屁股。这人敞着胸口，满头大汗珠子，一看殷老大就喘吁吁地问：

"你听见枪响吗？"

殷老大瞪着眼反问道：

"到底怎么回事？"

塌鼻子气急败坏地说：

"谁知道？反正不妙！我一到镇上，就看见警防队站的满街是，挨家挨户地搜，闹得集也荒了。我牵着牲口往回就走，紧赶慢赶，赶回村里枪也就响啦。"

"刘先生说什么没有？"

"我没见他，不知道。"

"快问问他去！"

殷老大说着便迈开腿，几步跨到街上。塌鼻子从后边叫道："慢一点，等我缆好驴。"一边赶紧把牲口拴到槽头，带上街门，一溜小跑追上去。街上站着许多女人和小孩，也有刚从地里赶回来的农民，都戴着草帽，扛着锄头。殷老大的脸色绷紧，粗黑的须眉直竖起来，胸脯向前探着，对谁都不打招呼，急匆匆地赶着路。这更惹起那些人的惊异，眼睛直瞪着他，仿佛不认识他是谁。有人拦着他探听消息，他只含糊地点着头，一侧身子走过去。

学堂里提早放了学，孩子们全赶回家去。刘先生站在庙台上，反背着手，正和几个便衣队员轻声地说着话。他的脸色很沉静，略略蹙着眉头，似乎心里盘算什么。殷老大和塌鼻子走来时，刘先生一抬眼，不觉愣了愣，随后带着微笑责备说：

"殷大叔，你这是怎么啦？大庭广众的就跑出来，还提着枪！"

殷老大低头望了望自己，难为情地笑出来，很懊悔地说：

"糟糕，糟糕，我简直急昏啦！不过这事也难怪我。平白无故地响起枪来，是不是干起来啦？"

刘先生把他们引进庙里，脚步轻轻地走在前边，寻思着低声说："不，我想不会。不过事情太蹊跷，枪声怎么还不停呢？"一边心里想道："还不到日子啊……要是改了日期，盛光斗必然会来告诉我。"

这时，枪声不但不停，比先前更加稠密，声音也更大了。田里的农民都转回来，又有许多便衣队员跑来探听消息。刘先生用手慢慢掠一捋他的长发，又轻声说：

"事情真蹊跷，枪声怎么还不停呢？依我看，咱们顶好别聚在一起，叫人疑心。听说警防队正在镇上查户口，说不定会到村里来，也该防备防备。谁肯跑一趟，出去探探消息？剩下的人先回家去，把枪收拾好，说声有事，就打锣集合，都到这里取齐。"

塌鼻子拍一拍胸膛，自愿充当探子，冒着大毒日头走了。其他的农民也散走，有人还送来一面锣。庙里只剩殷老大和刘先生两个人。殷老大把枪塞到正殿的神龛里，侧着头听了一会儿枪声，又到庙门口张望一会儿，确实有些心焦不耐烦，便像和谁赌气似的想"管他什么，歇一会儿再讲"。就走进大殿，用小褂扑打扑打供桌上的灰尘，脱下鞋做枕头，躺到供桌上去。

刘先生也不像平日那样安稳。他背着手，低着头，在庙檐底下走来走去，走几趟就停住脚，向远处听一听；有时抬起头，遇见殷老大的眼睛，便随意笑一笑，打个招呼。

人在等待什么的时候，时间便爬得像蜗牛一样慢。他们熬了老半天，才到半头晌，可是还不见塌鼻子的影。殷老大等急了，心里恨起来，忍不住高声叫道："这家伙，怎么还不回来，死了不成？"枪声越来越密了，原先只在一个方向，于今却从好几面响起来，隐隐约约的，像是豆荚爆裂的声音。

刘先生忽然又停住脚。这次，他的神色特别紧张，竖着耳朵，蹙着眉头，一面听一面说：

"殷大叔，你听这是什么？"

殷老大的耳朵尖，早听见一种轰隆轰隆的声音震动着地面，越来越近。他急忙蹬上鞋，蹦下供桌，把耳朵贴到地面上，全神贯注地细听一下，突然跳起身，朝外便跑说："快看看去！"

官道上，迎面卷起大团的飞尘，冲着太阳闪出一片金光，像是狂风吹起的尘土，滚滚地朝着村庄扑来。尘头影里显出一大串日本马队，趴着蹦子飞跑，马上的骑兵斜背着短枪，挎着又细又长的马刀，浑身带着杀气。

看样子，这队骑兵是来清乡。小学堂是敌人注意的目标，一定会来搜查。刘先生藏着许多犯禁的印刷品，必须事先毁掉，消灭痕迹。他把殷老大的裤子一扯，急忙缩进庙来，又轻又快地关上大门，然后快步走回屋子，从炕席底下拉出一大抱报纸和旁的油印品，塞到外间的炉子里，划一根火柴点着，可是这叠纸张压得太结实，火苗沿着纸边烧了一圈，就灭了。他再划第二根火柴，但是太使力气，没划着，倒断了。

庙门外"啪啪"地起了敲门的声音。

刘先生的脸色变得比平常更白，用牙齿咬着下唇，对殷老大摆摆手，意思叫他别响。他抓过洋灯，向纸上泼了许多火油，这才把纸点着，很旺地烧起来。敲门声第二次响起来了。他端起饭锅搁到炉子上，哑着嗓子对殷老大道："就说你是我的做饭的。"然后定一定神，故意咳嗽一声，朝外走去。庙门外的人有些焦急，敲得更重，还压着嗓子叫："开门哪——快开门哪！"这嗓音很熟，正是他急切等待的人。刘先生胸口挂的石头一下子掉下去了，紧走两步拔开闩，一个矮胖的身影便像旋风似的跨进来，手里还提着个包笔的蓝布包袱。

盛光斗的圆脸黑里透红，浑身冒着汗，热得烤人，开口就说：

"坏事啦！坏事啦！咱们的人都哪儿去了？"

刘先生且不答他，略微急促地问：

"到底怎么坏事啦？"

盛光斗很敏捷地一面走，一面说：

"司令部出了内奸，把起义的事告诉了鬼子——今天一早鬼子就到处抓人……闹得没法，李司令带着人仓仓促促干起来，四处都接不上消息……这一来不要紧,准备动的还没动,老百姓倒先随着干起来,东一股,西一股,闹得真凶!鬼子派出好些兵,想要弹压……刚才还有一群骑兵从村落跑过去,不知开到哪儿去了。"

殷老大听见说话,早从屋里钻出来,迎着头叫:

"原来是你呀!"

盛光斗却闪着眼,朝殷老大一扬右手的食指说:

"嗳,老大,快去召集人,咱们也得马上动手!"

殷老大早就恨不得这一声号令。他答应一声,回到屋里抓起锣,又跳进神龛拿出枪,背到身上,没出庙门便敲起锣。他顺着街往下跑,铜锣铿铿地紧响,震动了全村,他的喊叫也四处张扬着:

"大庙里取齐——杀鬼子啦!大庙里取齐——杀鬼子啦……"

随着锣鼓和喊声,人从每家门口涌出来,一窝蜂似的拥到街上,叫着,嚷着,笑着,骂着……无数条喉咙扭到一起,辨不出谁是谁的语音,只听见乱纷纷的一片,好像渤海湾正在涨潮。男人们蓦然又争着抢回家去,一转眼又抢出来,手扬着锄、镢、镰刀、斧头,以及陈旧的破"搂子"。殷老大紧跑,紧喊,紧敲着锣,从村头到村尾,村尾到村头,第三趟跑过街时,觌面碰见塌鼻子。这汉子光膀子,小褂里沉甸甸地包着些什么东西,背在左肩膀后,冒冒失失地用拐肘推着人,朝前紧撞。

殷老大直对着他嚷:

"你跑哪儿去啦?才回来!"

塌鼻子满脸都是得意的神气,比比画画地大声道:"我跑出十五六里地,逢到一群人砸白面馆,跟去捡了一批洋捞!"说着就把右手反到背后,拍了拍那包东西。

殷老大且不曾细听他的话。人声太杂,他听不清,也顾不到听,又敲着锣向前跑了。赶到他转回天齐庙,庙前已经黑压压地集合了几百个庄稼人。这里边有便衣队，更多的是临时暴动起来的农民。这些农民像是烈性的炸弹，轻轻一触，立时都爆发了。

盛光斗站在庙门口的石狮子上，黝黑的圆脸闪着油光，辨不出他的鼻子和嘴，只看见两只闪闪的眼，像是黑夜的星光。他灵敏地挥着拳头，大声地叫着，可是殷老大距离太远，捉不到他的话意。太阳差不多移到当头，像是一团火，直射下来。几百条汉子挤在太阳底下，肩膀挨着肩膀，气接着气，热得也像一团火。他们摇晃着各色各样的家伙，不停地嚷，最后闹嚷嚷地四处叫道：

"剿白面馆去！打警防队去……"

就在这阵喊叫声里，盛光斗扑地跳下石狮子，没入人群当中。立刻，一根大竹竿子从他隐没的地方竖起来，上面绑着一大幅火红的旗子，火云似的摇摆在半空。大旗挪动了，人也叫着挨挤起来。殷老大压在后尾。他知道盛光斗和刘先生都在前面，想要挤下去，可是人们就像胶在一起，怎样也挤不开一条缝。大旗转到外圈，飞似的向前飘动，人们也放开脚步，一阵风似的卷向前去。殷老大夹在人群当中，没有思虑，忘记自己是谁，只望着眼前那面大旗，狂热地向前奔跑……

选自《月黑夜》

麦子黄时

一

我来到河北平原上不过三两个月，想拿出自己的一点能力，参加对敌伪的文化战，可是水土不服，一来便闹脚气，行军十分累赘，到头只好换上便衣，脱离队伍，一个人潜伏到狗剩哥的家里。

狗剩哥是个很可靠的关系，又是村里基干自卫队的中队长，不上几天，我们便处得挺投机，仿佛是一家人。实际上，我一来就和他约好，假装是他的远房兄弟，从小在外边做生意，于今家里没什么人，住在他家里养病。

他的老婆狗剩嫂可不容易应付。这个女人时常抱着她的小闺女臭妮，直梗梗地竖着长脖子，颤动着小头，像个螳螂似的倚在我的门框上，对我抱怨说她家人手少，忙不过来，明天一定要抽空做点好东西给我吃。她的嘴尽管卖乖，可老给我窝窝头啃，有时倒背着我烙小米面饼，躲在房里偷吃。逢到这种时候，狗剩哥便不管老婆的嘀咕，端出几张塞给我。

待着不常走动，我的湿气慢慢地见轻，天天没事，可以帮忙狗剩哥做点庄稼营生。

正是栽山药的时候。旁的不会，我还可以拿铁锹帮他们挖坑，狗剩嫂便在后头栽秧子。臭妮坐在地边上，总是哭，惹得狗剩嫂抱怨自己没好命，嫁个庄稼汉，一年到头在地里受苦。

我往前挖着地，头也不抬地说："你这话可不对，要是谁都不种地，军队不早饿死啦，还抗什么日？于今咱们的口号就是：一边生产，一边战斗。"

她可不肯服输，抢着说道："是倒是，不过总没出息，你看臭妮她爹，起早爬晚的像头牛，到头能捞到点什么？"

狗剩哥倒真壮得像头牛，宽肩膀，高胸脯，那张方脸黑里透紫，浑身的筋肉一棱一棱地突起，满是力气。自卫队上操，有时练习举石锁，他能单手擎着锁子，一口气连举十几下，末后一撒手，抛出七八步远，把场地打个大窝子。谁要激他一句，说这不算本事，他会两手叉着腰，认真地叫道："来，来，不服咱们赛赛，看谁的本事大。"

这当儿，狗剩哥正从井边挑来一担水，挨着次序用水浇新栽的秧子，嘴里还唱着相思调。听见老婆讲他，就抬起头大声问："你又瞎嘀咕我什么？"

狗剩嫂也提高嗓子答应道："我说你没出息！成天价庄稼活做不完，还得给军队支差……"

狗剩哥不耐烦地拦住她说："听你这个山燕子嘴，就会瞎啾啾！军队不来，咱们脚底下会有这几亩地？"接着怪高兴地对我说："在先咱不过是个穷光蛋，靠着替人家做长工，对付着过。军队一到，合理负担兴起来，有钱人地多，怕负担大，就不管地价大小，有要的就卖。我就是那时候，东挪西借，凑点钱，买进十几亩便宜地，日子才算翻了个过。"

远处有三个穿军衣的人，急匆匆地朝村子赶来，狗剩哥脸色一下子变得很正经地望着，直待走近，才辨出是自己军队上的人。他摇摇头说：

"你不知道，年年麦子黄的时候，鬼子就要出来'扫荡'，糟蹋庄稼。这几天听说又不安生，不能不小心，黑夜睡觉，也得警惕点。"

二

这天晚上，果然就闹出事来。

不过这一夜却是场虚惊。我们躲在麦子地里,后半夜就得到信,知道到的是八路军。他们还给带来消息,说是据点的敌人随时都有小股出动的模样。第二天,村里人即刻动手准备反"扫荡"。他们把要紧物件收拾一起,接着又做干粮,坚壁东西。吃的粮食平常早就埋藏好,不用临时费事。白天,自卫队放哨,直放到据点附近,敌人一出动,消息便从一村传一村,飞快地全知道了。最怕的是黑夜。自卫队尽管也放哨,敌人有时会抄小路,神不知鬼不觉地围起村子来,把百姓全堵在家里。所以情况一紧,农民多半抱着被褥,睡到野地里,不敢在家里过夜。

这一夜可不同。村里驻着军队,情况再紧也敢脱衣服睡觉。可是,我觉得好像刚合上眼,狗剩哥就用手使力触我的肋巴骨,把我弄醒。

天已经大亮,他的头上包着毛巾,腰里插着两颗手榴弹,神色很紧,不等我问,便撕着嗓门说:

"别睡啦,敌人出来了,听说有四五十个,天不亮就扑到东边大王庄,打算包围区公所,不想扑了个空,于今正在那里吃早饭,说不定会朝这个方向来。"

我一骨碌爬起身问:"咱们的队伍呢?"

狗剩嫂在院里接嘴道:"还问呢,早不知什么时候走了!"

这时街上很乱,大王庄离这儿不上十三里地,风声确实紧。狗剩哥催我跟妇女儿童先离村,但我不肯,决计随着自卫队一起活动。这两天心情紧,我的脚一跑一颠早忘记痛了。

狗剩嫂心焦,想寻事。只是骂臭妮缠磨她。头口已经备好,我和她男人七手八脚地搭上被褥,挂上大包包、小包包,让她和隔壁邻家打个伴,先躲出去。接着,狗剩哥前前后后看了一遍,锁上房门,叫我等在街门口,他自己却从里边关上大门,在门后鬼鬼祟祟地耽搁好半天，不知闹的什么玄虚。半晌，他的四方脸忽然从屋顶露出来。转眼间，他早从屋顶跳到墙头，又跳到街上了。

他紧一紧裤腰带，张开大嘴笑道："我给鬼子留下个荷包蛋，运气好，叫他尝尝滋味。"

他腰里只剩了一个手榴弹。

村里空洞洞的，人差不多快要跑光。转一个弯，迎着我们快步走来五六个人，抬着两筐子什么东西，临到近前，我才看清楚是几个洋油桶，里面满装火药。

狗剩哥冲着他们问："埋地雷吗？埋好快到村西头集合。"

等我们赶到村西头，那边已经有些年轻力壮的民兵停在道沟口，叉着腰，抱着胳膊，仿佛等待什么似的。顺着一人多深的道沟，还有许多人挑着行李，提着包袱，仓仓皇皇地寻找避难的地方。

狗剩哥坐到一棵大杨树下，解开后腰缠的一个包袱，打开来，拿出两张饼，递一张给我，自己大口咬着另一张道："你惯说一边生产，一边战斗……前天咱们还在地里，今天就上战场了。"

三

敌人停在大王庄，直到傍响，出探的自卫队才跑回来报信说，敌人又动了，恰巧是朝这个方向来，当头还有马队，搅的烟尘很大。这时我才跟着自卫队离开村边，沿着道沟往远退。我们不确切知道敌情：起先听见过几声冷枪，又听见一下爆炸的声音，还能辨别敌人的去向，后来就摸不清敌人的脚踪了。

一个长着扇风耳朵的汉子停下来，不知是对谁发脾气，又急又慌地说："咱们这样乱跑算什么？要是和鬼子走个碰头，岂不是白送死！"

狗剩哥鼓起两只金鱼眼，撩着袖子说："只要咱们有几杆枪，非打打不可。单靠几颗手榴弹，总不成器！"

走在沟沿上的人望着远处，忽然间大惊小怪地叫："哎呀，那不是大王庄吗？转来转去，咱们倒转到鬼子的屁股后面来了。"

前边几里路远，正是这个村。

沟沿上留着一长串马蹄子和牛皮靴子印，庄稼踩得东倒西歪：敌人明明走过这条道。我们大家正在乱着，路旁坐的一个干巴老头叹口粗气道：

"这回大王庄可祸害苦啦！东西砸得稀烂，十来匹大洋马放到地里，由着意吃麦穗，吃了不算，末尾还叫马拉着碾子满地跑，麦子都给压倒，还有个活！"

不知谁吃惊地叫："点房子了！"

我顺着他的手指，望见西南上冒起一小股黑烟，升得挺直。依着方向和地位来辨别，恐怕就是我们那个村。民兵全瞪着眼，直盯着前方，他们都在担心自己的家，一时沉不住气，七嘴八舌地吵着要回去看看。那个长着扇风耳朵的汉子，担心敌人没走，当场就有人回驳道："一定走了。不走不会放火——这还不是老规矩。"

派去侦察的人证明这个估计不错：村里不见敌人了。这时，我随大家走得离村只有三四里地，听到这个信，全场轰的一声都想跑到前头去。

狗剩哥张开两条粗胳膊拦住路，吵架似的嚷道："村边埋着地雷，不要乱跑！"

于是，便由埋地雷的自卫队领在前头。进村，大家先朝起火的地方跑去。满街都是烟，还杂着焦煳的气味。火烧到房屋的大梁，黑烟沉下去，冒起白烟，一闪眼的光景，火苗忽地跳起来，烧得更猛。

扇风耳朵的汉子看见火，急得打了几个转身，瘫到地上，两手拍着膝盖，女人似的蹙着苦脸叫："哎呀，我的家这不完了！"

他的街门大开着，一扇门横跌在过道当中，墙壁飞落大片的灰泥，散得满地全是。狗剩哥冲着烟火跑到门前，高声叫道：

"来看哪，这里定准炸死鬼子了。嚇，还有血呢！"

门口果真有几摊血，变成紫色。

民兵们议论开了：

"活该，活该，真是找死！门后挂的炸弹，谁叫他硬推门。"

"这才叫鬼门关，凭你是小鬼，也过不去！"

火势更凶，忽忽的，带着风声，看看连累到邻家的房子。谁嚷着救火。人们这才从兴奋中醒过来，赶紧散开，各自跑回家去拿水桶。

狗剩哥的街门关得严严的，像我们走时一样。看神气，他有点失望，瞧着我笑骂道："真缺德，鬼子还挑肥拣瘦的，倒不肯尝尝我的荷包蛋！"

他必得先进家，摘下大门后挂的手榴弹，才敢开门。便叫我蹲在墙根底下，他自己用脚踏着我的肩膀，一耸身，翻上墙头。他直起腰，刚要往房顶上爬，紫黑色的方脸一下子变得苍白，岔了嗓音叫：

"快跑，敌人又进村了！"

说着急忙跳下墙头，领着我放开大步就跑。村头响了枪，人乱了，死命地四处逃走。在这一刹那间，我明白大家掉进敌人的圈套。敌人吃了民兵的亏，没处泄气，特意点起火，退到村外，等到把人骗回，又突然扑上来。

人声更乱，枪声也更紧，看得见骑兵卷起的灰尘。我们不敢走正路，专插着小巷往野地跑，可是将到村边，对面巷口忽然出现一个日本兵。就在这一闪眼的工夫，我清清楚楚看见那日本兵的左颊有条伤疤，嘴脸歪扯得不像样子。那家伙吼了一声，像是只豹子，挺着刺刀朝我们直冲过来。我们只有倒转身跑。那日本兵离我们最多不过四十几步，皮靴的响音震着我的耳朵。狗剩哥腿粗脚壮，跑得快，但他顾到我。我累得喘不过气，嗓子眼好像在喷火，腿肚子越来越酸软。皮靴的响声更逼近，连日本兵喘气的声音也仿佛听得见了。

狗剩哥拔着腰里插的手榴弹，一边跑一边急促地道："头前跑……不要等我！"

他的脚步一慢，落到后边。我只觉得耳旁起了一阵凉风，掉过头看时，手榴弹早从他手里嗖地飞出去，朝着日本兵打去，直落到对方的脚跟前。

但这是个臭炸弹，竟没炸。

日本兵惊叫一声，一步跳过去，追得更紧，嘴里还不知恶毒地咒骂什么。我看见狗剩哥失败了，心里更慌，咬着牙向前继续跑，尽管明知道跑不脱。可是奇怪，后边的脚步声反而越来越小，离得远了。

原来狗剩哥早撇开我，引着日本兵朝另外一个方向跑去……

四

直到傍黑，我才拐着脚回到村里。敌人早撤走了，老百姓陆陆续续地回来。火烧了三个院子，刚扑灭，街上泼满水，湿灰还热得烤人。

街面倒着一具死尸，左半身子叫马刀从肩膀那里斜劈开，伤口一尺多长，看了叫人心颤。

我想起今天的遭遇，实在多亏狗剩哥，才拾了一条命。整整这一下响，我躺在麦子地里，狗剩哥的形象一直盘踞在我的脑子里，到后来更加显明：方脸、粗眉、大眼、宽肩膀、高胸脯——不过不像平常了，却变得又高又大，像是根铁柱子，头顶着天，脚踏着地，不让天倒塌下来。只不知道他于今怎样了。

原来狗剩哥的大腿受了伤，十几里外一个村庄派人用门板把他抬回来。我问他受伤的经过时，一个抬担架的汉子歇在外间喝开水，插嘴说道：

"可吓死人啦！我正在村头放哨，就见一个人没命地跑来，还当是汉奸呢！"临到跟前，才看见他满身是血。问他是做什么的，他张巴张巴嘴，好一会儿说不出话，末了倒从嘴里吐出一根手指头！"

狗剩哥躺在枕头上摇摇头，难为情地笑着，好像认为这事不体面。但他仍然解释道："我不明白自己怎么会昏到那样子！你记得那个日本兵吗？我只想叫他踏翻了地雷，领着他转圈跑，可总没用……他倒越追越近，看看追上了……我冷不防一转身，朝他扑去，就和他滚在地上厮搏开啦。他用刺刀乱刺，我夺不下来，就用嘴死咬他的手——当时也不知道他的手怎么就松了。我挣开身，抢过刺刀把他肚子穿了个透眼透，连枪都拔不出来……"他蹙起眉毛，好像伤口痛，但他熬着。一会儿又道："我看见又一个鬼子跑来，就顾不得拔枪，撒开腿便跑，一口气跑了十几里，直到他一问（他用嘴巴指了指那个抬担架的汉子），我才清醒过来，大腿的刀伤也痛得走不动了……"

街门外有人走进来，站在院里高声问："房东，有空房子吗？咱们是八路军。"

狗剩嫂担惊受怕地跑了一天，累得要死，于今不但得服侍男人，还得赶着做夜饭。臭妮又不乖，坐在炕上总是哭。她正心烦，听见叫便沉着脸走到院子去，没好声地指给来的八路军一间闲屋。

我送走几个抬担架的人，拿着油灯到灶下去点火，月色朦胧里看见一班战士走进院，说着笑着跨进那间闲屋，立刻便听见他们摘门扇支铺，又有人来借灯。狗剩嫂不耐烦地嘟囔着，替他们送去一盏灯。先前听见她爱理不理地答应着战士的问话，一转眼忽然惊奇地叫起来，接着是又说又笑。一会儿她颤动着螳螂似的小头，差不多是跑回来，高兴地尖着嗓子说：

"哎哟，你们快去看看，人家得的又是新枪，又是钢帽子，都是刚打来的。这原来就是夜来那些队伍……他们说知道敌人要出来骚扰,今天下晌就在什么地方一个果树行子里埋伏好,把鬼子打得四零五散。"

狗剩哥的金鱼眼在灯前闪着亮光,想要爬起来,可是一蹙眉又躺下,紧点着右手的食指说:"他们一定累了,快去烧水给他们喝,以后再烧洗脚水,咱们的饭慢点吃。"

狗剩嫂急忙颠着脚跑出去,也不管臭妮怎样哭着叫妈。

狗剩哥满意地叹口气,又问我道:"你的脚怎样啦?也该烫烫。"

我试着点一点脚尖说:"痛是有些痛,睡一夜就好了——这也是个贱病。"

他宽心地笑道:"这就好。不过明天该浇山药了,我不能动,你得多出点力。"隔着窗户,我听见狗剩嫂搬弄着山燕子嘴,替军队张罗这个,张罗那个,好像对待自家人一样。战士们刚下火线,却像不知道疲乏,依旧说说笑笑,声音里充满一种野生的力量。

霜　　夜

　　十月的天气，又是后半夜，冷得刺骨。冯卯子躺在炕上，冻得发抖，再加上心里有事，一直就没有阖眼。自从叫敌人抓住那一刻起，他无时无刻不想逃跑。他并不怕死，只是万一他死了，更多的同志便会受到敌人的计算，哪能不焦心？

　　夜静当中，他听见监房门外的哨兵不停地走动，还常跺跺脚，大约冻得脚冷。他仗着人熟地熟，又能随机应变，两年以来，常常在据点里穿来穿去，探听消息，向来没闹什么差错。日子久了，难免有点轻敌。今天傍晚，他探听到敌人新从石家庄调来一部分兵力，还四处抓民夫，要性口，准备来一次"扫荡"，于是急匆匆地走出城，连夜要赶回部队去送信。他走出二里地，风刮得紧起来，恰巧来到一座熟悉的村庄，便想到金大娘小铺里喝几两酒，暖暖气，然后赶路。

　　金大娘的小铺坐落在村边上，离村口五六丈远。冯卯子来来往往，有时打她家经过，从话味里，听出她对敌人很气愤。金大娘住在敌占区，眼睛看的，耳朵听的，甚至于亲身受的，哪一样不是敌人的肮脏气，心里自然就生气。冯卯子摸着她的心情：一遭两遭，便和她拉上关系，把她家变成个可靠的隐蔽地方。金大娘每次见到他，就像见到亲人一样欢喜，总盼望八路军早一天赶走敌人，让她能过几天好日子。这时，屋漆黑了，还没掌灯。金大娘盘着腿坐在灶前，正在烧饭，火光映红她那张像是发肿的大脸。九十多岁的人了，头发梳得又光又亮，浑身上下，还是修饰得头紧脚紧。

　　冯卯子一进门，就搓着手说："啊，好冷的天！怎么还不点灯？"

　　金大娘也没留心是谁，顺口答道："灯在小炕桌上，你点着吧。"

　　可是一抬头，她看见棉籽油灯前显出冯卯子的面影，高鼻梁骨，细眼睛，不觉一愣，紧接着悄声说道："哟，是你呀！你从哪儿来？要喝水我拿氽子给你烫？"

冯卯子跳上炕，摘下帽子搔搔那一头又长又厚的分发，笑着说道："不喝水——喝酒。给我烫四两。"

金大娘打满一小壶酒，又坐到灶下，把酒壶放到灶门里烫着，一边用火棍搅着火，一边悄悄说道："不是我赶你，喝完酒，就快走吧。城里那些治安军新近搬到城外一座新营盘里，从这就能望见，三日两头来闹……我这里更成他们的站脚地了，一来就胡说八道，满嘴下三烂。"

酒烫热了，她替他放到小炕桌上，又从一个玻璃罐里抓给他一把花生米，算是酒菜。煮熟饭，金大娘扫干净地，拍拍衣裳，又摸摸绾头的铜簪子，这才歪着身子坐到炕沿上，咕噜咕噜地抽了一阵水烟，然后喷出一口白烟，叹着气说："嗳，这年日，真够熬的！一天卖不了几个钱，那些死治安军可常来白吃白喝，一点不称心，还变脸骂人。日子紧的没办法，前几天俺妞子到城里一家饭馆当女招待，好歹赚几个钱，凑合着过……"

说话的当儿，就听见外边有人推开大门，又插上闩。一会儿，一个十七八岁的姑娘跨进房子，拿手巾捂着脸，哭着跑进里间去。她的身材瘦伶伶的，穿着一身水红色的旗袍，散出一股喷鼻子的酒气。

冯卯子认得这是妞子。她的生身父死了没几个月，金大娘没有吃的，逼得脱去浑身热孝，带着她嫁给这家小铺的掌柜的，过了十几年，掌柜的又死了，撇下她们娘俩支撑着过。金大娘疼女儿，可是有时心不顺，又会拿女儿撒气。她把水烟袋朝炕桌上一顿，扭着腰往里屋走去，一面高声问道："你哭的什么？也不说清楚，进门就哭，哭死我就遂心了！"

冯卯子在敌人眼睛底下窜惯了，有人动动眉毛也要留心对方的动静。他不再喝酒,偏着头,只听见金大娘再三地问,妞子哭着数落道:"我再也不到饭馆去了!一遇见那些死鬼,不是捏,就是挖!今天后晌来了三个日本人,喝醉了硬逼着人家脱光衣裳跳秧歌舞!我不脱,就拿酒往我身上泼,还把桌子掀倒,惹得掌柜的骂我不会招待!"

好半晌,只听见金大娘叹口气说:"你到底年轻,一点冤屈都受不了!……像你妈妈这大年纪,受的气三天三夜也说不完。都怪咱们没好命,要是你爹爹活着,哪能叫你清清白白的黄花女,受这个搓弄!……"

不知谁在大门外叫门,声音挺凶。金大娘丢下女儿跑出来,眼睛直盯着冯卯子,一听出这是个伪军的声音,大脸一下子变得煞白。

冯卯子咬着下唇,眼睛一时变得雪亮。他对金大娘摆摆手,把壶里的剩酒倒进酒盅,一仰脖子喝了,然后拔出枪,扳开机头,小声吩咐金大娘几句话,先溜到院子去。

大门外叫得更急。金大娘把小炕桌收拾干净,理理头发,让气喘得匀些,才一边往外走,一边高声笑道:"追命鬼,连我上茅厕也不叫安生!天这么晚,你们打哪儿来的?"

她嚷着院子黑,看不见路,来到门边,又假装找不到闩,摸索好久才打开门。几个治安军一窝蜂似的拥进来,叫着要吃烧饼。金大娘嘴里可有说有笑,尽是好话。她让他们到屋里暖暖手脚,却不再关上大门,心想冯卯子一定觑空溜到街上跑了。

但是,过了一会儿,街上忽然响了一枪,吵闹起来。原来冯卯子刚一出门,不巧和另外几个伪军碰个对头,仓促打了一枪,撂倒个伪军,自己也叫人抓住了。他被囚的地方便是敌人的那座新营盘,离金大娘的庄子不过一里多路。他懊悔自己太大意,心里更焦急,生怕敌人明天就"扫荡",自己的部队没有准备,会吃个大亏。他一定要想法当夜逃走。

不知什么地方驴叫：快半夜了。冯卯子反绑着的两手，先得挣开。可是敌人故意敞着监房的门，又在锅台上点着支蜡烛，只要一不小心，门外的哨兵就会发觉。绳子绑得并不牢。他慢慢地挣，不上半顿饭工夫，就挣开了。

哨兵仍然不停地走来走去，大约很困，时常懒声懒气地打着呵欠。冯卯子稍微抬起头，刚想望望，哨兵的脚步突然冲着他的耳朵响过来，越过门口，就听见隔壁房间的门吱吱呀呀响了几下，那个哨兵沙声叫道："喂，伙计，该你换班了。"

另一个人半睡半醒，含糊地答应着。先前那个哨兵便催促道："快起来呀，我可要睡啦。"

第二个人就又唔唔地答应几声，可是并不听见他起来。冯卯子翻个身，肚皮朝下趴在炕上，伸手从锅台上拿起个碗，从锅里舀了半碗水，慢慢地喝，寻思外边要是有人，一定要跳进来骂他一顿。可是没有。他的心定了，把碗朝蜡烛上一扣，灭了火，轻手轻脚爬下炕，摸到门边，探出头去望了望，院里果然不见哨兵。

他知道营门口，有个岗，不好通过，必得跳墙。可是墙有一丈多高，上边齐崭崭地插着碎玻璃，哪能爬上？他的眼尖，望见墙边有棵树，便蹑手蹑脚溜过去，用舌头舔了舔两只手掌，又对搓一阵，轻轻地往树上爬。他怕弄出声响，偏偏就爬得沙沙地响。快到树杈杈时，营门口的哨兵就发觉了，远远喝道："谁？"

冯卯子急了，三把两把爬上去，把树震得乱摇起来。哨兵连问两声，朝着黑影开了一枪，大步跑过来。冯卯子觉得左膀子一阵滚热，手一软，差一点摔下树来。他赶紧抓住树枝，咬紧牙，身子一耸，扑上墙头，转眼间跳到墙外去。

他的双手叫碎玻璃刺得稀烂，火辣辣的，可并不觉得痛。他要逃命，更要保全许多同志的性命，也不顺着正道，只管穿过田野，朝着自己部队的方向乱跑。在他背后,一些治安军亮着电筒,分几路追赶上来,一边闹嚷嚷地大吵大叫。地面一脚高一脚低,夜又黑,冯卯子跌跌撞撞地跑了一段路,腿发软了。他的左膀伤了动脉,血像泉水似的往外涌,流完了他的气力。他的身子软绵绵的,好像没了骨头,简直抬不起脚步。背后吵叫的人越来越近,一道电光冲着他照过来。他要找地方躲躲,抬头望见眼前就是座黑魆魆的村庄,十分熟悉,急切间顾不得许多,便鼓足仅剩的一点气力,奔到村边一家熟悉的房子前,死命地爬上墙,头可一阵昏晕,扑通地摔下去了。

昏昏沉沉中他觉得有人拖他,抬他,又脱他的棉袄。他使尽全身气力,想要抵挡,却只能睁开两只失神的细眼。金大娘和她的女儿出现在他的眼前。

妞子站在炕前,拿着灯,一张瓜子脸又苍白,又严肃,像是挂着一层霜。她的短发很乱,粉红色的旗袍只扣上夹肘窝下的纽扣,看神气是刚从睡梦里爬起来。金大娘前身系了条沾满白面的围裙,跪在冯卯子旁边,正拿刀疮药替他擦伤口。看见他睁开眼,金大娘松口气道:"阿弥陀佛,你可醒了!我只道你还不过来啦。"

她一面替他绑伤,一面不住嘴地唠叨说:"老天爷,你这是怎么啦?我正在家里带夜子打烧饼,听见院里扑通一声,还当哪个没长眼的小贼来偷我,想用擀面棍打他出去,不想倒是你昏在地上……"

好几个伪军在村口乱叫,声音一会儿近,一会儿远。全村的狗都咬起来,不知哪棵树上的老鸦受了惊,呱呱地叫着飞过金大娘的屋顶。金大娘吃惊地眨着眼,像是流星,一时说不出话。

冯卯子抬起头,吃力地说:"不行,我还得跑……他们会来搜我的……"

金大娘连忙按住他的胸脯,打定主意说:"你往哪儿跑?外面大呼小叫的,正在找人,你出去送死不成!来搜再讲,我不能眼睁睁见死不救。像你这样年纪,出生入死,还不是为的咱们?我活了半辈子,还怕什么死?有我就有你,放心好了。"

冯卯子推开她的手,焦急地说:"你不知道!你死我死都是小事,我有要紧的情报要报告上级。"

金大娘见他这样倔强,沉着脸,心里又生气,又感动。妞子一直不声不响地站在旁边,这时放下油灯,轻声问道:"你们上级离这儿多远?"

冯卯子已经支撑着坐起身,穿着衣服,含混地答:"不远——最多不过四十里地。"

金大娘忍不住埋怨道:"四十里地还说不远,我看你怎么跑地到?就是天大的事,派个人去不是一样。"

冯卯子勉强笑着摇摇头。他的伤口痛得彻骨,两手刺进许多碎玻璃,这时也痛得烧心。他忍着痛站到地上,才走了几步,不禁脱口叫了一声,沉重地跌倒,再也不能动弹了……

几个治安军的吵嚷声又隐隐地可以听见,惹得狗咬得更急。刚才在路上,他们亮着电筒,隐隐约约地望见个人影在跑,便加快脚步追上来,进村后却不见了。他们追出村,跑了一段路,不见影子,料定躲在村里,便转回头,分散开搜索。

一个伪军转弯抹角搜索好半天,来到金大娘的房前,隔着矮墙瞭见房里还点着灯,纸窗上晃着个又大又黑的人影,心里犯起疑惑来。他翻过矮墙,轻手轻脚走到窗下,闭上一只眼,从窗孔一望,不觉高兴地叫:"老物件,你做什么?"一面踢开门,像阵风似的闯进去。

屋里就金大娘一个人。她正拿着铁夹子坐在烤炉前烤烧饼,听见人声,吓得掉转身,用手掩着心窝,一会儿才指着那个熟悉的伪军笑骂道:"死鬼,你怎么不学学好,半夜三更来捉弄人!看你冻的那个鬼样子,快过来烤烤火吧。这有新出炉的烧饼,又热又香,要吃就拿着吃，不用不好意思。"

伪军是个矮汉子，嗓门可高，进来正想吃东西，抓起烧饼就吞。金大娘从眼梢瞟着里间屋子，站起身，拍拍自己坐的凳子，又笑道："坐着吃吧，这里坐着暖和——看你的鼻子尖，都冻红啦。大冷天，不在家里睡觉，跑出来干什么？"

伪军坐下抱怨道："没有差事，谁愿意出来受冻！村里刚跑进个土匪，你看没看见？"

金大娘按着鬓角尖着嗓子说："哎哟哟，瞧你问的多怪！我坐在家里，听见外边狗又咬，人又叫，吓得房门都不敢出，怎么会看见？别看傍黑在我家里抓了个土匪，就当我这是贼窝！我早对那些老总说了，一个开小铺的，家里人来人往，哪能保险没坏人来买东西。"

伪军摇着手，咽下一口烧饼笑道："得啦，得啦，别啰唆了！谁不知道你是好人……不过说不定土匪会溜进来，躲在什么地方，连你都不知道，我就是为的这个才进来看看。"

他把剩下的一口烧饼填进嘴里，站起身，屋里屋外搜了一遍，末后一直往里屋闯去。金大娘一把拉住他笑道："你往哪儿瞎撞啊？"

伪军瞪着眼问："你怎么虚怯怯的，难道家里真窝藏着土匪？"

金大娘的脸色一变，急忙赔着笑说："我的老天爷，可别这么说，你还叫我活不叫我活啦！是妞子睡在里边……她不大精神，翻腾半夜，这会子刚安生……我求你修修好，别进去瞧啦。"

伪军越发疑心，愣着眼说："我偏要瞧！"

金大娘的脸一冷，应声说道："好，你瞧！你瞧！"一面掌着灯，一下子撩起门帘。

除了妞子，里屋再没有第二个人。妞子脸朝着墙壁睡在炕上，头上包着一条羊肚子手巾，前额的乱发遮住眉眼，齐肩搭着一床旧棉被，被头露出那身粉红色棉旗袍的高领。地上空落落地放着几口缸，盖着盖子。伪军挨着个揭开看了看,又满屋扫了几眼,搭讪着说:"这事你别不高兴,可不能怪我。俗语说'吃谁的饭,做谁的事'——人家叫搜,我哪敢不搜?"

金大娘听了,小声笑道:"我的老天爷,这是公事,谁敢见怪!走吧,咱们到外屋说话去,别吵醒她,又要哼哼好半天……"就指指妞子,又拉拉伪军的袖口。

伪军走到外间,又往腰里揣了几个烧饼,也不给钱,往外就走。金大娘点亮一根麻秸,把伪军送到大门口,关上门,听听脚步远了,才呸了一口,忙叨叨地转回屋子,拿脚踏灭麻秸,擎着灯走进里屋。她盘着腿坐上炕,松了口气,用手捏着脚尖,悄悄对着炕头说:

"可急坏我啦!我胸口的一块大石头这才落下去了!你这会儿觉得怎样?我真担心那个王八羔子会来动你。"

妞子吃力地翻过身来,慢慢地掠开脸上披散着的乱发,露出一个高鼻子,两只眼——这不真是妞子,却是冯卯子。

他望着金大娘微微一笑,哑着喉咙说:"我这条命……都是你给的!"

金大娘把脸一掉,又转过来说:"这算什么!救人就是救自己,还分什么你呀我呀的!只不知道妞子这时候怎么样啦?"

这时候,在一条往八路军防地去的夜路上,妞子披着妈妈的羊皮袄,冒着风霜,正在孤零零地赶路。她带着冯卯子的紧急情报,溜出村庄,连夜代替他去送信。夜色像是一片汪洋大海,黑漆漆的没有边岸,但她毫不畏怯,坚定地迈着脚步。霜落得更重了,天空好像罩着一层纱,每颗星星又冷又亮,就像是霜花结成的……

俞林

郭三元和康米贵

一、一辆骡车

宋营的张老余赶集回来,碰上了一辆从石家庄赶来的骡车,车里躺着一个病人,车前头坐着一个年轻妇女。他上前一拉话,才知道病人是本村的吴老黑,在外边混了五六年没回家了。女的是他在外边寻的媳妇,名叫郎三巧。因是一村人,便请他上了车。

他坐在郎三巧身边,立刻闻到一股子香粉味,女人两眼冲他滴溜溜的一转,娇声细气地问道:"哟,老余叔,宋营是人家八路的地方,许俺们这样的回去不?"躺着的吴老黑也挣扎着说:"外边实在混不住生活,又病了大半年,说什么也得回家了。"

张老余四处看看没人,便安抚他:"回来好,八路军宽大,抓住他娘的还乡团还没事,你的这有啥?从敌区往回跑的人可多了。"郎三巧听了满脸堆起笑来,说:"这可好了,真是天无绝人之路。"

过了一会儿,吴老黑翻了个身,没力气地问道:"现时咱村什么样?谁主事?"

张老余轻声说:"一句话说不完,等到了咱们的地界再说。"

原来这宋营正处在边界上,他们现在还没出敌区。抗战时间,村里本有解放区的工作,实行过合理负担;后来日本人在这里安了据点,叫村里的大地主吴全堂组织了一把子"皇协军",把抗日的工作弄垮了台;等日本投降,国民党第三军一到石家庄,就把吴全堂的汉奸队收编成"国军",吴全堂当了宋营的联保主任,直到八路军正太战役,解放了宋营,吴全堂才跑回石家庄去。

车离宋营不远了，张老余打起精神说道："到了咱们的地界，这回说啥也不碍事了。老黑，我先问你：都说吴全堂现时当了还乡团长，你们在石家庄听说没有？实情不实情？"

郎三巧紧接口说："俺们一个做小买卖的，哪知道这个。"

张老余便不多问，讲起村里的情形："现时村里主事的是村长，郭三元。"

吴老黑抬起头问：

"哪个郭三元？"

张老余说："有几个郭三元？就是给吴全堂扛过活的三元嘛！我们前街的。"

吴老黑不由得问："哟，是他？"

张老余见他吃惊，便解说道："甭看三元是打活的出身，可真有本事，村里就靠他支撑。"

"他怎么当了村长？"

"你不知道，日本鬼子在的工夫，他就偷着干这个！"张老余说时，用手比画个"八"字，又往下说，"说起来他是个老八路了。人是真牢棒（好的意思）——咱村还有一个顶事的，是你们后街的——"

吴老黑紧问："谁？"

"康米贵。他这几年净跑小买卖——他是个新八路，是今年春天解放了以后，清算吴全堂的财产，他才干上的，说起来他家里也是百么没有，光靠跑趟小买卖吃饭，一'提倡'清算恶霸，他怎会不上劲？人们看他认个字，会办事，就推他到村公所里当了个民政委员——对了，你们到村还得上他那里登个记。"

郎三巧趁势问道："哟，亏得你告诉了还得去登记？俺们可不知道咱八路的规矩，这主事的人们办事脾气怎么样呀？"张老余说：提起脾气来，二人不同，三元到底是老八路，有个说一不二的劲，不讲究情面；这康米贵就不是了，好说话，顾面子，不那么死巴。"

车这时靠近宋营村头了，绕过一行柳树林子，正看到村头上高高的一个堡垒。郎三巧吃惊地问："那高高的是什么？"张老余说："岗楼子，原是日本人修的，咱村的民兵又添上了一层——咱村的民兵可顶事了，麦熟的工夫跟还乡团打了两仗，狗日的们再不敢来了。"

张老余说了下了车。骡车一直赶进村口。这时围墙后面突然闪出两个提枪的民兵，喊道："站住，检查！"吴老黑在车里轻轻地哼了起来，郎三巧下了车，一边拍打着身上的土，一边向民兵说清楚自己的来历。

民兵是两个年轻的小伙子，不记得村里有过吴老黑这个人，又因他们是从敌区来的，哪肯放进村去，经过好说歹说，民兵才决定派一个人到村公所去请示。不多一会儿，去请示的民兵跑回来说："村长不在，康米贵来啦！"

果然康米贵三脚并两步地赶了来。郎三巧听说是康米贵，不等他走到跟前，紧赶上去行个礼，说："哟，可见了咱村里那主事人了，到了家门口了，人们不放我们进村，车上是老黑，病得快死了，外边顾不住生活，回到咱乡亲堆里，跟大伙要口饭吃。"

康米贵把郎三巧仔细一端详：只见她穿的红褂子绿裤，红洋袜子浅口鞋，梳着"飞机头"，搽着一脸粉，两只眼滴溜溜地乱转，断定她不是个正派女人，他到车前一看，认出车上躺着的果然是吴老黑。

吴老黑睁睁眼没劲地说："米贵兄弟，我回来了！"接着哼哼起来。康米贵询问明白，便叫把车赶进村里去。

吴老黑家里没人，他的房子由本家一个叔叔看管。等车赶到那里，村里已经哄嚷动了。很多都来看老黑媳妇，见她穿得花里胡哨的，就堵着嘴笑。吴老黑的叔叔叫车夫搭把手，把病人抬起屋里去；

郎三巧一个人往屋里一趟一趟地搬包袱和零碎东西。看热闹的没一个上前帮忙,直等她给了脚钱,打发车夫走了,人们才渐渐散去。

吴老黑等人走后,翻身从腰里掏出用布缠得紧紧的一件硬东西,机警地对郎三巧说:"快藏起来!"郎三巧伸手接过去,弯身放到炕洞里,刚用灰埋住,听到外边有人说:"村长来了!"郎三巧向丈夫一摆手,就出门迎接。

这时郭三元已经带着一个民兵走进来,一进门就说,"老黑哥回来啦?"然后到炕边问问病况,对他说:"回来好,外边没混头。"转身对郎三巧说:"我来检查检查你带来的东西,你别嗔着,公事公办。"郎三巧紧迎合着说:"检查吧,上边的公事,这可没说的——这是我带来的东西,我给你们打开。"

村长检查过后,又问吴老黑有什么困难:"有难处就说话。"郎三巧带笑地说:"有难处就找村长去!"郭三元说:"能办的一定给办。"临走又对郎三巧说:"过一会儿到村公所找康米贵登个记,把你们的身份证带去。"郎三巧满口答应着:"拾掇好了就去。"村长和民兵便告辞走了。

二、吴老黑

吴老黑回家以后,引起全村人的议论。有说国民党地方没法过的,也有说往后短不了有人往解放区跑的,说来说去,总是扯到郎三巧身上去,都看着她不正派。

郎三巧到村没三天,前街后街都串到了,上年纪的、年轻的,她都赶着说话。康米贵家守着不远,一连找了他三四趟!头一回去借桶;二回求他去抓药;三回又来送礼。她是悄悄地溜进来的,先冲康米贵媚笑一下,然后从衣裳底下掏出一个包袱往炕上一放,随手解开,说:"米贵兄弟,你别见外,这是你哥用不了的东西,袜子、汗衫、手巾、香胰子……你孤零零的一个人，连个给你补补缝缝的人也没有，你留下用吧。我们回来多亏你照顾得周到，我和你哥真是知情不尽！"

康米贵一见这些东西，脸上一阵红，紧说："快拿回去吧，我用不着这个。"郎三巧听也不听，把东西摆到炕上，说："你不要是嫌不好，怎么说用不着？等娶个媳妇看你用着用不着！"说了扑哧一笑，康米贵便不再推辞，把东西留下了。

晚上，郭三元查完了岗，回到村公所和康米贵扯起吴老黑的事，郭三元说："你有空得仔细盘问他一下，咱村住石门（石家庄）的也不少，没听人说过他做过买卖，看他寻的那个老婆就不像个买卖人！"提起吴老黑的老婆，康米贵不由脸上一热，好像自己办了什么亏心事，勉强镇静地说："身份证上写的是小商人。"郭三元说："身份证还不是国民党的玩意？哪能光凭信它？咱村紧靠敌区，可得多点心眼。"康米贵再没说什么。

快到大秋的时候，吴老黑的病见好了，每天拄着拐杖到街上走动。一天，郭三元和康米贵都在村公所，吴老黑拄着拐杖走进来。

康米贵忙起身客气地说："你这回可真见好了，快坐下。"吴老黑扶着墙，慢慢地坐在椅子里，翻着眼瞅瞅郭三元，没力气地说："我来正式登个记。"

郭三元说："你来得正好，正说跟你拉扯拉扯闲话。"康米贵也说："咱们弟兄们五六年不在一块了，应该到一块扯扯，就是怕你身子软。"郭三元问道："这两年做的买卖可好？"

吴老黑摆摆手，愁眉不展地说："唉，别提啦，国民党治的人好苦哇，自从石门叫咱们八路军包围住，火车也不通，买卖真没法做，国民党要的捐项数不过来，三六九地抓你挖沟啦，修工事啦，整天价收拾得你没法做买卖。我这病……"说到病，他住了嘴喘喘气，然后接着讲:"我这病就是挖沟累出来的,半年啦,光盼着咱们八路军打开石门,我非跟狗日的们算算账不行。"

康米贵说:"老黑哥。你好好地养的身子结实了,等着吧,不出今年,一定拿下石门来。"吴老黑两眼有了神,紧接着说:"咱们八路军是神兵,拿下石门来不费事。打正定城十来分钟就上了城墙,石门的老百姓都知道……"康米贵说:"打沧州更打得漂亮,那比正定还难打,城外满是水……"

郭三元见他们把话扯远了,便插了嘴:"老黑哥你在外边待了五六年,还混过啥好差使呀?"

吴老黑机警地偷看郭三元一眼,然后嘿嘿地笑两声,说:"我一个做小买卖的,还混过什么好差使?这二年连个门面都支撑不起了,净摆布摊。"郭三元又问道:"咱村吴洪记、张洛英都摆布摊,你们常见面吧?"

吴老黑含糊地说:"常碰见他们——唉,这半年我病了,没摆摊子——买卖没法做,还是种地牢靠。今年的大秋可不错呀!"说着拄着拐杖站起来,抱歉地说:"我光顾坐着了,连吃药都忘了,有空再来,该吃药了。"说了向两人点点头,便拄着拐杖歪歪扭扭地走了。等他走远,郭三元一皱眉头说:"我看他不对头,怎么刚问上他两句话,就忙着走了呢?"康米贵说:"人都说你铁面无情,这话真不假,你什么人也不信实哪行?"

郭三元反驳说:"他是个什么人我信他?人家捡着好听的跟你一说,你就信?"康米贵不服气:"你真把我看扁了,是真假不了,是假也真不了,光不信也办不了事呀!"

三、康米贵的苦闷

高粱快熟了,郭三元接到区里的指示,敌人可能出来抢粮,民兵要加紧岗哨，修理工事。郭三元整天价忙得不行，也没有再督促康米贵去查问吴老黑的根底。

人们正安排收秋，偏偏连着下了两天雨，雨一止住，郎三巧就来找康米贵。她今天打扮得特别花哨，嘴唇上搽了胭脂，头上使了油，一迈进门槛就喊："哟，米贵兄弟，我又求你来了！"说着瞟康米贵一眼，又说："你老黑哥借了辆车，上他姑家去借吃的去了，下雨下的我那房顶漏的不行，外边雨不下了房里还下，求你给我参个忙，抹抹房顶吧。"

康米贵看着她那种妖冶劲，发了愣，又不好意思地低下头说："大秋上，雨一住人都下了地叫我派谁去？"郎三巧用手拢拢头发，无缘无故笑了笑，说："哟，别人我可不敢惊动，你去我心里才乐意！"

康米贵推托不过，便拿了铁锹、拖泥板、抹板、泥兜子，到吴老黑家去参忙。他一个人挑水和泥，忙活了一整天才抹好。

活完了，下了房，郎三巧把他让到屋里去，端上一盆净水，叫他洗个干净；再放上炕桌，请他坐到炕头上，然后把预备好的酒肉摆好。郎三巧满面春风，给康米贵斟了满满的一杯，劝他一口喝下，一连劝了三杯，又给他往碗里夹菜，工夫不大，把个康米贵灌得醉呼呼的了。他酒一喝多了，就拢不住自个，心里止不住动荡起来，忘了是坐在什么地方，见郎三巧端上灯来，才明白天已黑了。

郎三巧放下灯，又给他斟酒，亲手递到他唇边。他紧用手去接，不知怎么一来，两人的手握到一块了。康米贵立刻脸上一发胀，借着酒劲，把郎三巧往怀里一拉；女人趁势一口把灯吹灭，倒到康米贵怀里。

两人刚睡下，屋门轻轻地开了，康米贵连听都没听见。忽然一道闪光，正照着他的脸，惊得他出了一身冷汗，酒劲下去了一半。郎三巧一翻身从炕上滚下去。

康米贵慌地伸手去拿衣裳，只听是吴老黑低声威吓他说："你敢动！要命不！"手电筒光里露出一支手枪，正对着他。手立刻缩了回来，浑身都吓软了。

这时郎三巧已经穿上了裤子，点了灯，吴老黑端着枪，带着讥笑的神气说："姓康的，你好大胆呀！"

康米贵的酒劲还没退完，以为单是叫人捉了奸，又羞又悔，只想快快脱身，不由央求起来："老黑哥，我的错，饶了我吧！"吴老黑轻笑两声，说："嘿嘿，饶了你？实话对你说：姓吴的有事借用你，答应了放你出去，不答应，我这家伙不认人！"说着把手枪在他头上比试一下。这一来康米贵才明白事闹大了，酒劲吓得没有了，身子凉了半截，爬在枕头上，说不出话来。

吴老黑又逼着问"姓康的，答应不？"康米贵怕他嚷，没劲地说："你说啥事吧，我能答应就答应。"吴老黑口气变平和了，说："求你的事倒不难，也碍不着你办工作。实话对你说：我是吴全堂派来的，西边的军队（指国民党的军队）就要来咱村按据点，抢秋粮。八路军都开到保定以北去打仗，光丢下你们土八路还挡得住？你要帮我把手，到那工夫我给你保险！"

康米贵听到这里，心想果然郭三元的话对。可是事到如今，如何是好？只听吴老黑又说："求你的事不难：我往后时来时去，你给我开个出门证。我短不了来个熟人，你查户口的工夫包涵一下，只不叫郭三元知道。就求你这件事，用不着作难，照样去办你的公就是了！你要办好这件事，等吴全堂回来，你分的房子、地，还归你。"口气变得更加平和："米贵，就在你一句话，你思摸思摸行不行？"

康米贵的脑袋胀得有个斗大，不答应不行，答应了又怎办？吴老黑又逼着问，不容他细想，他迟疑了一会子，怯怯地说："那就这样办吧!"

吴老黑顺手递给他一张纸条,说:"得立个字据!"说了又给他支笔,愣逼着他在枕头上写好,按了手印。吴老黑把字据收好才给了他衣裳,叫他穿起来。临放他走,吴老黑又举起枪来警告他:"要是给我走了风声,我这家伙可没长眼!"

康米贵回到家,又羞又怕,又晦气,躺在炕上大哭了一顿。想起郭三元的话,真惭愧死。猛一下爬起来想找郭三元去"坦白"了,又一想这不闹的两头不落好人?郭三元这人铁面无情,一定从此不信任自己,如果西边的真过来,岂不是走上了绝路?想到这里叹口气又躺了下去。心里有病,哪躺得住?一拍大腿说:"还是找郭三元去!"坐起来一思摸,吴老黑心眼多毒辣,他杀人害命,全都干得出来。这样一想,脑袋一胀,唉了一声又躺了下去,这样折腾了一宿,第二天没起炕。

吃早饭的工夫,郎三巧来看他,给他送东西吃,又给他灌了一阵子米汤。康米贵下定了主意,不去找郭三元"坦白"去了。

四、袭击

人们已经动手收秋。郭三元更加紧了岗哨,夜里和民兵一块巡逻。这些天他听到群众不少反映说,康米贵和吴老黑在后街上来往很勤,郎三巧常上康家去,吴老黑家里常有不三不四的人。后街是宋营的落后区,一半是姓吴的,和吴全堂是本家,因此后街来反映事情的不多。郭三元便加紧了对后街的巡逻。这天傍黑的工夫,他到村公所去找康米贵,把群众的反映告诉他,康米贵不肯承认,还抱怨了群众一顿,两人闹了个不欢而散。

康米贵虽说嘴里不承认,心里倒是挺难受,一路叨念着心事回到家。这时天已经黑了,一进门,门后闪出一个黑影,吓了他一跳,定神一看，原来是吴老黑，心里头更加烦恼，但又没法推脱开。

吴老黑凑到他耳边说："你屋里有人你别进去。你嫂子不在家，你上我家里睡去吧！我今个跟他们在你这里过夜——"随后又警告他说："这两天郭三元巡逻得可真紧，专上咱后街来，小心点！"

康米贵脑袋嗡的一下子，像叫人打了一棍子一样，觉着舌头短了半截，半句话也说不出来。

吴老黑像他的上司一样，命令完了就叫他出门，到门口，又低声说："你可小心！就是一两天以内的事！"说了一下把门关住。

康米贵被关在自家门外，半天迈不动步，傻了会子才勉强摸到吴老黑家，生怕有人看见，悄悄地溜进去，也不敢点灯，合着衣裳躺在炕上，哪里睡得着！翻来覆去地思想吴老黑那句话："一两天以内的事！"他越想越怕。原来吴老黑无心中说过他的阴谋：他知道民兵打仗最后的依靠是村头上的堡垒，堡垒下边有地道，如果堡垒被敌人大兵包围，一时不能解围，民兵就可以从地道里撤走。因此吴老黑计划截堵地道口，断了民兵的退路，然后把他们都烧死在堡垒里面。地道口本是很秘密的，康米贵想起来真恨死自己，他已把这个秘密告诉给吴老黑。这样说来，果真把郭三元他们烧死，自己岂不是凶手？

他躺在炕上像背上扎着针一样。一听到街上有民兵喊，"站住！哪个？"头发就往上炸。又担心民兵发现了吴老黑那些人，自己岂不受到连累？翻滚了半宿，想出了一个主意，即使郭三元和民兵免去烧身之难，又不连累上自己。主意一定，就悄悄地溜出去，到民兵队找郭三元。

郭三元刚和民兵队长张群查哨回来，见康米贵黑更半夜的来了，吃惊地问道："有啥事？"康米贵拉他到外边，气短地说："我报告一个紧事。"说了这一句，下边接不下去了。

郭三元急问："啥事？你这样慌张？"

康米贵结巴结巴地说:"吴、吴、吴全堂要来打咱村,吴老黑是个探子!"

郭三元一把抓住康米贵的胳膊,紧问:"你怎么知道的?"康米贵突然带了哭声,说:"三元哥,我干了件见不得人的事!白天我还跟你不认账。我是跟郎三巧不清楚,是她把这话告诉我的。"

郭三元把康米贵的胳膊一松说:"别的以后再说,先去抓吴老黑去!"康米贵见郭三元扭身要走,忙抓着他肩膀为难地说:

"三元哥,地道口叫吴老黑探出来了,他打算堵上洞口,连你们烧死!"

郭三元吃惊地问:"他怎么知道的?"康米贵没力气地说:"谁知道呢?"

郭三元并没怀疑康米贵有问题,以为他只是犯了男女关系的错误,便带了张群和几个民兵,急奔吴老黑家里去,张群在房子四周围布置好,郭三元便去叫门,上前一看,门虚掩着,推门进去,听不到丝毫动静,到屋里去搜索,连个人影也没有。

这时东发了亮,他们只好回去。刚到街上,听到村西边哨上连打了两枪,郭三元马上派张群回民兵队部带人,自己带着手头的民兵跑步往村西赶,等跑到村头工事,放哨的已经撤下来,报告前面发现敌人。

工夫不大,张群带着队部的民兵也赶来了,都进入了工事。郭三元派人到郝营去送信,求他们接应。

这时微光里看到高粱地里的敌人接近了,郭三元下命令:"不到跟前,不打!"敌人一接近村沿都卧倒了,只听有人大声喊:"宋营的民兵,交枪吧!""郭三元有种,比试比试!"

郭三元回骂道:"比试就比试,着家伙!"顺手投出一个头号手榴弹,轰一声,在高粱地边上响了。对面"啪啪"打了两枪,接着机枪响了。敌人在机枪掩护下，向村沿冲过来。郭三元叫大伙拉出手榴弹弦，等着。

等敌人冲到离工事不远的地方，郭三元喊了一声："打！"所有的手榴弹一齐投了过去，"轰！轰！轰！"炸起了一片烟土，敌人丢下了几个伤号、死尸，跑回高粱地去。

工夫不大，敌人又二次冲锋。出乎民兵们的意料，村里也起了枪声，郭三元断定是吴老黑搞的鬼。这一来情况紧张了。按形势应该撤进堡垒，可是郭三元知道，地道口叫人知道了，进堡垒是死路一条；他鼓动大伙打退了敌人的二次冲锋，村里的枪打得却紧起来，听来并不单是一个吴老黑。

郭三元根据康米贵的情报判断，敌人是逼他们进堡垒。他看村外的敌人足有一个连，村里还不清楚有多少人，在这里绝对抵挡不住，便决定向郝营方面撤退。

敌人见他们撤退，以为他们要钻堡垒，没有打枪。等他们已撤到村外，往郝营的道上退了下去，才明白了他们的意图，便用一个排的兵力追击。这时郝营的民兵赶来了，连打了几阵排子枪，顶住了追击的敌人，掩护宋营的民兵撤退出来。

郭三元在郝营休息了一会儿，没吃早饭便带着民兵去区政府报告去了。

五、倒算

吴全堂骑着大洋马，带着还乡团进了村，立刻下命令把大小村口堵住，搜查"八路"。这一下把全村折腾翻了，到处人哭马叫，鸡飞狗跳。

张老余一家子正吃早起饭，进来了两个还乡队，一进门就喊："出来，出来！搜八路！"吓得孩子们一扔饭碗就哭起来，妇女们慌得提着孩子就往里间屋里躲。张老余紧出来支应。

头一个人学着日本腔问:"八路的有?"张老余认出他就是在本村住过的"皇协军",便紧上前说:"俺家可没有。"后边那个戴着个黑眼镜,上前把他往旁边一推,喝道:"少废话!"两人就进屋去了,一直扑到柜跟前,二话不说,就用刺刀剜柜盖。

张老余心疼柜盖,紧凑上前说:"老总,有钥匙,里边没藏着八路!"戴黑眼镜的喝道:"谁要钥匙!"另一个上前当胸给他一拳,又踢他一脚,赶他出去。两人噼啪两下子把柜盖剜开,扔下枪,拼命地往外掏包袱,拣着好的往身上披。

张老余急得在院子里打磨磨,没主意。这时门外突然闯进一个人来,吓了他一跳,抬头一看,却是吴老黑。吴老黑像熟朋友一样,上前拉住他说:"走走,十字街开会去!"张老余只向他摆摆手,指指屋里。吴老黑一听,屋里箱柜东西乱响,便跑进去把两个抢东西的赶走。张老余这时才明白吴老黑原是他们一伙的,便不敢说什么。

吴老黑拉他去开会,他不敢说不去,像上杀场似的跟在他屁股后边走。吴老黑回头对他说:"团长有话,村里找两个保长,后街叫康米贵当,前街是你!"

这一下把个张老余吓得发了昏,结巴地说:"我、我、那哪行?"吴老黑说:"前街不比后街,这边净是通八路的。我看就你是个好人,你日子也富裕点,你不当保长还有谁?"

赶到十字街,只见那里坐着一大群人,男人有头上被打破的,女人有怀里被撕开的,都低着头不吭声,心里都憋着怒火。

张老余想扎到人堆里,吴老黑一把把他拉到庙台上去。他两腿哆嗦着走了两步,见康米贵两手抱着头蹲在一边,也就紧跟到他后面;定定神,侧脸一看,只见吴全堂像个肥猪似的坐在桌后边的圈手椅子里,眯着两只细缝眼,不住劲地冲台下妇女群里瞅。

吴老黑这时站在台上讲话了,"团长的命令,张老余当前街的保长,后街是康米贵。"说着喊起他们两个来,指给人们看,台下没有一个人抬头。

"康米贵明干八路,暗干还乡团,是咱们团长的人,你们得听他指使!"

康米贵想上前分辩,可是又一想自己分辩什么?有什么话可分辩?吴老黑这一手好厉害,叫他一辈子洗不清自己。他往台下一瞅,觉着全村的人都拿眼瞪他,他紧抱头蹲了下去。

吴老黑往下说:"春天你们闹清算,分了地,分了粮,分得好,今个叫你们怎么吃的怎么给吐出来。你们这把子贱骨头,光看着人家的东西是好的,就想伸手去拿,也不怕烫着手!你们谁种的团长家的地,乖乖地把粮食给团长送回家里来,送上门,少一颗也不行!分的牲口、大车、衣裳、家具,限今儿个送回,少一件也不饶你们!由两个保长负责交齐!谁家也不许收秋,都去给团长收拾庄稼!"

散会后,家家叫苦连天,暗地里咬牙切齿。年轻的黑夜偷着跑出去找郭三元,妇女们也偷着往外逃,大白天街上就冷清清的没什么人。

康米贵在街上一走,大小人都躲着他。站在门口的,见他来了,一扭身就进门去了;迎面走来的,拐弯就往别处走。这一来他可发了慌,急忙找到吴老黑,带笑地说:"老黑哥,这一下闪的我好苦。人们都跟我有了仇,交给我的事,我哪办得了?"

吴老黑头一扬,说:"你找我,我能替你?分地的时候痛快,哪有那么多好事?团长叫我告诉你,你分的地,算租给你,对半劈粮!"说了一扭身就走开了。

这时候恰好郎三巧扭搭着过来了,老远就冲康米贵打了个招呼:"保长大人,升了官就不认识俺们啦!"说了撇撇嘴,也扭身走开了。

康米贵落得左右没依靠，前也来不得，后也去不得。这时街上一阵锣响，打锣的高喊：

"全村听着！明天一家一个夫，到保长家集合，给团长收秋！"

铛！铛！锣响得叫人心颤。康米贵眼前一发黑，一个筋斗跌倒了，脑门上碰了一个大青包。

六、郭三元侦察

还乡团怕八路军来袭击，集中住在后街西头，把西头的房子占了不少。康米贵是保长，房子是他号的，得罪了不少人。

人们给吴全堂收了粮还不算，等花户的粮食收回家，还乡队又挨家挨户地抢收了几大囤粮食，准备往石家庄运。这一来人们恨透顶了，可是又不敢直接找寻还乡团，便冲保长出气。康米贵每天早起开门，门缝里都有黑帖子，骂他"忘本"，还有人写着："早晚叫八路崩了你！"

他真怕起八路军来，怕黑夜把他抓走。打日本的时候，区小队常黑夜进来捉汉奸，康米贵知道那时是郭三元给"放线"，说不定自己也会当汉奸一样被抓走！

夜里睡不着实，像有一千斤的担子压在身上；白天吃不下东西。熬了半个多月，眼窝塌了下去，颧骨高了，嘴唇干了一层皮，嗓子肿得咽不下东西。

这天半夜，刚想打个盹，窗棂上有人轻轻地拍了三下，他缩在被子里大气都不敢出，只听有个怪熟的声音轻轻地喊："米贵，开门！"接着又拍窗棂子，康米贵怕叫邻居听见，便小声问道："谁呀？"外边说："快开门，是我！"分明是郭三元。康米贵浑身汗毛一炸，像猛不丁叫人浇了一身凉水。

郭三元在外边紧催："有要紧事，快点！"

康米贵像叫人掐住魂一样，不敢不去开门，他爬下炕摸索到门边，两只手哆嗦得半天摸不着门"插关"，好半晌才开了门。郭三元等门一开，一闪身子就进来了。

康米贵的两条腿不由得弯了下去，又羞又怕地说："三元哥，你拿枪打死我吧，我没脸见你啦！"

郭三元板着脸，说："米贵，我真瞎眼呀！"稍停一停又说："区长好批评我，批评我麻痹，批评得对！我不承想你干出这种事来！"康米贵抽啼起来。郭三元按他肩膀一下说："米贵，凭你办的这事，就真欠崩了你！我回来就是看看你还有点人味没有？"

康米贵哭着说："崩了我也不亏！三元哥，我这苦处，唉！说你也不信，我真想扎个地方死了！"

郭三元等康米贵镇静住，对他说："有件正经事跟你商量，丑话说在前头：这也算试探你一下，你办好了，算得将功折罪；你要不办，咱们算谁也不认识谁，拿这个家伙见面。"说着把只头把盒子端平起来。

康米贵紧说："三元哥，叫我戴罪图功，我死了也干，你说吧。"

郭三元这才坐在炕上，叫康米贵也坐了，然后说道："还乡团这两天收了咱村多少粮食？有没有一百辆车？"康米贵说："连吴全堂的差不多。"郭三元说："这一百辆车粮食要是叫他们拉到石门，咱村人还不饿死？我和区里商量好了，设法劫粮车，这件事用得着你，你要办好这几件大事——"如此这般的一讲，"事情办好，叫人到郝营送个信，我就住在那边。"

康米贵只想洗白自己，不管有天大困难，也忙答应下来，两人又商量了些细节，一切都安排定了。

郭三元起来安排回去，康米贵担心他碰上哨兵，嘱咐他说："从张家过道出村吧！"郭三元笑道："我比你还清楚，张家过道和西豁子有游动哨，我自有去路。"说着拉开门，走到院里，还没等康米贵看出是怎么回事，他已经从树上爬到房顶，立刻就不见了。

七、劫粮车

康米贵接受了郭三元的任务以后，心里十分害怕，饭更吃不下去，生怕弄不成，白搭上性命；可是不走立功自赎的路，没路可走，再往下当这个受气的保长，叫全村骂，比什么都受罪，又明摆着是条死路！

这一天，吴老黑传下命令，派车往石家庄送粮。康米贵心里卜卜直跳，心想："到时候了！"他勉强沉住气问："派多少辆？"吴老黑说："前街二十辆，后街二十辆，连拉三天！"

康米贵按着郭三元的计划对吴老黑建议："我看前街派三十辆，后街十辆。不是我偏心眼，八路军后街叫落后区，净是团长本家，说这话，老黑哥，你别嗔着我，你派到后街，人们不当回事，磨磨蹭蹭的，到时候耽误了大事！不如多派前街的，叫谁去，谁敢不去？"

吴老黑点点头说："也说的是。"就照这样派了下去。

派好了车，康米贵便去前街找张老余。张老余真闹得不像个样子，眼急得通红，嘴角都烂了，两道眉紧皱着，一见康米贵，像见到亲人似的，紧拉着诉苦："米贵呀，可治苦我啦，我活了多半辈子了，哪干过这个——你跟老黑熟，给我说个情，叫别人替了我吧！"

康米贵两手颠颠，叹口气说："老叔哇，我比你也强不了多少，你看我这个样！"张老余报怨自个儿背兴："怎么走这种背运？都是老黑回来那天，我坐了他一段车坐出来的！"

两人对诉过一阵苦后，康米贵问道："前街的车派了没有？"张老余皱起眉头，要哭似的说："正为这事上愁呢！前街派了三十辆，这叫我派谁？"

康米贵听听外边没人走动，便轻声对张老余说："你别作难，就如数去派，拣着好车好牲口派。你就说，三元有信，叫咱们出车，人们一定愿意去。"

张老余急问："三元有信？"

康米贵一摆手，说："你就派去好了，别的你不用问。"张老余点头会意，便出去派了车。

第二天车都套好了，全村人都被赶来装车。男人们含着眼泪扛口袋，家里女人们就放声啼哭，像是家家死了人一样。好半天才装满了车。

吴老黑穿了一身新衣裳，挎着个头把盒子，大皮鞋咯噔咯噔的，从团部里走出了。装车的人都斜着眼瞪他。吴老黑一眼也不冲众人看，扬着脖子问指挥装车的康米贵："是你押车？"康米贵装得很勤快地说："就是，我带三个背枪的一块去，往西走没事。"吴老黑点点头："好，好，我有公事到石门，一块走！"

这一下可把康米贵吓住了，没想到吴老黑跟车，但他马上装出笑脸说："这可好，道上你多照顾。你带几个人？"吴老黑笑道："一个也不带，用不着。"

康米贵放了心，说声："就是，上车吧！"说了用一条白手巾包了头，和吴老黑坐到头车上去。

车出发了。这时候大秋刚过，平原上一望没边，只有棉花、山药还在地里。四十辆大车拉了数里地，太阳照得热烘烘。三个带枪的坐第二车，抱着枪打盹。车走得很慢，不少赶集的人在道旁跟着走。

一个年轻的小伙子，背着个钱插子，走到头车旁边，见康米贵穿着白褂褂，便问道："这是宋营的车？"康米贵答道："拉粮的！"那人又扯句闲话，慢慢地落在后面赶集的人群去了。

且说郭三元头一天接到康米贵的信，当夜布置好人。早起，他穿了身破衣裳，头上顶个破草帽，背了粪筐，筐里藏了盒子，慢慢绕到宋营村西十里的大洼里来。这里四面离村庄远，再往西十多里才有敌人据点。他便蹲在这里捡起柴火来，四下一看，连毛毛草都叫人用耙子拉光了。秋收刚过，本该是一年里最好的时光，可是老百姓叫国民党、还乡团搜刮得光上光，连地里的柴草都当成了好东西。郭三元知道这平原上的肥沃土地一年能出产多少东西。可又叫这批人渣子糟蹋多少啊！想到这，他也不装做拾柴火了，只盼着粮车快来，说什么也要把血汗粮食夺过来。

等太阳转到东南，望见东边一阵尘土飞扬，是粮车过来。他仍然蹲在地上捡柴火，等粮车赶到数里地远近，他才站起身来张望，一眼就看到康米贵的白褂褂，心里不由欢喜。这是押车的人不多，可以动手的暗号。再看他头上蒙着块白手巾，这是有还乡团的"官长"，叫他小心的暗记。

不多时，车已赶到跟前，只听康米贵喊："车站一下，我解个手。"车刚一停住，他一窜跳下去。郭三元已经看清是吴老黑押车，眼都红了。说时迟，那时快，他飕地从筐底拉出枪来，一个箭步就扑了上去。

吴老黑好机警，见有人扑来，身子一翻滚下车去，趁滚的工夫，手枪顶上了子弹；一落地立刻爬起来，回手就是一枪，打了撒腿就跑。子弹从郭三元身边飞过，使他吃了一惊，身子往下一缩，立刻向前追赶，已经让吴老黑跑了几丈远。

和这同时，背钱插子的年轻小伙子一吆喝，赶集的人群里窜出五六个汉子，立刻用枪比试住三个带枪的还乡团，不容他们动一动，就把枪缴过来。原来他们是区小队扮的。

缴了三个"还乡团"的枪后，两个年轻的回身就去追吴老黑，吴老黑且跑且回手打枪。郭三元见捉不住他，只好还枪，连打两枪，都没打着,第三枪才把他撂倒,栽到地上动也没动。

那个背钱插子的年轻小伙子上前搬开死尸,把一把带红穗子的手枪拿了起来。郭三元也赶上前,从死人口袋里检查出信件公文,带在自己身上,眼看他已经死停当了,便跑回大车跟前。

这时赶车的已经围上来,这个喊"三元",那个叫"村长",欢喜得不行。七嘴八舌地说起来:"怪不得张老余说,三元叫出车,我纳闷是怎么回事!""这回净派的好牲口好车,咱前街的好'把式'(车夫)都出了!"后街的说:"俺后街来的也不赖,死顽固的车一辆也没有。"

郭三元高兴地对大伙讲:"这里不是久停之地,快从泥洼大道奔东北上赶,离咱解放区也不过十五里地,区小队和咱村的民兵都在泥洼柳树林子里等着接应咱们呢!赶快点,一阵就到泥洼啦!"

赶车的都往自个儿车跟前跑,一阵吆喝,车转了方向。大伙都上了车,赶车的坐在车辕前,大鞭一抡,在空中"刮,刮"地响,牲口四腿甩开了大跑起来,一阵尘土直奔东北去了。

八、活捉吴全堂

十月间,石家庄国民党三军军长罗历戎带着一万三千多人北援保北,在清风店被解放军全部歼灭,解放军乘胜向孤立的石家庄进攻。

宋营是敌人在石家庄东面最突出的据点,解放军首先要扫除掉。郭三元的民兵配合这个战斗。他们除了帮主力侦察,当向导以外,就是设法活捉吴全堂。

康米贵自从劫粮车以后,就回到区里,反省了自己的错误。区长允许他立功赎罪。他也参加了活捉吴全堂的计划。他知道吴全堂不住团部,每夜回家睡觉,门口只有一个岗。郭三元黑夜捉人是老手,提议夜里下手。康米贵说:"摸进他家容易,就是往外带人难,除非就地打死他。"郭三元说："区长叫捉活的，还要公审他。"想了想有了主意，一拍桌子说，"非这样不行！跟主力一夜去，与他们开火，咱们摸进宅子，等捉住他，主力也要接上火了。咱们就趁乱劲从里面打出来，那工夫谁敢拦咱们？"就这样商量定了。

郭三元和解放军取好了联系，便叫张群和一个能干的民兵跟他干事。康米贵央求道："带我去吧，我要立功赎罪。"郭三元怕他干不了，康米贵再三央求，只好答应他去。

郭三元每回干这种事，总带把杀猪刀子，又和解放军借了一个电筒，这天四个人吃得饱饱的，太阳偏了西，就往宋营出发，天黑不久，到了村边。他们不走正路，踏过张家菜园子，钻进井边的小坯屋去，悄悄地等到夜静。

郭三元派张群到村里去探路，等了好久他才回来。郭三元紧问："怎么样？"张群兴奋地说："狗日的们知道咱们军队快来，岗添了不少，街口都进不去，我从房顶上翻到我兄弟家，把什么都打听明白了：街上是不远一个岗，要从我兄弟家门口出去，进张家过道，穿土地庙东边的王家夥巷，一直奔吴全堂房后头。这一路没有岗。吴全堂门口也加了岗，至少是三个，房上倒没有，咱们只能从房后边进院。"

郭三元听了说："好，就动手！"随后又迟疑地对康米贵道："你留在村外好不？"康米贵紧问："为啥？"郭三元说："你可没干过这搭子事，怕你到时候沉不住气。"康米贵央求道："你放心，我跟着你就没事。"郭三元又嘱咐他冷静沉着，便带他们出发了。

他们按着路线顺利地封了吴全堂房后边，紧贴住墙，听听西外没有动静，望望三星已过了午夜，正是动手的时候。

郭三元带了一条绳子，蹬着张群的肩膀，爬上了吴家的高墙，墙里边是一棵香椿树，郭三元把绳子拴在树上，后面三个人拔着绳子上了墙头，又一个一个地顺椿树下到院里。

这时更深人静,院里一点声音也没有。张群和民兵立刻去二门边把守,郭三元和康米贵摸到吴全堂的屋门口。郭三元掏出刀来,轻轻把门拨开,叫康米贵把住门口,他慢慢推开门,走进外间屋去,隔着里间的门帘去听,只听里面有人打呼噜很响。郭三元心想:"吴全堂,你的时辰到了!"把门帘一掀,走进里屋。

郭三元在黑暗中待久了,已经能分辨出东西的轮廓,他摸近炕边,看准吴全堂的脖子,猛力一掐。吴全堂轻叫了一声,胖猪一样的滚起身子,脖子差点挣脱。郭三元死掐住不放,低声威吓他:"动就崩了你!"

这时炕里边又有个人坐起来,惊叫了一声:"娘呀!"郭三元着了急,一手去腰里掏枪,吴全堂趁势一滚,挣脱了脖子。郭三元在暗中见他伸出白胳膊去枕头边摸枪,事情紧张了,又不能用枪打他,怕惊动了人,便用刀子往他胳膊上一扎,只听吴全堂"哎呦"了一声,胳膊不动了。

郭三元威吓他说:"不许出声!"又上前按住他的头,问炕里头:"里边是谁?"只听一个女人吓得上牙打下牙说:"我,俺没事……"郭三元放了心,便叫康米贵进来,两人把吴全堂绑起来,用破布堵了嘴。听听外面还没有响动,郭三元才用电筒去照吴全堂,只见他脸吓得雪白,没有半点血色。胳膊上只扎破个小口,他竟吓得怎么样了似的。

电筒再往炕里一照,只见一个光身子的女人缩在炕头里。郭三元忙把电筒移开,意外的女人却叫了一声:"米贵兄弟,是你?"炕下两个人都一愣,女人又说:"是我。"不是别人,正是郎三巧。

郭三元骂道:"快穿上衣裳!"郎三巧不害臊地伸直两腿,娇声细气地说:"米贵兄弟,递给我裤子,在椅子上。"康米贵又羞又气,不理她,倒是郭三元把衣裳给她。郎三巧慢慢把裤子穿上,突然村外枪响了，郎三巧叫了声娘，提着裤子往炕下一扑就扎到康米贵怀里去，叫声："吓死我了！"康米贵后退一步，打了她一巴掌，郎三巧哭叫起来。郭三元一晃手枪喝道："你敢再嚷！不绑你，老老实实地蹲在一边！"

郭三元把吴全堂交给康米贵，便跑到二门。这时张群向外喊："哪个？"郭三元在后面命令："不用问，打！"嘭嘭两枪，把进来报信的哨兵打跑了。接着三个人冲到街上去。这时枪声炮声已响成了一片，敌人都钻了堡垒和周围的工事，被人民解放军包围了。

天亮的时候堡垒拿了下来，百十个敌人当了俘虏。老百姓都出来，送水的，送馍的，拿出各式各样的东西慰劳军队和民兵。民兵的家属们围住离家一个多月的亲人，问东问西，忘了叫他们进家去。

忽然人们都往十字街跑，原来郭三元拉出吴全堂来。男人们还能压住火，女人们可就红了眼，挤上前去撕他、唾他，狠狠地骂他，只听嚷成了一片："叫你再糟害人！""叫你个畜生再横！""你再拆房子修炮楼！""你再收粮！""你再从箱子里翻'八路'！"你挤上来，我挤下去，都恨不得亲手撕他两把。民兵们死命地拦住她们，哪里拦得住，吴全堂吓得头也不抬，活像个抬出去挨宰的肥猪。

解放军又往西开去了。村里立刻组织了担架队、运输队，随军上前线去。几天过后，石家庄解放了。

九、要和反动派斗到底

石家庄解放后，宋营开了一个公审大会，群众控诉了吴全堂勾结日本、国民党杀人害命，强奸妇女，抢劫财物等等罪状，最后判处了死刑。

在会上，康米贵向群众反省了错误，请求群众原谅。大伙给了他很多批评，最后郭三元发言说："春天闹清算，康米贵不算不积极，黑夜白日地领着干，不然大伙也不叫他当干部，是不是？可是他一当了干部，就有了坏思想，觉着身也翻了，从此也太平了，该享两天福啦！不是他有这个坏思想，为啥郎三巧单去勾引他？等他一上了人家的圈套，就一步比一步紧，进去容易出来难！他还算有点良心，吴全堂来的工夫给我报了个信，要不我们就都烧死了。后来劫粮车，活捉吴全堂算有了功，我看准许他将功折罪，行不行？"

群众喊："原谅可以，不能叫他当干部！过一个时候看看再说！"

郭三元说："好，就这样办，我再说两句，咱们要翻身，可是个长远事，眼时还不到太平时候，区长不是说过：石家庄拿下来，反动派还不算完，他们更要设法破坏咱们，想享太平福还嫌早。康米贵想享福，不光没享上，倒叫他受了同活罪，要享长远福，一定要跟反动派斗到底！"

大伙都赞成，齐声喊："说的对，跟他们斗到底！"

一九四九年五月于开封

家和日子旺

一、一头牛四条腿

一九四三年边区正闹春荒的工夫，老寿星家里缺吃少穿，交不起租子，惹的一家子"闹家务"，吵着分家。大拴媳妇和二炼媳妇挺合不来，非分不行，三锁两口子不愿意。老寿星老夫妻俩起初拿不定主意，后来实在拧不过两个大的媳妇，也就赞成了。地亩本来不多，都是租的人家财主的，分成四股种，租子也劈开，哥三个一人一股，老两口留一股，房子分了也还是住一个院。这都容易，只剩下一头牛不好分。

大拴媳妇是庄户人家的闺女，十五岁上进了门，到如今快二十年了，家里的事情差不多都经历过。苦也挨了，罪也受了，直等到八路军来减租以后，才有了吃的。这些年抗战，又受了不少敌灾。减过租，不彻底，前几年还好，这二年赶上闹灾荒，日子又坏了。她是挨饿挨伤了的人，打定主意分开自个儿好好地过。一说分牛，她忙对丈夫说：

"牛可得分给咱家。二兄弟参了军，她二婶是抗属，有村里代耕，牛，用不着；三兄弟两口子都是干部，日子过不过，人家不放到眼里。你跟着老人受了半辈子罪，眼看孩子们也大了，一大家子人，要是耕不上、耩不上的怎么行？"

大拴是个老实庄稼汉，七八岁上就跟着爹下地。爹受的苦，他都尝过，八路军下来那时候，他不过才二十六七岁，就被折磨得像个小老头了。二五减租和地主斗争，他还不如爹劲头大。二炼差上几岁就不同了，村里一有工作，就参加了青年救国会，青年抗日先锋队。一九四一年春天响应参军号召，带头报了名，加入了八路军。三锁更年轻了，正受苦的年月，还不知管事，长大了，世道就改了，先入儿童团，后入青年救国会，现时在游击组里担任工作，处处打先锋，当模范；去年"自由"和妇女救国会委员贞贞结了婚，到如今还算是村里的新鲜事。

大拴知道过日子，不用他媳妇说，心里光想分下那头牛。多少年，牛就是他一个人喂，也摸熟了牛的脾气；不用说牛也懂得大拴的脾气，愿跟他耕地。不过大拴是个少言寡语的人，张不开嘴跟人争。大拴媳妇知道男人没出息，半天挤不出个屁来，就自己去讲了："牛怎么分，咱们说说吧，我情愿少种一亩二亩的，给我留下牛。"

接着又说她的道理。老寿星还没搭腔，二炼媳妇就插了嘴：

"大嫂主意真高！村里代耕？可真说得好！光等人家优待，早连人饿干瘪啦！"

大拴媳妇就是瞧不起二炼媳妇，嫌她是个买卖人家的闺女。其实她爹不过是个小商户，可是按大拴媳妇来看，她就是从小娇生惯养大的，手不能推碾子做饭，肩不会挑水担担；到婆家来的日子又浅，又没功劳，又没苦劳；男人一参军，更不知道自个儿吃几碗干饭了，家里的轻活也罢，重活也罢，她算是手不伸，腿不动；娘家有两个钱，新衣裳身上穿一套，箱子里放一套。像她这样的人，还有脸争东西？大拴媳妇想到这里，怎么不生气！脸一阵红，一阵白，眼角里湿答答的，抢白了一句："听你二婶这一说，牛该给你留下呗！我看开春还自个儿下地呢，真模范！"

二炼媳妇哪肯叫人白敲打，尖声怪气地吵起来："模范不模范提不着！分家反正要公平。凭啥留给你一家？活着不好分，宰了分肉！"

大拴心疼牛，听说宰了分肉，急得要说话，手比画了两下，没说出来。大拴媳妇一时叫人顶住了，脸一憋，眼睛一瞪，放声大哭。贞贞是个妇女干部，见她们吵架，觉得妇女脸上难看，出了个主意："为了生产，也别宰牛。依我看，四股合着使吧，一家分一条腿，谁的生产也不耽误。"

众人听着这话有理。四家住一个院，牛还在老地方喂着也方便。因此这头牛就分成了四条腿，一条归一家。

二、"捉走了，正好！"

家是分了，一年到头，没少吵嘴。

大拴两口子受过苦，知道过日子，在村里不担任什么工作，除了出出抗战勤务，就光是做活。分家以后，干的更上劲。大孩子也能下地做些轻活；小的放在地头上，哭不哭不管他。大拴媳妇可有个偏心眼：光盘算着自个儿过好了，别人没吃缺烧，受两天罪。二炼媳妇偏偏不叫她安生，专为了牛跟她打别扭。

有一天该老大使他那一条腿了，二炼媳妇不言不语，找抗勤委员派人给她代耕。人派出来了不叫使牛哪行？大拴媳妇当然不依，二炼媳妇就说："派人可不是容易的，人家有空没空的，人也派来了，你挡着不叫代耕。好吧，地种不上了你担承！"

大拴媳妇也不怕，牵着牛就走。二炼媳妇没牵过牛，不敢伸手，滚在地上喊叫，拦住牛的去路。老寿星出来站在台阶上，看着说哪头也不合适，皱着眉头没法。老娘也没法跟她们生气，在炕上一边摇纺车，一边数落着，也不出来劝架。

三锁两口子在屋里可就争论起来。三锁说："看你们妇女多落后，一天价吵架，骂亲娘祖奶奶。你们怎么领导的？三八节还有脸跟俺们青年们挑战呢！"贞贞听了瞪了他一眼，嘴一噘，不服气地说："妇女们落后，领导好了才光荣。民兵们整齐，都算你的功劳？"三锁见把贞贞逗气了，咧着嘴一笑，紧接着又正经地说："咱们别争了，外边打闹得那么凶，你还是出去解决解决吧！"

"解决就解决，妇救会的事，用不着你管！"

"清官难断家务事！爹娘都管不了，看你的本事吧！"

贞贞不争嘴，斜瞟了三锁一眼，就往外走，意思是说：你等着往下瞧吧。她一出来，很多人就喊："嘿，妇救会的人来啦，叫人家管管吧。"这样喊的人，多一半是凑热闹，本来妯娌三个，贞贞又是顶小的，她还能摆干部架子不成。

贞贞心怦怦地跳，本来这事辣手：妯娌不同一般群众，不管吧，一来和三锁吹了大话，二来众人这样喊着。她定一定神，一看两个人都叫妇女们拉开了。大嫂伤心地哭，二嫂尖着嗓子叫。她心里打了打主意，问代耕的是谁，人们说："见打架，早走了！"她就到二嫂面前劝了几句："代耕的又走了，还是叫大嫂使牛好。"二炼媳妇挺聪明，不愿得罪三兄弟媳妇：一来妯娌三个，不能得罪两个，剩下自个儿一个孤伶仃；二来贞贞是干部，以后有事少不了求她解决。她抹抹泪，长吸一口气，擤擤鼻涕，答应了，算自己"吃亏让人"。劝了她，贞贞又去劝大嫂。大拴媳妇和贞贞也有个面子，贞贞没嫁给三锁以前就给她解决过问题。见贞贞来劝，牛又断给了她使，也就算了。众人没想到贞贞人小，一下就把事办好。老太太、叔叔、大娘都称道，老寿星也高兴。就是青年们因为正和妇女们挑着战，没看上贞贞的笑话，不舒坦地散了，三锁心眼里欢喜，脸可是绷着，不显露笑容。

虽说这一回解决了，以后还是短不了拌嘴。老寿星脾气好，管又管不了，家里叽叽喳喳一吵就赶紧往街上躲，眼不见心不烦。虽说心不烦，心里总是块病，因此一见熟人就说："唉！分家分得更不清闲，妯娌俩光是打吵子。倒不如连牛宰了松松心！"有时候打闹得太凶了，老寿星也躲不过，管又管不了，就该去妇救会找三儿媳妇去了。

一年没安生，地也没种好，秋天鬼子来"扫荡"，偏偏把牛给抢走了。大拴两口子心疼地哭；二炼媳妇倒开了心，单冲着老大两口子说：

"捉走了，正好！"

老寿星老夫妻俩也心疼牛，可是又生牛的气。"捉走捉走吧，省的一年到头光为着它打架——往后谁有本事谁自个儿买！"

三锁两口子心里却另有主意，男的向女的吹了大话，三天以内从据点里把牛弄回来。果然，第二天民兵把村里丢的牛全赶了出来。

"四条腿的牛"又回到老家了。

三、三锁两口子挑战

一九四四年头开春进行了查租，不彻底的地方都减了租子。接着上级号召大生产，毛主席出的好主意，叫"工拨工，不放松"。开家庭会、做计划……区里召集村干部开了整整两天大会。村干部一回到村，各部门就忙着开会、动员、布置。人们挺高兴，各团体都挑起战来。

部门挑完战，三锁站起来。只见他穿得整整齐齐，腰上扎着宽皮带，后面系着个日本手榴弹（反"扫荡"时候得的）。他一说跟贞贞挑战，大伙都拍手，青年们打口哨，起哄，不看三锁，都看贞贞。

三锁先自我检讨，说先前当干部不注意生产，见着有工作就不能生产，生产是家庭观念，落后。这回开会明白了，那个不对。这回毛主席号召大生产，给咱们发下贷粮贷款，这回一定改正错误，又要工作，又要生产。然后转到挑战上来："贞贞同志是妇女干部……"大家轰的一声笑了。"别笑行不行！我是民兵队长，工作都忙。我的条件：头一条，俺们民兵都参加拨工，战斗生产，来个结合；第二条，我把全家男劳动力组织起来，俺二嫂代耕不用外人；第三条，民兵工作比先前还得活跃……"

不等大家鼓完掌，贞贞等不及了，就起来应战。她早有准备，两只大眼看着人们笑，头上雪白的羊肚子手巾，衬的脸又白又俊。和三锁一比，真是一对好夫妻。她也把条件一条一款地讲出来，半点也不让三锁。不过她说保证让妯娌三个下地生产拨工，这一条人们都说完成不了。头一点：二炼媳妇就难说下地，再一说大拴媳妇和二炼媳妇死不对眼，看怎么拨工？

两口子挑战起的作用很大。会后小学里女教员编了几句，写上了黑板报，小学生们到处背诵：

"自由的夫妻样样鲜，

生产会上来挑战，

如今世道大改变，

女人赛过男子汉！

在家里——养鸡、喂猪、织布又纺线，

到地里——耕、耙、锄、耪全都干！

贞贞要跟三锁比，

头平头来肩并肩！"

传到青年们耳朵里去，大家不服，都说女教员偏向贞贞。另编了一段，写在后面：

"三锁模范干部好青年，

条件完成不费难，

再看他媳妇，

条件——哼——太主观，

到时候完不成了，

唉！倒是不如男子汉！"

贞贞听了又生气，又着急，心里暗暗打主意，一定实现条件，叫别人看看。

四、贞贞碰钉子

生产大会以后，惊蛰就到了。今年大伙拨工，动手早。别人不提，单说贞贞按挑战条件组织了三个妇女拨工组，青年妇女居多数。她们妯娌算一个组。组织的时候，大拴媳妇不懂什么拨工不拨工，思摸着白耽误工夫——提起耽误工夫，就想起那头四条腿的牛，去年为它拌嘴吵架，也没有使够自个儿那一条腿，对牛也不像先前那样疼爱了。大拴还是照样黑更半夜地去喂牛。她觉着受委屈，粗声怪气地骂丈夫："喂吧，喂到几时也不光你那一条腿长肉，就是懒死你，你那一条腿也饿不干瘪！"故意叫二炼媳妇听见。可是——贞贞提出妯娌三个拨工，她倒爽快地答应了。一方面不愿显得自己落后，再说倒想看看二炼媳妇怎么下地，看她那手又白又软，脚又瘦又小，脸皮嫩的见不得头，穿身新衣裳，不敢坐泥土地，看她哪能下地呢？贞贞再去找二炼媳妇，却不料她早看出大拴媳妇的主意，不肯示弱，也满口答应了。

贞贞蛮高兴，告诉三锁说："俺们组织好了，都是自愿的，没一点强迫命令。"

三锁摇晃脑袋说："先别忙吹大话，不实打实的干两天不算。"

实干就实干，贞贞一赌气，不再搭理他，自己计划去了。这两天男人们正修渠垒坝，妇女们可以往村边近地里送粪，贞贞布置了下去，各组开了会。她们妯娌三个也说好了，先给二炼媳妇做活。

贞贞不放心，一早挨家串着检查了一遍。吃了早饭嘱咐大嫂二嫂收拾收拾筐头担杖，她再去那两个组看一下，回来就干活。没想到一检查两个组都有问题：大珍那一组四个人，除了大珍，三个新媳妇害臊不敢挑担子，街上没男人还好，有了男人就扭着脸去偷着笑，又怕来个青年挖苦上两句。不远，张桂英的小组也差不多。贞贞没法，挑了一担给她们带头，才干起来，这一下耽误工夫可不小。

等她回来一看，大嫂二嫂都找不见了，只见后街里张柱子给二炼媳妇捣粪。贞贞好着急，便问道："你这是干啥？她们呢？"张柱子一撇嘴答道："代耕呗！你们三锁吹得响，代耕不用外人！"

贞贞头上像响了个晴天霹雳——二炼媳妇什么时候又叫了代耕的来了呢？可见她没打主意下地。贞贞找她们找不见，有人说大拴媳妇领着孩子去垒地阶子去了。眼看着工拨不成了，气得贞贞直想哭。

青年们知道了，黑板报上又写了一段：

"说主观，就主观，

妯娌们拨工就不沾，

大媳妇找不见，

二媳妇不露面，

急得三媳妇白瞪眼！"

村长见了立刻擦了去，给青年们提了意见。可是孩子们都在大街上念起来，弄得贞贞都不敢上街了。

五、三锁成了功

贞贞碰了钉子，三锁却成了功。

本来老寿星、大拴都愿意爷儿三个在一块干活。老寿星喜欢三小子，又知道他挑了战，一说拨工，没有不答应的。大拴为牛可麻烦透了，去年为着使牛，你使多了，我使少了，七嘴八舌，没事也得吵吵半天。在一块干活多省心。

爷儿三个一商量，牵着"四条腿的牛"就给二炼媳妇去耕地。老寿星老了，给赶牛，两个年轻的倒换着扶犁把。地边地缘，耕不着，老头用镢头刨。爷儿三个干得挺上劲，比平常出的活多，又不觉累，不知不觉就到晌午了。

一到晌午都觉饿了，家里没人送饭来。不用说，大拴媳妇见给二炼媳妇耕地，管不着送饭；二炼媳妇心里哪惦记着这个？贞贞跟别家妇女去拨工，更不能来。老寿星怕孩子们泄了劲，说自己回去看看。三锁就争着回去，刚抽腿要走，老娘老远的送饭来了。她一放下饭篮子就说："看看谁惦记着你们，指望她们，哼，连一个人影也没有了。"

三锁生怕大拴不乐意，散了伙，忙说道："不算啥，优待抗属，还能叫抗属优待？满打满算才几亩地？叫外人代耕多难看！"老娘嘴一噘，对他说："你看你这个说话的，谁说不优待啦？不优待我管给你们送饭？说她两句还不许呀！"三锁嘻嘻一笑说道："许你老人家说，骂两句也应该。没娘惦记着，俺们爷儿三个不饿干瘪了！"

趁大伙痛快，三锁又接到正经事上："二嫂说起来是该骂，大哥是大伯子不好说啥，我当个叔子的可得说说。那工没拨成不用说，二嫂一声不吭地要了个代耕的捣粪，这一家伙我在大会上白夸了口。叫爹跟大哥你们俩说说，咱们不能说了话算放屁。我看咱们还张柱子一个工，不用他代耕。"

老寿星、大拴都赞成；老娘心里有意见，也没说什么。三锁的计划成了功。

只有一件美中不足，吃晚饭的时候，大拴挨了媳妇一顿骂。只听见他媳妇把饭碗唿咚一放，就提着嗓子喊道："吃不饱？你比别人多长着一个嘴？谁打多少粮食白养活着你？家里的正经活不干，觉着你二兄弟参加了，可体面死了！往后你就天天躺在被窝里，我给你一天送三顿饭吧！"

大拴听她指桑骂槐，觉着脸上不好看，把媳妇一下推倒在炕头上，惹得她又哭又闹，大孩子跟着哭，小孩子跟着嚎，吵得别人都不得安生。

事情过去也就完了，爷儿三个还是在一块干得挺高兴。

六、贞贞使巧计

贞贞是个要强的人。就是有青年们黑板报上的话，也不能碰了钉子就算没事了。从拨工失败以后，见了三锁就有点不对劲。三锁偏问长问短："妇女拨工组怎么样啦？黑板报又出上了一段！"不提黑板报倒好，一提黑板报，贞贞"嗡"地红了脸，不知道又出了什么话，又不敢往下问，只回答一声："先别忙，往后看吧！"

可是怎么办呢？真愁死人！妇救会委员，连自个儿家里的人都没法，又当着众人挑了战，青年们说自个儿这条件"太主观"……真愁的夜里睡不好觉。

她先探大拴媳妇的口气，人家回答说："在她呗！她干我就干——可是你三婶子，要是我眼不瞎，说下这句话先放着：除了二兄弟能管她，别人请下天神来也没用。"贞贞看出大嫂专拿二炼媳妇做挡箭牌，不把二炼媳妇动员好，别的全不行。她费了一会儿心思，想起了一个主意，就找妇救会主任商量去了。

晚上回到家，全家人都在，她对三锁说："村长说咱们的一封信，你快去取吧！"三锁一听兴兴头头地跑去拿信，不一会儿回来了。老两口子一听说有信，想必是二小子写来的。二炼媳妇也猜透不是别人的，大伙都凑过来。

全家识字的就是三锁和贞贞。拆开信，两个人你推我让，别人直着急。老寿星就问："先看看是二炼的呗？"三锁一翻说："是。"就由他念了。一开头是问爹娘好，又问全家好，接着报平安，说进步。老寿星听一句，赞一句，贞贞就拿眼瞟二炼媳妇。二炼媳妇呢，乐得合不上嘴。再往下念，口气变了，是对他媳妇说的：

"……我现在识字可多了，你在家也学习吗？今年毛主席号召大生产，我们上山开荒。你当抗属也别光靠代耕，自个儿下地干活才算光荣。光靠别人吃现成饭，就叫寄生虫……"

二炼媳妇听着听着低下头去，老寿星也不言语。三锁怕别人不懂，讲什么是"寄生虫"。贞贞在一边偷偷地笑。信念完了，她也没说什么。

第二天贞贞又去动员二炼媳妇，这回成了功。这一来贞贞可乐了，见了三锁头抬得高高的。三锁仔细端详她一会儿，悄悄问道："那封信有鬼？"贞贞板着脸说道："有啥鬼？"三锁不信，还实一个劲瞅着她。她憋了一会儿，"扑哧"一声笑了，随即又正经地说道："你那么多心！告诉你吧：这才是说巧偏巧，我正想捉个什么仙法哩，不想正好碰见二哥来了信！我拆开看了看，使了个巧计，加了寄生虫呀什么的三两句话。你说这巧不巧？"三锁想了想，提醒贞贞说："收起你的天呀巧的吧！别欢堂早啦！她是要强，答应下地，不一定干长了。一受累就又打退堂鼓了。"

贞贞晃晃脑袋不听他的话。

七、二炼媳妇下地

二炼媳妇虽说不进步，倒是个要强争胜的人。跟二炼感情好，当初二炼要参军，她心里不乐意，知道拖不住，也就没有拖尾巴。临走还送丈夫一朵大红花。区县干部都说她光荣，自个儿也觉着真体面。二炼走了，心里难受也只是偷着哭，不叫人知道。这回丈夫来信叫她生产，也因村里的生产搞的实在红火，大珍、张桂英的拨工组干得挺上劲。游手好闲的人实在见不得人，她自己为了争胜，下地的心可就有了。

邻舍们听说她要下地,都当稀罕事看她。自个儿呢,虽说当时满口答应了,睡醒一觉又后悔了,心想这一下地,从此就不能再叫人代耕了;又觉着从小没拿过叉把扫帚,半路出家,不够寒碜人?总不容易拉下脸来。心里左右为难了会子,打定主意,下地试巴试巴,受不下去再设法不干了。

贞贞盘算了一下,不能叫她跟大拴媳妇拨工,她没下过地,大拴媳妇要是跟别人一样的拉着她干,一定受不住。贞贞就跟大珍商量好,给二炼媳妇翻菜地,叫二炼媳妇撒粪、打土坷垃,做这些轻活,把身子摔打摔打,等有了本事再跟大拴媳妇拨工。

贞贞和大珍一块找二炼媳妇去下地。她心里只想装病不去了,可是她又要争强好胜,既是答应了,打退堂鼓算是哪一出?咬咬牙跟她们干。

贞贞和大珍这些天练出来了,肩膀担得从红到肿,从肿到平,压出来了;手呢,先是打水泡,后来磨出茧子来,也就不疼了;腰里也有了劲,拿起家伙来,不那样气喘了;扛起镢头、铁锹来挺像回事。二炼媳妇呢,不知道拿件什么好,拿起镢头来,不敢往肩膀上放;提着吧,一头轻一头重,不知道该抓哪头,放下镢把拿铁锹,从中间一提,锹柄挺长,手得平举着,胳膊吃不住劲;夹在胳肢窝里吧,又怕划破了新衣裳。别人站在老远处里,想笑不敢出声,大拴媳妇在一边直撇嘴,斜眼睛。

好容易到了园子地,四处凑巧没别人,她才抬起头来,头一件事学撒粪。她先看贞贞撒了两下,也就拿起锹来学,头一下扬出的粪撒不开,大块地落下去。又看看贞贞的撒法,第二锹使劲一甩,粪太少了,扬了个满天星,鞋袜裤子都洒上了。贞贞对大珍使眼色,叫她别吱声,装看不见。二炼媳妇也就没泄气,只跺跺脚还接着干下去。歇歇干干,总算闹了一前晌。

晌午回到家,她累得腰疼腿酸,两手发软,脸上像针扎,膀子上刺痒,喝了三大碗水,嗓子还干渴得冒火。后晌告了假,躺了半天。

第二天贞贞还是拉着她下地,黑板报上写了一段鼓励她的话,贞贞去动员别的妇女找她拉话,来看二炼的信。这样长了,二炼媳妇就真的在地里干起来了。

八、结尾

人的生活改变了,心眼也就跟着变。二炼媳妇自从下地以后,先觉着受累,中间几回想不干了,后来慢慢地惯了。等到种大田的工夫,手脚也摔打出来了,心眼里也不再作难,对大拴媳妇也不那样死眼不对了。

这回贞贞看出到妯娌三个拨工的时候了。正赶上区里布置开家庭会,他们两口子商量家庭会怎么开,好完成两个人的挑战条件。于是两口子开了一个小会,又互相提了些意见,贞贞提的多,她说:"咱们都是干部,挑战是为了工作呀!你给二嫂代耕,我动员她下地生产,不更好吗?你们青年们就不对,不是帮助妇女,光打击!男人拨工也罢,妇女拨工也罢,不都是毛主席的领导,为大伙过好日子吗?你先前帮助我的心就不够……"

贞贞不住转着眼看三锁,看他接受不接受;见他规规矩矩地听着不反对,知道没错,他完全接受了。

有这两个干部,老寿星家的家庭会开得挺好,别人不说,大拴两口子散了会回到屋里都满心高兴,大拴说:"这回嘛,四条腿的牛又合成整个的了,今年给老二种的地,比代耕的着实多。咱们的地种得也及时!"

大拴媳妇想起什么似的问丈夫道:"俺们明儿妯娌三个给咱们拨工,你说刨哪坡上的地呀?"大拴正给牛筛着草,回头对她说:

"你们妇女们该当家了,由你做主吧!"

从此,老寿星家变成了一团和气,虽说分成了四股,过起日子来像一家一样。

一九四七年三月于束鹿

张峻

大　山　歌

一

旱盼雨露，难盼亲人。

一九六二年八月，长城脚下大山生产大队遭灾第三天，老乡邮传来了意外的喜讯：当年领导大伙打鬼子的老单回山来了。

全山庄的六沟九岔都欢腾起来。

正光膀吃晌饭的副支书霍振林，闻得此讯，狠劲拍一下大腿："嘿，可好了！"撂下未喝完的半碗汤，抓起背心，大步流星往外闯。

"看你哟！"年过六旬的老妈妈，满脸的松花纹都在笑，"喜得这个样儿，老单要来，这会儿也到不了山上。"

"俺到队部打个电话，问问公社，老单叔到底什么时候来。"说着，霍振林已跑出了门。

望着儿子欢跳的背影，霍大妈头一斜，自言自语地笑着说："哼！还说要找上级去哩，这不来啦！……老单来，可该有办法了！"

老实说，这场灾确实是够人受的，箭杆似的雨柱，一连下了三天两夜。山岩里的积水超过饱和点，突然岩层崩裂，山洪推拥着石磙，一股脑儿涌出，声如牛吼，快似马奔，山洪到处，顿时化为乱石窝。这是深山里最带毁灭性的洪害，人们叫它作"龙扒"。就这样，百余亩山田，几百棵果树，统统被"龙扒"吞没了。

偏巧这个时候老支书在专区参加短期训练班，就甭提在家的两位主要干部——年轻的党支部副书记霍振林、生产大队的老队长霍老武该多急了。正当洪水暴发时，霍振林硬要踏过涌着屋脊般大浪的横阴河去看庄稼，被五名小伙子紧紧抱住。山洪刚过，霍老武第一个爬上老千顶，下望那满洼梯田变成乱石窝，急得连连跺脚。就在这当儿，霍振林也一口气跑到榛叶坡，去看果树。凶狠的龙卷风正好从这儿扫过去，坡上的果树，有的给拔了根，有的枝叶被掠光，嫩绿的幼果滚满壕沟。他立在洼顶，急得两眼发直，一动不动。

这两个大山的领头人，急是够急的，可谁也没被灾情吓倒。当夜，公社杨社长打来电话，关切地询问灾情。小伙子汇报完了，又攥紧耳机，大声地喊道："请党委放心，虽说受了灾，俺们大山人会想出抗灾办法的！"站在一旁的霍老武也探头挨近耳机，亮开嗓门插了一嘴："对！杨社长，大山人不会让老天绝了路！"第二天一清早，公社又来电话，要拨给他们一部分救济款。振林马上回话："还有比大山更困难的兄弟队呀！俺们的困难，能够自己战胜它！"老武也说："拖累国家，俺们不干，大山人从来没吃过救济饭！"两个人又是同声谢绝了上级的关照。

但是，究竟用什么办法战胜困难，他们却发生了严重的分歧！

老武在山上转了大半天，没说话，光摇头。他回到家苦思了一夜，忽然从儿子的一封来信，联想到可组织一大批壮劳力去东北伊春林区伐木。他谋算，去五十人干四个月，挣得的钱，就可以使社员的收入不减于去年。再说，那儿的劳力特别短缺，要是跟他们拉好关系，支起摊儿，将来嘛，备不住能迁去十户八户的，也算有个落脚的地场。他自信，这是一条好计策。

振林也在山上转了大半天。他没有回家，找到几位老贫农唠扯了一晚上。虽然没能想出更多的具体办法来，可心里踏实了许多。他深信，群众中有"诸葛"，只要充分发动群众，不愁没有好办法。

老武的主张遭到了振林的反对："人走了，治山怎么办？"老武像数说一个不懂事的孩子似的说："你怎么啦？下半年社员生活就没着落，还谈治山哩！"振林还是坚持自己的意见："说到哪儿，治山是根本。生活问题,也可以在山上想办法!"老武有些不耐烦了:"山上要有办法,还等不到你先提哩!你没看哪,啥都完啦!"小伙子耐住性子劝说:"叔,山再险,总有路……"不等振林说完,老武就带着火气打断了他:"俺说的那法不是路嘛!哼,翻舌碰唇容易,你能拿出更高明的办法,俺举双手赞成。"小伙子还是使劲耐住性子,商量着说:"办法俺也没想周全。叔,咱一起研究嘛。比方说,咱可以一边治山一边搞副业……"老武又从鼻子里哼了一声,不以为然地说:"俺早想过啦!就算能搞点零星副业,也是鸡毛蒜皮,头发丝堵不住大窟窿!"小伙子有些沉不住气了:"叔,俺两个想不出好办法,还有群众哩!众人里面有能人。鸡毛凑掸子,头发丝也能拧成绳啊!""群众?"老武霍地站起身来,"振林哪,群众眼巴巴等着俺们当干部的拿大主意哩!"他坚持在队委会上讨论他的主张。他满以为,这主张保准会得到大伙的一致赞同,第二天就可以打点行装"下山"了。谁知一多半干部竟跟振林一样,虽一时拿不出具体办法,却硬又不同意"下山"。队委会直开到半夜,也没争论出个结果。

难哪!霍振林即使在那样严重的天灾面前,也没有叹一口气。他第一次觉出真的困难还在于干部的思想不齐。他并不怕担重担子,但是,如果老支书在家,如果上级能来个人……

现在,可好了。当年的"老上级"——长城游击队长单政民来了!小伙子一面急匆匆地往队部跑,一面兴奋地想:老单叔担任着省物资局长,站得高,看得准;队上的老党员、老干部谁不信服他。他是个迎着困难闯的人,他准不同意"下山",他会说服老武叔,他能帮俺们找到好办法的。

虽然抗战那时振林还小,但自打他一懂事,就从妈妈、老武叔和老党员老民兵那儿熟知了老单叔当年领导大伙打鬼子的故事。那些战斗年代的英雄故事，曾给了霍振林多么深刻的教育，多么强烈的感染啊……

那是一九四三年初夏，日本鬼子把这一带划为"无人区"，企图切断游击队和群众的联系。可是群众宁死不下山，跟着游击队坚壁清野，钻进了密林里。敌人上山扑了个空，恼羞成怒，把所有的房屋烧成一片废墟。鬼子走后，乡亲们回到山庄，看到劫后的景象，恨得咬牙切齿，但一时又拿不出个怎样生活下去的好主意。这时刻，老单赶来了。

那当儿，老单三十岁刚出头，粗眉毛，深眼窝，长相挺精神，可装扮却像个老朽汉，抱件灰粗布破夹袄，走起路来，手一背，两只空袖子甩甩搭搭。那天，他望着周围愤恨而又不安的群众，沉静了半会儿，然后用乐观坚定的语气说："大伙看到了吧？咱山里人拖住了敌人的狗腿，他草鸡啦，才疯狗一般地来豁命，妄想逼咱下山。可咱们，偏要寸步不离山！"他说到这儿，摊开两手，"这大山，终究是咱们的！烧了房子算什么？这山，万辈子他也休想撼得动！"他这番话，说得群众心里热烘烘的，大家举拳齐声呼喊："寸步不离山，坚持到底！"

怎么坚持？老单劝大家："山里人有句话，'不呼天，不唤地，全靠自己救自己'，只要咬紧牙关想智谋，天大的难关也能闯过去！要知道，这时想出一条计，等于砍掉十个鬼子头。"

人们仨一群、五一伙，在岩根旁、树荫下，议论开了。老单这儿蹲一会儿，歪头细听大家的发言；那儿站一时，发出乐观风趣的笑声。"嗬，你小子想得倒神，可狗日的小鬼子也不是笨蛋。""喔，你搭窝棚？那不如去告诉敌人说：爷爷就住这儿！"……看起来，他是那么大大咧咧，但那双机敏的眼睛，随时都在探索，在发掘人们的智慧。当人们争论出可行的办法时，他兴奋得几乎要跳起来，高喊：

"好！好！就这么拼！"

多少巧妙的办法出来了：险壁凿岩洞，密林搭窝铺，靠梯田挖窑，窑口用石头垒好，伪装田坝墙……住处解决了。但是，没有锅，吃不上熟食。吃饭又碰到了难题。

一天傍晚，霍大妈爬上老千顶，找到了老单。"俺来汇报你交给妇救会的任务……"她把臂弯里的提篮郑重地递给老单，"这是给游击队的。"老单打开盖布，见是一篮熟玉米饼。他浓眉一展，惊叫道："你们搞到锅了？""嗯！""哪里搞到的？""咱这山上。""敌人漏下的？""不，是俺妇救会自己造的！""自己造的？""俺想的笨法子，用薄石板烙熟的。""好啊！"老单乐得一蹦多高，"妇救主任，游击队用石头给敌人造了地雷，你们用石头给咱造了饭锅，山里石头到处有，咱这日子不愁过不好呀！"他脚板不停地从这坡串到那注，鼓动大伙学习妇救主任的创造精神。一块石板锅，点燃了群众智慧的火库。

在那艰难的岁月里，人们跟着老单，经受了敌人多少次"清剿"，打过多少次响仗。亲人们决不屈服——坚持不下山。就这样，这个作为冀东根据地东南防哨的胡岭庄，为了全区战略的需要，拖住了鬼子大批兵力，就像一座大山一样，岿然不动。当时的冀东分区为表彰胡岭庄群众的革命功绩，给这英雄的山庄命名为大山……

儿子走出屋后，霍大妈沉浸在一股温暖而又激动的情绪里。"唉，咱一有难处，党总是派来亲人哟！给咱指明路，领咱闯难关。"她也回想着一桩桩往事，面容上露出一丝沉静会心的微笑。她觉得，跟老单在一起，千难万难也迷不了路；刀山火海，也敢扑着身子往前闯。二十来年了，老单自抗日胜利后离开大山，再也没有回来，人们一直想念着他。这些年里，但凡得知老单的行踪，人们便三三两两地给他去信问候；他每次也总有回信来，叮嘱大伙要听党的话，不要忘记大山人的骨气。霍大妈没有辜负老单的心意，六十多岁的人了，革命意志不减当年，迄今仍担任着妇女主任，并且时刻都在影响和教育着自己的儿子。群众都亲切地称她"老妇救"。"老妇救"曾经多少次给老单捎信，让他抽个空儿回来看看咱们如今这好日子啊！现在，他回来了，在大山遇到这样的困难的时候……

老老少少一大群人拥进霍大妈的院子里来，为首的霍振林兴奋地宣布："公社说啦，傍晌午，单局长已经上路了。公社党委一时抽不出人，正赶上老单叔从省里下来开会，路过这儿，他把帮咱抗灾的任务接过来了。"

年轻人高兴地说笑着："走啊，咱得去迎迎他。"

"是得准备准备迎接他！"霍大妈站起身，匆匆收拾好碗筷。可是，她又想到儿子分给自己的任务还没有完成，老单来了汇报什么呢？赶忙从柜子里拿出一本活册①挟在腋下，招呼人群里的几位老人："走，咱们赶紧再分头串一遍门子去！"

霍振林带着一伙年轻人到路上迎老单去了。这些后生们，虽然根本没见过老单的面，但从老人们的讲述中，早已熟悉了他的一切。他们自信一眼就能认得出这位想象中的革命前辈。

盼星星，盼月亮，直到晌午过后，还不见山路上有来人的影子。按说这时候该到了，单局长能走到哪里去了呢？

二

离大山庄不远的扁担坡前，有个老汉在吃力地爬坡。这人戴顶麦秸草帽，帽檐下，闪动着两道粗眉，就像浮贴在额前的两撮灰鸭绒。一对灼灼有神的黑眼珠藏在深眼窝里。瘦瘦的面庞，没留一根胡须，可是，从眼角通向下颏的纹痕，却那么真切。他左手拎件灰布外衣，

---

① 活册：妇女夹针线活的本本。

搭在肩上，胳膊上挎了个装雨衣的塑料袋，右手攀着桑枝向上爬。烈日当空，给他洗了个汗水澡。老汉爬到半坡停了下来，撩起衬衫抹汗，随手摘下草帽，一边扇风，一边下望着横阴河两岸被水冲过的庄稼地：一片片淤土，一片片石沙。他苦苦地摇摇头，呆呆地望了好半会儿。刚想转身往高处攀登时，头顶上忽然传来娇嫩的问话声：

"老爷爷，您干啥？"

"哦！"老汉猛抬头，见一个不满十岁的小女孩，骑在一棵大树杈上，手提个荆条筐，在捋桑叶，树下放着个桑叶篓。"我……呵，我走路。"老汉微笑着，不知答啥好。

"嗬，您真凑趣！"小姑娘嘎嘎地笑了，"这儿哪来的路？"

"呵……呵……我在找路啊！"

"可这是桑树坡呀！您再爬就上了老千顶啦。要去掏山鸽子？"

"哦？"老汉停下来不走了。一仰身，靠歪在土坎上，伸手扯过桑树枝，一边摘，一边同小姑娘唠起闲嗑来。"小姑娘，摘桑啥用项？"

"喂猪，"地道的山里口音，咬字很清楚，"奶奶说，遭了灾，苞谷缺，养猪就得攒野食。"

"哦，猪还吃桑叶？"看表情，那人问得很认真。

"可爱吃啦，煮熟了，猪吃起来连头都不抬。奶奶说，这东西还能养蚕。"

"哦！"那人惊讶一声，"你们队有多少亩桑？"

小姑娘摇摇头："不知道。"

那人也可能觉察到自己问话不对路了，一个小孩子怎会知道种桑的亩数，又赶忙改口："你说说，哪一坡有桑？"

"可多啦。这叫扁担坡，还有榛叶坡、熊窝岭……"小姑娘嘴很快。

"小姑娘，请你说慢一点。"那人说着，摸出个红本本。

"啊，您是画画的吧？"小姑娘越猜越像。"春天来个记者，他一有空，就蹲在这坡上画果树，画了又撕，撕了又画，总画不好。这回，您给好好画画吧！"

那人只顾埋头往本上写什么，随便地搭讪道：

"我倒是想画，就怕画不好！"

他写了几笔，又用拳头托着下巴颏陷入沉思，想了一会儿又记。忙了好一阵，又装起本子来摘桑叶，继续同小姑娘闲唠。

"小姑娘，你奶奶叫啥名？"

"奶奶就叫奶奶呗！"小姑娘调皮地笑笑，抬手朝对面沟里一指，"您瞧，奶奶在那里。"

老汉顺着小姑娘手指的方向望去，山湾里向阳的土坡上，有片不大的平坦场子，场子后边，像是有一排黑黝黝的小房。房前，有个人弯着腰，看不清在干什么。他站起身来，去摸雨衣袋。

"老爷爷，您要去吗？"小姑娘在树上叫道。"往下走几步，有段盘坡道，到了山弯，有岔道，偏上走，可省劲儿哩！"

老汉歉然笑了笑："谢谢你给指路。"还没有来得及转身，小姑娘又"呀"地喊了一声，"篓满啦，奶奶咋还不来接我呀！"

老汉仰面带着慈祥的微笑，用手点了点小姑娘，说道："这个精灵鬼！你托我给捎回去不就得啦！"说罢，弯腰去背桑篓。

小姑娘一见，着急地解释："老爷爷，可别……别背，您给奶奶带个信。"

"我空身走路也不合算。"笑语未落，三尺多高的背篓，贴着老汉的脊背向半山上的平场升去。

爬上平场一望，那人不禁惊讶：这平场简直成了野食的世界——一排排晒席上，摊着各种各样的树叶：桑叶、杏叶、大叶椴、小叶椤,还有扁株芽、车前子和一些不知叫什么名字的野菜。平场四周,一个紧挨一个地摆着荆条大囤,每个囤都盛着像小山似的干野食。平坦的小平场上,一个老奶奶在低头翻晒树叶。老汉走上前去,把背篓放在一个大囤旁,摘下草帽,笑望着这叶山菜海,擦拭着满头大汗。

老奶奶头也不抬地说:"你们收购站,就是跟猪交情厚,俺猜你今天准来嘛!"

老汉这才看清:平场后边的一排房,全是猪舍。土打围墙里,隔成四个大圈,每个圈里都有四五头半膘猪,猪坑拾掇得十分干净。围墙外,晒着两床被子,四周却寻不见人的住处。再仔细瞧,才发现猪舍东边有个土窑,窑门口半卷着竹帘,可以看清里边有给人准备的土炕。他心里不禁一震,正想要说什么,老奶奶又开口了:"有腿劲你们就跑吧。"她依旧低着头,手不闲地唠叨着:"别瞧咱队遭了灾,振林今早跟俺商量,秋后,还要让猪只翻一番哩!"

"可你们队的灾情很重啊!"老汉随梆唱和地插言。

"灾情重,哼!"她那壮实的两肩,猛地一耸,像似突起的两座小山,鼻孔里发出轻蔑的冷笑声,"这点艰难能吓倒人?跟'跑山'①那当儿比,就像小河比大江。大江大海都闯过来啦,能在小河沟里翻了船?"

听老奶奶说话这股刚劲,老汉再也抑制不住自己的感情了:"你是谁?"

"俺……"老奶奶这才慢慢地抬起头,用力眨了眨眼睛,惊怔地盯望着面前的陌生人,"俺是老武家的呀!"

"老武嫂!"老汉猛地喊了一声,几乎要扑过去。"我是老单——单政民。"

就在邂逅的这一刹那,老单脑子里闪出一幕惊险的斗争场景。那

---

① 跑山:指抗日时坚持不下山。

是一九四三年鬼子秋季"扫荡"时，由于敌人兵力过多，游击队化了装，分别夹在群众中隐蔽。当时，老单跟随民兵队长老武一家人躲在老千顶后的密林中。敌人爬上老千顶向密林里投石磙，一块石砾崩到老武两岁的小儿子头上。孩子疼痛得哭叫起来。鬼子听见哭声，狂吠着搜捕过来。老武嫂急得满头大汗，忙用乳头去堵小孩的嘴，可是孩子疼痛难忍，吐出乳头还是挺着身子哭叫。敌人越来越近了。老武拉着老单要走："丢下孩子，顾大人要紧！"老单坚决不答应。两人争执不下，老武嫂抱紧孩子，嗖地站起来，往林外跑去。老单发觉，要拉她时已来不及了。一阵爆豆般的枪声，鬼子号叫着追赶过去。透过树林缝隙，老单只是恍惚看见她那双飞快的赤腿一掠而过。多少年了，老武嫂就像刻在他脑子里一样，永远忘不掉……

"老武嫂，没想到在这里见到你呀！"老单满怀深意地说。

"俺也没想到啊！"老武嫂说，"只当你是收购站的老王哩！看哟，你眉毛都白了，一晃二十来年没见啦。"

"你们怎么还住在山里呀？"老单记得，他未走前，老武就在庄里盖了新房。

"我撺掇着老贱脾又搬回来啦！"她笑笑，接着解释道，"前几年是在庄里住瓦房，党提出'大办农业'以后，大队在这儿开了二十多亩山田，没有肥料，俺提议把俺那养猪场搬到了这儿。这一来，老贱脾兼任了'农场场长'，俺也当上了'猪司令'兼'肥料公司经理'——老支书封的官儿，家也就搬回来啦！"

老单咧嘴笑了。他记起，这"老贱脾"是当年武嫂对丈夫的爱称。这一对革命夫妻，在战争的年代，对解放事业忠心耿耿，在社会主义建设的日子里，还是这样的满腔热忱啊！想到这里，他急问："老武呢？"

"唉，"老武嫂一下子变了脸色，长叹了一口气，"人家'修行'

去啦，现今又不定倒在哪条山洼里！"

"哦！"这消息，使老单感到意外。

老武嫂瞧着老单那惊异的面孔，又补充一句："八成是跟振林闹拧秤啦。"

"振林是谁？"在公社时，老单就听到过这个陌生的名字。

"咋？你还没进庄啊？难怪你不知道！就是'老妇救'的小结实，如今大名叫振林。"

"哦，他担任啥职务？"

"副书记啦！"老武嫂高兴地说，"去年新选的。这孩子能干，一年多里跟他叔一直配合得挺好。谁知赶上遭灾却闹了意见。"

"是怎么回事？"老单追问。

"听说你老武哥要领人上伊春，振林不同意。这两天，你老武哥都是半夜从庄里回来，后半夜还是瞪着红眼珠子不睡觉，又跺脚，又拍掌，一会儿说振林办事不上紧，一会儿又说振林工作欠思量，心大意高不求实际。还有，今早振林来，跟俺商量猪只加翻的事，还让俺再从饲养小家禽上打打主意。俺也想到了养鸡和养兔，可是跟你老武哥一说，他脖子一拧，嘟哝什么'怪气，外面摆着金山不去刨，偏要守在家里抠石缝寻鸟粪'！你听，振林想的全不中他意，好像全大山只他一个人急，一个人能。"

老单听罢，摸着下巴，久久地沉思。

这时，老武嫂又"啊"了一声道："你回窑等着，俺去找他。"

"不不，你忙着，"老单摆手阻止，"我正想到山上转一圈哩！"

"那，俺指给你路，"老武嫂挤眼笑道，"别觉着你是当年的'山里串'，眼下这山变化可大啦，林子全蹿起来了，要不是遭灾，俺保准你转一趟山，回来就得乐三天。"她领着老单走了几步，又停住抬手指引道："你从这条小道一直往上登，到一块红石砬下再往西插，钻过桦树林，就能望见老千顶。他不在老千顶，就在西大洼。"

顺着老武嫂的指点，老单钻进绿荫参天的桦树林，眼盯着脚下曲折清晰的山道，耳鼓里回荡着"俺指给你路"这句话。这是多么熟悉而又亲切的一句话呀！早在一九三七年秋天，他带领长城支队头一次钻进大山的时候……他回忆着，思索着，不知不觉钻出桦树林，大步登上了老千顶。这里是大山的最高峰，可以瞭望到全庄的六沟九岔。他看到那沟沟洼洼处，一片片条形坡地，赤露着土红的山皮，庄稼不见了，枫叶坡上，横陈着刮倒的果树。可是，就在同一时刻，他也看到了另一幅让人欣喜的景象：条条山梁，绿林葱茂。他细心地辨别着林子的颜色，判断着林子的种类，概算着林子的亩数。看着看着，他竟兴奋地摸出红本本，一边思索，一边记录着。他在老千顶蹲了有一个多小时，才恋恋不舍地朝西坡而下，奔向西大洼。

他向洼下走着，忽然发现脚下一块青石台上，躺着一个人。低头定神一瞧，正是老武：两腮虽然长着厚厚的张飞胡，也掩不住左颧骨上鬼子留给他的刀痕。老武头枕一双掌子鞋，身穿一条姜黄色的土布裤，裤腿挽到膝盖上，上身裸露着红色的肌体，正瞪着两眼，斜视着山洼下的乱石窝。

"嘿，你倒神气！"老单风趣地喊了一声，"真是在这儿'修行'哩！"

"能修成神倒好……"老武脸冲天说了半截话，觉察到来人这半生半熟的语音，神色怔了一下，挺身坐了起来，扭过脸，不禁一惊。

"不敢认了——我是老单。"

"嘿！老伙计！"老武健壮的身板腾地立起，一双大手，向老单抓来，"在队部等了你一头晌，俺寻思你今天不会来了，这会儿是从天上掉下来的？"说着，上上下下打量着老单，又急切地问："特意回来看看还是路过？唉！你回来也没挑上个好日子。"

"是路过,也是特意,就为碰这个好日子才来的哩。"老单风趣地微笑着,心想:若不是暴雨倾泻大山,我说啥也不会中途连夜绕路赶到这里来呀。他本是去围场县参加物资交流会的,开幕日期就是明天。

他又歪头笑问老武:"怎么?你真的到这儿'修行'来啦?"

"'修行'?都快把人急死啦!"老武说着,把眼珠一转,投向山洼,"你瞧,老天多不讲交情!"

老单这才看清,山洼的一片乱石窝,原是石垒梯田。埂墙全被冲塌了,从石缝里还兀自钻出几棵玉米秧,看去真叫人酸心。扭回脸再看老武,只见他怒视天空,带着伤疤的腮帮抽搐着,两唇紧闭,发出"嘎吱吱"的咬牙声。这姿态,同当年鬼子烧山放毒时,有什么异样。老单正想安慰他几句什么,只见老武发颤地吼道:"老单,让你说,咱能在水鬼面前低头吗?大山人是压不扁折不弯的!"

听着这震撼山谷的吼声,老单满怀激情,暗中叫好。他用力点着头道:"老武同志,你说得对啊!我相信你们会找到战胜天灾的办法。"

"那是自然,办法俺早已谋划好了。"他兴奋地拉老单在大青石上坐下,"来来来,俺的老上级,俺说给你听听。"接着,他一口气重复了抽壮劳力去伊春伐木的主张,搬开手指头数道着当年可以挣多少钱。要紧的还是他那长远打算。末了,他甩着大拳头咚咚地砸着青石台,肯定地道:"保证有个好前景!俺的老上级,你说,这不是当下最好的办法?"

老单没有直接回答,他微皱着眉思索了一下,反问道:"群众咋个说哩?"

"群众还不是等着当干部的拿主意。可这主意,"老武说着,脸色语声不禁变得气恼起来,"当干部的先就不通!别人还好说,振林这后生逞能哩，带头儿看不中。要不是他拦着，俺今天就可以带队伍上路了。"

"怎么？这接班人撑不起来？"

"小伙子人倒是个挺能干，现今是咱大山庄最年轻的党员。去年支部改选，老支书为大山后事着想，提议让他担任副支书。俺们几个老支委也满对心思，都尽力扶帮他，许多大事都让他出头露面去干。唉——"说到这儿，老武长长地喘了一口粗气，"不想这一回，到节骨眼儿上，这后生竟主观起来了。还是经历得少，根底浅哪！拿不出个实在主意，光在嘴巴头上逞能！"

老单沉静地听着，插言问道："那他是怎么说的？"

"能说出道道儿来也好啊，就会拧着脖子干嚷嚷，靠大伙呀，想办法嘛，硬是坚决不走人，还要在山上打主意。"老武轻蔑地说着，"山上也没有主意好打啊！他转了一遍不死心，还要转。都是山里长大的，阴天下雨摸不准，山里有啥没啥，咱还有个数。我说，你就别搭工费力闲蹓腿啦。算白说，他根本听不进俺的话！哼！心里想的比天高，嘴里唱的比闪急，可到底怎么行动啊？灾过三天了，踪影不见……嗨，恨不能让人急八个死。"

老单仍是沉静地听着，这时又插言问道："那他这两天净干些什么来？"

老武越发激动起来："干什么？正是火烧眉毛的时候，他撺掇着'老妇救'，还有几个老支委，去乱串门子。每天吃罢饭，一蹓十八家。人家都急死了，他却告诉团支部、俱乐部组织青年看书念报排节目，还批准老振川——这人你知道，在北梁上夺过鬼子机枪不会放，拎起枪托砸碎三个鬼子头，后来还被评为虎胆英雄——到百里以外的快活峪去瞧闺女。他说这就是找战胜天灾的门路哩。按住大兵不动，搞这些磨牙蹓腿捕风捉影儿的事儿！"他拍手打掌又叹口气，转个口气接道,"俺老武虽然是当年的愣李逵,可你问问公社,这些年咱没唱过《青风寨》。多年的工作教训俺,像俺们这操着百户千口家业的人,稍一粗鲁,就会给群众造成损失。办事总得苦思苦想,可不能没见猎物就撒出秃尾巴鹰。"他激动地说罢这席话,心情稍有平静地朝向老单,"老伙计,你这一来,可该俺痛快了。老辈子人信得过你,小伙子们也得服你,他们可爱听你带俺们打鬼子时候的事儿啦!快帮咱去说说振林,去伊春可是条万全大计呀!"

老单一直沉静地听着,没有再说什么。

"嗨,咱老坐在这儿干吗呀?"老武猛地朝老单一搡,截断了他的思路,"快回窑洞歇歇腿去。唉,你是几时到俺庄的呀?"

老单说:"还没顾得上去庄里。一进大山沟,我就爬上扁担坡,没想到先碰上你一家人。"

"嘿,还是老习气哟!"老武捅了老单一拳,笑道,"仗没打响,总得先察地形!"

这虽是无意之中的玩笑话,却对准了老单的心思。他笑笑,抬头望一眼西北天边浮起的疙瘩云,低声说句"不好,怕是一会儿有雨",便趁势告辞道:"我得马上赶进庄,察了地形,就得去向指挥官报告。"

"谁管你这套,"老武一把攥住老单,像是怕他随时会溜掉,"回窑吃完饭,俺陪你进沟。"

"火烧眉毛了嘛,你说的,得赶紧去说服振林。有能耐把我分成两半。"

老武紧闭着嘴巴,一言不发。为工作应该放他,可感情上不相让。他那粗大而有力的手,紧攥着老单的手腕,一刻也不放松。

三

傍晚,淋起阵雨,山庄比往日早早地沉静下来。

庄下河沟里，隐约传来"喂——喔——"的吆喝声。霍大妈听这声音有点熟，便喊住振林："好像你刘二叔喊，怕是他下晌丢了牛？"

一听说"丢牛"，小伙子"霍"地跑了出去，转眼工夫，又"呱嗒嗒"地跑回院里，兴冲冲地喊道："他冒着雨摸来了！"

儿子的话没头没脑，霍大妈却断定八成。她赶忙穿鞋下炕。竹门帘一动，来客进屋了。她正怔然端详，客人"扑哧"一笑地抢先开口了："怎么，不敢认了？"

"老单！"大妈也看准了："好你呀！"她用手指点着老单的鼻子，"急了大伙多半天，你怎么才来？"

老单一边脱雨衣，一边大咧咧地笑了笑："就是要试试当年老行当嘛——雨夜行军，吉多凶少，可没料到泥路不饶人。"

大妈这才发现，老单的雨衣背面，糊着一大片泥巴，显然他跌了跤。接过雨衣，大妈意味深长地感慨道："你呀，这多年，捎书传信盼你来，你总说工作紧呀，脱不得身呀，没想到眼下一场暴雨，倒把你给冲来喽！哼，俺看透啦，你一辈子就吃服了斗争饭！"

两位老战友攀谈起来，小伙子插不上言，立在屋门口发笑。大妈随手把雨衣扔给他："傻笑个什么劲儿？还不到东房烧水去，顺便给你老单叔刷刷雨衣！"

小伙子应声跑出屋。

老单仰身靠在柜橱左边的方椅上，朝小伙子背影瞟了一眼，悄声探问大妈："他是小结实？"

大妈下颏向里一收，笑道："你倒好记性，还没忘记这个爬崖没摔坏的石蛋蛋，现在人家有了大名，叫霍振林。"

"噢，念了几年书？"

"已然初中毕业。"大妈说，"打十三岁上，你老霍哥就把他带到承德市——噢，你知道吧，你哥在木材公司工作——念完初中，又进了二年技术学校。六一年支援农业时，老头子变了主意，把他'支援'回山啦！"

"听说振林当了副支书？"他满怀喜悦地问。

"啊！"提起儿子，霍大妈眉开眼笑，"该咋是咋，他工作还有股冲劲儿。回山第二年，评上'模范社员'，第三年当了大队会计，去年又当了团支部书记。老支书看他能干，几次在支委会上提议，说以后工作越来越复杂，当硬的干部中该有个喝过墨水的人，才向公社党委请示，在党员会上提了他的名。"说到这儿，她不好意思地笑笑，"嗨，依俺看，他还是棵嫩苗苗！"

"是啊！"老单微点着头，眉宇间布满笑意，"'老妇救'啊！哪一棵参天大树没经过嫩苗苗的时候哩！只要它根儿正，枝梢恋阳光，就能长成顶梁立柱。"

这时，振林端着水盆，嬉笑着，走进屋，又恭敬又亲热地招呼道："老单叔，快洗洗您那泥巴脚。"

老单这才觉察到：进屋这半会了，还光着泥脚丫。他拉过水盆，把脚伸进盆里，仰起笑脸，刚想和小伙子搭讪几句，忽听院内响起"吧嗒嗒"的脚步声。跟着，屋门"哐当"一声响，老武闯进屋来。他晃着壮身板冲向老单，洪音大嗓地责怪道："好家伙，你让俺好追哟！饭前下了雨，俺还以为你咋也不能进沟来，没承想，一麻痹，让你钻了空子……"他说着，又转向霍大妈说："'老妇救'，你说他脚板够多勤，偏晌一进沟，他就钻了山，爬上老千顶，又到西大洼……嗨，他那腿，好像是按时辰租别人的，生怕不够本。"

霍大妈鼻子"哼"了一声，也冲着老单说："俺还以为你才从公社来呢！唬咱山姥姥，装得多像。"嘴上不相让，眼里却闪着敬仰、赞美的目光。

老单用手搓着泥巴脚，仰脸强辩："你儿时问过我从哪来呀？"

老武一听，又调头责怪霍大妈："就是，你咋不问一声，他还没吃饭哩！"

"活该饿着！"大妈打趣地笑着说，"回到家，就该自己找饭吃。饿得拉不动腿，脚板就老实了！"可她跟着就呼喊："振林，快给你老单叔端饭去——在东房锅里热着哩！"原来，她午间串过门子回来，就忙着蒸好馍，煮好蛋。

振林一出屋，老武便凑近老单身边，低声问道：

"怎么样？说转他了吗？"

老单仰脸笑道："你好心急哟！我半道经过羊棚，进去打了个转儿，这才刚进屋，板凳还没坐热哩，'老妇救'你们俩就'对堂审问'，也得容我个空儿。"

老武仍是急切地说道："这是关系全队的抗灾大计，俺怎能不急？"他又转身朝向霍大妈，"'老妇救'，这不，老单来了，咱那大主意可该定下来了。俺在西大洼躺了半后晌，想来想去还是那主意，要想渡过这场灾，只有上伊春！"

"是得当着老单的面说道说道。""老妇救"看了老单一眼，爽快地说，"俺后晌又串了几家门子，没听见过一句说要走人的话。俺反正觉着上伊春这个法儿不大相宜。"

"怎么不相宜？"老武着急地探过了身子，"我那'老妇救'，咱可不能跟着毛头小伙子也说那不着实际的空话！"他把身子又转向老单，"咱一不靠国家救济，二不用兄弟队支援，天大的困难自己担，好光景实实在在明摆着。老伙计，你说，这不是十全十美上上策？有什么不相宜！"说罢，他瞪着大眼，急等老单回答。

老单避开了他的目光，笑了笑，"怎么？你想让我当裁判官？"他用手掌摩挲着下巴，"我呀，还得听听'被告'的哩。"

他的话音刚落，振林端着热饭盆走进屋来。老单站起身，搓搓手，抓过一个热馍馍，一边大口地吃着，一边拉振林也坐下："过来过来，小伙子，你老武叔把你给'告'啦，你还不申辩申辩。"

振林有些拘束地坐下了，他不眨眼地盯住老单——这就是他，那个在大山青年一辈脑子里活动了多少年的英雄人物！这么朴素又这么亲切……小伙子又转眼看了看妈妈，看了看老武叔，然后，把这两天来憋在心里的话倾诉了出来："俺知道老武叔的心意。他是为大山百家千口下半年的生活操心着急，他恨不能拼上自家的性命，一拳头砸烂'水鬼'，给大山夺回个好日月来。可是，老武叔想的救灾办法，俺不能同意！俺觉得，治山是根本，人走了，治山怎么办？不治山，将来……"

"又来了，又来了！"老武把刚刚噙在嘴里的烟袋杆又一下子拔出来，急切地打断了霍振林，"车轱辘话来回说！治山治山，你不渡过眼前难关，拿什么治山！"

"眼前困难是得解决，"振林待老武气哼哼地狠劲抽上烟时，又接着镇定地说下去，"但不能丢了治山这个根本，理应在治山的前提下来研究解决眼前的困难。依俺看，大山的灾情绝没到那非走人不可的地步，这两天，俺转山串户，更信实了，就在山里肯定能想出好办法来……"

"又是在山里，在山里！"老武再次拔出了烟袋杆冲口嚷道。旋又竭力克制着冲动的感情，以长辈的口气，改口说："老侄子，你就不信实你老叔？山上哪一块土没俺几层脚印！哪条洼、哪道梁、哪面坡，俺也不是没想过。不是俺倚老卖老，跑山那当儿，你还爬崖挨摔哩，俺就把大山的筋骨都摸透了！山上要有办法，等不到你想！"

这可真是像老武说的"又来了"！眼看争论又要陷入过去那样的僵局，霍振林看看老单，看看妈妈。妈妈也正满脸焦急地看着老单，老单倒好像眼前根本没有这场争论似的，埋头香甜地吃着饭。只是这时，他才抬起头瞥了振林一眼，那眼光在盯问：你怎么不言声了？

小伙子不想再顺着老路争论下去，他决定当着老单叔的面，把自己的想法全端出来：

"老武叔，俺经历少，见识浅，不能像您那样，一时间拿得出成套的办法来。可俺也在想。起先，俺想不深，想不透。经过这两天，俺请教毛主席的书，请教老贫农，觉得找到了点儿门路：要办法，先得认准了方向，先得找对了来头。老武叔，俺看您在这上头想得不够。光顾了眼前，没顾到长远，光想到咱大山，没想到全国，光看重，"说到这儿，振林顿了一下，热诚地对老武笑笑，"光看重自个儿的主意，没看到群众的力量、智慧和决心！"

"你说啥！"老武霍地一下站起身来。

"老武叔！"振林完全不理会老武那急翻了的样子，又语重心长地叫了一声，"去年支部改选以后，老支书搨着俺的肩膀头问：'担得起吧？'俺说'有党领着，有老前辈们扶帮着，俺有信心！'老支书告诉俺，'记住！不管什么情况，迎着困难闯，咱大山的硬实劲儿就在这里！'老武叔，眼下大山遭到了这么大的灾，俺多想求您扶帮着俺。再难，咱也不能绕着困难走抄道儿……"

"怎么！"老武那张飞胡一炸，"归其是俺拆了你的台，是俺怕困难！"他气得浑身颤抖着，用烟袋杆哆哆嗦嗦地指着振林，"你，你……"他说不下去，又指向老单和霍大妈，"你们，咳！"最后，他一屁股坐下，没有磕打烟锅，就又伸进烟荷包里装起烟来。半晌，他泄气地、又近乎乞求地对老单说："老伙计，还不发话呀，你到底打什么主意，眼看着我急死气死？"

看起来老单是在专注地吃饭，其实他一直静耳倾听着这一场争论。这时，他撂下碗筷，抹抹嘴巴，乐哈哈地站起身来："好啊！车不推不走,话不说不透;不吵不嚷显不出真理儿。你让俺发话,好吧,俺饭也吃饱了,劲也养足了。咱老哥儿俩上羊棚唠扯去。"

"上羊棚?"三个人全是一惊。

"对,上羊棚。刚才进庄路过,俺相看好了,让刘老二腾了地方,咱今晚就在羊棚打通铺。俺们可以说一宿,给你去火消气。"说着,老单带头径自走出门去。

老武打了个愣怔,只好在后面跟着。霍振林莫名其妙,刚想上前挽留劝阻,霍大妈却用眼色止住了他。在这场争论当中她那一直布满焦急神色的面容,这时竟一下子变得豁然开朗了。眼望老单那投进夜色中的背影,她会心地笑了。

振林一点儿也没料到,一点儿也不明白,事情怎么会落个这样的结局。

四

雨早已停了,山野间掠过阵阵凉风。云层被风吹薄了,夜空中,间或闪露出微微的星光。河沟里,零零落落地响着沉闷的蛙声。

河沟对面的南山根,一个隐蔽背风的角落里,有一座孤零零的小屋,闪耀着昏黄的灯光。这就是羊棚。四堵墙,草苫顶,圈门不大,显得异常严实。冬季天寒,山里人便把羊圈在这样的暖棚里,既防寒,又防狼。春草一绿,这圈棚就空了起来,临时储放着扇车和一些杈把、木掀等打场用具。

现在,圈门口悬着一盏马灯,扫得精光的空地上,一边摊着乱豆秸,一边摊着一方厚厚的草铺。草铺上,老单侧身靠墙斜卧着,眯缝着眼,静听老武在继续发牢骚。

老武坐在草铺边,闷着头,抽着烟,嘴里嘟囔着:"说俺领人去伊春是绕着困难走!他以为远离家乡钻大森林就那么舒坦,风吹日晒,狼虎出入……难道这些就不叫困难?说俺没迎着困难闯!可俺出外伐木为的什么?还不是为大伙不减少收入!为的大山人不受熬煎!难道守在家里想不出辙,末了还得仰着脖子吃救济!说俺没扶帮他,俺整夜苦熬谋计策,又为的啥!噢,扶帮他就得由着他在山里干憋受困,空着肚子唱高调?哼!"说到这儿,他气呼呼地狠劲在鞋底上磕打烟袋锅子。

老单翻个身站了起来,他伸开双臂打个舒展,然后,背抄着手,在空地踱起步来,踩得豆秸哗哗剥剥响。半晌,他猛地停住步,向老武大声问道:"老伙计!还记得不,这羊棚可是个有历史意义的地方啊!"

老武抬起头,迷惑不解地望着老单:为什么这般时刻,他脑子里转起二十多年前的往事。

"二十多年前那个冬天,大山人的生死存亡大计,就是在这儿决策的呀!"老单万分感慨地说,"要讲困难,那时候才算是最困难的日子……"

谁能忘记那样的日子呢!老单的情怀,把老武也引到战争年月的回忆里……

那是一九四三年冬,大山人最困难的日子。鬼子围困大山将近一年也没能从这里拔出腿来,平原根据地人民的反"扫荡"杀得他实力骤减。为了急于抽兵,趁风大天寒,敌人放火烧光了山。密集的森林不见了,"跑山"无遮盖。偏巧又下了场大雪,山路滑,并且每走一步,都给敌人留下个深脚窝。这时刻,鬼子狂吠:"这回山耗子统统的完蛋!"企图借天时地利逼死人们。怎么办?一个北风凛冽、大雪纷飞的寒夜,人们聚集在这羊棚里,展开了讨论。有人说,咱的战略任务就是坚持,应该克服困难坚持到底!有人说,没法再坚持了,为了保存实力,不如暂时撤到长城里的根据地,等敌人认为这儿断了人烟，放弃搜山，咱再悄悄回来……

"嘿，想当年，"老单沉吟道，"咱要是来个暂时撤退……"

"亏了没撤！"老武庆幸地说。他想起，那时直到分区给大山命名，他才深切地体会到坚持到底的重要意义。"要不，咱庄就能叫上大山啦？"

"记得不，"老单随口问老武，"咱是怎么批判撤退思想的？"

"光顾保存自己的力量，忘记了战斗的总任务。'站在山根仰看山，只见眼前鼻子尖'嘛！"

"可是，"老单把话锋猛一转，急口问道，"霍老武同志，你，当年的民兵队长，也是赞成过坚持到底的人，现今当上生产大队长，为什么要下山？"

"什么！"老武一愣，顿时明白了——老单要的是"回马枪"。他双目圆睁，红着脸急切地争辩："这，这，这上伊春，怎么能跟'暂时撤退'扯到一块儿？"

"原本就是一回事！"老单脸色严峻地说，"上伊春大山人当年可有钱花，是吧？可除了这一点，还能有什么呢？你打算拿什么交给国家？噢，遭了大灾，今年可不交，不要救济就已经不错了嘛！可是，明年呢？为了当年花上钱，把大批壮劳力拉出山，山田、果树靠谁修复？今年不修，明年又怎样解决大山的吃饭问题？又指望拿什么交给国家？明年补不足元气，后年的光景肯定也不会好。照这样下去，霍老武同志，不要提对国家的贡献了，大山人自己的口粮都难保不向国家伸手呀！可你，是决不肯拖累国家的呀！我也相信，你真的是不想让大山人吃救济饭的呀！"

霍老武的神色变了。他低垂着头，揉搓着手掌。可是，过了片刻，他又镇定了下来，抬起头，争辩地说："理是这么个理，可光讲道理不行……"

"得拿出办法来,是吧?"老单即刻打断了他,"我只提醒你一句:真正懂得道理,才有可能拿出办法!老伙计,想想吧,当年那艰难日子咱是怎么过来的?要讲困难,那时候连饭锅都没有了啊!"他满含激情地说完这句话,随后似乎结束了全部谈话,又背着手,低着头,踩着乱豆秸转起圈子来。

羊棚里除了哔哔剥剥的豆秸响,一时静默下来。静默中,老单那双时时都像在探索的笑眼,环视着羊棚里的一切,最后眼光停落在墙根的扇车上。

过了一会儿,他招呼茫然呆坐的老武:"来来,老伙计,咱把这点豆子翻出来。"他的语调那么亲切自然,仿佛刚才什么事也没有发生过。说罢,他抢先摸起一把杈子,满怀兴致地翻起砸烂的豆秸来。地面上的碎豆荚中,露出满天星似的白合豆。他蹲下身,珍惜地抄手捧起一把,审视着,又捧到老武眼前,告诉老武:"饲养员刘老二说,这是去秋没打净的几捆豆子。当时秸子湿,打不下,有人说,反正这豆秸得喂牛,打不净算了,就捆好存在这儿了。昨天振林找到刘老二,说受了灾,粮食珍贵,让他从这豆秸里再砸出几十斤饲料来。老伙计,你别嫌这豆子少,你别瞧它不起眼。记得不?有一次咱让鬼子困得绝了粮,后来从个破牲口槽里抠搜出几捧豆子来。嘿,有几捧豆子撑着,咱不是要了五个鬼子的命!——哎哎,别愣着呀,咱把这豆子清出来。"接着,他鼓满两腮,一口口粗气吹豆皮。吹完了一捧,又照样吃力地去吹第二捧……

霍老武呆呆地看着,他原以为老单是要试试这豆秸里能有多少粮。当他看到老单一捧捧地吹个没完,忍不住问道:"你那是干啥?"

老单头不抬,故作正经地说:"我是想一口气把这堆豆荚吹完啊!"

老武不禁好笑起来:"俺把你气糊涂啦是怎的?那儿不是明摆

着扇车吗?"旋即,他站起来,抓过一把扫帚把豆荚扫成堆,又用簸箕端进车仓里。然后,握住扇车摇把,猛劲摇了几转。一扭开关,密集的豆荚皮像喷花似的从风口飞出,随之那滚圆的豆粒也从粮箱中瀑布似的流了出来。

"嘿,嘿,这多带劲!"老单高兴地叫着,装做不懂地问,"它哪儿来的这么大风力呢?"

"全仗风板多嘛。这是去年头的新式扇车,风板是白薄铁的,很轻便,只要抓过摇把轻轻一动……"老武说着,又将摇把转动了一下。

"既然是这样,"老单接过话,一字一顿地说,"就不该只相信自己的一口气呀!"

老武的手一下停住了,猛回头吃惊地盯住老单:那张笑脸上,粗眉下的深眼窝里,闪动着善意的嘲弄的目光……

五

夜已深,羊棚门口的灯光显得更加明亮了。

就在老武痛快地跺了一下脚,说声"俺找振林去"的时候,门口的灯光里映出一个高大魁梧的身影:霍振林把头一低,跨进门来。

"老武叔!"小伙子走到老武跟前,亲热地唤了一声,"俺来向您检讨。你们走了以后,俺妈把俺好一顿批评。俺刚才说话没轻重,顶撞了您,伤了您老的心。俺这两天对您的态度也不好,没能跟您好好拉拉呱,都怪俺工作没做到家。哪怕咱爷俩意见不一致,俺也不该……"

"别说啦!俺那老侄子——副支书!"老武的大手一把抓住了小伙子的肩头,亲切地摇晃着,"你这是——咳!你来得好啊!咱就在这地场商议商议不走人的办法吧!"

小伙子惊异得愣住了。他闪动着探问的眼，看了看老单叔笑眯眯的脸，猛然醒悟过来，随即扭头向门外欢快地大声叫道："妈！妈！你快进来呀！俺老武叔他，他不生俺的气呀！"

随着喊声，霍大妈满面笑容地走进门来。

"你一说上羊棚，我就知道你是安的什么心！"她手指老单，畅快地说着，又瞥了老武一眼，"横是把你克得不轻！"

"克俺？"老武不好意思地憨笑着，"俺还得克你哩！一蹓十八家，采了些什么仙丹妙药，也不跟俺这当队长的汇报汇报！"

"你还有了理啦！"霍大妈把嘴一撇，"鸡毛蒜皮，头发丝堵不了大窟窿！"她学着老武的腔调，"吓得俺哟，谁还敢靠前！有那独一门的上上策，稀罕俺这针头线脑？有跟俺磨牙蹓腿的功夫，莫如躺到西大洼去接老鸹屎去咧！"

"哎哟哎哟，俺那'老妇救'，你还让俺活不让俺活？"

两位老人说着，振林只是咧着嘴笑，这时老单却像没他什么事儿了似的，依然侧身靠墙斜躺到草铺上了。

"傻愣着干啥！"霍大妈又嗔怪又疼爱地白了儿子一眼，"还不快着向你老单叔、老武叔汇报汇报。"又转身装做不高兴的样子，招呼老单，"起来起来，吃饱了就睡呀，那可不行！等着你给俺们拿大主意哩！"她跟着长长地舒了一口气，"唉——说真的，老单，你这浑身是办法的人一来，就是塌了天，俺心也不带跳一下的。"她拉着老武在铺边坐下了。

老单并没有起来，躺卧得更舒展自在了："嗬，要靠我这副老骨架顶住天，笑话！"他笑眯眯地望着"老妇救"母子俩，"有办法的是你们，你们都在'袖里捂金'，我知道！"

老单那乐观坚定的情绪，深深感染了振林。他凑近三位老人，蹲下身，痛快流畅地讲起来："俺就汇报汇报！还是没啥成套的办法，说一说请前辈们指点。山洪来的那当儿,俺光是傻急,没有沉得住气。转山串户的时候,心才踏实了些,气也壮了,脑子也跟着活起来。俺心想,大山人不能丢掉大山志,甭管怎么着,'水鬼'给咱毁了的,一定得夺回来,不但夺回来,还要根治大山,让'水鬼'万辈子再也逞不得凶。讲治山,头一个得请教老英雄振川大伯。雨后开罢社员大会,俺就找他去了。谁知他早走到众人头前去啦!川大娘说,那是条水泥鳅,山里发了水,屋里就养不住他!后来俺果然在北大梁上碰见了他,正跟几个老贫农凑'诸葛'哩!他们琢磨,为啥这回山洪把山田冲得这么惨。当时有人说,快活峪大队的田硬没毁。他当场自告奋勇,要去访个究竟。"小伙子越说越兴奋,脸上布满喜色,"老英雄到底谋出了门道!"

"他回来啦?"老单惊喜地问。

"刚才到家,冒雨山赶回来的。"霍大妈喜滋滋地替儿子回答,"趁他吃饭的空儿,俺们才找到你们这儿来的。"

"快说说,什么门道?"老武满感兴味地急问振林。

"老英雄说,人家快活峪的田坝,多是环洼弓形坝,能疏散急洪的冲力。"振林比着手势解释,又激动地说,"老英雄在那儿学了一天,他建议:咱们组织起治田专业队来,把俺队的梯田也改成弓形坝。他老人家老当益壮,愿担治田专业队长的重担!"

老单虽然眯着眼静听,但也清楚地看到,老武脸上掠过一阵羞愧的神色。

小伙子神采飞扬地接着说下去:"治田是个大工程,俺的意思,青壮劳力一齐上,打它个歼灭战,就在今年,变大灾害为大建设,永绝后患,创下大山万世的基业!心里有了这个远大的目标,它就会鼓舞全体社员,咬牙动手,度过眼前暂时的生活困难!"

这时,老武的心里翻腾着一股什么滋味呀!他羞愧,痛悔,深深地自责。这个年近六旬但身板像钢浇铁打似的老汉,仰头目不转睛地盯着面前高大魁梧的年轻后生,那目光里流露出由衷的赞佩,由衷的欣喜……

霍振林说到这儿,闪开身,扭头冲霍大妈一笑:"妈妈您不是说度过眼前困难的法儿,由您向老单叔汇报吗?"

"都是叫你们爷俩搅的!""老妇救"责怪着说,"俺原本打算等老单舒舒坦坦吃饱了,再好好跟他唠扯的。"

"怨俺怨俺!"老武爽快地承认,"这会儿该你登台啦,就别拿捏着,快说吧!"

"老妇救"没有马上搭腔,她从容地从衣襟里扯出一本活册来,又神情庄重地把活册递给老单,这才说道:"这是俺的工作记录。俺们串门子扯淡,对农林大宗想得不多,可副业活路凑了不少。也不知可行不可行,你们给帮着谋算谋算。"

老单坐正了身子,小心地打开被霍大妈当作活册的旧历书。那里面并没有夹着什么妇道家的活计。发了黄的册页上,不知是用墨笔还是用锅烟子黑粗粗地画了些奇形怪状的图画,间或歪歪扭扭地写着几个简单的字迹。

看到老单和老武那迷惑的脸色,霍大妈有些不好意思地笑着讲解:这页画的是采蘑菇、榛子、橡子……那页画的是可挖的几种药材,画着一条小虫的,是说想养蚕。"女"字表示不占男劳力,"小"字下面画的是孩子们能干得了的活计……

捧着这本珍贵的活册,老单的双手微微抖动起来。他缓缓站起身,把它交还霍大妈,炽烈热诚地说:"'老妇救',你们,果然是'袖里掏金'哪!"

面对"老妇救"的活册,老武更加感到内疚。他用大拳头恼恨地捶着脑袋:"唉,俺,俺真糊涂!有这么多好办法,俺就是看不见!"

"对!"老单接过他的话,"挖一挖,这是为什么?是什么挡住了你的眼?"

"俺懂啦,俺懂啦!你给俺开了心缝啊!"老武感慨地说。

"好啊,我的老伙计!怎能说我给你开了心缝?我可没那能耐。"老单恳切地笑笑,加重了语气,"你知道吗?开我心缝的倒是你们,就是你身边的亲人,你的老伴,你的小孙女啊!我乍进沟时,心情不比你欢畅几分。最初遇到你那小孙女。叫什么,小秀妹,好个小秀妹,是她第一个开了我的心缝……"说着,他掏出红本本,一面翻看,一面连续讲下去,"后来,我又看到了你那老伴,她指给我路,登上老千顶,使我心情豁然开朗,看到被冲毁的山田,可也看出了咱大山发展的前景。冲毁百余亩山田,几百棵果树,算什么!腾出地场来,日后栽它一万棵!二十年前,鬼子把山烧成了和尚头;现在呢,哪条沟哪面坡不是一大片茂密的林子!在山里,我看到了老武嫂子用干树叶子养猪。咱发动起老太太小孩儿们,还愁不能再养别的家畜家禽?在这里,我又看到了'老妇救'的活册……"他说着,两眼敬佩地盯着霍大妈,"'老妇救'啊!你那活册里夹的不是鞋样,全是咱山区社会主义多种经营全面发展的宝贝图样啊!就拿养蚕来说……"他用手指点着红本本上面的记录,"你们的扁担坡、榛叶坡、熊窝岭,大约有四十亩桑,正好养一季秋蚕。一百张蚕,能收入四千多块,更重要的,你们可以为国家生产几千斤绢丝,这是了不起的贡献!这次有多少山庄遭灾啊!把养蚕的计划传播出去!'老妇救',这就是你今天拿出的'石板锅'!"

这番话像一蓬火,烧得人们心里热,照得人们心里明,让人们觉得仿佛自己不是在这山脚下的羊棚里,而是攀登在那晴日当空的老千顶上。

一刹那，羊棚里又静默了下来，人们都沉浸在一种激动的情绪里。少顷，门外传来杂沓的脚步声，接着，老英雄振川大伯那高亢洪亮的嗓音传过来："老单——"随后，"单队长！""单大叔！"男女老少一大伙人扑拥进门来。小小的羊棚立时挤得转不开身了，门口还堆拥着不少年轻人。

老单一步抢上前去，一把抓住了老振川那扑过来的一双大手："老英雄！"

"二十多年啦！"老振川的声音有些颤抖。接着，他把大手一扬，指着门口边的年轻人，无限欣喜地朗声喊道："看看，你看看吧，咱大山，又添多大一班子人啦！当年的娃娃崽子们，全起来啦——'山耗子统统的完蛋'！"他模仿着日本鬼子的声调，随后挺胸袒怀，爆发出一阵畅声的大笑。笑声，震动得羊棚的四壁发出嗡嗡的回响。

人们挤过来，都要拉一拉老单的手，亲热地跟他拉着话。年轻人眼里闪动着景仰敬佩的目光，久久地投射在老单身上。

"俺们等了你一后晌！"一个健壮的老汉告诉老单，"傍黑，刘老二挨门串户告诉，说你淋着雨悄没声地进庄啦！俺们聚汇齐了人，找到'老妇救'家，没人，又找到老振川家。他撂下饭碗带着俺们找到这儿。你们咋跑到这儿来啦？开紧急会议？"

"对，紧急会议！"老单笑呵呵地说，"老伙计你倒好记性，没忘了二十年前那一出！"

"那还能忘了！"那老汉兴奋地答道，"咱大山人，什么都丢了，那一出到哪儿也丢不了！老单，眼下又是困难临头啦，你再给俺们讲几句吧！"

"对，给俺们讲讲吧！"人们应和着。"我没啥好讲的。"老单大大咧咧地一摆手，"我向你们道喜！大灾会给你们送来一幅大山改天换地的全新美景！我向你们道喜！大灾会给你们送来一批新的干才闯将！老英雄说，二十年前的娃娃崽子们全起来啦，要讲，该让小结实多说几句啦！"他一把拉过霍振林，故意叫着他的小名，引起人们一阵哄笑，接着响起一片赞许的掌声。

霍振林憨笑着，痛快地接上来："俺也没啥好讲的。咱遭了这么大的灾害，该怎么对付它，大山的乡亲们这两天早用实际行动讲过啦。这两天，有多少人吃不好饭，睡不稳觉，转山串户，出谋划策，绞尽了脑汁！这两天，党支部管委会，初步摸清了情况，现刻……"

振林讲着的时候，老单不停地上上下下打量着这个年轻人，又不时地望望默立在一边的老武。他心中感慨万端：老武，这个大山的老干部之一，对党对人民一贯忠心耿耿，经历多，见识广，也有路数，有主见。这和年轻人相比，应该算作长处。而今，恰恰是其中的一些东西绊住了他的手脚，迷住了他的眼睛，使得他过于自信。相反，霍振林——这个二十年前还是爬山岩不知深浅的愣娃娃，成长中吸吮了老一辈革命者的血液，他敢想，敢闯，善闯，相信智慧和力量在群众中，坚定地走艰难的路，勇敢地挑重担子！就在羊棚这座战斗的舞台，又增添了年轻的角色，这就是历史的发展！想到这儿，老单的心里顿时涌上一股甜蜜的意味：老一代大山人所经历过的革命光荣传统，已经哺育了新一代大山人，在新的历史条件下，他们又继续高举红旗，踏着老一代人的脚印前进了。这时，在老单的脑海里，大山抗灾的一幕已经全部退场了。他的思路已在明天围场县的物资交流大会上：连夜动身，还不误会期……

"大计已定！咱说干就干，明天，大山人马全军上阵！"振林激昂地结束了他的讲话，"只要咱永远听毛主席的话，有这颗心，"他高高举起一双大手，"有这双手，什么人间的奇迹，都可以创造出来！乡亲们！下定决心，迎难闯去，眼前就是胜利！"这钢铁般的语句，深深嵌进人们心里！

在深浓的夜色中，大山，吹起了新的进军的号声……

尾声

三天以后，大山生产大队接到公社通知，要支书和队长去汇报抗灾进度，并研究下步抗灾工作。清晨，霍振林和霍老武迎着霞光走出庄。时间尚早，他们决定沿着老单进山时走的那条路线转上一圈，然后再到公社。

这几天里，无论是在贫下中农谈心会上，在全体社员抗灾献计会上，在讨论抗灾计划或计议远景规划的队委扩大会上，还是在他们逐门逐户访问老党员、老民兵，老贫农的时候，霍老武一次又一次受到了深刻的教育。群众的志气，群众的智慧，激励着他，照亮了他。

老单走后的那天清晨，队里把抗灾大军会聚在"鬼见愁"沟门，老武主动向大家检查了自己的思想。随后，他高高举起公社过去奖给的那面流动红旗，号召各个抗灾专业队展开竞赛。当时，人们的情绪是那样的激昂！垒坝开田的，育林修树的，饲养禽畜的，养蚕的，刨药的……哪个专业队不派代表登上山岩争着抢着提条件、立保证！霍老武的小孙女秀妹，等大人们都说完了，突然爬上岩顶，亮着娇嫩的嗓子问："爷爷，俺红领巾采集小组，要可劲儿采蘑菇，采得多多的，多多的，要把大山被冲掉的东西，在大山上找回来！"不知怎的，面对这孩子充满稚气而又神情严肃的小脸，霍老武眼里噙着热泪。"是啊！丢掉的东西，一定找回来！并且永不丢掉！"想着想着，他眼前又晃起老单的身影……

那天，是老振川代表垒坝开田专业队接过了红旗。他一手擎旗，一手指着脚下的山岩，敞开大嗓："乡亲们！想当年这是鬼子最伤心的地方。这儿的石雷，要过上百鬼子的命。那些狗骨头，像踩在咱大山人脚底下。咱给这地方起个名字叫'鬼见愁'。现今，咱就在这儿誓师，要跟天公比个高低。咱要把天公也踩在大山人脚底下，给这地方换个名字，叫'天公愁'！"

老振川雄壮洪亮的喊声，抗灾大军山呼海啸般的掌声、口号声，在层峦峡谷间久久回荡……

现在，他们跨过"天公愁"，登上了老千顶。下望开田战场，老振川接了去的红旗，在晨风中猎猎飘；老振川带着他的队伍，正在晨光中挥舞着银锄。那儿，虽然还是一片乱石窝，但一条条白灰撒成的工程标线已经勾画出了新的大片山田的轮廓：一层层鱼鳞似的环洼弓形坝，拱卫着一块块月牙儿似的沃土。

火红的朝阳映照着丛丛丹枫。霍振林挺身立在丹枫下，宽阔的黑脸膛上，泛着红光。他乖眼向四下望去，眼前的群山竟是那么雄伟秀丽！条条山梁，蜿蜒苍莽，茂林浓密，一脉青翠。细察那洪害冲刷过的沟沟壑壑，可以看到裸露山体的大山筋骨———一块块铁青的岩磐。小伙子猛然想起老武说过的一句话：俺早摸透了大山的筋骨。他不禁拉拉老武，向他说出了心里的感受：老振川，老武婶和自己的妈妈，以及战斗在这山野里的每一个大山人，他们就是构成这大山的坚硬的岩石啊！在过去的年代里，他们跟着党，闯过多少艰险，筑成了这座英雄的大山；现今，在社会主义的伟大时代里，有党指路，靠着他们，有什么样的困难不能征服，有什么样的高峰不能攀登呢！大山啊，英雄的大山啊！你，千年万代，巍然屹立，永葆青春！

一九六五年十二月于北京

张朴

山岗白杨

元旦，我们去看望下放干部，乘坐一辆中型吉普车，在山区公路上蜿蜒前进着。天，多云，太阳忽儿探出头来，扫视一下群山，忽儿又躲在灰云后面。风带着细砂拍打着吉普车的帆布篷，车一会儿行进在峭陡的两山之间，一会儿又爬上较为宽阔的半山腰中，走了有两个多小时，渐渐爬上了一座小山，山路盘旋，越来越陡，吉普车发出一种嘶叫的吼声，慢慢地爬着，我们都替它使劲，也很担心。果然，将要到达山顶的时候，吉普车突然停住了，车再也开不起来。经过检查，司机说要修理，我们只好步行到山顶。

山顶上风很大，很冷，棉衣都吹透了，同志们突然来到这旷野的群山中，都愿意在山顶上站一站。远处群山层层迭送，被雾气笼罩着，看不十分清楚，近处的山头，连绵不断，一直向东伸展下去。在我们对面的小山上，有一棵高耸云霄的白杨，出众一头地在寒风中挺立着。白杨树下面是个小村庄，青堂瓦舍，白壁土墙散布在树林中。这个地方我觉得有些熟悉，但一时又记不起来这是什么地方，又在什么时候到过。正在猜疑，由山下走上来一个赶毛驴的老乡，我问他：

"这是什么山？下面是什么村庄？"

"这是皇姑岭，下面是杨家台。"

皇姑岭？杨家台？我的心突然一跳，我多么熟悉这个地方呀！今天居然会不认识它了。在这里，我度过了一生中最宝贵的岁月，由一个无知的孩子，懂得了革命；在这里，我还失去了一个最亲密的战友，党的忠实的儿子，一个优秀的共产党员。

一九四一年夏天，我被派到后勤部警卫第三连做文化教员。警卫三连是负责保卫后方医院的，驻扎在杨家台。我由政治部出发，爬上皇姑岭，迎面就看见这棵高耸云霄的白杨树。我刚刚翻下岭去，村边的杨树林子里，钻出来几个战士，指手画脚地说："来了来了，一定是。"一个战士跑到我面前，敬了个礼，问：

"同志，你是到警卫第三连来的吗？"

我才一点头，他上前把我的背包抢了过去，其他战士一拥而上，来夺我的挎包，抢过背包的那个战士说：

"我们等你三天了，今天算是没有白来。走吧，见指导员去。"

这时我才明白他们专门来接我的。一面走着，他们几个人小声地，可是非常高兴地念叨着：

"这下可好了，咱们的文化课可以按时上了。"

"文化娱乐也能开展起来了。"

"再开大会呀，"抢我背包的那个战士挥动胳膊说，"一连，二连，让他们听听我们的新歌吧。"

"说什么也不能让他们再比下去。"

这几个战士都很年轻，最大的也不过二十三四岁，第一个抢我背包的那个，连二十岁也不到。在领导上决定让我到警卫三连做文化教员的时候，我总担心自己年纪太轻，十八岁到底还算个孩子，怎么能给战士们上课呢，他们要看不起我怎么办？现在看起来，自己太不了解连队的情况了。

我们走进一座大门，在东房的门前站住了，抢背包的那个战士喊了一声："报告！"他领先钻进屋去，几个战士几乎是同时说道：

"指导员，我们的文化教员到了。"

屋子里走出来一个大个子，有三十上下岁，消瘦消瘦的脸，嘴巴上胡子不多，可是非常黑，他就是指导员了。

"欢迎、欢迎，"他一面走着一面说，"我们盼了好几个月，才把你盼来。"当指导员和我握手的时候，他的脸色忽然一怔，眼直呆呆地看着我。

我有些心慌了，是我的服装不整齐，还是身上有什么特别值得注意的地方？不安地低下头寻找。指导员一笑说：

"好，我们屋里坐吧。"

他拉着我的手走进屋去，我喝着水，听见院子里来了许多人，喊喊喳喳地挤在门口向屋里张望。指导员向门口喊道：

"大家都进来吗，既然欢迎为什么不进来？"他转过脸来对我说："你看，战士同志们多欢迎你呀，大家愿意识字，不愿意当瞎子，大家愿意唱歌，不愿意装哑巴。尤其愿意唱新歌，唱好歌。你们说对不对？"指导员斜着眼，问接我背包的那个战士。几个战士咯咯地笑起来。

"今年五一开大会，"指导员又转过脸来对我说，"一二连唱的都是新歌，我们唱的还是《工农兵学商》和《大刀》（《大刀进行曲》），又只有那么两三首，唱完了就再没有了。人家一二连越唱越带劲，还不住地喊：'三连，哑巴啦！三连，哑巴啦！'可不是，三连真的哑巴了，再也唱不出一个新歌来。同志们情绪不高，回来提了许多意见，可我有什么办法呢，咱像个母鸡，连个鸣儿也不会打，别说唱歌，只好给政治部提意见。现在人是来了，以后唱不出新歌来，再让一二连比下去，可别怨指导员啦！"

连外面院子里的战士也笑起来，这时忽然响起了号声，指导员站起来说：

"好，上军事课啦，过一会儿我领着文化教员到课堂上和大家见面。"

战士们齐声喊着"敬礼"，高高兴兴地走出屋子，院子里和街道上马上响起了《我们是边区子弟兵》的歌声。

我就和指导员住在一个屋子里，他睡在用门板架起来的床上，我睡在炕上。指导员对人又和气又亲热。他的房子里常常挤满战士和他闲谈，他们谈的范围很广，国际形势、抗战情况，由各种思想问题到谁的家乡白菜长的最大，大蒜最出名，西瓜最甜，谁结了婚，和媳妇感情好，谁有了对象还没结婚，谁的父母进步，谁的媳妇顽固，等等。因为我才来不便参加这样的讨论，可是没有多久，我就被这种友爱热烈的讨论吸引住了，并不知不觉地参加进去，甚至有时因为某一个问题，和别人友好地争论着。可是我不敢反驳指导员的意见，每一次当他看我的时候，我总想起第一次见面时他那种神情，为这事我常常不安，总想找个机会征求一下他对我的意见。

一个星期日，我和指导员一同到小河里去洗衣服，他坐在我的对面，当我洗完第一件衣裳抬起头来的时候，指导员又像第一次见面时，那样呆呆地注视着我。我脸一红，问道：

"指导员你对我……"

"有没有意见，是不是？"指导员笑了。

我点点头。

"你怎么会有这样的感觉呢？"他好像是明知故问似的。

"因为从第一次见面……"

"是呀，是呀，"说着他抓过旁边一件衬衣擦了擦手，然后掏出一个小日记本，在日记本中拿出一张照片，递给了我，我一看照片，惊得禁不住啊了一声，这不就像我自己的照片吗？头发、脸庞，只是眼睛略略地小了一点。我莫名其妙地抬起头来，看看指导员，他正呆呆地凝视着远方的山头。

"这是我的弟弟，"他苦笑了一下，"苦命的孩子，我的爹娘在第一次暴动中同时被捕了，当时留下了两岁的弟弟，我把他养大成人，抗日战争爆发后，我参军了，他在村里当了民兵，前几天村里来人说，他牺牲了。"一片悲痛的阴影，掠过了指导员的脸，他垂下了头。

我不知道该怎么安慰指导员才好，就冒冒失失地说："指导员，就当我是你的弟弟吧。"

指导员抬起头来笑了笑："是呀，我们整个连队都像亲兄弟，你看，我们整天价不是生活在一起，吃一个锅里的饭吗？"

从此，我和指导员的关系更密切了。

我们指导员是扛长活出身，文化程度很低，可是他学习非常努力，天天记日记，记过之后，就让我给他改错字和不通的句子。他常常为一篇日记，一写写到深夜，其实他的日记不是个人日记，而是全连的思想情况。

一九四一年因为敌人的封锁，山里物质条件很困难，在接近秋收的时候，我们每人每天只能吃到十三两小米，而且大部分还是用黑豆高粱来代替，烧柴也要自己上山去砍，党员首先要保证让非党员的战士吃饱。

一天下午，我和指导员还有连部的通讯员小张（就是夺我背包的那个战士）组成了一个小组，到山上去砍柴，附近小山上的茅草都被砍光了，我们只好上远一点的大山上去。小张是山里人砍起柴来两只手就像笆子一样，非常快。指导员也很会砍，只有我不行。为了学会，我不住地偷眼看着指导员，指导员砍一会儿就直起腰来站站，脸色青黄青黄的，豆大的汗珠顺着脸往下滚，我知道指导员前几天才发过疟疾身体还很虚弱，就说：

"指导员，休息一会儿吧，我俩砍就行了。"

"嗯，"指导员笑笑，"在劳动上我不能当官僚主义，再说这么高的草让我坐在一边休息，我也受不了，咱们还是各砍各的，来个比赛吧。"

太阳偏西了，我们砍了三大捆草，指导员和小张的足有五六十斤，我的略少一点。我们背草下山，我和小张跑得很快，指导员远远地被落在后面，小张还不住地回过头来喊："指导员，别慌张，加把油，快赶上！"指导员在后面也喊："你们要小心，跌破了，还得上药。"我和小张笑着喊道："嗬，指导员落后了，自己还不承认，快赶上来吧！"说着我们撒腿就跑，忽然听见后面啪的一声，我俩回头一看，指导员的草顺着山坡滚下来。我们丢下草急忙往回跑，见指导员趴在山坡上，昏昏沉沉，额角破了，鲜血顺着脸流下来，我和小张都有些着慌了，大声地叫喊着。指导员慢慢地睁开眼，看了看我和小张，微笑了一下，又看了看山路，说：

"我刚说和你们来个下山比赛，谁知道它，"指着旁边的一块石头，"它和我开了一个玩笑。"我俩把他扶起来，他掏出破军装改成的手巾，擦了擦脸说："没有什么，走吧，下山。"小张抽抽搭搭地哭起来，指导员笑着说：

"怎么？跌着我啦，你倒哭起来了。"

要处在往日，我和小张早笑了。今个我俩一声没响，坚持要扶指导员下山。指导员说：

"算了吧，两个人扶着一个人，像唱'独木关'一样，叫老乡看见像个什么样子。"不管他怎么说，我和小张还是一前一后地把他送下山去。

等我们回来背草的时候，小张对我说：

"你知道指导员今个为什么跌倒吗？"

我摇摇头。

"今个不是下班吃饭日吗？（我们连部的干部，为了在生活上和战士打成一片，每星期规定有一天下班吃饭日。）指导员到新战士班去了，新战士不了解粮食供给情况，就可着肚子吃呗，指导员当然得让他们吃饱，听说中午他只吃了半个黑豆饼子，前几天又刚刚发过疟疾，你想，怎么会不跌筋斗？"

我沉默一会儿说：

"那么劝劝他，今天晚上别让他到班里吃饭去了。"

"那怎么能行？指导员一定不干。"

我俩默默地走着，谁也不说话，心眼里都盘算着主意。我知道我俩腰间都没钱，就是有钱，在这山沟沟里也买不到东西。

将要下山的时候，小张指着山坡上对我说：

"你看，枣儿红了，大概核桃也能吃了。"

我一时还没领会了小张话中的意思，就说：

"红它的呗，跟咱们有什么关系。"

说着我继续往前走，小张突然拦着我说：

"哎，咱们并不是故意犯纪律，也是没法子的事，红枣掺核桃又好吃又保养人。"

我忽然明白了他的意思，有点吃惊地说：

"那……"

我本来想说那可不行，可忽然想起刚才指导员青黄的脸色，就把话咽了回去。

小张像哀求似的说：

"只此一回，保证以后不犯，再说这也是没有法子的事。"

我虽然不作声，可是心眼里活动起来，抬眼望望路旁满是红枣的树，再望望小张，好像是说"就这样办吧"。

小张鬼极了，一见我的眼色马上说：

"你在这里给看着人，有人来你就唱歌。"

还没等我点头，他三步两步早窜到核桃树下，一转眼就爬上树去。我心慌得东张西望着，只听咔咔咔几声，等我回过头来，小张早跳下树来，他把核桃塞在草捆中，又到了枣树下，拣起石头啪啪两下，哗啦一声，小张回来了，用军装褂子兜着鼓鼓囊囊的一兜枣，也塞在草捆中，说声："走吧。"

天黑下来了，各班开始了生活检讨会。我和小张偷偷地兜着枣儿和核桃，遛到指导员的门前，隔着门缝一看，指导员正伏在桌子上看报，我示意让小张先进去，小张叫我先进去，我摇摇头，他用力一推，扑通一声，我被门槛绊倒了，噼里啪啦枣和核桃满屋子跳着滚着。指导员抬起头来，莫名其妙地看着我们两个，又看看地上。我埋怨地瞅着小张，小张低着头，咬着嘴唇老想笑。

"这是怎么回事？"

我看指导员说话还和往常一样和蔼可亲，不好意思用谎话瞒哄他，就一五一十地把我们的想法做法说出来。急得小张直用拳头偷偷地捶我。

指导员的脸色立刻变了。"嘿嘿，好呀，你俩真是关心上级。"他笑了笑，笑中带着不满意的情绪，我感到事情不妙。"你们先把东西拾起来，不要漏掉了一个。"他随手腾出床上的绿挎包，放在桌上，"装在这里面。"转身走出屋去。

小张直抱怨我为什么不按事先编造的那一套说，我无言答对，可是心里明白，在指导员面前是说不出谎话来的。

我俩把核桃和枣装在挎包里，指导员走进屋来。他走到桌前，提起挎包来称量了一下，转身问小张："知道是谁家的树吗？"

"知道！村西头四妮家的，是抗属。"小张抬眼望望指导员，又很快低下头。

"那好，"指导员由兜里掏出两角钱来，放在桌上，"你们把东西送还原主，赔偿人家两角钱，把事情发生经过讲清楚，老老实实承认错误。"

小张慢慢地低下头，嘟嘟囔囔地说："我们可以去承认错误，陪他们家两角钱，可是东西……"他胆怯地又抬眼看看指导员，"你还是留下吃了吧。"

"同志友爱，和维护群众利益，就像革命的两只手，为了一只手，砍掉另一只手，你干吗？"

小张低着头不说话了，可是我知道他心里很委屈，错误是我们两个犯的，我应当替他辩护，就说："指导员，我们是说你的身体……"

"我的身体弱是不是，这就是你们违反群众纪律的理由吗？我看你还是不发言好，如果你不是刚刚来到这里，这次错误你应当负主要责任。"

我羞愧地低下头，可是马上又觉得自己应当负主要责任，不能让小张受过多的批评。"指导员，"我鼓着勇气抬起头来，"我……是我叫小张这样办的。"

"你不要扯谎，事情的经过我会猜到的，嗯？你相信吗？"指导员问小张。

小张点点头。

"不，指导员……"我还想争辩。

小张转过头来对我说："你不要说谎了，指导员对我是完全了解的。"

"好，你们马上把东西送还原主，回来向我汇报，然后再谈你们的错误。"

第二天晚上点名的时候，指导员向全连公布了这件事情，严格地批评了小张，说我的责任，只是对这种违犯纪律的行为没有加以阻拦，我又着急又难过，尤其是当小张向全连承认错误的时候，我真想跑到队前向大家声明。可是纪律不允许这样做，这使我更加难过。

为了这件事情我情绪一直不好，见人抬不起头来，一方面为了犯纪律，更主要是没有和小张分担应分担的责任。虽然指导员和我谈过两次话，说明在最困难的时候，维护群众利益的重要性，可没有完全解决我内心的痛苦。

小张和我不一样，好像没有那么回事似的，还是蹦蹦跳跳说说唱唱和往常一样，虽然近几天来墙报上不断地批评他，可是他并不垂头丧气，而且对我说："不高兴有什么用，有错误改就是了。"

天气渐渐凉起来，山里的庄稼大部分都收割完了，每年这个时候，都要从山外平原上运来公粮，因敌人的封锁和抢夺，加上山里交通工具的不便，需要派人去背，我们连队去执行背粮任务。我的疥疮又犯了，走起路来哈巴哈巴的，因此在背粮的名单上把我抹掉了。为这事我找过指导员，他坚决拒绝了我。

这一天夜里，怎么也睡不着，天已经过半夜了，月光照在窗户上，夜非常静，风息了，夜鸟也不叫了。忽然，我听到一种"瑟瑟瑟"的声音，像是狼在偷偷地嗅什么东西。我的身上一噤冷，觉得声音是从窗前传来的，又像在屋里，在指导员床下，借着月光仔细察看，什么也看不见。我轻轻地下了炕，走到指导员的床边静听着，我暗笑了，原来是指导员的被子摩擦石灰墙发出来的声音。为什么被子抖动的这样厉害，我有些不解，用手摸了摸，指导员的身体哆嗦得就像筛糠一样，我有些吃惊地喊道：

"指导员，指导员！"

指导员突然坐起来问："什么事？"

"你病了吗？"

因为屋子里光线暗，我看不清他的脸色，可是我感觉到他像是寒冷得在打战。"你这个小鬼，怎么平白无故地咒我，大概是睡迷怔了吧？"

"不，指导员，刚才你浑身哆嗦得很厉害。"

"是呀，是呀，"指导员用手擦抹了一下头，"我做梦啦，梦见背着粮向山上爬,敌人从后面追着。'嗖嗖嗖'子弹从头皮上擦过,可是怎么也迈不开腿,真急死人,眼看着敌人追赶上来,我用力摆动着身子,迈着步,大概是太着急了,急得身体哆嗦起来。"

我半信半疑的,指导员伸了一个懒腰,像他平常一样挥动了几下胳膊,催促我说:

"睡吧,睡吧,天不早啦,明天我还要去背粮。"

我躺在炕上,越想指导员的话越怀疑,怎么做梦着急会使身体发抖呢?黎明的时候,我又悄悄地起来摸了摸指导员的头,有点发烧,又摸了摸他的脚,冰凉冰凉的,我确定他的疟疾又复发了。

天刚亮我就起来了,给指导员准备下洗脸水和漱口水。指导员脸色黄中带青,可是精神还和往常一样。指导员收拾完毕,刚要走,我拦住他说:

"指导员,你今天不能去背粮。"

"为什么?"

"你夜间发烧了。"

指导员哈哈大笑起来:"你这个小鬼,夜间睡迷怔了,早晨还没有清醒过来。"

说着他推开我向门口走去,我一下卡住门口说:

"指导员,你不要骗我,你是真病了,我对你有意见,我要向连长去报告。"

我直瞪瞪地看着他,眼里滚下泪来。

指导员的脸色,越来越严肃,最后他低下头,转身坐在炕上,沉默了一会儿,他抬起头来看看我说:

"小陈,你知道最近几个月来,我们每个人每天吃多少粮食吗?"

"十三两。"

"为什么吃这样少?

"我们没有粮食。"

"对,我们没有粮食,山区产粮很少,敌人又封锁我们,可是我们没有粮食就活不下去,根据地坚持不住,抗战就不可能胜利,现在有了粮食,我们为什么还不拼命和敌人争夺呢?不错,我的身体是有些不舒服,可是不要紧,我能坚持得住,再说,我们连队有多少个轻病号都在坚持背粮,我能请假吗?"

我无话可说,我俩都沉默着。指导员站起身来,以坚决的口吻对我说:

"就是因为这些原因,你不能向连长去报告,也不准和任何人说我生病了。"

说完他迈步走出屋去,我再没有勇气拦挡他,鼻子一酸,流下泪来。

一整天我为自己的软弱而痛苦,为不被批准背粮而难过,晚上我把这种心情告诉了小张,他虽然同情我,可是最后摇着头说:

"你还是算了吧,指导员是不会批准你的。"

我有些生气地说:"他自己生病可以去背粮,为什么不答应我?"

"指导员又生病啦?"小张吃惊地问。

我知道因一时着急说走了嘴,再也掩盖不住,就把昨天晚上的情况告诉了他。小张并没有像以往似的那样着急,他低下头沉默了一会儿,又抬起头来说:

"你不了解前方的情况,我们的粮食是用血换来的,我们的部队一面和敌人战斗着,我们一面背着粮,担架抬着伤员从我们身旁走过,谁看见不眼红,指导员当然不会休息。"

"那为什么不让我去呢?"

小张不作声了,过了一会儿,他对我说:"你要想去,我倒有个主意。"

"你有什么好主意?"我不高兴地说,"又像上次。"

"不不不!"他眼里闪着调皮的光亮,"这一次决受不了批评。"他一面解释着,趴在我耳朵上嘀嘀咕咕地说起来。

我对他的办法虽然还有些怀疑,可是到底照办了。

晚上,我和小张找到一间破房子,由马号里抱来一捆干草,小张帮助我把疥疮上的白脓挤掉,挤完之后,小张替我擦上药膏就在火上烤起来,这样一烤,怪痒痒的,痛就好点了。

按照我和小张制订的计划,没吹起床号我就起床了,指导员翻了一个身,问我为什么起得这样早,我说就要吹起床号了。果然,等我洗过脸,扫过地,起床号响了。我急急忙忙跑到十字街口去集合。

在跑步的时候,我故意靠近指导员和一排长,挺着胸脯,两腿抬得高高的,好像根本没有长疥疮似的。其实粗布裤里摩擦着昨天刚刚挤破的疥疮,每迈一步就痛得钻心,可我一点也不显露出来,咬着牙,故意大声喊着:"一二三四"。小张跑在我的侧面,斜眼看看我,我挤挤眼,相互笑笑。

吃过早饭,队伍还没有集合,一排长正在刷碗,我和小张找到他,把要求一说,一排长头也没抬,说:

"好好好,背粮正缺人,去吧!去吧!"

这种意外而痛快的批准,使我真高兴。小张倒反问了一排长一句:

"指导员要批不准那怎么办?"

一排长抬起头来斜了小张一眼:"我是值星排长,代表连部执行命令。指导员不会批不准。你要看不起我这排长,去找指导员,干什么来问我。"

我急忙拦住小张说:

"不不不,一排长,小张没有这个意思,我们是怕指导员批不准,

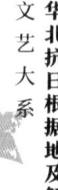

既然你批准了,那就行啦。"

排长不高兴地拿起碗来,甩着手上的水,嘟嘟囔囔地走了。

我批评小张不该对一排长这样态度。小张说:

"你不知道,我早就知道他对指导员有意见,背后净说指导员的怪话。"

我问小张为什么,开始他还不愿意说,考虑了一下才告诉了我:

"一排长是旧军人出身,在东北军里当了半辈子兵,平时油里油气的,爱吹牛,喜奉承,军阀主义特别严重。他原来是前方战斗部队的连长,因为不执行命令,被撤职到后方部队来当排长。到了后方他不但没有改正以前的错误,相反的倒摆起老资格来,看不起连的领导。有一次,他带领一个班到外地出差,用粮票换酒喝,有个战士当场给他提意见,他打了战士几个耳光,回连后指导员找他谈话,他不但不检讨自己的错误,又摆起老资格来:'老子跟随吕正操司令员枪林弹雨里钻了半辈子,什么样的阵势也碰见过,多大官也见过,打一个小兵算个屁。'

"指导员说干部越老,越应当遵守纪律,再说过去的旧军队和八路军在政治上是根本不同的。

"指导员要他当众检讨,他一听当众检讨可受不了啦,跳着脚说'我要离开这里,到前方去找吕司令员',说着转身要走。

"指导员也生气了:'站住!你现在在这个连队里,就要受这里组织指挥,我停止你排长的职务进行反省,什么时候认识了错误,进行了检讨,什么时候复职,否则就把你送回政治部去。'"

"一排长站住了没有?"我担心地问。

"他当然站住了。"小张理直气壮地说。"好好地反省了一番,当众进行了检讨。从此以后,他对指导员就有了意见。"

我们正说着,指导员由门外走进来,小张捅了我一下,我俩到集合场去了。

为了争取时间，队伍集合后很快就出发了，一路走着，我躲在二班里，不住地回头望望走在队伍后边的指导员。中午的时候通过了第一条封锁沟，封锁沟已填平，旁边被烧的岗楼像个黑色的骷髅，运粮的驴驮子和人群很多，大家都默不作声。越往前走，空气越紧张，渐渐的可以听到枪声。到了目的地，各排分别到自己的装粮点，我必须到连部的装粮点去，这个时候我已经不躲避指导员，反正事已至此，他再看见也没有什么关系了，果然，在我装粮的时候指导员赶来了，他有些吃惊地问我：

"怎么你也来了？"

我脸一红说："我好了，请示过一排长。"

指导员皱了一下眉头说："那么少装点吧。"

我心里说："既然来了，为什么要少装呢？"尽我的军装裤子装了八十斤，背起来就走，指导员也没有说什么。

天黑的时候，队伍进了山，脱离了危险区，开始休息。这段路因为精神紧张，走得又快，并没有感到什么，当坐下来休息的时候，我觉得大腿上黏黏糊糊的，伸手一摸，满手沾满了血，我急忙把手伸到土里。

队伍继续前进，开始爬第一个山头，我肩上渐渐的沉重起来，浑身上下淌着汗，汗流到大腿上热辣辣的痛，裤子直磨大腿，我一手提裤子，一步一步地往上爬，渐渐地落了后，忽然指导员在我身后问：

"怎么，走不动了？"

我打了一个冷战，脸上热火火地说："不。"紧走了几步赶上了队伍。队伍在山顶上休息了，为了使大家看不出来我的困难处境，我和大家一样说说笑笑，领导大家猜谜语、出智力测验题……队伍又出发了，我背的粮却少了一半，我知道这是指导员办的事，再去和他争执，恐怕也无济于事。肩头上虽然轻松了，心里却沉重起来。也不知为什么下一段路我走起来非常有劲，腿也不像刚才那样痛了，一直到家，好像我的劲头还没有用完似的。

秋收刚刚完了，敌人便开始"扫荡"。我们帮助医院把一部分重伤员坚壁在深山里，就开始打起游击来。一直和敌人周旋了一个月，天气渐渐地冷了，敌人的"扫荡"接近了结束，我们又回到杨家台附近。

这一天，已经是后半夜了，上级忽然来了通知，说敌人从北面的易县，东面的岭西，东南面的唐县、完县一齐出动，有合击这一带之势。根据这种情况，我们决定向西转移。黎明前出发了直走到小晌午，迎面碰见逃难的老乡，说敌人在前面的村子里，我们马上向北折去。这时西面和东南方向不断地传来机关枪声，飞机也在头顶上转过两次。我们又走了有二三十里路，天已经过午，我们在一个十几户的小山庄上停下来，准备吃顿午饭，休息一下。炊事员刚刚把水放在锅里，北面一排的流动哨来报告，说敌人从北山爬上来，从地形上来看，北山不仅靠近村庄，也是村庄四周的制高点，如果敌人占领了北山，不用说伤病员，就是战斗部队也很难突出村去。指导员和连长作了简单的商量，决定由连长带领队伍马上出发，指导员带领一排到北山上去阻击敌人。我愿跟指导员一起去，他坚决地拒绝了我。临走把他的皮背包交给我说："这里是党的文件，要好好地保存着，等我回来再交给我。"我恋恋不舍地看着指导员带领着一排，穿过街道，向北山坡上爬去。我们出发了，我几次回过头来，望望北山坡上指导员用力爬山的背影。

我们后卫部队刚刚走出村去，北山上响起了手榴弹声，和敌人接火了，队伍加快了脚步。北山上枪声紧一阵，松一阵，也有完全停止的时候，每当枪声紧密的时候，连长总是回头望望，我知道这是敌人在冲锋。

我们走出去七八里路，队伍停止前进了，因为不明情况，只好暂时隐蔽起来。等天黑，指导员他们赶上来，再决定突围的方向。

同志们有的休息，有的吃炒面，连长、小张和我三个人既不想吃，也不愿意休息，呆呆地向西北望着。忽然一阵激烈的枪声，我们知道敌人又在冲锋，可是时间不长，枪声停止了，以后再也没有听到枪声。小张高兴地说："大概是指导员他们撤下来了。"连长不说话，只是皱着眉头，望望西面的太阳。连长是前方部队的老连长，战斗经验很丰富，因为受伤过重，才到这个连里来的。从连长脸上的神情来看，我知道小张说的不可靠，可又捉摸不透到底是怎样。

太阳已经接近西山顶，派出去的侦察员回来了，说敌人占领村庄后，开始宿营。指导员他们不知去向，连长没有说话，眉头皱得更紧了。

我们一直等到半夜，指导员他们仍然没有赶上来，时间不允许再等，我们偷渡了唐河，突出了包围，来到清凉山上。在清凉山上等了两天，指导员他们仍然没有来，真急死人呀！可是因为情况紧，我们只好又转移到别处去了。

当时敌人的"扫荡"是分片分圈的，合击了这个圈，然后再合击另外一个圈，我们的任务就是和敌人兜圈子，这样经过了几天的行军，我们又回到原来的山区，驻在一个和上次敌人发生战斗不远的山庄里。连长派我和小张去到上次的阵地上了解一下情况。

我们沿着山上的小路，来到上一次的小庄上，村里寂静得没有一个人影，房子被烧了大半，到处散发着焦煳味。我们一直上了北山。北山坡上残留着一片一片的血迹。我俩默默地在山头上坐下来，种种怀疑在我头脑里转着，最后我站起来说："回去吧。"为了不进村庄，顺着山坡我们一直向东插下来，刚刚转过一个山湾，忽然后面有人喊道："同志!"我们突然转过身来，同时举起了枪。在一块大石头后面走出来一个老大爷，他的头发和胡子又长又白，他习惯地压低了声音问："你们是来收尸的吗？"我们不知道他是指什么说的，谁也回答不上话来。他继续说：

"尸首前几天夜里我们都埋了，你们如果要看，我可以领你们去看。"

我俩突然明白过来，可是一时谁也说不上话来，只是向前走了几步，老大爷又说：

"对，只有一个没有埋，是我昨天晚上才发现的，看样子像个干部。"

我身上打了一个寒噤，赶紧问："在什么地方？"

老大爷领着我们，踏着乱石，一直向沟底走去。小张比我还着急，他赶过了老大爷，向前跑着，我远远地看着小张蹲下来，忽然放声大哭起来。我赶过去一看，正是指导员。我的热泪夺眶而出。

老大爷向我们述说着：

"是我亲眼看见的，他掩护着战士冲出去了，最后他由山顶上滚下来，可是到底滚到什么地方，我找了三次，才在这里找到他。"

小张趴在石头上已经泣不成声，我忍着痛哭，和老大爷把指导员的尸体放平，这时才发现他的右手握有半支铅笔，左手也紧紧地握着，在虎口处露出一点点白纸头，我用力掰开他的手指，发现一个纸条，我拿过纸条来一看，上面写着：

"一排长叛变了。"

这时我再也忍不住了，趴在指导员身上痛哭起来。

回连后，我们把纸条交给连长，连长看着纸条也滚下泪来。大家都恨着咒骂着鬼子和叛徒。

我们把指导员的尸体起回来，埋在这棵白杨树的下面。

从此我更清楚地了解到：一个人，一个共产党员，他应当怎样活着，又应当怎样死去，活着为什么，死又是为什么……

汽车的马达声，把我由回忆中惊醒，我擦掉脸上的泪，仍然恋恋不舍地遥望着密林中的村庄和那棵挺立的白杨树。经同志们再三呼唤，我才上了车。

汽车颠簸着，同志们谈笑着，只有我一个人沉默。我不断回首张望，当然，同志们并不知道我为什么沉默、张望，不过，我应当让他们知道，应当让现实生活中每一个人知道，在这个山岗的白杨下，埋葬着一个优秀的共产党员。

张庆田

"老坚决"外传

为什么叫"老坚决"？

"老坚决"姓甄，单名一个仁字。太行山下，界河河旁，界南村人。提起"老坚决"这个名字来，倒有大家所熟悉的一段故事：一九四一年，日本鬼子包围了界南村，把群众赶到观音庙门口，威逼大家交出八路军的区长来。眼瞅着，杀死了刘小娃的爷爷刘老汉，挑死了赵寡妇的小学生赵志强，又扯出了孕妇李二嫂……甄仁蓦地窜出了人群，大喊一声："我是区长！"

"我是区长！"

"我是区长！"

群众像爆发了的山洪向日本鬼子冲去。

哒！哒！哒！鬼子的机枪响了，又一批人倒下去。

"留得青山在，不怕没柴烧啊！"甄仁大声喊着，挺着胸脯，随敌人走去。

初春的天气，刚发了一场桃花水，看看来到界河桥上，只听轰的一声地雷，大桥飞上天空。在硝烟中，甄仁踹翻了一个鬼子，纵身跳下河去，被真区长张亮领游击队员救上了太行山。从此，沿着界河又出现了一支撼太行、震平原的"抗日救国，保家复仇大队"，大队长就是这位虎口余生的甄仁。

一九四二年，日本鬼子为了割断山区和平原的联系，一直把炮楼修上界南村的西山老虎崖。界南村的人民，在甄仁的领导下，拔锅卷席，牵驴抱鸡躲进了南沟，与敌人对峙，鬼子拆平了他们的房子，他们在南坡上挖起了窑洞；鬼子挖起了封锁沟，不让一粒盐进山，他们一夜填平了村里的水井，不让鬼子吃水。春天，甄仁领人马封锁了炮楼，播下了金黄的种子；秋天，一手拿枪，一手拿镰，收回了沉甸甸的谷子。一年三百六十五天，三年如一日，终于困走了鬼子，重整家园。

界南村改名新村。拆了炮楼盖新房，挖出旧井灌园地，抗日民主政府奖给了他们一面红旗，并选派甄仁出席了边区召开的群英大会。在会上，边区政府的首长拉着甄仁的手说："你们真坚决！"

一九四五年，日本鬼子投降了，万民欢腾。甄仁却因为几年来的风宿雨露，饥饱劳累，得了一个古怪的病，能坐不能立，手能动，腿不听话，西医说是关节炎，中医说是半身不遂。吃药、打针、中西医结合，就是不顶事。甄仁一怒，自言自语地说："妈的，难道你比日本鬼子的炮楼还难摆治！"他闭门谢客，从一个老中医那里借了一本《本草》，凭着他那些一知半解的文墨，豁着他那两条腿，搞开了试验，这味药不行，另换一味，他想，神农氏尝百草治民疾病，我不信我这腿就这么顽固。说起来也奇怪，一连几年，他不声不响地把腿治好了，正赶上参加一九四九年天安门的开国大典。人们拿这件事当成了奇闻，一说起来便是："人家那人，真坚决！"

甄仁从北京回来，头一件事便是搞互助组。打拳头三脚难踢，闹互助也不那么容易。别人搞互助是兵对兵、将对将，有骡子的找有马的。甄仁呢，单找了这么两户，一个是被日本鬼子杀死的刘老汉的孙子刘小娃，另一个是被日本鬼子用刺刀挑死了独生子的赵寡妇。一个是孤儿，一个是寡女，再加上他这个单身汉，就这么互助起来。当时，人们还给他们编了两段快板，说是表扬他们，还不如说是嘲笑他们：

"老坚决"，真敢干。

互助组，一对半。

孤儿拉着梢，

"老坚决"扛着襻，

寡妇扶犁闹了一身汗。

金真不怕火炼，树大不怕风摇。那些兵对兵、将对将的互助组，真是春合、夏吵、秋散伙。一发生纠纷，还得请"老坚决"去给他们调解。到了秋后，全村的互助组就剩下他们这一根根了，人们又说："还是'老坚决'坚决！"

甄仁问刘小娃道："娃啊！你说，咱们的互助组怎么散不了哇？"小娃这时已有十五六岁了，长得细马单筋的，看上去也不过十二三岁，他眨了眨两只小眼说："你待我比亲爹还亲，她疼我比亲娘还疼，你们要不收留我，别说种地，连吃饭穿衣还得靠政府救济……"说者无心，听者有意，赵寡妇的脸腾地一下子红了。甄仁连忙把话岔开道："你也没吃闲饭哪！咱们是人心换人心，八两换半斤，那几年，我这腿有病还不是靠你俩照顾！"赵寡妇说："鱼帮水，水帮鱼，穷人帮的是穷人。人家那大骡子大马的，独车白牛的，使儿唤妇的人家，恨不得冒个大尖尖，还互的什么助！"甄仁欢喜地一拍大腿说："上级叫总结经验，我看这经验让你俩说着了！其实，上级早就说得挺明白：一要自愿，二要互利。谁最自愿？还不是咱这缺胳膊少腿的贫农！"

收完了秋，三个人倒发了愁。小娃说："这么多的粮食，我放在炕上怕喂老鼠，干脆，你给我管着吧！"赵寡妇说："仨锅费柴，俩锅费米，咱们一股脑儿三口人，一个烟筒冒烟还不行！"甄仁想了想说："别叫人家说咱吃大锅饭哪！"赵寡妇说："洋鬼子把刀搁在你脖子里，你都没怕过，这会倒三心二意了，你愿意，我愿意，他愿意，谁能来砸咱们的锅！"小娃把舌头一吐，调皮地说："再说，咱们的锅也不大呀！"甄仁又把腿一拍说："好，咱实行民主！"

谁知这样一来，果然招了一场风波，一些好事的人，又给他们编了一段快板：

互助组，真不离（儿）。

仨人拧成一孤堆（儿）；

一块儿干，一块儿吃（儿），

就差没有一块儿住（儿）！

这一下，甄仁可真要发脾气，赵寡妇却接过来说："身正不怕影儿斜，别说咱没一块儿住，咱就是明铺夜盖的在一块儿滚，也不过只差一张结婚证。"小娃说："这话不当出在我嘴里，你俩早就该去登记！"赵寡妇噗的一口笑了："哪有当儿子的给爹妈当介绍人！"小娃把舌头一吐："新事新办嘛！"赵寡妇把眼一瞭说："人家还不知怎么打算呢？"

"我实行民主！"

第二天，他俩就领到了结婚证。人们又说："人家那人，就是坚决！"

结了婚，三家并成一户，互助组自然拆了台。重打锣鼓吧，一插招军旗，就进来了五户贫农。一九五二年他们就办起来一个二十多户的初级社。这一下像骏马生翅来了个大飞跃。要把这些都写上，也要来一部《创业史》，我只能告诉大家，这个初级社一九五四年发展成一个四百多户的独村社，到了一九五六年又转成一个一千五百多户的联村高级社，一九五八年又升成了人民公社。甄仁成了办社的旗帜，被选做人民代表，只要一提甄仁，人们便说："人家那人，真行，'老坚决'！"

从此，"老坚决"的名字越来越响亮了。可是近几年来，"老坚决"这个代号却有了不同的含意，有些人把它和老保守、老顽固、

老……连在一起了,为了辨明是非,作传记的人,只好做一番调查研究。下面便是一篇调查记录:

小青年的牢骚

我到了县里,县委书记也不在,县长也不在,农村工作部长不在,农林局长也不在,大家都忙着检查生产去了。农村工作部的小刘接待了我。他一听我是到新村去访问"老坚决"的,把脖子拧了半匝,一撇嘴说:"那老家伙,可难办哩!"

"怎么的?"

"你去了就知道了,真坚决得叫你受不了!"

"你说说好吗?"

"我早就想说呢!"他把我推到椅子上,顺手牵过一条凳子,滔滔不绝地说起来:"你就说那年吧,人家别的村都是黑夜白日鏖战,白天红旗飘,夜晚红灯照,闹得轰轰烈烈。他呢,仍然像火车站上的电表一样,得得得得,不紧不慢地使你焦心。公社才开了紧急电话会议,让他把所有的劳力都调到丰产路上去锄草,他却叼着烟袋吸了一锅又一锅,把主要劳力都调去栽白薯。

"我说:'你不执行上级命令!'

"他说:'白薯秧子剪下来了,能让它们烂掉?'

"我说:'公社提出来要美化小麦,实现"篱笆化"……'"

"什么叫'篱笆化'呀?"我莫名其妙地打断了他的谈话。

"就是在小麦地周围,用树枝编一道篱笆墙嘛!"

"编那个干吗?"

"美化嘛,防止鸡刨狗闹的!"小刘接着说:"这一回我多了个心眼,私下里发动了一批小青年,有他那个外来的小子——小娃,哼,还有小娃他媳妇呢,我们就在村南那块小麦方里折腾开了,砍树条的砍树条，挖坑的挖坑，编篱笆的编篱笆，正闹得上劲，'老坚决'来了，往地头上这么一站：'这是谁的主意？'小青年们都愣了，大眼瞪小眼地瞅着我。我说：'公社的指示，还闹评比呢？'

"'弄这个能多打麦子？'

"'挡鸡挡狗！'

"'这又不是村边上，哪来的鸡狗！就算有鸡狗来糟蹋也不一定比你们今天糟蹋得多！你们谁愿意闹谁闹，我一个工分不给！'

"这不成心拆我的台吗？他这么一说，人们呼啦一下子，都散了，气得我在地头上蹲了半天，等我骑车子往回走的当儿，路过顺道地，稍微走的离麦田近了些，只听嘶喽一声，车子不转了，下车一看，一束枣戈针缠在后轱辘上，把我的一条新制服裤子扯了一个大三尖口子，我抬头一看，俩六十多的老人，还在那边道旁里埋戈针呢。'弄这个干什么？'我不高兴地问。'这是麦地里的狗，专咬那些骑车子不长眼的！'

"'这是谁的主意？'

"'问'老坚决'去！'

"我还想发作，仔细一看回答我的原来是那个白发白鬓的檀木老头，再问下去，说不准他还敢拿铁锹柄拍我呢。我装了一肚子气，夹起车子溜回村来。吃了晚饭，我提着破裤子去找'老坚决'，他翻了我一眼笑着说：'我这戈针化比你那篱笆化还顶事吧，让你嫂子给缝缝吧！'咳！你真拿他没办法！

"提起来，事多得多啦！你就说那年冬天吧！公社推广绞关化，为了评比，让他把大车轱辘摘下来摆在秋耕地里，代替绞关，他连理睬也不理睬，让他大搞滚珠轴承，他偏偏去置胶轮大车，让他搞手摇水车，他偏偏去安什么电井……一句话，你有千条妙计，他有一定之规，谁也拿他没办法，连公社王书记都被他气得一鼓一鼓的，那一回评比,发给了他一面大黑旗,让他扛回来了!"

"什么黑旗?"我茫然地问。

"你怎么连黑旗红旗都不知道……"小王正说得带劲,一阵电话铃声打断了我们的谈话。他接了电话回来,对我说:"我得马上到车站去接客人,有机会再谈吧?"

"红旗、黑旗到底是怎么回事呢?"我追出来问。

"么也甭说啦!说来说去,人家连年增产就算啦?"小刘向我招了招手,骑上自行车跑了。

这使我越发糊涂了,既然连年增产,怎么又得了黑旗呢!

檀木老头的褒奖

第二天,我刚起床,招待所的管理员便对我说:"你不是找'老坚决'去吗?正好,檀木老头送牛奶来啦,你坐他那车走吧!"

我一听檀木老头,忽然想起那"戈针化"的故事来。到门口一看,靠牛车站着一个胖墩墩的老汉,他的头发是白的,眼眉也是白的,不用说,胡须也是白的。不过,右眼眉中间,长出了一撮长长的白得出奇的眉毛。我想,老头的古怪脾气,也可能就出在这撮白眉毛上。他使的牛,是那种变种的小花牛,车是过去地主接闺女叫女婿的那种细车子,车上面的顶棚已锯掉了,车脚子仍是那种薄网片的小花轱辘,一走起来咯噔、咯噔山响,就是不能装大载,这会儿用来拉牛奶,倒是蛮合适。我一面吃着管理员刚递给我的干粮,一面习惯地跟老汉招呼道:"老大爷,今年多大岁数啦?"

他瞅了我一眼,脸立刻变得阴沉沉的,就像蒙上了一层霜,连理我也不理我,对着管理员道:"还有事吗?没事回去啦!"

管理员干笑了两声,把我的袖子一扯,咬着我的耳朵说:"他最忌讳你问他多大年纪,你一夸他结实、硬朗,他的皱皱纹都会笑。"

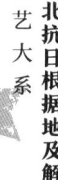

果然，我接着说了声："老大爷，你真硬朗啊！"他的脸唰的一下乐开了，眉、眼、鼻子都在动，特别是那撮长眉毛，就像花蕊一样，点点乱颤："上车吧同志！你打哪儿来呀？"他把鞭子一扬，小牛车叽里咯噔地响起来了。出了城，是一条笔直的大道，小麦已经秀了穗，麦芒随风摇曳，荡起层层波浪，波浪尽处，是那条闪光的界河，界河背后，一派青山，果树丛丛，瞭入眼目。檀木老头把脖子一仰，唱起梆子腔来："自古忠臣不怕死，哪个怕死不为忠……"

我向他问道："你们的支书怎么样？"

"什么支书，你是说的小仁子呀，那孩子保定府到北河——一百一！"他那撮长眉毛一动，用鞭杆拍了一下牛背，顺手一指两旁的麦田说："嘿，远看一领席，近来一汪水，要没小仁子，几辈子长过这么好庄稼！"

"这一亩能打多少？"我问。

"哼，老天爷当着一半子家！你就说那一年吧，头转高级社那年，那麦子呀，长得没有这么高，也比这矬不了半指。这个说准打三百，那个说少不了二百，庄稼怕出名，老天爷看不公了，刚晴的天，刮了一阵西北风，下了一阵子白雨。"

"什么白雨呀？"

"雹子呗！大的像鸡蛋，小的像臭球，树枝树叶，麦粒麦杈，砸了个一干二净。这一下，那些黑夜白日喊好的人，可耷拉了脑袋啦！村里冷凄凄的，跟那刚出了殡一样……

"就在这个节骨眼上，社里的钟响了，小仁子头上顶着一顶破草帽，像个被砸绽了的蘑菇，浑身的衣裳精湿，像给水里捞了的一样。原来一下雹子，人们都往家跑，他却往外跑，像个疯子，围着麦地转了一遭。他两只眼像着了火，嗓子也哑了，在庙台上这么一站：'大家都看见啦'……比揪心还难受。我真想哭，要他妈的能哭出粮食

来，我哭他三天三夜……麦粒掉了，有地接着。这比当年日本鬼子烧了强得多，咱们有那股坚决劲，拿起笤帚来，扫!'

"话不在多呀! 好钢使在刀刃上，第二天，火辣辣的日头一照，你看吧，老头、老婆、青年、小孩，排成了一幢幢的人墙，扫的扫，筛的筛，簸的簸，就这么着，一连干了七八天，你猜怎么着，一亩地闹了一百八十斤小麦，比单干时那丰产地还强……"

小牛车咯噔咯噔地响着，檀木老头不言语了，他两眼盯着路旁的麦田，随着牛车的颠簸，他那撮长眉毛，颤动、颤动，在微微颤动……忽然，他把头一仰，一声长啸："嘿! 天塌了! 有汉子撑着哪!"接着，他那脸像开了花，眉、眼、鼻子都松开了。

"第二年，"他接着说："转了高级社，又下了雹子!"

"又下了雹了!"

"这一年大不一样，中央电台发了警报，男女老幼，一黑价就把麦子抢到场里啦! 你猜怎么回事，人家小仁子打去年就给周总理写了信，那信写的可坚决啦! 你这家怎么当的，下雹子也不来个预报。我们辛苦一年的庄稼都砸在地下啦，让我们扫了七八天……"

"你猜怎么样，不两天，周总理就回信啦! 好长的信封哩，上面扣着大印，他说：接受你们的建议，今后每天给你们报告天气……就这么回事，要说人家小仁子办事，就是坚决!"

这真有点传奇了，不过我清楚地记得，中央人民广播电台正式发布天气预报，也正是一九五六年转了高级社以后。

牛车过了界河桥，来到一个双岔口，老头跳下了车，挽住牛说："你要到村里，就一直走，你要想喝牛奶，就跟我上后山奶牛厂。"我下了车告别了檀木老头，一直向村中走去。走了一段，我忽然想，我还没打听那黑旗的故事呢，扭身再看那老人，早已随牛车隐没到果树丛中了……

婆媳对话

大街上静悄悄的，山风吹的电线呜呜作响，街心里，几棵洋槐树底下，有几个小孩作耍。

"甄仁同志在哪儿住啊？"

"嘛？"小孩们仰起了小脑瓜来回问着。

"'老坚决'家！"

"知道，我领你去！"几个孩子跟头骨碌地争先带路，一进胡同口就大声嚷道："'老坚决'奶奶，有客来啦！"

门呀的一声开了，一个穿着青单裤毛蓝褂，收拾得干净利落的四十多岁的妇女站在门口，冲着我笑，就连她头上的皱纹都满带春风。

"甄仁同志在家吗？"

"家来坐吧！"她把我让到屋里，随手关上了门。院子不大，倒很干净。三间北屋挂着两个耳朵，西面是厨房，东面是仓库；院东边是猪棚，院西边是菜畦。房根前一棵小苹果树，挂满了核桃大的苹果。进了屋门，她把我让到迎门的椅子上，随手拿暖壶给我斟了一碗水，放在通红的桌子上，重新拿起了活计，一边缝，一边说："你头一回来吧？错了你，没人喊他同志同志的！"

"啊！"

"那可不，老一辈的喊他小仁子，年轻的喊他老支书，县社干部都管他叫'老坚决'！"

"那么你就是'坚决婶'了！"她笑了，我也笑了。我一面听她介绍，一面审视着屋里的摆设。墙上挂着不少镜框，一张是当选人民代表的通知书，一张是模范工作者奖状，正中间摆着一面大红旗，上写着：英雄的村庄，英雄的人民。大红旗一边，还挂着一面黑旗，就像一块寡妇蒙的黑手帕一样，看着那么不顺眼。我灵机一动，忙问道：

"那是什么？"

"纪念品！"

"那黑旗呀！"

"也是纪念品呗！那红旗，是当年边区政府奖给的，那黑旗是'王大炮'留的纪念！"

"谁，'王大炮'？"

"看我娘，又叫人家'大炮'哩！"想不到西套间的门帘一动，走出一个短头发、黑眼睛的妇女，她纳着鞋帮儿，一屁股坐在门槛上，就答了言。

"怕什么？我当着面也那么叫他，许他叫你公公'老坚决'，就不许喊他'王大炮'！"'坚决婶'分辩着，扭回头来对我说："'王大炮'是公社王书记，这会儿当了农村工作部长啦！人不赖，就是主观得厉害。那年，大炼钢铁时，你说呀，他七天七夜没合眼，头发长得那么长，衣裳烧得跟那筛子底也似的，一进家就哑巴着嗓子对我喊：'哎呀，鏖战了七八天，闹了个老中游，'老坚决'嫂子，快给我烧水……'我把水烧开了，他早倒在炕上睡着了，他就是那号人，为工作泼死泼活的干，就是太主观哟，对啦？那黑旗的事，你问俺娃子家的吧！她大名叫凤英，还是个团支书呢？要不是身子笨了，你拴也拴不住她，她可野啦！"

凤英咬着嘴唇笑了，不过她马上岔开话头说："说起那黑旗的事来，倒蛮有意思。那年，王书记让俺们和界北村搞评比，比么哩？比打场，比种麦，比拔棉花秸，比打得快，种得快，拔得快！"

"没见过那个评比的，光图快，不要质量！"'坚决婶'接过来说。

"那会儿哪管质量呢？偏碰上我爹那个坚决劲，你说下大天来，他还是按老规程办事,我开会回来给他一学,他把烟灰一磕:'咱要粮食、棉花,不要他那个红旗!'把脚一跺就走了!"

"当时连这小两口也埋怨老头子死脑筋呢!""坚决婶"又插了嘴,"一个团书,一个民兵队长,黑夜白日给我告状!那时,谁顶得住呀,一开会王书记就向俺们开炮:什么不起带头作用啦!老保守啦,满脑瓜子暮气啦,嘿,他那帽子可多啦!其实他也不想想,条件哪有一样的!"

"怎么,你村的条件比别的村差?"我问。

"条件越好,才越落后呢!你就说收黑豆吧,人家的豆子又稀又矬,一天一人可以收五亩,俺们的豆子又高又稠,一天一人顶多割三亩。人家十亩豆子打一场,俺们的豆子三亩就摊一场,再加上我爹那个坚决劲,不干不让打,打不净再返工,打净了还得把豆秸扎成草……"

"这不是很好吗?"

"可是比不上界北村快呀!为拔棉秸,我爹还和王书记吵起来了呢,王书记在界北村召开了个拔棉秸现场会,提出了要求:苦战三天,来个场光地净。别人都异口同声地喊'行!'唯独我爹没吭气。王书记问:''老坚决',你们哩?'

"'顶少得半月。'

"'啊呀!西北风一扯就上冻,老兄,你别为个虮子,烧个皮袄啊!'

"'虮子也要捉,皮袄也要穿,你把心放在肚里吧!'

"'有钱难买秋耕地!'

"'地也要耕,棉花也要搞,你不能剃头的挑子一头热!'

"'甭你,'老坚决',别人完不成犹可,你要完不成,我给你插黑旗!'

"'那好吧，我们那旗杆正空着呢……'"

"就这么着黑旗就落在俺们队上啦，""坚决婶"接过来说，"扛来黑旗那天，可惹了不少麻烦，俺小娃子，拿起榔头来就砸钟，把全村的劳力都集合起来了，他人也似的，在庙台上一站，捋胳膊抹拳地说：'不吃馒头咱要争口气，组织突击队，不夺红旗，誓不罢休……'"

"'我看还是吃馒头吧！'"凤英接着学道："人家我爹走上台去，慢条斯理地说：'吃馒头能减饥，争气损寿。你把黑旗挂在旗杆顶上去，我给你们讲回《三国》。'那个人跟老鼠见了猫一样，乖乖地把黑旗挂上了旗杆顶。俺爹清了清嗓子说：'周瑜气性大，诸葛亮连气了他三回，就把周瑜气死啦，司马懿就不生气，诸葛亮兵屯五丈原，想跟司马懿决一死战，司马懿屯兵不出，他就给他送了一套妇女衣裳，还写信骂他道：你不出兵就是老娘们！司马懿笑了笑说：我就算老娘们。诸葛亮仰着脖子长叹一声，最后，将星落地，死在五丈原……司马懿是个大将，给人家妇女衣裳穿，人家都不生气，给咱面黑旗算什么！你们听我的，按老规程办事，场里不丢一颗粮，棉花不丢一根"眼睫毛"，回家睡觉去吧！'大家伙都把肚子气坏了，他就是那么慢条斯理的不生气！"

"你当他真的不生气呀！""坚决婶"接过来说，"人家回到家里，呼啦一下子，就把那面红旗卷起来了，我说：'你那是干什么？'"

"'挂了黑旗啦，全村都黑啦，还要这一点红干吗！'"

"'有意见不会慢慢地提吗？'"

"'他得听呀，要是我做错了，撤我的职，我心甘，这明明是他不对嘛！一天价瞎放炮，干了半辈子庄稼活，这会儿不知道怎么做啦！'"

"'你不会向上级反映吗？'"

"'我一定反映！'他抓起一管铅笔，扯过一张纸来，一按铅笔折了，他把铅笔一扔，翻身倒在炕上，蒙上了条大被就睡。他这个人呀，你别看他平常没风没火的，一锥子扎不出血来，他要上了那股犟劲，你用火车头也拉不回他来。我一宿也没合眼，半夜三更的，他忽的一下子坐起来了：'这根本就不对，我不是怕插黑旗，你到地里去看看，糟蹋了多少粮食！糟蹋了多少棉花！像这样，就该叫你饿一辈子肚子，光一辈子屁股……'

"'你这是干什的，你疯啦！'吓得我连忙拉开了灯。

"'开会哩！开党委会哩！'他呼呼地喘着气。'给我口水！'我给他倒了碗水，他咕咚咕咚喝了，用拳头捶了两下脑袋，出了口长气，就又倒下了，我真替他焦心，哪知一清早，他蹑手蹑脚地起来，悄悄地挂上了那面红旗，又到队上去了！哎！千斤担子，在他肩上担着啦！可是，你们还净怄他……"说到这里，'坚决婶'的眼圈忽然红了，她偷偷地用手绢抹了一下眼睛。

"你看我娘，那不是见识浅呀！"凤英的脸红了，不好意思地笑着说，"小雪那天，王书记来了，一下车子，就风是风火是火的喊：'"老坚决"呢，小雪不封地，不过三五天，县里的检查团就来呀，你们还挂着黑旗，慢悠悠的抠掐那狗牙蒜瓣的棉花哩！哎呀，老兄，你干了半辈子工作，怎么分不清大小头呢！'

"队里那么多干部，谁也不吭声，你猜我爹说吗，他说：'可不，越活越活回来啦，当了半辈子庄稼人，不知道地怎么种啦！'

"王书记把车子一夹，就忙着到别的村去了。

"隔了三天，县里检查团真的来了。一看场，场光啦；一看地，地净啦；一检查小麦，小麦倒了枝，油绿油绿的跟那马鬃一样；一算产量，全县数第一，一到街中心，旗杆顶上飘着一面大黑旗。县委书记问：'这是怎么回事？'王书记俩眼直勾勾的，忽然，他把俺爹一捅，悄悄地说：'吃姜还是老的辣，人家说，攮你一锥子不流血，我看这面黑旗还是起作用！大前天，你们地里还净棉花秸哩，今天，都光啦！'俺爹说：'可不，你要插上十面黑旗，十冬腊月还得割麦子哪，你那脑袋怎么长的！'"

"其实这是老规程啦！""坚决婶"接过来说，"打闹互助组就是这个干法：一看变天呀，妇女抠掐棉花，壮劳力拔棉花秸，老头耕地，抠掐一垄拔一垄，拔一垄耕一垄，可快哩！这会倒好，来了这么多大炮，一天价瞎呜隆，轰的人们蒙头转向的……"

"从这回，黑旗算换下来了。俺爹说：'拿回家去，留个纪念，'就是这么档子事！"

"说真格的，你去开开眼去吧，'王大炮'正在队里和他爹谈判哩，人不赖，就是太主观！""坚决婶"笑着把我送出门来。

"老坚决"舌战"王大炮"

我一踏进队部的大院，就听见俩人像吵架一样在辩论：

"你怎么这么'坚决'呀，老兄！你别觉着你上一回'坚决'对了，捉住了理由了，你别觉着你们是全县一面红旗，你要不按政策办事，你们这面红旗就要褪色！"

"干了这么几年工作，还头一回听说我不按政策办事哩！"

"得了吧老兄，你别来这一套了，你们是重点，是红旗，是头羊，是领头的雁，一句话，你们要带头，你懂吗？老兄，你要带个头！"

我跨进了屋门，只见一个满脸扎扎胡的小矮子，正急躁地在屋里踱步，他头上的旧制帽推向脑后，额上露出了几道深深的皱纹，上身穿着一件大得不相称的灰褂子，人矬声高地边走边嚷。我猜这大概是那位被称作"王大炮"的农村工作部长了。屋子东头，放着一张单桌，桌旁，坐着一个四十多年纪的人，头包羊肚手巾，身穿紫花土布褂子，敞着怀，袒着胸，颤巍巍的像一座铜像，就连脸上的皱纹，也像石头刻的。他坐着，比"王大炮"站着还高，他不住地磕着烟灰，说出话来，就像从天上扔下来个碌碡，又沉又硬。听来听去，我才知道他们的争论焦点是关于队型的大小问题。"王大炮"提出让他们带头把队划小，划到三十户左右，并指出，这是中央的指示，省委的号召，县委的意见……"老坚决"的理由是：队型的大小，要看是不是有利生产，队大有队大的好处，队小有队小的好处，要实事求是，不能拿一个圈硬套。"王大炮"说："马列主义放之四海皆准。我就不信，这划队的政策，偏偏不适合你这队！""老坚决"说："界北村倒划了队，他们的生产搞得怎么样？""王大炮"说："你别拿这个将我的军，条件不同吗？你们要划小了，保证比现在搞得更好！"

"你又放空炮哩！你也听听别人的意见，告诉你，我们二十户小社的时候，根本没有分队，只划了三个小组；扩大到一百户的时候，才分了五个队；发展到四百户划成了八个队；现在一千五百多户，按你的意见得划成五十多个队，我没长着三头六臂千手百眼，划那么零碎，怎么个领导法？再一说，单干时，用辘轳浇地，互助组用水车浇地，高级社用柴油机，现在是电井，队队有井，井机配套，一个井浇五百多亩地，请问，分了队，是拆机井，还是扒电线？"

"你怎么这么死脑筋，上级文件说得多么清楚：一般的三十户左右为宜，既是一般的，就是大多数的，那就是主流，九个指头，那是方向！你们是全县一面红旗，不朝着方向走，这叫什么？"

"叫顽固！你别喊我'老坚决'啦！你就直接喊我'老顽固'吧！你那一套不对！社会主义是方向，共产主义是方向，我头一回听说划小队是方向，划大队就不是方向！"

"这是上级的政策呀！你怀疑吗？"

"别扣帽子好不好，""老坚决"激动地伸出了两只手，"政策也不能把十个指头一刀切齐呀！"

"叫你这么说，是上级的政策定得不对呗？"

"不是政策不对，是你执行得不对！""老坚决"迅速地从抽屉里扯出了一本文件，双手平推在桌子上，向"王大炮"招手道，"来！来！来！你看！"

"我看什么？背我也背熟了：一般的三十户左右为宜，个别情况，也可不动！"

"那我们就落个个别吧！"

"哎，老兄，我真拿你没办法！""王大炮"像个抽了气的皮球，双脚蹬在凳子上，递给了"老坚决"一颗烟，"咱们商量着办，划队的事，我是向县委打了包票的，完不成这个任务，我回去怎么交差呢！"

"你说什么？你重说一遍！"

"嘿，你又抓小辫子哩！""王大炮"忽然爽朗地笑了，就像换了另一个人似的。

"你就照直反映，'老顽固'不愿意把队划小，不就行了！"

"哎！你真坚决的叫人受不了！"

"叫你受得了，社员们就受不了啦！"

"王部长！王部长！"正在难分难解之际，小刘骑着自行车从县里跑来了，他跟跟跄跄的跑进屋来，对着王大炮的耳朵不知说了些什么，"王大炮"把桌子一拍，高声叫道："好！'老坚决'，你这脑袋瓜我算剃不了，省里来了大干部啦，让咱们立刻赶到县委会！"

"这回你可交了差了！""老坚决"微笑着站起来，随"王大炮"扬长而去……

我拉住了小刘，问他到底是怎么回事，他向我扮了一个鬼脸说："省委书记来了，找'老坚决'谈话呢！"

原来如此

我离开新村那天,"老坚决"还没有回来,我访问了他们的牛奶厂、农具厂、油房、粉房,参观了他们的棉花、小麦;看了看前山的苹果,瞅了瞅后山的畜群,心中有一股热流在冲动,在这一个生产队里,我看到了社会主义新农村的缩影,看到了美好的将来。同时,也引起了我好多联想:"老坚决"呢?"老顽固"呢?其实,小刘也早已有了评语:别管如何,人家连年增产就算啦,既是连年增产,为什么又有些人受不了呢?还是用"老坚决"的话回答吧,让那些人受得了,国家、人民就都受不了啦!

回来后,接到了新村寄来的一封信,拆开一看,原来是"坚决婶"让她儿媳妇凤英寄给我的。

"……可痛快了,一块石头落了地,省委书记非常同意俺爹的意见。俺们的新村,原样不动,坚决前进!

"王部长,就是那个被人称做'大炮'的王书记,自动要求去党校学习去了。顺便告诉你,你猜省委书记是哪个,原来就是老区长张亮,他现在的名字叫赵进……"

我反复把信读了三遍,不禁脱口喊道:"原来如此!"

让"老坚决"这块红宝石永远闪闪发光吧!

一九六二年初夏追记于津

唐 小 澍
——记一个革命的孩子

一

唐小澍拿了县教育科的介绍信，跟着一个较大的同学，向着他心中所渴望的学校走去。现在正是春天，小山上的杏花正在盛开，春风掠过，送来阵阵花香；麦苗发着青，小鸟唱着歌；那送公粮的小伙子们横骑在驴背上，打着口哨，煞是好听。小澍因心中有事，只是匆匆地跟着那个大同学向前走去。朝阳迎着他们，散发着火红微笑的光，照得小澍的脸越发红了。

好容易才到了学校，小澍挥了挥面上的汗，从口袋中掏出介绍信来，随着那个较大的同学跑进了校门。

"喂，小澍来啦！"

"哈，累得慌吗，小澍？"

一进校门，便有许多同学向他招呼。

"不！"他微笑着看了看，有过去的房东隰可琴，有在一块打过游击的张国华，还有，忘记了他叫什么名字，他小心眼里更痛快了，一面说："一会儿再说！"便随着那个大同学，迈进了校长室。

"报告！"他俩行了个童子军礼，小澍将介绍信呈上。

同学们也围拢了来。

校长看了看介绍信，用手抚摸着他的头，笑着问道："你十几啦？"

"我十一啦！"小澍仰着头答。他看着校长的和蔼面孔，心中更觉得恬静了。

"你净在什么地方念过书?"

"我哪也儿念过!"小澍流利地回答。"我父亲在哪儿工作,我就在哪儿念!"

"是,他还在俺村里念过哩!"一个同学补充着说。

"那年我们在一块打游击,他还挨了鬼子一刺刀呢!"另一个同学说。

"哈!真的吗?"校长惊奇地问。

"可不真的!"小澍将衣服撩起,指着肋骨间一个伤疤说:"这不,从这进去的,打这儿出来的!"他又转过身来,让大家看背后的伤疤。

"在桑树岭来!"小澍两眼闪着光芒,好像又重新回到打游击时候的情景里。他津津有味地说:"那是一九四三年春天,你忘了,鬼子围攻狼牙山,在北淇村填井的那一回,我跟着一个老百姓,跑到桑树岭的山坡上,他妈的鬼子咿、咿的就上来了,端着刺刀,'嘟噜、嘟噜……''扑哧、扑哧'!见一个就扎一个,我眼看着就扎了十几个。到了我这儿,'嘟噜!嘟噜!''扑哧!'就是一家伙,凉不丁的就进去了。我把牙一咬,顺着山坡骨碌碌地就滚下来了。但我心眼里很清楚,用手拽住了荆条子,在山腰里装了死。"

同学们都听得呆了,眼中燃烧着复仇的怒火,脑海中呈现了一幅悲惨的图画。对小澍产生了无限的同情。

二

唐小澍生活学习在这个学校里了。

每逢站队,他总是站在排尾。看他个子小吗?可是做起来比大同学还能干呢!

上课了，他是生活小组长，他便迅速地将他的一组人整得齐齐的。"一、二、三……齐啦！"他挺挺坐在前列，凝视着讲台上的老师，每当老师提出一个问题，他便飞快地举起小手，迅速地回答着老师的发问。他的智慧超过了一般的大同学。

夕阳散出了金黄色的彩光，大地的暑气渐消，树梢微动，从南边送来阵阵和风，小澍领着他这一组，围成了一个圆圈，坐在柿子树下，开始一天的生活会。

"报告组长，我今天的笔记没抄上，上自习的时候，我闹着玩来！"

"我说，我中午回家吃饭的时候，踩了人家的庄稼，士英说我，我还不听。"

"报告！……"

"我说！……"

小拳头林立地举着。

"看，咱们昨天检讨出来的错误，今天又犯了，这可不好，这样咱们的模范组就吹啦！把缺点记在日记上吧！明天见。"小澍晃着小脑袋，像老师似的做了结论。最后，总是说："还有不，五分钟？没有了！唱——歌！"

> 香的是麻糖，
> 亲的是步娘，
> 那救了咱们的，
> 就是中国共产党！

歌声震荡着四周的山岗。

早晨，出过了早操，老师、大同学，挑粪的挑粪，抬尿的抬尿，向菜园走去。小澍提着那只装满了小鸡的篮子，跑在最前面，像一只出笼的小鸟，到了那个小山上，他总是立在山头上，大声地呼喊：

"加油！加油！看谁坐飞机！"

"哈！哈！李老师落了后啦！"

要不就装出滑稽的笑脸，引逗大家发笑使大家恢复着疲劳。

菜园是那样可爱，淡青的豆角、黑油油的莙荙、鼓溜溜的茄子、细溜溜的黄瓜……同学们将粪撒在畦里，将尿倒在畦里，开始浇园。

小澍便打开了篮口，放出了一只只的，肥胖圆滑的小鸡，小鸡咿哟地扑到草地上，寻食着草籽、小虫。小澍担心地立在高坡上，给小鸡放着警戒。防备着空中的老鹰，与地上的野猫。

太阳升高了。红光射在小鸡身上，更显得可爱。同学们已收起了担子，要回校去。小澍将小篮一提，用手敲着篮边，用上嘴唇扒着下嘴唇，发出"不！不！不！"的声音，小鸡们便抖着小翅膀，向着小澍奔来。

"一个、两个、三个……够了！"

他将篮子一提，又飞跑着向校方奔去。

儿童节，小澍被选为模范儿童，在全区的儿童大会上，他从容地上了主席台。用洪亮的声音号召全体儿童：坚决执行"五不运动"①。他说："我唐小澍挨过鬼子的刺刀，但没有暴露过秘密。"

儿童们欢呼着："学习唐小澍！"

"发扬民族气节！"

"坚决执行'五不运动'！"

他在雷动的掌声中走下台来。

唐小澍的名字更加响亮了！

三

儿童节过去了，徐水县抗联会与校方商议，要求小澍到徐水县去

---

① 五不运动——边区儿童抗日公约：不给鬼子带路，不吃鬼子糖等。

开展"霸王鞭"运动，但小澍却拒绝了。他说："我最近要到延安去，要不，不成问题！"

"不成问题！"是谁学了一句，"哈！小澍在说字话了！"大家都笑了起来。

他的小脸红了，补充着说："真的，我父亲说来，叫我到延安去！"

"真的吗？你到延安干什么去？你不想你爸爸吗？"别人逗着他说。

"想什么，延安有毛主席，我到那里好好着学习。"他瞪着乌黑的小眼，将手插在衣袋里，郑重地回答。

他真的到延安去哟，每天准备着走。一有时间就板起小脑袋来发问：

"老师，到延安去有多么远？我到了那里给你们来信，赶反攻的时候，我还回来哩！"

起初大人们有些不相信，都说他太小了，怎么能去呢？后来发觉他每日在写信，给那些熟悉的同志辞行。

他给分区抗日联合会主任写道：

亲爱的葛振海同志：

你忙吧？自去年别后，好久不见面了，我非常想你。

现在我要到延安去了，我想那里比这里一定好。当我看到毛主席时，我给你来信，可是赶反攻的时候，我还回来哩！那时候咱们再见吧！…………

他又写了好多信，告诉他一切熟悉的人。他小心眼里感到到延安去是无限的欢欣。

日子一天一天地过去了，那天校长到分区去开会，回来的路上远远地看见一匹毛驴，毛驴上驮着一个十几岁的孩子，唱着响亮的歌子，歌声觉得非常耳熟。赶驴的小伙子扬着树枝，赶着驴儿，驴儿踏着石子，喳喳得响，好像给那唱歌的小孩子打着拍子。路旁小渠的水迎着他们流着，树上的小鸟被他们惊得咯咯飞起。驴儿渐渐近了，那个小孩蓦地跳下来，呼了声："校长！"

"噢，原来是小澍，你怎么……"

"我到延安去呀，你没有在校，我来不及等你了，过两天就没法办了，我只给老师说了声，就走了……"

"噢！真是，一路上来信啊！"校长怅怅地说。

"一定来信，反攻时见吧！"小澍重新跟上了驴子，扶了扶身上的背包，向西奔去……

《平原》，一九四〇年

张
志
民

大　娘　家

腊月末，眼看就是年根了。

部队顶着纷飞大雪，行进在塞外大平坝子上，睫毛、眼眉，都挂着冰碴儿，大雪片子从脖领里钻进来，不是凉，而是像针扎似的疼痛。

经过大半天的急行军，天傍黑，已来到铁道边上的小柳庄。这儿，离这晚要攻打的方山堡，只剩十五里。

上级传下命令，要部队到老乡家里暖暖手脚，待命行动。

几个月之前，柳庄还是解放区，蒋介石仗着美国大炮，得势一时，把这一带重新夺去了，方山堡驻了个什么杂牌部队，老百姓管他们叫"小舅子兵"。

这帮东西站脚之后，这儿没有消停过，今天出来抓鸡，明天出来派款，特别是这一阵子，四处搜刮"过年货"，没一天不出来糟害人。为这，部队准备敲敲它，给他们点颜色看看。

柳庄是个熟地方，我在一位大娘家养过病，三口人的模样，立时又出现在我的眼前了。

大娘四十出头，口外风沙大，人长得老面，看来像奔五十了，这使我越觉得她像是自己的母亲。

除了整天在地里干活的柱子，还有个十来岁的姑娘，小名叫"玲儿"。就是我刚去的那一天，玲儿把大公鸡抱给娘，问着：

"要不等我哥吧！你敢宰吗？"

"有啥不敢的，来，你按着脖子……"大娘卷起袄袖说。

"大娘！"我上前问着，"不年不节的杀鸡干啥？"

"给你补养啊！"大娘说，"寒证可不是个小病啊！瞧你瘦成那样……"

我拦住娘儿俩的手，没让杀，可后晌玲儿端给我的面烫里，底儿藏的却是鸡肉，我说："玲儿，我不能吃啊！"小玲儿笑笑："不吃，俺娘可生气了……"说罢，就又坐在小蒲团上，去写她的大仿"解放区的天"。

今晚，又来到这个熟悉的门口石阶，门楼，都还是往日的样子，不同的是两扇白茬儿大门，那会儿是成天开着，现在却关得严严实实。

"大娘！"我轻声地叫着，但一直没有应声。从门缝儿望进去，屋子里却像是有人的样子。

因为路熟，我们从门后绕了进去，这时，才听到屋子里一阵"丁丁叽咣"的声响，像是在搬什么东西，然后，传来大娘的语声：

"老总！俺家翻过几次了，连根鸡毛也没有，剩瓣子蒜，昨儿才拿走的……"

听到这个声音，说不出心头的滋味，我知道，大娘误会了，她以为敌人又来抢东西。我站在窗外，轻声说着："大娘，是我呀！……小张……"这时，大娘才打开屋门，让我们快进屋，我划根火柴，点着小灯，但一切都不是往时的模样了。

大娘像是大病初起，头上蒙了块蓝布手巾，看不清她的脸色，玲儿那齐耳的头发，梳成了一根小辫，脸上，仿佛特意抹了些什么，像是多日没洗脸了，离别的时间不长，娘儿俩都像是添了几岁，糊在窗上的仿纸"解放区的天"已经撕下来了，代替它的，是一块块遮掩灯光的草苫子，一切都像刚刚遭了劫一样。

但有一种东西，使我没有感到变化，这种摸不着的东西，叫什么呢？叫他们的精神！叫他们的心！不管叫什么吧！只见大娘一认出是自己的部队来了，她把那块蓝头巾一摘，立刻就去抱柴火烧水，嘱咐玲儿：

"快把碗洗洗。"

"我们自己来，大娘，你坐下，拉个话儿！"我拉大娘坐下来，听她诉说起敌人对这儿的糟害：

"鞋大的小猪都没啦！放羊的，都歇了工，见啥拿啥呀……"

"人都齐全吧？"我问。

"那天，他们又来了，玲儿三叔，躲进山药窖，他们听到里边有人，扔了颗手榴弹，还算命大，拉出来，胳膊粗的棍子，打成了三节，逼问，俺家柱子哪去了……三叔有骨头，至死可也没说呀………"

"柱子去哪儿啦？"我问。

"参加了'护地队'……"

接着又告诉我，谁家老汉被打死，谁家儿子被抓走，她们对门进喜，刚成家，媳妇也给糟蹋了，进喜心一横，也走了。

"上哪儿？"

"还用说，也是'护地队'呗！"

水烧开了，玲儿为大家端过一碗碗开水，屋子里，立即暖和起来，每个人的心里，都燃烧着对敌人的怒火，大娘的话，成了最有力的战斗动员令，只听她狠狠地说：

"打去吧！不让咱过年，就谁也别过，他们不让咱好活，咱也不让他们好死……"

这时随着一阵急促的脚步声，一个小伙子，推门便进来了，瞧见他那个破皮球似的毡帽头，我一眼就认出是柱子，但他没顾上跟我搭话，他手里攥着枪，连脚跟也没站稳，忙说：

"集合了，今晚上，我们配合……"

一九四六年

再 等 等

熄灯号已经吹过了，院子的墙角下，还有两个人在吃吃叨叨地说话。

三排长正在向指导员汇报今天的工作，谈完以后，他又反映了一个问题，说九班张小柱，这几天情绪不太好，像是心里有什么负担。

指导员说："还不是为他婚姻的事，家里来过好几封信了叫他回去结婚，我看是受这个事情的影响。"

对指导员的估计，三排长并不太同意，接着说道：

"要我看，不是为这个事，他不是早就写信拒绝了吗！在全连的军人大会上，还提出过保证，说'革命不胜利不结婚'，难道那算放了空炮？再说，小柱是个诚实人，从来就不会讲漂亮话……"

指导员沉默了一会儿，然后说：

"那我就猜不着了，等明天找他谈谈吧！"

说到这儿，忽听九班的房子里，一阵大声吵嚷，特别是张小柱的声音，听得更清楚。

"刘福子，你说话要有事实，别他妈造谣！"

按军队的纪律，熄灯以后，是不准再大声吵叫的，指导员和三排长朝九班的驻地走去，打算制止，刚刚走到窗前，只听刘福子又在说：

"小柱，你先别，咱既说，就有事实，不过，咱说话要小声点，声音大了，影响别人睡觉，给咱提出意见来，可没话说呀……"

说着，刘福子向着大伙：

"我说说张小柱的新闻，你们是不是愿意听？"

刘福子在连里，是个有名的顽皮小子，又讨人厌，又叫人喜欢，同样的话儿，由他嘴里蹦出来，就像加了花椒大料一样，格外的有滋

味,大家应声说:

"爱听,你说吧!"

指导员和三排长站在窗外一听,刘福子要说的,正是他们猜不透的问题,不仅没进行干涉,索性悄悄儿坐在门口,从头到尾地听起来了。

刘福子干咳两声,压低了声音说:

"你们说人家小柱,情绪为啥不高啊!就因为那个花不棱登的大姑娘,这可不是瞎编,咱跟小柱是一个村的,要不,咋知道这个底细……"

刘福子听人们鸦雀无声,都在一心听他讲,打扫打扫嗓子,接着说:

"那个姑娘叫玉梅,在村里还当着个干部,今年,整二十了!要论模样儿啊,可真叫不赖!咱文化水平浅,怎么个形容呢?这么说吧!比高的,矮点,比矮的,高点,就那么个中流个儿,比黑的,白点,比白的,黑点,就那么个枣汤色,两个大眼睛啊!就更别说啦,那真是清亮亮、水汪汪,一天到晚滴溜转,简直就是两颗大葡萄珠子……"

班长一听,刘福子的话,越说越没边儿,赶紧插嘴说:

"算啦,算啦!谁叫你说这个,这不是扰乱军心吗?"

"班长!你先别给扣帽子啊!"刘福子说,"这不过是个开头,正题还在后边哩!"

接着,刘福子又叙述起:日本投降那年,小柱在村上当民兵中队长,摸岗楼,打汽车,一年工夫,就缴了敌人三十多支枪,县里开大会,表扬张小柱是"民兵模范"。刘福子说:

"我不是说英雄爱美人,人家玉梅也着实不是个菜货,一个姑娘家,春里送粪,一个人能照护两套车,区里请她讲话,县里给她戴花,在俺们那一湾子,谁不知道有个女模范叫'大玉梅'呀……"

张小柱听得不耐烦，嚷道：

"你再胡说八道，信口开河，我明天报告指导员去……"

"去吧！"刘福子说，"指导员要是不信，我领他去调查，咱讲事实，这又不是丢人的事，你着什么急呢？咱想有这么档子事，还没那个命儿哩……"

刘福子的巧嘴，把小柱子说得无言答对，只听福子又打趣地说："谁不爱听，把耳朵堵上，咱不强迫！"

实际上，对刘福子的这种床头新闻，谁都爱听，就张小柱自己，也并不反对，年轻小伙子们一起生活，除去出操、上课，少不得要说点开心的事儿解闷，刘福子看没人抗议，更大着胆子地说下去：

"那年，小柱二十三，村里，没人不夸人家是个好小子，玉梅的眼力也不差，也不知人家是怎么对的光，反正是两人心上都有了，玉梅要跟小柱子相好，村里风声可就大啦，有的赞成，有的反对……"

刘福子从头到尾，原原本本地向人们讲说着小柱子跟玉梅的事，说，赞成的人们都说这是一对"难得的夫妻"，再没这么般配了！反对的人们，是嫌小柱家穷苦，因为那时候还没有进行"土改"，是村里有数的困难户儿。

"特别是玉梅她娘！"刘福子说，"这个老封建脑袋，老势利眼，死也不把闺女嫁给小柱，向着玉梅：'他家房无一间，地无一垄，跟了他，你去喝西北风，住庙台要饭呀，要是跟了他，一辈子别登娘的门槛！'玉梅也不含糊，对她娘说：'我嫁的是人，不是嫁的房子地，住庙台，要饭吃，我甘心情愿'……"

"这不…"刘福子叹口气说，"就从这以后，玉梅跟她娘，母女俩的关系，就越来越冷，跟小柱呢？可一天比一天更热乎了！那年冬里，动员参军，小柱子带头报了名，玉梅把他叫到一边说：'你去吧！在部队安心干，我一定等着你！'玉梅的两句话，把柱子感动得眼眶子都酸了……"

"胡扯!"柱子说,"俺的眼,你怎么知道酸甜啊?"

"咳!话是这么说呀!"刘福子告诉大家,从此之后,玉梅就到了小柱子家。

刘福子的一片话,把人们的困意给说没了,大伙七嘴八舌,一阵议论,福子转头问着:

"小柱,你怎么不发言啊!别装睡了!有这么个好媳妇在家等着,还闹什么情绪呀!是不是想媳妇啦……"

"是,没错,就是想媳妇啦……"

人们跟着凑热闹。

"你们才想媳妇呢!"小柱子欠起身子,冲大伙说,"我看你们是管着太公叫娃娃,拿'老爷子'开心!"

小柱子心里明白,他知道刘福子说的,全是实情,没有恶意,可仍是回敬了一句:

"狗嘴里吐不出象牙来!"

这时,只听窗外喊道:"该休息了!"

人们一听是排长的声音,除去有人蒙上头,从被窝里发出"咯咯"的笑声,此外,再也听不到任何声音了!

第二天,刚刚收操,小柱子一个人,悄悄儿来找指导员,一声"报告,敬礼"之后,再也没话了,指导员先向他问起:"有什么事?"这才从口袋里掏出一封信说:

"又来信了!"

说罢,柱子把信递过去,想让指导员给想办法。信是求别人写的:

"小柱吾儿,为儿婚事,连去数信,儿一再推辞,现儿媳已足年二十,实当完婚为妥,恐儿工作繁忙,不易告假,父将在旬日之内,携儿媳前往,望儿请求首长,准备于队上完婚……父名不具……"

指导员把信放在桌上,只见小柱子闷头坐在一边紧皱眉,他一言不发的,一心在想,家里人为什么这么糊涂呢?写信还不行,还要来人,自己在大家面前,已经提出了保证……这,这不是自己打嘴巴吗?咋办呢?

指导员见他难过的样子,解释说:

"家属来是拦不住的,跟家里人好好谈谈,处理得通情达理,他们不会不同意,大家也不会有什么议论……"

听了指导员的话,小柱心里得到一种安慰,但一想到,家里人很快就要来了,耳边上仿佛总响着一个声音:"柱子,你媳妇来了!"这声音一出现在脑子里,心里就觉得乱哄哄的。

小柱子的信,证实了自己的估计,闹情绪,正是为着婚姻的事,他把信折好,递给张小柱,问着:

"邮来几天啦?"

"捎来的,八天啦!"

"那你不早说,自找苦恼!"指导员说:"早点跟上级讲了不早就解决了吗,回去等着的!"

张小柱心里拴着八个吊桶,从指导员的门口出来。可刚出门,急忙又闪了回去,指导员一看,小柱子那张脸,眨眼之间,从耳根直红到脖颈,只听他结结巴巴,怪为难地说:

"报告指导员,他们……来啦!"

"来了好啊!"指导员急忙迎上前来。

这次来的三口人,小柱的爹、娘,再就是玉梅。

"大伯,大娘,辛苦啦!"指导员赶前几步说:"来,我帮你们提提包袱,快进屋,快进屋!"先把小柱的家属,让到自己住的连部。

"小柱的未婚妻来啦!"

这个消息,一下子传遍了全连,尽管指导员派人跟大家打了招呼,不要来开玩笑,凑热闹,影响不好,可仍有人想方设法,寻找借口,来连部转转,门槛子都要踏破了。

一会儿,这个进来,探头说:

"报告!指导员,我们班长在这儿吗?"

一会儿,那个进来,拿着笔记本问道:

"报告!指导员,这个问题怎么讲?"

其实,醉翁之意不在酒,目的全在看媳妇。除去"报告"进屋的,窗缝儿上,还贴着不少眼。特别是九班的刘福子,看完之后,回到班里,还当场给人们表演,说:

"小柱子耷拉着脑袋,脸红得跟小鸡下蛋一样,人家玉梅倒挺大方,眼儿也不眨,滴溜、滴溜、直瞧他……"

连部里,指导员和小柱的老爹,谈得正热闹,老汉说:"俺家几辈子,都是给人家扛活,少房没地,'土改'以后,这才翻身了,我六十好几的人了,地里的活儿,干不了多少啦!"

说着,老汉指指玉梅,夸说:"这不,全仗着我们儿媳,好劳力呀……"

老爹一夸,玉梅的脸却红了,怪难为情地转过头,正好和柱子打了个对面,一脸乡下姑娘的羞涩,急忙把头低下了。

指导员把柱子一家安排地方住下来,嘱咐说:"乡里人难得出门,来了先歇几天!"然后,找来张小柱,商量事情怎么解决。

"不是来探望儿子,人家是送媳妇上门,结婚来啦!"指导员说。

"本来,人家就在瞧我的笑话,"张小柱埋怨地说,"这不是来给我添彩吗……"

"话不能那么讲!"指导员说:"男大当婚,女大当嫁,老人们关心儿女的事,如情如理,问题是……"

小柱子明白,问题是当前的形势。商量的结果是,指导员找老两口,柱子找玉梅,分别谈话。

傍晚,部队出去作操了,小柱子和玉梅,在后院柳树根坐下来,沉默半晌,小柱才开口:

"你来干什么呢？"

"哪是我要来，是爹妈拉我来的！"

"家里的活儿累吗？"

"比你们在前方打仗，轻闲多了……"

"你娘还那么落后吗？"

"比过去强点！"

"再等我两年行吗？"

"三年都等过，两年，有啥不行……"

说到这儿，小柱子鼓足勇气，使劲儿地攥住了玉梅的一双手。

两人坐在一起，玉梅也再没那种人前的拘谨，她睁大眼睛，仔细看看小柱，他瘦了，从柱子脸上，可以看出，两年多来，打仗，风风雨雨的辛劳，可战争，还并没束啊！在这战斗的间隙，两人见一见面，互相说说话儿，时间是多么宝贵呀！来的路上，她想了一肚子的话，不知为什么，这会儿一句也说不出来了。

不过，话虽说并没说全，那无声语言，双方似乎都已听懂了，玉梅是在说："你好好儿工作，勇敢战斗，在家时是好样的，在部队，也不能丢脸……"柱子是在讲："你在家好好儿生产，支援前线，照顾爹娘，就是对我的最大帮助了……"至于结婚的日子，两人的想法只有三个字："再等等。"

日头快落了，耳边传来连队收操的号声，正在给大伯、大娘作工作的指导员，却还在进行着一场"硬仗"，因为，出阵的虽然是玉梅，可拿事的"军师"，却是两位老人啊！

指导员已经摆过了许多道理，向老人们讲解着，由于革命的要求，部队号召延缓结婚的种种规定，可老大伯仍是不通，老人说：

"在俺们乡里，十八不出阁，人家就耻笑，可玉梅，今年都二十了……"

"大伯，您说那是老话了，如今，没人耻笑，革命夫妻，讲的是革命感情，不讲那个啊……"

"再说，俺这媳妇，跟别家的闺女不一样啊！"老大娘接着说："没接没娶，在俺家里过了好几年啦，至今再不行礼儿，这算个啥呢？"

"大娘，就算您儿子的未婚妻嘛！有啥不好的？不是解放了，还没这样的新事儿……"

"俺是让儿子结婚，不是让他退伍……"老大伯还在继续争理。

"咱部队，不是不准结婚，是要求推迟一点儿……"

"还推到啥时候呢？咱这块儿，不全都解放了吗？赶集上店，几十里也没个岗楼儿……"

"是啊，咱这儿解放了，南方、北方，没解放的地方，还不少啊！眼下，正是个要劲儿的时候，咱如果松口气，蒋介石就又回来了，到那时，不要说结婚，什么都完了，您二老想想，哪头儿沉吧……"

指导员说的道理，两位老人全懂得，可就是，一想到他家柱子，就觉得和别人的情况不同，大伯说：

"俺小柱子一个人的事，不会有那么大的影响啊！"

"不是一个人的事啊！大伯，"指导员告诉他，解放军好几百万，还没结婚的人，可多啦。再没法说服老人们，最后，他不得不讲起自己：

"大伯，我今年二十八了，也还没成家呀……"

"你？"

两老人用惊异的眼睛，看着指导员，心说："比俺家柱子，可大得多呀！"

说到这儿，小柱和玉梅，一起走了进来，指导员趁机说道：

"正好！全家都到齐了，你们就开个家庭会议吧！老大伯当主席，我列席参加。"

老大伯捋胡一笑，盘起腿来，坐在大伙中央说：

"我就当主席，柱子，你先说吧！"

这当儿，张小柱倒再不是那么羞涩了，他就像班上开讨论会一样，斩钉截铁地说：

"我说，要把革命进行到底，全国不胜利，不结婚！"

"你呢？"大伯向着玉梅。

玉梅忸怩半晌不哼声，大伯两眼盯着这未来的儿媳，等了足有一袋烟的工夫，才听到这句回答：

"依着我，就不能来！"

玉梅的一句话，已经决定了这事情的结果，可大娘还未开口，老汉转脸看看老伴，不能不听听她的声音，便问：

"嘿！你呢？"

当娘的什么时候都是向着儿子、偏着媳妇，她瞧出两孩子的意思，自己的态度就已经定了，她啥也没说，冲儿子、媳妇抿嘴一笑，意思是：随他们的意。

这时连队已经收操，刘福子向三排长做了个鬼脸，拐弯便来找张小柱，他撩开布门帘，探进脑袋，大声嚷道：

"柱儿呀！可站稳立场啊！别进了盘丝洞……"

门外一片喝彩，指导员催着大伯："您作结论吧！"老汉张着脱落了牙齿的大嘴，笑说：

"结论不有了吗？再等等！"

一九四九年

周而复

八月的白洋淀

陈三赤着脚板,裤子卷到大腿叉那儿,手里提着一个空篮子,像只鸭子似的,吧嗒吧嗒地走回家里来。一进门,他把空篮子往墙角落一放,摘下头上的白布包头,揩揩鼻子上额角头的汗珠子,很舒适地喘了一口气。他正预备回到房里躺到炕上去睡觉,突然外边传进来一阵急促的敲门声,心头不禁纳闷起来:这时候已打过初更,村里的人都睡了,有什么重要事儿要这样急着敲门?难道高家楼那边出了什么事?不会的,他们有事来也不会放大门,只要在后院的墙上轻轻拍两下便知道了。要么,岗楼上的鬼子下来了,但深更半夜到他家里有什么事呢?他一边思虑着,一边去开门。

站在门外的不是别人,瘦瘦的,高高的,一看就知道是村长刘福祥。

"陈三,岗楼上的鬼子下来啦,到会上(指村公所)抓船……"

"船不是封了吗?深更半夜抓船干啥?"

"鬼子要抓,咱们就得预备,谁敢问他!要一只大三舱,六只小三舱,还要十四名船夫呢!"

"七只船也不用十四个船夫啊!我看莫不是鬼子要出动?"

"就是说这个啊,我想这趟差非你顶着不可,有什么事好应付。"

陈三是同口镇的机灵人,从小弄船为生,七七事变前他在大买卖船上当一名船夫,载脚运货,从同口跑天津,哪一趟也少不了他。日本鬼子来后,大买卖船取消,禁止往来,自己便弄只小船,在白洋淀上打鱼谋生。春天二三月一开河,九十月的旺月,他便同大伙闹班子(一班子十多个到三十多个人不等)。拉大网,网点鱼,一天挣个三块两块钱,也勉强能养家糊口。钱挣多了,邀个三朋四友,煮点鱼,炒些虾，喝这么四两白干，都是他的东道，把一天挣的钱花得一干二净，满不在乎。逢上什么抗日工作，只要他能插手，无不忙在人头里。村里大小的事，也短不了他。他能见什么人说什么话，就是鬼子他也会把他说得滴溜溜地转。自从鬼子在同口安上据点，有什么重要事，更短不了他。他现在是村里秘密模范自卫队队员，是村长刘福祥的得意帮手。

陈三回到屋里给娘说了一声，包上白布包头，和村长走了出来，一边问道：

"鬼子可说上哪儿去？"

"没啦见。"

村里的人都睡了，胡同里黑洞洞的，只有在村中央矗起的那像个粗大烟囱似的大岗楼上，微微露出一线灯光。这岗楼像是一个巨大的魔鬼，它的阴影笼罩着全村，村子里高高低低的砖房在它面前都显得渺小，好像伏在地上似的。一看见这岗楼，人们连叹口气也不能尽情尽意，只好轻轻地偷偷地叹息。

他们两个从小胡同里走出来。陈三一眼望见大街口那棵大榆树上挂着一个黑漆的圆球和一堆拖拖拉拉的什物，他吃惊地站了下来，附到刘福祥的耳朵上悄悄地问：

"怎么，林贵生的脑袋瓜子还挂着？"

这是三天前的事。

住在同口镇据点里的黑田小队长，外号叫做"活阎王"。同口镇一带数十里地，没有一个人不知道他是一个杀人不见血的活阎王。原先他是关东军里的少尉，去年调到关内来，打同口安据点那天起，他就来了。他因为在东北待了五六年，说一口流利的中国话，换上便衣，谁也看不出他是个鬼子。他就爱穿便衣，常常深更半夜，穿着便衣蹲在村口的苇子里，听来往人说话。有时就躲到老百姓的后院里，偷听他们谈心，察看有没抗日活动。他治军表面很严，平常不准他的部下随便下岗楼到老百姓家闯，要是他部下随便抢老百姓东西，或者强奸妇女，只要去报告，他便是处罚。暗地里他另外有一套：夜里他穿上便衣，用锅烟子往脸上一抹，腰间披上一只王八盒子，从后院跳到老百姓家里，从窗户里爬进屋里，奸淫完了，他悄悄地回到岗楼上。村里许多妇女就是这样被奸污了，可是每一个妇女都不知道被谁奸污，也不敢声张。什么事不如意，他只要微微向你一笑，你就没命了。鬼子兵固然怕他，白箍更是怕他，白箍在他血腥的手下蹲不住，三天前，叫做林贵生的白箍撑了一只小三舱，偷偷向淀心里划去，开小差了。"活阎王"知道，派了二三十只船去追，追了十多地里，捉回来了。"活阎王"把他脑袋瓜子割下，肚子剖开，取出心肝五脏，在淀里洗了个干净，便挂在大榆树上，树干上贴了一个条子：

谁要逃走，这个的一样的。

刘福祥听见陈三问起这种事，无可奈何地叹了一口气，也附着他的耳朵，低低地回答他：

"'活阎王'不叫拿下来，谁敢碰一碰，那不要吃饭的家伙了。"

"这小子要是道熟，连人带船往苇子里一钻，小鬼子哪儿去找？"

"可不是，要是和你一块走，鬼子准没法捉到。"

"那当然，不是我陈三夸海口……"

两个人还没走到村边，就听见叽叽喳喳的人声，最高的是一个鬼子的声音，气势汹汹：

"你的船夫的有，还要一个的有！"

"还要一个的有……"

其中掺杂着低微的求饶的话语：

"太君，村长去找了。"

"村长去找，还有一个马上就来，太君！"

这显然是村里的船夫在恳情。

人声起处是黑乌乌的一群人，在微弱的星光下，看不清各人的面孔，只有一盏马灯，在人群中晃呀晃的。

刘福祥怕鬼子发脾气，便催着陈三，三步并做两步，急急忙忙赶上去，远远地答话道：

"来咯，来咯，太君！"

那边刚才恳情的人理直气壮，声音也就高了一些：

"太君，你看，村长不是把人找来了。"

站在那儿有六七十个鬼子，枪上都上了刺刀，在黑暗中发出一道道令人悚然的青光，一个军曹模样的鬼子，见村长来迟，余怒未消，走上去就是一枪托子，劈口骂道：

"八嘎——"

刘福祥不敢喊一声痛，也不敢动，他暗暗数了数船夫，十四个都到齐了。他勉强鞠了一个九十度的躬，抱歉地说：

"太君，十四名船夫都齐了……"

"你的什么的干活？"

那个军曹咆哮地叫着，举起枪来又想往他身上打，正在这时候，皮靴声响处，出现了一个瘦子，扁圆脸，嘴唇上有一丛小胡髭，腰间挂着一把战刀，黄铜链子叮叮当当地响，这是小队长"活阎王"。他把炯炯的眼光威严地向大家一扫：像一个熨斗，立时把一切皱纹都烫平了。军曹举在半空中的枪狠狠地连忙偷偷放下，笔直地立正站着，叽叽喳喳的声音，像是一刀砍断了似的，突然完全消逝，鸦雀无声，冷静得可怕。

冷静中，"活阎王"轻声问道：

"船夫和船都准备好了吗？"他的中国话带有点东北口音，发音高亢。

刘福祥毕恭毕敬向他鞠了一个躬:

"全齐了,太君。"

"活阎王"的眼光扫到陈三他们船夫面前:

"段村在什么地方,知道吗?"

陈三从那一队船夫里向前走了两步,嘻着嘴,弯弯腰,说:

"就在西边。"他伸出手来向村边西头一指。

"唔。"活阎王微微点点头,又问:"这条路你认识吗?"

"认识,认识。"

那盏马灯在人群中发出黄黄的灯光,地上闪着一条条笔直的人影子。

陈三的眼睛向村长瞟了瞟,那眼光的意思是:"老刘,听见吗?鬼了要上段村据点去集合,今晚一定是要到什么地方包围游击队去,快点派人送通知。"当了三年村长的刘福祥,只要你眉毛一扬,嘴唇一动,就知道你要讲什么话。他轻轻点了一下头,旋即对着陈三用嘴向着活阎王噘一噘,暗示他:游击队那边他去通知,没问题,可是出发了,"活阎王"有什么事,你得应付。

陈三看见"活阎王"走到那一排部队里去,心里不禁奇怪了:往常的规矩,出发时总是掺杂了三分之二或者一半的白箍,今晚却一个白箍也没有。陈三心里想:这个事情里一定有鬼,和往常不同,情况相当严重。"活阎王"站下来,回过头来对船夫他们说:

"你们先走,把船准备好。"

他们十四个提着一盏马灯晃呀晃地走去,才走了三步,便听见"活阎王"的叫声:

"回来!"

十四个人转身走回来,"活阎王"指着马灯说:

"这个不要。"

村长知道小队长怕灯光暴露秘密，走漏风声，他把马灯接过来，十四个人借着星光，反正路很熟，向村边走去。他们远远听见"活阎王"在给部下讲话，叽叽哇哇，一点也听不懂。

村边是一片死样的寂静。

八月的白洋淀在星空下敞开它的透明平滑的胸怀，平稳的水面，如一面镜子，静幽幽的，一望无边。远远的水中，隆起一丛丛黑魆魆的物体，里面散发出星星一样的灯光，那是浮在水面上的淀中心的水庄子。左边一排像是一座水上屏风似的，是还没穗缨的苇子，在水上高兴得摇来晃去，吃醉了酒似的。潮湿的夜风徐徐吹来，带来一阵淀里荷叶的清香，沁人心脾。

陈三他们把橹挂在橹牙子上，船都拢到码头边，一字排开，一个船上两名船夫，刚安排好，"活阎王"带着队伍来了。他们很快上了船，"活阎王"带了四个鬼子兵坐在那只大三舱里，便叫往段村划去。七只船上满满坐的是鬼子，他们把枪抱在怀里，眼光警惕地望着四方。橹一下一下向西划，跟着卷起一阵阵雪白的浪花，浪花扩张开去，轻轻地拍着同口镇的村边的泥土，发出啪啪的音响。

船沿着淀边向西划去，把同口镇扔得远远的，划出二三里路光景，矗立在村中的那座高大的岗楼也看不见了。

忽然，大三舱那儿发出低微的声音，虽然细微，却是一种命令的口吻，很严厉的，这句话从大三舱那儿传出来，由日本鬼子在船上传达给船夫，叫大家停下来，不要再划。在大三舱前面那条小三舱上的陈三，连忙转过脸来问"活阎王"：

"太君，有啥勾当？"

"不想到段村去。"

"上哪儿？"

"高家楼！"

"什么地方?"

"高家楼!""活阎王"的语气变得有点不耐烦,提高嗓子,严厉地说,仿佛申斥陈三:你难道是个聋子。

陈三听说上高家楼,暗自吃了一惊,他的手拿着橹管,像一段木头似的,一句话也说不上来,眼光瞅着北边的高家楼。

今晚回家以前,他就是到高家楼去的。

高家楼是安新县边境的一个二三十户人家的小水庄子,敌人对河北大平原"扫荡"了将近两个月以后,安新县抗日政府秘密到高家楼来开县务会议。县境十分之二以上的地方粮食和房子几乎烧完了。县政府在那儿讨论怎样救济灾民,除了政府节约捐助外,政府出面向别的区里借,每人发五十斤粮食,先维持一个月,粮食等秋后再还。房子准备修筑一些,调剂着住。因为高家楼是一个小水庄子,吃的用的全要从同口镇办,陈三就是给县里买了一篮子白菜、青鱼、盐、油和开会用的纸笔,偷偷送去。那儿有十多个人在开会,都是科长以上的干部,一点武装也没有,临走的时候,吴县长叫他明天还要送菜去——会没开完,他们在高家楼停两天。现在"活阎王"亲自出马,带着六七十个鬼子,不是包围县政府是什么?白箍一个不带,在岸上说是到段村,到淀里才说出是去高家楼,"活阎王"的消息封锁得真够严实。现在在淀里,四面是水,呼天,天不应;叫地,地不灵,眼看着吴县长他们一个个就要被捉来,像林贵生一样,把头割下来挂在树上。

陈三急得心被人抓着似的,蹲在船尾,有点发呆了。

蓦地,"活阎王"高叫一声,陈三才从梦似的幻境里渐渐清醒过来,他凝神地仔细一听,"活阎王"那句是:

"你们哪个认识高家楼?"

隔着"活阎王"两只船的船夫李英,是一个五十多岁的老汉,他这一辈子就是在淀里打鱼混过的,他刚要张开嘴想说他认识,见陈三从船尾站起来要说话,就没吭声。

陈三说:"我认识!"

李英接上说:"太君,陈三的道可熟,他闭着眼睛都可以在淀里划船,要上哪儿就到哪儿。"

那十二个船夫忍不住心头好笑,他们知道陈三今年才是二十三岁的小伙子,李英走的桥比陈三的路还多,道哪有他熟。但看陈三那股劲,要对付"活阎王",大家不再说什么,就会心地一笑,准备看陈三的"风",他们来使"舵"。

七只船静静地停留在平稳的水面上。

"活阎王"走到船头,问陈三:

"有多远?"

陈三装出一副熟练的老水手神情,对淀里指指点点地说:

"有两股道。"

"哪两股?"

"大道,路远,好走,十八里。"

"小道呢?"

"路近,只有八里地,可不好走,要打苇子里穿过去。"

"活阎王"抹上袖子,看一看脉门上的夜光表,已经快十二点,走小道,早一点到高家楼埋伏,拂晓以前吴县长他们这些"抗日匪贼",便成为他掌中的捕获物了。他想着胜利时的愉快,感染到脸上,嘻着嘴,微微一笑,显得脸更加扁圆了。他果断地说:

"走小道。"

船都掉过头,陈三的船划到前面去拉道,"活阎王"的大三舱是第二只,其余的船,紧跟着大三舱,成了一条直线。陈三在前面的船上回过头来对大伙说:

"咱们大家卖力气划啊,不要耽误太君的事。"

船夫们懂得陈三话里的话,大家都松下劲来,李英在后面有意装得老迈龙钟,有气无力,慢腾腾地划这么一橹,慢腾腾地划这么一橹,橹板拍在水面上,发出清脆的音响,四散开去。

"活阎王"马上禁止陈三他们用橹,大家吓了一跳,以为"活阎王"识破了他们的秘密,等到"活阎王"叫他们改用篙,而且不准弄出水声来,他们才安心下来,知道是怕橹板划水声音暴露了秘密军事行动。

陈三摘下橹,拿起篙来,他又招呼道:

"大家好好齐啊!""活阎王"在后面催促道:

"要快!"

"是!"陈三答道。

"不准有水声。"

"是。"

七只船的船夫都是齐篙的能手,一块起篙,一块煞篙,七只船连在一块如一只飞箭,在水面上索索地急行着。

船上静静的,没有一点声音,只听见从船舷掠过的水里的鱼吐着泡沫的小声。

淀里草墩子上的大雁,黑压压的一片。它们两个一对地互相搂着脖子在蹲着睡觉。一只寂寞的孤雁,担任着它们的哨兵。七只船从草墩侧面过去,孤雁发出唧唧的叫声的警号,惊醒了雁群。它们抖擞翅膀,掠过水面,向星空飞去。

那个军曹模样的鬼子,见着起飞的雁群,高兴地站了起来,拍着掌,心想捉下一两只来,下意识地提着枪,不禁高声叫出:

"哦,哦——"

马上招来了"活阎王"恶毒的眼光,接着是生气地对军曹"唔"

了一声，说：

"你干什么？"

军曹收敛面孔上的笑纹，立即服服帖帖地坐在原来的位置上，好笑自己忘记了今晚并不是出来打雁的，肩上负着重大的任务哩。

迎面而来的是一片屏风似的苇子，两人多高，绿苗苗的苇秆，现在正是它壮年的时代，"暑去寒来才穗缨"，它的头还没有白呢。

陈三站在船头，看见苇子，心里不由地高兴起来。白洋淀水浸润着这一个二三里地方圆的小苇子，黑乌乌的苇子当中，有条玻璃似的亮光，这是一股六尺来宽的水道。陈三把篙轻轻一点，船头偏过来。他用手分开苇子，发出沙沙的声音，水道显得宽了一点。他那只小三舱第一个进了苇子。"活阎王"他们的船也跟着进来了。

一进苇子，像进了隧道似的，四周黑乎乎的，只看见密密麻麻的苇秆和叶子，沙沙地撩着船身而过。上面露着一线夜空，星星在眨着眼睛似的，一闪一闪的。这是唯一的微弱的亮光。水道很狭，只容得下一条船，船连成了一长条，像是一只船似的。第一只船走得快，后边跟着快；第一只船慢，他们也就跟着慢下来。

陈三在前面好像很卖劲，一会儿起篙，一会儿煞篙，用的力气很大，甚至于累得好像气都喘不过来了，可是船走得并不快，他不时还停下来，细致地把拦住去路倒在水中的苇秆分开。他看看船都划到苇子中央来了，便高声地招呼大家：

"乡亲们，这个道可不好走，大家要好好地齐，不敢含糊。"

李英捋一捋他下颔的小胡须，意味深长地搭腔：

"咱们知道，你小心点，道不好走，陈三。"

"这够黑的，看也看不清。"旁的船夫也附和着。

第二只船上，"活阎王"那一对猫头鹰似的眼光，像两道剑光，注视着陈三。

陈三把裤子卷得更高，一直卷到大腿叉那儿。他迅速地起篙煞篙，篙子带着水上来，弄得船头湿漉漉的。他赤着脚板踏着湿漉漉的船头有点滑，这一篙下去，把篙头贴在右胸口拼命地撑，身子越来越往下，几乎贴到船舷，一松篙，扑通一声，他掉下水去了。旋即从水里冒上一个头来，大声狂呼道：

"救命哟，救命哟！"

一阵浪花，陈三不见了，水面归于平静。

船都停了下来。

大家握着篙，不知怎么是好。李英在第四只船上踮起脚尖来问：

"谁？谁掉下水去了？"

"是陈三，陈三。"

"快下去救啊……"李英急着说。

"救人，救人！"

你一言，我一语，大家不由分说把篙往船舷一放，接二连三扑通扑通跳下水去，顺着水势，向陈三飘的方向追下去。"活阎王"站了起来，摆着手，止住道：

"不准下去，不准动。"

李英正想跳下去，看见前面三只船上的船夫已跳到水里去，而"活阎王"又在禁止，他便停在船头不动。他回过头来对船尾的小虎子点点头，往水里一指，扑通一声，小虎子也蹿进水里去了。"活阎王"掏出王八盒子来，对着大伙威胁：

"谁再跳下去，我就开枪。"

船夫顿时都被同船的鬼子无形之中监视起来了。

"开船！""活阎王"命令道。

李英在后面指着前面陈三的船，接上来说：

"前面船不开动，咱们的船怎么走得开？"

"一个船上一个船夫,马上要开!"

李英数一数留在船上的船夫只有六个,便说:

"只有六个人,不够使唤。"

"少一个不要紧,""活阎王"指着军曹说,"你撑!"

"太君,咱们不能见死不救啊,陈三掉下水去,还没上来呢!"

"不管,谁叫他掉下去的,开船!"

李英马上改变了主意,说:

"等他们来,船要撑得快些。咱们一个人撑,知道什么时候到!"

"活阎王"急得老是前前后后望来望去,望了半天,对船上的鬼子咕噜了一阵,一个船上站起一个鬼子来撑船,还是催着马上开。李英拿起篙来要起篙,但又煞住说:

"太君,咱们不认识这股道,"他转过脸来,问别的船夫,"你们认识吗?"

大伙说:"咱们没走过,不熟。"

"活阎王"气得一屁股坐下去,一句话也说不出来。

约莫有两袋烟的工夫,远远传来水声,哗啦哗啦,声音越来越近,越来越大,忽然第一只船上伸出一只手来,弄得船摇来摆去,接着上来一个湿漉漉的人。一个一个,最后陈三被一个人拉着上来了,浑身全是水,滴得满船都是。

"活阎王"看看夜光表已是夜里两点一刻了,他气愤地走到陈三船上来,用手枪对着陈三的胸膛,陈三自然而然地举起两只手来,诧异地望着他,"活阎王"一句话也不说,把眼光集中在一点上,注视着陈三。半晌,看陈三镇静地立着,他才吐出一句钢一般锋利的话来:

"不准再掉下水去!"

"我也不是有意的,那不是跟自己性命开玩笑,灯蛾扑火,自找死吗!"

"不管你有意无意,再掉下水去,就枪毙你!"

"是。"

"立刻开船,限你三点钟以前到高家楼,""活阎王"把夜光表指给他看,"还有四十分钟就是三点,迟到一分钟就枪毙你!"

"是。"

"活阎王"把王八盒子放在枪套里,回到大三舱去,船夫们也都回到原来的船上,拿起篙来,往水里一摔,船在苇子里前进了。

陈三一篙摔到苇子里的咕叮窝里,五六只咕叮从苇子里拍着翅膀,惊惶地飞走了。船从苇子里撑了出来,眼前又是一片开朗的明镜似的水面,远远一片含苞未放的荷花,好像千军万马似的伏在水面上,静静地,散发出来一阵阵荷叶的清香。

往常陈三走这股道,顺着荷花淀向高家楼划去,要走老半天才能看见高家楼,今天这股道仿佛剪短了似的,没有一会儿工夫,便瞅见水面上隆起的那个黑魆魆的水庄子了。

他不相信似的,再往前看看:眼面前不就是高家楼吗?他想把篙起得慢一点,手里拿着篙慢慢在船舷上踱方步,可是今天的船有意给他开玩笑,你不撑,也还是向高家楼流去,而且很快。

他简直失去控制自己的能力,只是习惯地下意识地把篙子又摔下水去。

"活阎王"看看前面有庄子,估计差不多快到了,又掏出手枪来,问陈三:

"这是什么地方?"

"是个水庄子……"陈三想索性绕过高家楼吧,他就没说出村子名字来。

"是高家楼!"

"是高家楼……"陈三以为鬼子认识,不好隐瞒。他呆在那儿,竟忘记把篙往下撑了。

"快撑,你站在那儿干什么?""活阎王"的嗓子虽然压得很低,怕人听见,可是很粗暴。

陈三如同迎头被人浇了一盆子凉水,清醒过来,抱怨似的,学着"活阎王"的语调对大伙说:

"快撑,你们站在那儿干什么?"

船真的快了起来。

咯咯,咯咯,咯咯……

高家楼的水庄子里透出鸡的啼鸣声,清脆的叫声划破了白洋淀上的幽静。

"活阎王"的手枪在陈三面前有力地闪动着。一会儿吴县长他们的面影闪在他的面前,他凝神一看,正对着自己的是"活阎王"的手枪。他不管这些,胸有成竹地把船撑得很快,快接近村前面的码头时,把篙一偏,船转到村边去了。李英正在纳闷陈三为什么不往码头上靠,一想起村边是一片陷的沙滩,就会意地都跟着撑过去。"活阎王"见七只船的速度都很快,再仰起头来看看天空:三星已落,繁星渐稀,身上有点寒冷起来。正是天亮以前的拂晓时分,时间恰好赶上,没误事。

船一接近沙滩,陈三用篙一使劲,船上了沙滩,后面的船,像是比赛似的,全抢着撑上了沙滩,上了浅了。陈三着急地再往回撑,却怎么也撑不动,因为沙子是陷的,使不上劲。

"到了吗?""活阎王"问。

陈三指着面前庄子说:"这就是高家楼。"

"从哪儿上去啊。"

"太君,船上了浅了。"

"小声点,不准讲话!""活阎王"气得想开枪打死他,又怕惊动了吴县长他们,便手一挥,叫船上的鬼子兵从沙滩上上去。鬼子拿着枪,一个个重甸甸地从船上跳到沙滩上去,走了两步,陷住了,越走越深,前进不行,后退不行,狼狈地陷在沙滩上,像一段段砍倒的树根立在那儿。"活阎王"幸好还没跳,见部下不动,他就站在船头上,低声地问:

"为什么不走?"

"走不动,上了浅了。"

东面的天边泛出曙光,水面愈发亮了。慢慢看清楚沙滩上不但陷,而且汪着一摊摊的泥水。陈三靠过来对"活阎王"说:

"船上了浅了,要庄子里的人帮忙,才能开得动。陷在沙滩上的人,也要他们拿草米,垫在沙滩上就走出来了。"

"活阎王"不吭声,只是点点头,默认了。陈三提高嗓子对庄子里喊:

"快来哦,快来哦,船上了浅了……"

陷住的鬼子慢慢往回爬,有三四个爬回来,抓住船头,一使劲,上来了。他们裤子上满是黑泥水,无可奈何地站着,不敢再随便跳下去了。

晨光曦微中,两只船急速地划来,远远的他们看不清楚,还以为是游击队哩,一看是鬼子,也不好往回走,便硬着脖子上来了。看见七只船都陷着,对"活阎王"说:

"要拿水桶来,往沙滩上浇水才行。"

陈三说:"那么你快去拿水桶去!"

对方说:"知道了!"

"了"字的声音拖得很长,陈三知道对方已懂得他的意思。

一只船回去,很快地取了四个水桶来,把一桶桶的水往沙滩上浇，船活动了，都回到了淀里，最后一个陷在沙滩里的鬼子，也给拉上船来。

七只船向村边划去，到码头时，天已大亮了。拢岸时"活阎王"问高家楼船上的人：

"你们村子里有游击队？"

"没有。"

"一定有。"

陈三把船拴好，他怕今天逃不过"活阎王"的毒手，奉迎地说道：

"太君，我领你去找……"

没容"活阎王"有思考要不要他领去的时间，陈三便迈开步子往村里走去，"活阎王"带着鬼子一同跟着上来。陈三一进村撒开腿便跑，"活阎王"敏感地看情形不对，举起手来就是一枪，向陈三背脊上打去。枪打偏了一点，擦着右肩过去。陈三顾不得痛，转进小胡同，听到村里不断的枪声，就向村后边跑出去，一口气跑出了七八里地，才追上吴县长他们。他劈口便说：

"县里的人都出来了吗？"

"都出来了。"

吴县长指着他的右肩：

"怎么的？"

"刚才鬼子打的，没什么，你们出来就好了。"

一九四六年九月六日，上海

围　　村

天快亮了。

冀中平原上的一个村庄，外边给一百二十多个鬼子包围住了，在等待天色完全放亮。

村子里的人，还不知道哩！

这次敌人围村，运动很秘密，行动也很鬼，他们离村一二里地的光景，就包围上，然后慢慢接近村子，离村子快到半里地，就停下来了，天快亮的当儿，才又往前进。

这时，村里的游击小组长才发觉，可是已经晚了：村子给包围得很严密，真是连一滴水也漏不出去。

围村的消息在村里传开了。传到二虎子家的时候，二虎子还睡在炕上打鼾哩，可把妈妈急坏了，并不是怕二虎子怎么的，二虎子是个十一岁的小孩，村里人，不在乎鬼子搜查。怕的是老王。老王是区上的民政助理员，前日个黑间，到村子里来开村干部会的，没走，就住在二虎子家里。

"老太太，你家有地洞吗？"老王问。

"没有，要有早说了。"二虎子的妈说。

"有什么地方藏一藏吗？"

"没有保险的地方。"

老王拔出藏在腰间的小手枪，想冲出去，但怎么能冲出去呢？二虎子的妈妈没让他走，想了一个法子：

"老王，这样好了，你装病，躺在炕上，鬼子来了我掩护你，一混就过去了。"

老王同意这么办，刚盖上被，还没躺下去枪就响了。村里当即混乱起来，人声嘈嘈杂杂的。一会儿，忽然又平静下去了，只听见街上沙沙的脚步声，和日本鬼子的叫喊：

"出去，出去，统统都出去！"

二虎子在门缝里看见：每家的人，男女老少都叫鬼子赶出来了，像是赶庙会似的，一个顶着一个走去。

二虎子心里急了，脸红得像个柿子，对妈说：

"要叫出去哩！妈，老王……"

"老王，说是他有病，咱们不出去……"

但是不行，鬼子敲门了，有病也要出去。

全村人都集合到场子上，鬼子叫男的站在一边，女的站在一边，小孩子又站在一边，大家只好按着指定的方向站下了。场子四周都站上鬼子，闪着明晃晃的刺刀，场子两头放着四挺机关枪。

大家不知道鬼子要干什么，都不言语。千把人站在场子上，挤得满满的，却一点声音也没有。只有早起的各色各样的小鸟，在空中飞过来，飞过去，吱吱噪噪地叫着。

两个鬼子手里拿着许多糖果，走到孩子面前，发给每个孩子两块糖，最后发到二虎子，他也不敢不接着鬼子的糖——不接鬼子的糖，鬼子会打人的；他瞪着一对黑溜溜的小眼睛，瞅着鬼子。一个鬼子就站在他们面前，说起话来了：

"小朋友们，你们一个个出来，把家里的人领回去，不准认错人，认错了人的，要杀头。"

这是干什么呢？

昨天一天黑就有汉奸报告鬼子，说是村子里来了八路军工作人员，鬼子就连夜来包围，要捉八路军的人。知道大人靠不住，会掩护工作人员，这次叫小孩出来认，没人认的，那一定是八路军的工作人员。

那个鬼子停了停,又说话了:

"谁认错了人,就要杀头,大人也要杀头,一家人统统杀掉。大人不准说话。"

他向男子堆里看了一眼:看有没有人面孔变色的。

老王站在人堆里面,很沉着。

开始领人了!站在排头的妮妮,她走到人堆前面,抓住她爹的衣裳:

"爹,你出来。"

爹出来了。她又到那边拉着妈的手:

"妈,你出来。"

妈从人堆里走出来,她把家里人都认了,鬼子叫他们回家去。

一个一个小孩认下去,男子那边,只剩下三—四个人了,老王站在那儿,却还没有人认。

二虎子的妈沉不住气了,心里直发慌,她想承认老王是本家侄子,可是刚才鬼子不是说过了吗!大人不准说话啊。

认下去,男子那边只剩七个人了,老王还站在那儿没人认,最后认到只剩下两个人了,老王的手往腰里摸——二虎子的妈知道他腰里有只手枪,大概是想掏出枪冲出去。

但是鬼子围得密密麻麻的,怎么冲得出去呀!恐怕老王也想到这一点了,他的手又放下来了。

最后只剩老王一个人站在男子那边了,小孩子把自己的母亲嫂嫂都认回去了。

轮到二虎子了。他到女人那边,小手指着妈说:

"妈,咱们走吧!"

妈站出来了。妈望着二虎子,看他马上又走到男人那边,对老王说:

"哥哥,走咧。"

老王安闲地走出来,半道上却给鬼子拦住了:

"他真是你哥哥吗?"

"是的。"

"不是要杀头的!"鬼子做了一个杀头的样子威胁他。

"要不是,你杀我的头。"

鬼子转过来问他妈,问别人,大家都说是的。鬼子这才没办法,放他们回去了。

这次一个八路军工作人员也没捉到,鬼子以为大概八路军半夜里走了。

《解放日报》,一九四四年八月十九日

曾

克

女 射 击 手

秋庄稼熟了。满山遍野一片金黄。肥大的狼尾谷穗，沉甸甸的压垂了秆儿。金皇后玉茭昂着骄傲的头，从裂开的穗头上，露出整齐的、饱满的颗粒。高粱如同参加检阅的红缨枪，竖立在一层一层的山岗上，太行山的老百姓，一面在愉快地过着中秋节，一面积极地筹划着保卫他们丰饶的秋收，像用全力保卫他们的春耕麦收一样。他们遭受了日本鬼子无数次的疯狂"扫荡"，现在，连小孩子也摸着了敌人行动的规律。

武乡县指挥部向各区发出了紧急的动员通知。敌人在左权洪都炮台、榆社杜余沟炮台和段村大据点都增了兵，又准备向根据地抢劫。于是老百姓抢收抢藏，积极的备战工作火热地进行起来。大陌村的妇女自卫队比平日也更加活跃了。

队长冯凤英，从区上参加各种工作的布置会回来，天已经透黑透黑了。这夜，她不能安心地睡眠，总是把那只三八式的日本步枪，拖在腿上，拉开枪栓，用一块和这支枪同时荣获的奖品——丝手巾，在小油灯下擦来擦去。她伏卧在自己的炕上，练习着瞄准的姿势。她和村子里的男民兵们，都是常常想望着多有几个袭击敌人的机会。不几天以前，她还和丈夫定下了练武和打敌人的竞赛，她时常偷偷地将自己存放在袋子里的竞赛书掏出来，村武装工作委员会主任的签名，像带着一种诱人的力量在鼓舞着她，贴在她炕壁上的几张检阅奖状，她觉得一张比一张光辉灿烂，她孩子一般地想：这回可不能让他占了上风呵！

深夜小麻油灯点干了，她才躺下。

"咚，咚咚，咚……"

大门有节拍地响了。冯凤英机警地一缩身子从炕上爬起来，她抓住枪冲到大门跟前，习惯而沉着地拍了三下手掌。这样门外的人讲话了：

"警号枪响了，你怎么还躺在炕上睡觉？工人自卫队跟咱民兵都要出动啦！"

"谁睡了呢？我躺在炕上就没闭一闭眼！哪来的枪声？我怎么没听见！"冯凤英辨别出是武委会主任的易于急躁的、责备的粗声，她赶快这样回答。同时，她把包在头上的那一块从后面结着的手巾，转到右边耳朵上，像要即时投入战斗的模样，她一边拉开门，一边又说：

"是真有情况吗？"

大门开了。月亮下，站立在自己面前的身影，使她吃了一惊。哪里是武委会主任，原来是自己的丈夫，从民兵集中的住所跑回来了。他装着武委会主任的腔调，和她开了这样一个紧张的玩笑。冯凤英用枪托直往丈夫的身上撞，报复一般地笑着骂：

"你这狼吃的倒运鬼半夜跑回来折腾人！"

"情况这样紧，你早早就睡下，不警醒点，连战争的警惕性都提不起，还跟我竞赛呢！"丈夫用有意使她激动的口气说。

冯凤英脸一沉，噘起小嘴巴，认真地嚷起来：

"你有警惕性，情况紧你跑回家，战争来了，人家还得来找你！"

丈夫憋不住笑了，停了一下，他将村指挥部刚刚接到头的，北上合已经扎上了敌人临时据点的消息告诉了她。临回去时，还再三嘱咐：

"二十来里地，敌人行动起来很快，你可要随时准备。"

她把丈夫送出门口，用一声开朗的笑声回答了他，关上了门，便握着枪又走回屋里了。

一夜，没有发生意外的情况。天一亮，冯凤英又开始到处奔忙了。每当她涨红着她那长长的脸儿，喘着气，肩上背着枪，急步地从人们跟前走过时，谁都会体贴地对她说：

"凤英，坐下来歇歇吧，整天没见你停过脚。"

"是敌人把咱逼成这样子呵！谁不愿意安安稳稳过日子？"

人们总是拉住她，让她在树荫下，石头上，或是场园边坐下来。老太太们热情地从家里端出热汤滚水给她喝。老汉们也亲切地围拢来，向她打听战斗的消息。而她，又是大叔大婶子的向人们呼唤着，问大家的东西"坚壁"得怎样了，"躲难窑洞"里的煤水准备上了没有。

休息了一会儿，冯凤英用袖子抹抹脸上的汗，细瘦的、矫捷的身影，像旋风一般，很快就在人们视线内消失了。人们从她联想起很多事来，老人用着很深刻的语句，互相谈论起来：

"想想，三八年九路军围攻那时候，国民党顽固队伍扎在咱这，他们当官的大吃大喝，大抽大赌，连抗日两个字也没跟咱老百姓提一提。忽然一天半夜，只听见人马乱糟糟的，咱老百姓都以为他们在换防，谁知道，他们屁股刚一动，日本鬼子跟着就来了。"

一个接着说：

"就那一回狗日的鬼子兵把房子快烧光了。人们被他们杀的杀，伤的伤……自从咱们八路军过来，日本鬼子再厉害，咱们也没有遭到那样大的害处！"

……

人们永远也不会忘记自己的翻身。在这以前，冯凤英和大陌村所有受苦受难的人一样，天天过着穷苦的生活，她穿着一身破烂的农服，和她的贫农的父母，一同在地里受苦流汗。劳动使她有一个强壮的身体和粗野泼辣的性格。推磨、碾碾、挑水、担煤，她干起这些庄户营生，顶得上一个男人的力气。当抗日的新政权一在村上建立起来，她就成为妇救会最积极的会员，很快就当了小组长。她和村里老老少少各样妇女都能说得来。大家推选她当主席，并选她为区上妇救会的常务委员。

冯凤英走到村南头一家抗属那里。她看见谢老太婆在院子里推磨，跑去就问：

"谢大娘，怎么铁根家没有给你老人家帮忙吗？"

谢老太婆一听这熟悉的声音，马上停住手脚，抬起头来，对冯凤英说：

"凤英！铁根家来过好几趟啦！她一个人拉把三四个孩孩，又天天在村上忙得顾不上家，比我一个老婆子还难，以后可不要累她……"

冯凤英听着老太婆说话的时候，自己就很自然地双手扶着磨杆，和谢老太婆一齐推动着。她说：

"你老人家这么大年纪，家里又没有别人，平素村上照顾不过来，叫你动弹，都觉着很不好，一有情况，就应当先照顾你。"

"哪次'扫荡'不是亏了你们，俺丑孩在家也不过这样。一有什么动静，这个来帮我推干粮，那个帮我埋东西，临上窑洞还有人来背……"

冯凤英笑着说：

"这些都是应该的。铁根家是咱们的妇女小组长，就是替大家办事，你老人家有困难，可不要不让她帮忙。"

谢老太婆伸出靠近磨盘的左手，把磨上的玉茭往磨眼里攒了一下说：

"就这一半升玉茭，费个啥，我摸摸索索就推下啦！一个人，用不了多少干粮。"

把磨盘上磨碎了的玉茭,扫在簸箕里,冯凤英替谢老太婆端着,到屋里去筛。当谢老太婆忙着找箩的时候,冯凤英发现桌子底下堆了一大堆山药蛋和南瓜,她立刻问:

"这些菜为什么还不搬到窑洞里去呢?"

"农会上才运过来的。抗勤主任说,一半天抽空就叫人帮我埋起,不往窑洞里送啦!"

冯凤英一直帮助把面筛出来,看看天已快晌午,还有很多工作要去安排,便对谢老太婆说:

"你把面发上吧,晚上我帮你蒸窝窝!"

冯凤英从谢老太婆家里出来,一走到街上就被队员们包围起来。她们抢着向队长报告各人的工作情形,和对工作提出很多新意见。冯凤英鼓励大家说:

"只要大家都愿意,咱们每天就加上一次实弹射击。有困难我去想办法。我想只要成绩好,就会有人帮助。不过工作越加劲,纪律可越要好。"

大陌村妇女自卫队,在太行山上是很出名而且很受人尊重的。在操练上她们曾以整齐、迅速、三分钟可以完成七个字的动作,得了太行三分区妇女民兵总检阅的冠军。但最值得表扬的,却是她们的精神。每一个队员,都自动遵守她们的集体公约。她们早就取消了耳环首饰,剪短了头发。身上除了一套合体的黑色衣裤,头上包一块白羊肚手巾,是没有过去那些红红绿绿的颜色了。不论出操识字,都能保证不误家里的事情。每天一清早,替家中做好饭,才蹑手蹑脚地到禾场上去,不惊动任何人。

冯凤英带着队员们的希望,跑到她常去的八路军修械所里。她像每次一样,进门就朝南墙上的靶打了两枪。西敞棚有人招呼她了:

"没过瘾?这里还有子弹。"

"给咱留着吧！我们女同志都想练习这玩意。还要请你们多帮助些子弹呢！"她说着走到工人们跟前。

工人们用熟悉的目光欢迎她。有人开玩笑一般地说：

"好队长，子弹困难呀！"

"先想想办法，等我们妇女队人人学会了打枪，参加打敌人，胜利品统统交给你们。"冯凤英瞪大眼睛说。

工人常常帮助冯凤英解决困难，像她热情地帮助他们缝缝补补一样，就是她的射击技术也完全是这个修械所培植出来的。自从这个工厂在冯凤英家的隔壁修建以后，她就常常在这里面学打枪。当她第一次接过一支八音子的时候，她掂了掂，没有等别人来教她怎样使用，就还了回去，撇着嘴巴说：

"要给就给咱支大枪试试，这小玩意多不够劲！"

"别小看它，揍着鬼子一样送他回老家。"

从此，她不但学会了各种长、短枪和一切射击姿势，就连枪的构造、保护和修理的简单道理，也懂得了一些。有一次，"七七"纪念日，太行举行全区民兵的检阅和竞赛，冯凤英背着轻简的行装去参加了，她一出现在竞赛场中，就引起所有人的注意。当她从从容容地参加进太行有名的神枪手刘二堂、王海林、高桂堂、史金水等的行列中，毫不费力气地用卧射、立射、跪射三种不同的姿势，三枪连中十环以内，立刻轰动了全场。人人都赞扬和谈论起来。观众中有人要求她单独表演短枪。于是，主席就宣布增加一个节目。冯凤英依然是镇定而自然地走进射击圈里。从一个八路军侦察员手中，她接过三八盒子，姿势一站定，就向三十米远的目标——一块碗口大的石头瞄准了。她勾动了枪机，一连串三颗子弹，都击中了石块，她在雷一般的掌声中和喝彩声中，荣获了女射击手的光荣称号。一支三八式的日本步枪，从此就不离她的肩头了。她曾在几万人面前，表示要开展夫妇打敌人的竞赛。为着这个愿望她几次要求参加战斗。

敌人九月"扫荡"开始了。老百姓把往窑洞转移的准备工作做得停停当当。修械所里除了将笨重的机器掩埋起来以外，还和平日一样工作着。一些机器的零件是可以随时拆卸和携带的。情况一有变化，工人就成了保卫村庄的基干队了。他们和村里的群众紧密地结合着。民兵的枪或农具出了毛病和子弹缺乏的时候，只要到修械所，就没有不能解决的问题。而老百姓为着保护工厂的利益，随时可以牺牲自己的生命。大家在战斗中生产，为生产而斗争，誓死不让敌人损毁属于他们自己的工厂和机器。

一天清早，冯凤英像每天一样，嘴里衔着哨子，肩上背着枪，正准备去禾场上教大家操练，她的丈夫跑回来了，告诉村指挥部刚刚得到的情报：北上合敌人有出动模样。对于这个消息，她没有感觉惊奇，却习惯地把锅碗瓢勺、干粮、针线这些要用的东西，往一个小篮里收拾，她的心平静中有些兴奋。突然，她犹如想起什么重要的事情，放下手里的东西问：

"你们民兵是不是还在住的地方集合？"

"问这做什么？"

"把东西往窑洞里一放，我好找你们去参加战斗。"

"窑洞和后勤工作不重要吗？"

冯凤英的大眼睛瞪起来了。她摇摆着头说：

"谁说不重要？哪次不是我安排妥当才出来？"

丈夫看见她一动气，就不说话了，她噘着小嘴，低着头，现出非常认真的样子。她站了一会背着枪，挺起胸脯就往外走。嘴里说：

"和你订下竞赛，敌人来了，你就叫我钻窑洞，你不要小看我！"

他站在门槛上，双手把她挡住了。她依然认真地叫嚷起来：

"一会儿打警号了，还不快去准备！"

丈夫不慌不忙地从腰里掏出三颗子弹，拉起她的手，说：

"就是来给你送这玩意，咱可不能小看你哩！"

冯凤英笑了笑，不好意思地把子弹收起来。两个人一同紧张地走出大门。

她找到小组长，按照每次反"扫荡"的经验，把工作分配下去，特别嘱咐一个人，负责去照顾住在村里养伤的那三个八路军同志。

接受任务的小组长说：

"抗勤主任说，要把他们挪到俺那窑洞里去，我照顾起来更方便。"

"把他们要换洗的衣服，群众送的鸡蛋、炒子、梨、果子、挂面，都给带上。冯凤英一件一件地安排。

分手的时候，会打枪的小组长史改珍说：

"我们射击组听你的命令啦！"

"好，和民兵一齐在庙里集合。"

冯凤英跑了一早晨，见没有什么动静，回来的时候，又跑到修械所去了。她在敞棚前站了站，刚想走，工人们都向她报告新的情况了：

"慌什么？指挥部交通员刚走，他们说刚才出动的那一股敌人，走到半路向北拐了，可能不再到咱村里。"

冯凤英一阵紧张的情绪松弛下来了，她一屁股坐在地下，从腰里掏出几粒子弹，又玩起枪来了。她把枪放在盘起的大腿上，不住地在拉着枪栓。

这时，村头上哨兵的信号弹、手榴弹突然地炸裂了。紧接着又是民兵的排子枪声。很快敌人的马蹄声、吼叫声，已在村子里杂成一片。六百多奔袭的人马冲进来。修械所被包围了。工人们熟练地在院子里架起了机关枪，猛烈的火力向外喷射着。两颗手榴弹击退了一股朝大门冲进来的敌人，工人们突围出去了。

冯凤英急着要去带领妇女射击组，和民兵会合，一面又想在突围中，找打击敌人的机会。这样，她一个人便爬到北面的后墙上去了。那里地势高，好瞄准。她一转眼，看见工人都冲出去了，她没有惊慌，也没有翻墙跳走，而是跳回院子里，隐蔽在北屋的墙后面。

三个日本人，显得十分胆怯的样子互相推着走进院子里。他们只在院子中间转了一下，见没有什么动静，其中两个又走出大门去。剩下的那一个，到西敞棚里望了望，稍停了一下，正转身往大门走，冯凤英瞄准了他，一枪就打在他屁股上，倒下去了。

她探出头，见那打伤了的日本人，挣扎着爬动不起来。院子周围并没有什么声音，稍停一下，她端着枪从墙后出来。想到外面看一看动静。当她从日本人身边跑过时，日本人一发现是个女人，便怪声吼叫起来。冯凤英毫不迟疑地回转身来，又朝他开了一枪，狠狠地说："到阎王殿里去吼叫吧！"

敌人即刻没有声息了。她轻手轻脚地往门外走。右脚刚踏上门槛，两个日本人的背影出现在她前面，像是在辨别枪声的方向。冯凤英吐了一下舌头，身子一闪，躲到一扇门后边去了。

她感到有些恐怖，但她能沉住气。她知道应该想法子冲出这危险的地方。从后墙翻走吧，隔墙也有枪声，不一定不碰到敌人。冯凤英的心里，滋生了一种强烈的获得胜利的感情。

——死活就在这两个家伙身上！

她顺手解下头上的白毛巾盖住了枪栓，防止子弹推上膛去的声音会惊动了敌人。她上牙咬着嘴唇，刚想用手指去勾动枪机，一个机智又涌上心头——面前是两个敌人，如果不能一枪办了事，同时收拾了，剩下的那个是不会甘心的。

她冷静一下，从门缝里仔细地端详这两个敌人站立的地位和方向,于是,她带着蛮有把握的表情,端着枪,手指靠拢着枪机,就悄悄地溜出门去。冯凤英斜立在敌人的右后边,她嘴唇一咬,眼睛一眯,枪响了。子弹直射进那个靠右后边的敌人的右胳膊里,从左腋下出来,正准穿进左边那个人的右肋骨里。

两个敌人倒在地上,血浸透了黄呢军装,眼睛凶恶地瞪着冯凤英,只是看着身边的武器,却抬不起胳膊。一种新的欲望,使她忘了危险。她伏到敌人手边去下枪,但是两支枪不知怎样交缠在皮带上,加上两个敌人顽强的抽动,无论如何也取不下来。她发了狠,嘣嘣又是两枪,应着这两枪声,三四个日本人从一家院子里吼叫着窜出来了。她没有再迟疑,拔腿就朝东跑,敌人的枪声追击着她,好几颗从她绑扎得很粗的裹腿边窜过去。当她转头想向追击的敌人还枪时,嘶的一声,她的大翻领里打进颗子弹,她觉得右耳下面烫了一下,子弹从左肩的衣服上出来了。她转头就跑上一个小石山崖。紧跟着一个敌人的手也扒上崖边。冯凤英两手举起枪托,在敌人手上使劲捣了一下子,敌人便滚下去了。她立刻向东北方向一条熟悉的小路跑去,摆脱了敌人的追赶。她喘息了一下,头上的擦伤痛起来,两腿也觉得酸软了,她坐到地上,准备松一下绑腿。刚用手去解,一片枪声又响了。她连忙将它掖好。她听得出是修械所掩埋机器的山沟里传出来的,心中很焦急,马上赶去参加保卫机器的战斗。

从一条不易发现目标的小路上,冯凤英向掩埋机器的山沟奔跑了。翻几个小坡,枪声更清晰了。子弹掀起的尘烟,也渐渐映在她的眼前。她向前爬行着。最后,伏在敌人背后的一个土坡的隐蔽处,啪啪地打了好几枪。

"八路军后面包围的有!"敌人中间有人在叫了。

她又打了几枪。有敌人随着她的枪声倒了。敌人的阵营混乱起来。民兵和工人自卫队一面向敌人冲击,一面向小土坡这边虚张声势地喊:"同志们,快冲呀!过来捉活的!"

敌人终于在恐怖中逃窜了。民兵自卫队正在打扫战场时,冯凤英从山坡上跑下来。她生动地向大家讲述自己和敌人遭遇的经过。她的丈夫挤在众人中间,心里默默地为她的战绩而贺喜,却因为不好意思,没有称赞,也没有追问,只是出神地听着她的话。这时候武委会主任用鼓舞的话对冯凤英说:"你们夫妇的竞赛,现在可以评判了。胜利是你的,我们大家今后都向你看齐。"

冯凤英笑了,人们都用欢呼庆贺战斗胜利,庆贺她的光荣。

在四十多天的反"扫荡"中,冯凤英离开了家,和她丈夫一齐参加了游击战争。她学会了投手榴弹,发挥了杀伤敌人的更大威力。她的故事,神话一般流传在太行山人民的口里。连敌人也在以高价的悬赏,企图捕捉这在抗日民主根据地成长起来的女射击手。

织布机的响声

初夏的夜晚,天一擦黑就吃饭,等收拾干净了锅碗瓢勺,月亮已经升得很高了。

杨大娘亲手把给媳妇留的一小盆米汤,用笼布盖起来。她一面用布衫衣襟擦着两只湿手,一面对孙女孙子嘱咐说:"大热天,你娘老远跑回来,这米汤又顶饿又解渴。你俩好好地听着些,别让耗子蹚翻了。"

她从低矮的小南屋里,格扭格扭地走到院子。院子被一棵大槐树遮盖起来,晚风一吹动显得很荫凉。槐树底下那扫得干干净净的地上,放着一架纺车。她往纺车前面的圆草垫了上一坐,纺车就嗡嗡的响动了。

月光从大槐树枝隙间透射下来。新的纺车的轮叶,闪光的铁锭子,锭子上饱满的线穗,篮子里搓得精细的花条,以及一根根抽出来的又紧又匀的雪白的线子,都照得清清晰晰的。

杨大娘熟练地摇动着纺车,她的九岁的孙女银儿,不知什么时候也跑出来了。她坐在露出地面的老槐树根上,倒着线子。那梳在她右鬓角上的歪辫儿,随着胳膊左右摆动着。孙儿小成,和邻家几个孩子,在上着铜锁的正房门口的台阶上热闹地玩耍。

杨大娘用干涩的老花眼看了看那些孩子。她咧开一张没有牙齿的瘪嘴,对身边的孙女说:"小银,放下线拐拐,你也跟他们去耍耍吧!咱们现在的光景,用不着你小孩子家黑夜白日来熬了。"

银儿停下手里的活,正要站起来,她忽然问:

"奶奶,咱们的织布机,什么时候抬来呢?"

"村长前天说,一两天就打停当了。"杨大娘回答。

生活使一个孩子的感情过于早熟,银儿在早两年就懂得日子的艰辛了,她用大人一般的口吻说:

"俺赶快把线倒完,明天帮你缠梭子。"

"玩一会儿吧!哄哄小成,等他一会儿睡了,你再坐下。"

银儿加入玩耍的孩子们中间去了。她让大家团团围坐起来,一句一句唱:

> 月奶奶,
>
> 黄巴巴,
>
> 婆织布,
>
> 娘纺花,
>
> 姐姐哥哥照娃娃。

这歌曲是在相当古老的年月,就在朴素的农村唱起了。杨大娘还能够清清楚楚地记得,她是怎样从老祖母那里一字一句地学会它。她像孙女这样大的年龄,就常常在月夜里,一面学着纺花,一面唱着这小曲儿。这虽然是六十年前的事了,杨大娘一想起来,还像昨天那样亲切。她依托着纺车和织布机生活。纺车和织布机单纯的响声,伴着她一生悲苦的日子。今天晚上,她听着孙女和孩子们唱着,却特别觉着新鲜、自由和愉快。她最近一坐到纺车跟前,就要掀起这种形容不出的心情。因为自从这个镇子,遭受了日本人烧杀抢劫,人们受冻挨饿,天天吞咽着眼泪,谁还教孩子们唱这自由劳动的歌呢?杨大娘被敌人夺去了她生活的依托。她听不见最亲切、最熟悉的纺车和织布机的响声,整整八年了。

那是在敌人进镇子不多天,灾祸就降临到她头上。一天上午,汉奸保长带着几个日本兵和伪军,闯进她家里。日本兵把她从织布机上拖下来,保长伸手从炕上摸起一把剪刀,就跳到织布机跟前了。

杨大娘痛哭着扑上前去。刚想去夺剪子,却被伪军一脚踢倒在机子前面。于是一大卷快要织成的布,被保长剪下来,夹在他胳肢窝下。

蜷缩在炕上纺车旁边的杨大娘的媳妇,这时再也抑制不住愤怒,她从炕上哭叫着跳到保长跟前,两手颤抖着去抢那一卷布。可是那保长用脚把她往旁边一踢,他帮助日本兵和伪军,噼噼嘣嘣地几斧头便把纺车和织布机砍坏了。杨大娘散乱着白发的头,绝望地在墙上碰撞,她和媳妇终于在剧烈的痛苦中昏倒过去了。醒来,屋子里是紊乱而虚空。纺花车和织布机捣砸得只剩几片轮轴。杨大娘抱着带了满身伤痕支差回来的儿子,哭不成声地说:

"秋来,你看看,咱们的筋骨叫那些狗肏的杂种给抽了。命根叫他们给端掉了。咱们怎样活呀!"

任何人对于杨大娘的安慰都是无用,她在病中哭着找她的纺花车和织布机。不久,她病好了。但她仍然精神失常,一想起纺花车和织布机,就要哭个死去活来!

八年来,镇子里再也没有听见过纺车和织布机的响声。日本人把所有占领村的棉花都勒索干了,把它送到火药制造厂里去。连破烂的棉花套子,也不能够放在老百姓家的炕上,穿在老百姓的身上了。

自从八路军把敌人打走以后,杨大娘的生活也跟着变了。当反奸复仇运动在镇上一展开,她带着媳妇、孙子、孙女便一齐投进了这个轰轰烈烈的群众运动的激流里。她们婆媳俩在千百人的面前,把满肚子的苦水都倒了出来。她亲眼看见抗日民主政府执行了群众的要求和判决,把罪大恶极的汉奸特务拉出了人民的法庭,让他们得到了应有的惩罚。于是,那个剪断了她的布,砍碎了她的纺车织布机,和陷害了她儿子的保长,欠下她的一笔血债,也得到清算了。从此,她真正地抬起了头,翻了身。尤其是,当农会主席把第一批清算出来的钱,给她送来时,她流着眼泪,双手祈祷似的说:

"到底是见了青天啊！感谢救世菩萨共产党和毛主席！"

杨大娘把钱原数交给农会主席，请他帮忙买了一架纺车。这样，她见了人就说：

"俺的筋骨又复原了！俺的命根子又回来了！俺秋来在地底下也可以安心了！"

从此，她紧张的无歇息的劳动生活又重新开始了。

婆……

婆织布，

娘纺花，

……

孩子的歌曲一遍一遍地唱着。杨大娘的纺车嗡嗡地响着。她看着从锭子上拿下来一个沉甸甸的线穗子，满足地老是在笑。她顺手又接上一个新头，并且双膝跪在地上，往锭子上蘸了点油，紧了紧弦，扶了扶车叶子……像母亲对待新生的婴儿百般关怀一样，她弄弄这，又摸摸那，只怕损坏了它。

一会儿，邻家的孩子都回去睡觉了。银儿几次跑回屋里去看给母亲留的米汤，又几次跑到街门口去看母亲是否回来。后来，她仍然坐在老槐树根上，伴着祖母继续她的工作。小成躺在祖母旁边一张破席子上睡着了。杨大娘精神旺盛地摇着纺车，抽着线，并且不住地用手给孙子拍打叮到脸上来的蚊虫。

"奶奶，俺娘这晚不回来，会不会出什么事呢？"

杨大娘宽心地回答：

"孩子，现在是咱们八路军的世道。还能像老日子在那时候，一到傍黑，就吓得饭都不敢吃，灯也不敢点，话也不敢说，家家户户上紧大门就睡觉。现在啥也不怕。咱这通邯郸的汽车大路，黑夜白天一样走。你娘哪次出门都是顺顺当当的。"

不一会儿，大门推开了。媳妇背上背着一个大棉包，气喘喘地走到院子里。杨大娘叫银儿跑去接母亲。媳妇没顾得和银儿说话，转身对跟在她后面的一个八路军同志说：

"同志，快把口袋放下来歇歇吧！不是你帮忙背上它，俺不知道要走到啥时候呢！"杨大娘从屋里慌慌张张端着米汤出来了，媳妇一面去接，一面指着身边的客人介绍说：

"娘，我这次出门运气真好。买好东西，从邯郸出来没走多远，就碰上咱们镇上这位八路军同志，他帮我背上这个口袋，一直送到咱家里来啊！"

八路军同志没等杨大娘张开口，就抢着说：

"这算得了什么，我空着手还是要回来。一个妇女，背那样两包东西，我们这身强力壮的，是应该帮忙的。"

"呵呀！俺的好同志，你快歇歇吧，可累坏你了，咱们八路军的同志，什么事也能帮助老百姓呵！"杨大娘高兴得嘴都闭不上了，亲热地把这位同志招待在草垫上坐下，端了一碗米汤递给他。

"老人家，你这媳妇可真厉害呀！背上东西，走起来和男子汉不差甚。"八路军同志说。

杨大娘笑了。

"穷人家没别的本事，受苦还不是平常的事吗？家里全凭俺婆媳俩四只手哩！"

"新社会，女人和男人一样，能劳动就能生活！"

媳妇一把扯下短发上的白毛巾，擦着脸上的汗开口了：

"不怕你同志笑俺，俺就是天不怕地不怕。不过，在旧社会，十个有本事的女人顶不上一个菜汉。光俺这双脚板子，谁背后不骂俺蛮婆娘。现在，有啥事，也是俺出头露面顶一份！"

杨大娘叹息起来：

"唉！有啥办法！儿子活着的时候，哪还用得着媳妇在外边跑呢！"

一提到儿子，一个悲惨的血影，立刻又映在她的面前。儿子是被保长以私通八路军的罪名，交给了日本人。很快他被两只日本狼狗活活扯碎了！……她想到儿子的死，眼睛里不自觉地又流满了泪，喉咙像给什么东西堵塞着似的，哽咽得说不出话来了。媳妇看了看杨大娘，叹了一口气，轻轻地用袖子擦着眼睛。八路军同志，把头深深地垂在胸前。经过了一段时间的沉默，他安慰了她们一会儿，就回到镇东头住的地方去了。

媳妇对杨大娘说，

"娘，过去的事情，不要再去想它吧！"

杨大娘松了一口气，搬着纺车回到屋里。临睡的时候，媳妇笑着说：

"娘，忘了告诉你，我回来的时候，在街上碰见村干部，他们说明天就要给咱安织布机啦。"

杨大娘的感情恢复了平静。一家人很快就睡着了。第二天，天刚刚发白，杨大娘的纺车又嗡嗡地响起来。媳妇担了两挑子水，通开炉火，坐上锅，叫银儿起来帮助奶奶做饭。她用手指头拢了拢短发，包上白手巾，便把昨天从邯郸背回来的七八十斤棉花、粉条、花生，送到合作社去。不多一会儿，她高兴地跑回来说：

"娘，快吃饭吧！村公所一会儿就给咱安机子了，农会主席说，还要给咱挂什么光荣匾呢！"

杨大娘心慌得吃不下早饭去，她端着饭碗，站起来坐下去，坐下去又站起来。她不住地扭动着小脚，从炕台前走到墙根，丈量着从门口到后墙的距离，心里默默盘算着把织布机安放在适当的位置。

太阳升到槐树顶上了。杨大娘家的院子里，响着像办喜事一样的鼓手喇叭声。人们拥挤着抢看一架崭新的织布机，和一块挂着大红绸子的黑漆匾。

杨大娘在人空里跑来跑去。但不知该做什么和说什么。热闹了一阵子，村长站在正房台阶的高处，对院子里的人说话了：

"今天我代表群众，来给杨秋来家挂光荣匾，杨老太太能织能纺，她儿媳妇跑东跑西搞生产，婆媳俩是咱们全镇公认的好劳动。今年，咱们新解放区开展大生产运动，要靠她俩带头和推动……"

群众一阵欢呼。鼓手喇叭吹打着，劳动家庭的黑漆匾，挂在杨大娘小南屋被烟熏黑的门头上了。

杨大娘把村长和农会主席请到屋里去，她嘴里老是说：

"这样抬举俺，俺实在担当不起呵！"

农会主席坐了坐，从袋子里掏出一个账单，他把八年以来汉奸保长对老百姓的敲诈勒索，一笔一笔念给杨大娘听，那克扣支差的工资，高价配给的油盐火柴，修碉堡炮楼摊派的砖，抢去的铜、铁、棉花，甚至无数次换门牌和良民证的捐税，都算得一清二白。杨大娘听着，感动得流泪了。

农会主席说：

"他们吞下去的东西，统统都给咱们老百姓吐出来了。给你老人家清算回来三千三百二十块钱。合作社又给你贷了五百元，打下这个机子。"

杨大娘只是张着没有牙齿的嘴在笑。农会主席靠近了她，又说：

"你们这家房东，敌人一进城，他就给敌人当爪牙。政府决定依法没收他的房屋田产。这两间南屋分配给你老人家了，你和媳妇不要再发愁房租，以后可以安心过日子啦！"

杨大娘就像要鞠躬作揖跪下一样，身子不住地耸动着，两只手真不知道要放到哪里，伸出来又缩回去。她望望村长，又望望农会主席说：

"俺怎样去谢谢毛主席呵！俺杨家祖上几辈没有一亩地，一间房子，俺十三岁上学会了织布，可是五块钱一架机子，也买不起，都是借着，贷着使唤的啊！"

下午，织布机在杨大娘房子的正中间安放停当了，杨大娘第一次觉得房子里充实饱满，崭新和温暖。

邻居们像瞧新娘子一样，都跑来看织布机。杨大娘生怕小孩子们跑进去碰着它，就站在机子前面接待人们。

老太太，大闺女，小媳妇，把两间小屋挤得满满的。她们又羡慕又高兴。你一句她一句地议论起来：

"老人家可不再哭哭啼啼了！"

"好木头呀，你看又灵巧又结实！"

"老日子把咱的纺车织布机烧绝了。不是八路军来，咱们哪能再见它！"

杨大娘咧着嘴笑。有人向她提出借用时，她说：

"什么你的俺的，这机子就是叫大家伙使唤的呵！"

杨大娘虽然和大家谈着话，心里却总在机子上转。她不住地用手去紧那几根吊绳，心里想新机子木头湿，绳绑得松了，织出的布就不密实。屋里的人渐渐少了，杨大娘和媳妇两个人把早已纺好的线拿来上桩子，她细心而熟练地把每个地方都亲自看过，一面接着断了的线头，一面和儿媳妇商量了：

"过年的时候，咱好不好给毛主席织上件柳条布汗衫，找人捎到延安去？"

媳妇表示同意地嗯了几声，微微地笑了。费了不多工夫，杨大娘把锭子安好，勾好扶杖。她兴致勃勃地坐到机子上，银儿伶俐地把小盆里泡好的梭子，递给奶奶。杨大娘不慌不忙地把手扭干，捏住两头,向中间蓬松了一下,两头又一绑,就安进那五寸多长的小巧的木梭子里。她慢慢地抽出线头,拉一拉觉得线怪利落,便笑嘻嘻地踏动开脚板了。

　　双手送日月,
　　两脚踏乾坤,
　　如意穿梭!

这首没有被遗忘的口歌,又从杨大娘的没有牙齿的嘴里唱起来了。锭子跟着脚板有节拍地踏动。开开合合,梭子在她手里,活泼得小鱼似的,穿来穿去。行框紧随着梭子沉重地响着。每当脚一停下来,她就用手仔细摸摸布的稀密、厚薄、均匀。银儿伏在机子的旁边,常常替奶奶用湿刷巴刷经线。一不小心,扶杖露在外边的铁丝,把她的手划破了,杨大娘拉过来替她舐了舐血说:

"织布常常要破皮流血,我就是从这里面磨炼出来的。"

杨大娘忽然发现小成在机子上不知干什么,她警告地说:

"可不敢用什么在我机头上乱刻乱刮!"

小成眨着调皮的眼睛跑走了。

织布机单纯的响声,八年来第一次又在杨大娘耳边响了。她兴奋得一刻也不能离开它。

没有几天,村合作社在杨大娘院里,开设了一个纺织训练班。九间锁着的房门统统打开了。这吸吮劳动人民血汗建造的高大的瓦房,又归还给劳动人民自己使用。房子里安了六架织布机,院子里槐树下,小工厂一般整齐地排着几列纺车,一批一批的妇女都来学习纺织了。

杨大娘用着最大的热诚,耐心地向大家教着她所有的技术和经验。她一点也不知道疲倦,常常在三星正南时还坐在机子上不肯休息。她的堆满皱纹的脸上再也见不到一丝悲愁,喜悦时时流露在她的合不拢的嘴巴上。她好像变得年轻起来。媳妇担当起替大家贩花收纱集股等责任，也越发泼辣和健壮了。银儿加入纺线小组里，纺车也日夜不停地和着祖母的织布机在响动。

劳动复活了。孩子们劳动的歌曲到处唱着。纺车和织布机的响声，不但响在杨大娘的小南屋里，响在训练班的屋子里，而且也响在镇子的每个角落里了。这响声，不再只奏着杨大娘悲苦的心曲，它却在播送着劳动人民新生和愉快的希望。

　　　　　一九四六年五月于河北邯郸